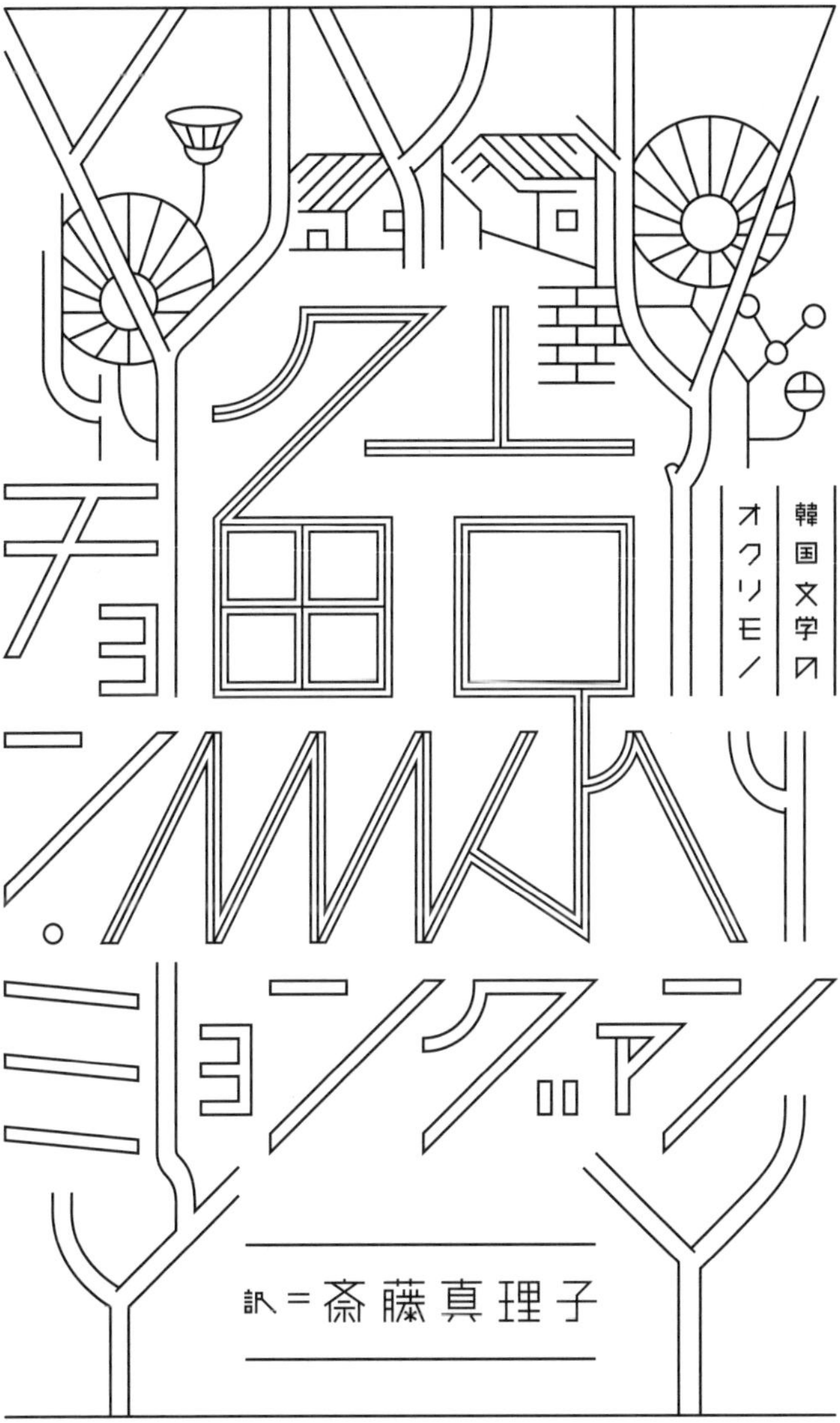

晶文社

This book is published under the support of
Literature Translation Institute of Korea (LTI Korea).

装丁　寄藤文平＋鈴木千佳子

鯨　目次

第一部　波止場……011
工場／鬼／一つ目／少女／波止場／荷役夫／ローラ／刀傷／ジョン・ウェイン／怪物／暴風雨／出港／流浪／双子

第二部　ピョンデ……167
ヒメジョオン／コーヒー／雷／ナムバラン／象／オート三輪／沼／煉瓦／トンピョ／スキャンダル／蜜蜂／祈禱師／白内障／娼婦／鯨／彼、または彼女／幽霊／前夜／火柱

第三部　工場……351
放火犯／刑務所／バークシャー／鉄仮面／王族／出獄／帰還／谷間／トラック／豪雪／大劇場／チュニ、または女王
エピローグ1……475
エピローグ2……479
訳者あとがき……484

おもな登場人物

クムボク
裸一貫から一代で財を成した腕利きの女事業家。男を惹きつける説明不能な魅力の持ち主でもある。

クムボクの母
クムボクが幼いころ、お産で死ぬ。

クムボクの父
クムボクを男手一つで育てるが、娘への歪んだ欲望に悩む。

チュニ(春姫)
クムボクの娘。並外れた怪力の持ち主。煉瓦工としてずば抜けた能力を持ち、後に「赤煉瓦の女王」と称される。

魚売り
クムボクの最初の夫。クムボクが山里から抜け出す際に彼女を助ける。

シンパイ
クムボクの二番目の夫。力持ちで有名な荷役夫。

文
クムボクの三番目の夫。クムボクを助けて煉瓦工場の建設に尽力する。

刀傷
クムボクの恋人。港町のやくざで、映画の魅力をクムボクに教える。

ナオコ
刀傷がかつて恋した日本の芸者。

漁師
クムボクが港町に来たときに手ごめにしようとして失敗したが、後に彼女の命の恩人となる。

汁飯屋の老婆
あまりに醜いため三日で婚家を追われた経歴を持つ。報われない人生と世間を呪い、報復するためにひたすら金を貯め続けた。

デクノボー
老婆が奉公していた名家の一人息子で、老婆と深い仲になる。

一つ目
汁飯屋の老婆とデクノボーの間にできた娘。母親によって片目の視力を失う。蜂を自由自在に操る。

蜂飼い
汁飯屋の老婆から一つ目を養女として引き取る。

双子姉妹
出産直後のクムボクを助け、その後も一生にわたって彼女を援助し続けた。

ジャンボ
双子姉妹が飼っている象。チュニと心が通じ合っている。

薬売り
クムボクの幼なじみ。後にクムボクが経営する劇場の支配人となる。

睡蓮
クムボクに見初められた売春婦。のちに薬売りの妻となる。

おかみ
囚人。監房長。売春宿のおかみをしていた。

看護師
囚人。

青酸カリ
囚人。

鉄仮面
看守。チュニの怪力に目をつけ格闘技の選手にしようとする。

刑務所長
厳格で非情にして、異常性欲の持ち主。

トラック運転手
チュニの幼なじみで後に恋人となる。怪力の持ち主。

建築家
理想の煉瓦を求めるうちにチュニの作った煉瓦を発見する。

第一部　波止場

工場

　後に大劇場の設計を手がけた名建築家によって初めて世に知らされ、「赤煉瓦の女王」と呼ばれたその煉瓦女工は、名を春姫《チュニ》といった。戦争が終結にむかっていた年の冬、彼女は一人の女乞食によってうまやで生み落とされた。この世に出てきたときすでに七キロに達していたチュニの体重は、十三歳を迎える前に百キロを超えた。啞者だった彼女は自分だけの世界に孤立して一人寂しく成長したが、義父である文《ムン》から煉瓦作りのすべてを学んでいた。八百人もの命が奪われた大火災の後、彼女は放火犯として逮捕され、刑務所に収監された。囚われの時間は残酷だったが、彼女は長い獄中生活の果てに、煉瓦工場に戻ってきた。そのとき二十六歳だった。

　地球にありったけ近づいた太陽が銑鉄さえ溶かすほどの炎熱で世界を炙《あぶ》っていた真夏の白昼、チュニは青い囚人服を着て煉瓦工場の中心に立っていた。中庭の真ん中にある井戸はずっと前に干上がってしまい、鉄パイプを伝って垂れ落ちた赤錆混じりの水滴跡だけが色鮮やかに残っている。窯の周囲では、荒くれ男の足によって踏み固められてきた固い土を穿《うが》ち、スベリヒユ、ノアザミ、丈高いヒメヨモギなどありとあらゆる雑草が盛んに茂り、もつれあっていた。とりわけヒメジョオンは城郭を包囲する兵士のように工場のまわりをみっしりと取り囲み、あるじが地位を明けわたしたと見るやひそかに侵入し、いつしか工場全体を占領していた。

建物といっても、横に並んだ煉瓦窯がいくつかと、板とスレートをぐしゃぐしゃに組み合わせて建てた人夫たちの宿舎しかなかったが、それさえチュニが工場を離れていた間に、まともなところが残らないほど徹底的に崩壊していた。崩れ落ちた窯のすきまや宿舎の床、そして黒く苔むした波形スレートの屋根の上にも、ヒメジョオンはもれなく生い茂っていた。それは自然の法則である。

チュニは、はるか昔に自分が飛び回って遊んだ庭を裸足で踏んで立っていた。あのころ井戸のかたわらで豊かな葉をそよがせていたポプラは根元から折れ、腐った切り株だけが残されて、葉の代わりに肉厚のヒラタケがぞろぞろと生えている。工場に充満していた人夫たちの汗の匂いや騒々しい賑わいはあとかたもなく、チュニはたった一人でだだっ広い工場の庭に立っていた。ここまでの道中ずっと胸が詰まるほど恋しかった風景をそそくさと目で追い、人がいた痕跡はないかと目をこらしたが、それはもう長い歳月と風雨に洗われ拭い去られて、工場のどこにも残っていなかった。

生きるのは、積もる埃を拭き続けるのと似たようなもん。

チュニと同じ監房にいた、ある女囚の言葉である。顔一面そばかすだらけだったその女は、青酸カリを入れた料理を食べさせて娘二人と夫を毒殺した罪により、死刑の宣告を受けていた。そのため同じ房の女囚たちに「青酸カリ」と呼ばれていたが、彼女は死刑執行の直前まで休まず監房の埃を掃き、また拭いた。同じ房の女どもが、あといくらも生きられない死刑囚が掃除をして何になるのさとせせら笑ったとき、青酸カリは雑巾で床を拭きながらそう答えたのだった。そして「死ぬのは大したことじゃない。埃が積もるのと同じさ、それだけのことさ」と言い添えた。チュニがその意味を正確に理解することはなかったのだが、この日、廃墟と化した建物にむかって歩いていくとき、なぜかだしぬけに、謎かけのようなその言葉がよみがえってきた。

じりじりと焼けつくような真夏の陽射しが頭上に照りつけ、彼女はぐらりとめまいを感じてしばし足を止めた。遠くで汽車の線路の下をくぐって煉瓦工場へ通じていた進入路は雑草におおわれ、痕跡さえ消えて久しい。ついさっきその草むらをかき分けてきたので、彼女のズボンは泥にまみれ、濃い草の汁がしみついていた。一歩踏み出すたびに、爪がはがれた足の親指からたえまなく血が流れ出し、からからに乾いた黄土を濡らす。工場に残っていた煉瓦はもうずっと前に、村の悪童どもに粉々に割られて散乱しており、何日か前の雨であちこちにできた小さな水たまりでは、まだ羽化していないボウフラが灼熱の太陽を浴びてゆっくりとうごめいていた。

チュニは黄土色の埃が厚く積もった板の間に上がってみた。割れた床板のすきまにエノコログサがツンツンと顔を出している。ちょうつがいが抜け落ちた扉を開けたてすると、暗い部屋の中からむっとするようなカビの匂いが押し寄せてくる。野生動物の排泄物の匂いや、たんぱく質が腐ったような匂いも鼻をつく。やがて暗闇に目が慣れると、室内の光景が目に入ってきた。壊れた衣装だんすの横には、埃まみれの衣類と一緒に干からびたネズミの死骸が転がっている。壁のあちこちに黒カビが生え、部屋の真ん中の天井から、破れてぐしゃぐしゃにもつれた壁紙が垂れ下がっていた。

しばらく室内を見回していたチュニは、壊れた外扉をくぐって台所に入っていった。天井も壁も一面真っ黒に燻された台所の眺めはさらにすさまじかった。棚もかまども崩れ落ち、床には腐った水がたまっている。焚き口があった場所の上には、燃え残った薪に混じってつぶれたアルマイトの鍋がころがっている。どこからか煙の匂いと香ばしい飯の匂いが漂ってくるような気がして彼女はしばしば鼻をうごめかした。しかし、陰気なカビの匂いが鼻先に漂うばかりで、台所のどこにもぬくもりはなかった。

庭に通じる台所の扉を開けて外に出たとき、ちょうど遠くで汽車が警笛を鳴らして走っていくところだった。彼女は煉瓦窯にむかって歩いていった。彼女が警察に逮捕されて工場を離れた後も、近隣の村からはときおり人がリヤカーを引いてやってきて、持ち主のない煉瓦を運んでいった。土間やかまどの修理をするためである。その後、わずかに残った煉瓦で遊ぼうとして、村の悪童が群れをなしてやってきたこともある。しかし使えそうな煉瓦がすべてなくなってしまうと、工場を訪れる者はいなくなった。夜ごとキツネやアナグマなどが残飯を探してうろついては帰っていくばかり、人の行き来が途絶えた工場跡には雑草が芽を出し、西の方から飛んでくる土埃が厚く堆積し、かつてここに人間がいたという証拠を一つ、二つと消していった。

窯の中に入ると冷気が押し寄せてきた。外のようすとは違い、窯の中には大きな変化はないようだ。崩れた窯のすきまから陽は漏れ入ってくるが、洞窟のように暗い窯の中からは休みなく冷気がくり出されてくる。チュニは地べたに座り、窯に背をもたせかけた。汗に濡れた背中がひんやりとした壁に触れると、ひとりでにとろとろと目が閉じてゆく。容赦ない暑さに草むらの虫たちさえ息を殺しているのか、四方は静まり返っていた。

赤煉瓦でいっぱいだった工場の風景が、夢とも現実ともつかぬままチュニの目の前に広がった。煉瓦の間をジグザグに走り回って遊んだ幼い日のことが思い浮かぶ。人夫たちをせきたてていた義父の大声も聞こえてきそうだし、濃い化粧をした母が声を立てずに目だけで笑ってみせるようすもよみがえる。いつか母に連れられて行った劇場で見た映画の一場面が目の前にちらつく。銃声と馬のひづめの音、金髪の女たちが張り上げる大げさな悲鳴がせわしくもつれ合い、耳元でぐるぐると渦巻く。

刑務所にいたとき、自分を追い回しては執拗に苛《さいな》んだある刑務官が、「バークシャー」とささやく声も聞こえた。それはイギリスの地名で、そこに起源を持つ豚の品種の名前でもあったが、チュニにはついに何のことかわからずじまいだった。後にその刑務官はチュニが顔に噛みついて頬肉をざっくりかじりとったため、死ぬまでアルミニウムの仮面をつけて暮らさなくてはならなかった。その報復としてチュニがなめた女としての辛苦は、およそ口にできないほどにおぞましいものだったが、それもすべて過去の話となった。苦痛はおぼろげな記憶となり、彼女は今や刑務所を出て、朽ちはてた煉瓦工場に戻ってきたのだから。
幻聴のように、汽車のひた走る音が再びかすかに耳元で響いた。彼女は白い蝶々を追ってヒメジョオンの間を走り回っていた。草の葉がむき出しのふくらはぎに擦れて傷口がひりひりしたが、それもまた夢かうつつかはっきりとしない。蝶々はいつのまにか空へと舞い上がり、ゆらゆらと遠ざかっていった。

真っ赤な炎が轟々と燃えさかっていた。火炎がうねる窯の前に立って石炭をくべる男たちの腕には、血管がごつごつと浮き上がり、汗の玉がぷつぷつと湧き出し、汗にまみれててらてらと光る顔は窯が噴き出す熱気と炎で赤く焼けていた。石炭を一すくいくべるたび、赤黒い火の粉が花びらのように舞い上がる。チュニは窯の前に陣取って炎を見つめていた。赤と青が混じり合ってのたうつ炎のむこうで、真っ赤な煉瓦が焼き上がりつつあった。灼熱の火の手のせいで顔が火照り、息ができない。しかしチュニは身じろぎもしなかった。炎はしだいに激しさを増し、やがて彼女を捕まえようとするように窯の外へ真っ赤な舌を突き出した。このまま座っていたら窯に吸いこまれ、ただちに溶かされてしまいそうだ。早く立ち上がって逃げなくては。だが不思議なことに、重い岩の下敷きになったようでびくともできない。窯のまわりで立ち働く人夫たちは誰もチュニに注意を払わなかった。チュニは彼らにむかって声を上げたが、からからに渇いたのどからは小さく異様な呻《うめ》き声が漏れるだけだ。炎はまさにチュニの鼻先まで迫って揺れていた。ついに巨《おお》きな炎がチュニの顔めがけておおいかぶさってきたとき、彼女は全身の力を振り絞ってぐっと立ち上がった――。

眠りから覚めたとき、チュニの青い囚人服は汗ですっかりびしょびしょになり、粥でも煮たような熱気を帯びていた。眠っていた間に、壊れた窯のすきまからさしこんでいた陽光はいつしか位置を変え、正面から顔に当たっていた。のどはからからに渇き、黒くすすけた顔は火がついたように熱く火照っている。立ち上がろうとしたが、少しも力が入らない。チュニは腕を地面につっぱって、陽射しが当たらないところまでようやく体を運んだ。靴もはかず、囚人服一枚引っかけたきりの姿だ。収監されたときに着ていたものは長い獄中生活の間にどこかへ行ってしまったので、囚人服のままで出獄しなくてはならなかったのである。彼女は目を閉じ、荒い息遣いをしながらしばらく窯にもたれていた。

九日前に刑務所の正門を出たときから、彼女は自分がどこへむかっているのかもわからぬまま、本能的に南へ南へと歩き続けてきた。刑務所のある都市をはずれて線路を見つけたとき、彼女は初めて自分が煉瓦工場を目指していることに気づいたのである。それ以来彼女はずっと線路に沿って歩いてきた。夜になると線路近くの墓石にもたれて目を閉じ、腹が減れば谷底のわき水を探して腹一杯になるまで飲んだ。ときおり、冷たい水の中に隠れていた山椒魚の卵をすくったり、線路近くの桑畑で桑の実を摘んで食べることもあった。足にはやがて水疱ができ、それがつぶれて赤い肉が露出した。彼女はもうはきものを脱ぎ捨ててしまい、裸足で歩いた。真夏の焼けつく陽射しの下、線路に沿って歩いていくのはたやすいことではなかったが、人に会いたくなかったのでできるだけ線路からはずれないようにした。人々で混雑する都会の駅に近づくと線路からそれて、街を迂回して歩いた。

三日目に、枕木につまずいて親指の爪がはがれてしまった。赤黒い血がとめどなく流れ出てきたとき、彼女は熱く焼けたレールに足をのせた。爪先から全身に広がる鋭い痛みはむしろ爽快なほどだった。昼間、驟雨にあえば、火照った体を冷ますことができたが、濡れた囚人服が体にまとわりつくと歩くのにいっそう骨が折れた。


彼女の巨大な肉体はのろのろと、しかし休むことなく粘り強く、南を目指して移動していた。出発してから九日目の朝、彼女は初めて線路のはるかむこうにマッチ箱のように横に長く並んだ煉瓦窯を見出した。それが目に入った瞬間、からっぽの腹の底から何かがかーっとこみあげ、のどが詰まった。彼女は線路ぎわに座りこみ、ぼんやりと煉瓦工場を見おろした。それまで彼女はただ工場へ帰らなくてはという本能に従って動いてきただけで、実際にそこへ帰って何をするか考えたことはなかったのだ。

線路の反対側を振り向くと、遠くの山裾にあるピョンデの町が目に入った。一時は隆盛を誇った末、ついに没落した古代都市のように、朝霧に包まれたピョンデはかすかに形をとどめていた。遠くからもひときわ目につくのは、建物の間にぐっと高くそびえた劇場である。それはまるで巨大な鯨が息をするために深海から身を突き上げたところのように見える。鯨を象《かたど》ったこの劇場は、チュニの母親であるクムボクが自ら設計したものだった。

チュニの脳裡には、派手な劇場の看板と、そこに入ろうとしてごった返していた人々、間食の類を売っていた行商人たちの姿が浮かび上がった。しかしそんな賑やかな風景もずっと前、劇場が火事に見舞われたときにすべて消えてしまった。劇場全体が炎に包まれ、巨大な火焔が恐ろしい勢いで天を衝いて立ち上った。この都市の消防車という消防車がすべて動員されたが、あらんかぎりの火勢を食いとめることはできなかったのである。人々はみな遠くまで後ずさりし、女一人の力で築き上げた巨大な栄華のしるしが炎の中に消えていくのをただ見守るしかなかった。炎は隣の市場にも燃え移り、この惨事はピョンデを廃墟に一変させた。チュニが刑務所に行っている間に人々は希望なき呪われた地を離れ、二度と戻ってこなかった。駅は閉鎖され、人々が消えたピョンデは自然の循環の中に埋もれ、徐々に消滅しつつあった。

チュニは窯から出て、井戸があった方へ歩いていった。何をおいてもまず水を飲まなければならない。赤錆におおわれた井戸はからからに干上がり、とうてい水が出そうに見えなかった。ゴムパッキンも割れ、ちゃんと機能するのかどうかわからない。彼女は台所に入り、真っ黒焦げの鍋を持ってきて、近くに水がないか探し回った。ほどなく線路の方にむかう進入路のそばで小さな溝を発見した。盛んに茂ったヤナギタデの下にぬるい水がたまっている。彼女は注意深く手で水をすくっては鍋に入れた。工場の敷地はもともと沼であり、ここを埋め立てるために彼女の母親は途方もない量の土と砂利をつぎこまねばならなかった。まさに無謀な試みだったが、煉瓦工場はその後、それらの努力すべてに対して数十倍以上のお返しをしてくれた。

水がいっぱいになるとチュニは鍋を持っていって井戸に注ぎ、素早くポンプを押した。しかし水はすぐさま井戸に消えてしまい、空気が漏れる音だけがうるさく耳に残る。もう少し大きな容器が必要だろう。彼女は適当なものを探して工場のまわりをうろうろし、意外に近くの草むらの中で鉄釜を見つけた。台所から消えていた釜である。錆びついて、取っ手が片方とれてはいたが穴はなく、錆さえ落とせばそのまま使えそうだった。

はるかな昔チュニの母は、工場で働く男どものためにこの釜で麺をゆでたり、夏になればポプラの木につないで育てた犬を屠《ほふ》って犬汁[*1]を煮こんだりもしたものだ。犬汁を煮る日には朝から工場全体がざわついた。中庭の一方に煉瓦を積んでかまどをこしらえ、水から煮こみはじめると、人夫たちはその日ずっと、仕事をしながらも釜がかかっている方をちらちらと物欲しげに見やるのだった。ついに犬汁の匂いが工場全体に広がり、太陽が沈むと、男どもは満面に照れくさそうな微笑を浮かべてかまどのまわりに集まってくる。チュニの母はきわどい冗談を飛ばしながらスープを一杯ずつよそってやり、彼らは汗をぼたぼた落としながらずるずると音を立てて熱いスープを堪能するのだった。常に食べものがあふれ、豊かだったころの話だ。

チュニは釜を水路へ運んだ。川底にたまった水を鍋で少しずつ、数十回も汲んだ末、ようやく

*1【犬汁】精がつく食べものとされる。

釜がいっぱいになった。水を汲んでいると、草むらの中で何か生臭い気配がする。雑草の茂みを持ち上げてみると案の定、太いナミヘビが一匹草むらから出てきて水路の横を這っていた。チュニが素早くそのしっぽをつかみ、力いっぱい地べたに叩きつけると、ヘビは軽く痙攣して地面に長々と伸びてしまった。チュニはヘビをそこに置いたまま両腕で釜を抱きかかえ、力を振り絞って持ち上げた。脚がふらつき、よろよろする。水路から井戸のあるところまではさほど遠くはなかったが、九日間もろくに食べられず疲れきっていたので、鉄釜を運ぶのは容易なことではなかった。百斤[*2]を超える鉄釜に水を満々とたたえているのだから、一人前の男が二人がかりでもやっとの仕事だったろう。

チュニは実に四回も釜をおろして休んだ末、ようやく井戸までたどり着いた。ポンプの中に水をたっぷり注ぐと、彼女はポンプ押しを再開した。しかしその甲斐もなく水はたちまち井戸の中に消え、古いパッキンの間から風が漏れる音がするばかり。汲んできた水がほとんどなくなり、あきらめかけたとき、ついに手ごたえがあった。ポンプを押す手に何かずしんと引っかかる感じがして、真っ赤な錆混じりの水がひとしきり出たあと、やがて冷たい地下水がほとばしり出てきた。チュニはまず注ぎ口に口をつけて長いこと水を飲んだ。冷たい水が食道を伝って胃腸に流れこむと、りんりんと何かが鳴るような感覚が体じゅうに広がる。しばらくの間、息をはずませて座っていたチュニはその場に立ち上がり、一枚きりの囚人服を脱ぎはじめた。

真夏の陽射しの下に、水牛のように巨大な裸体が現れた。何日も食べていなかったが、刑務官に「バークシャー」と呼ばれた彼女の体はまだ、百二十キロを保っていた。しかし彼女は、よくいる肥満体の女のように腹や尻が肥えているだけではなかった。長い労働で鍛錬された固い腕と広い肩は男の運動選手を思わせ、黒く焼けた肌は彼女をいっそう屈強に見せている。百八十センチ近い長身とクヌギの根元のように厚みのあるがっしりとした二本の脚が、その巨大な体を支えていた。実に壮観だった。年齢は三十歳近かったが、子どもを生んだことはもちろん妊娠したこともない彼女の乳房はまだぴんと張り、掌ほどもある乳暈《にゅううん》の上にはしっかりした乳首がにょっきりと突き出していた。

チュニは釜に水を受け、鍋で水を汲み、火照った体に水を浴びせた。冷たい地下水が肌に触れると、暑さに負けてへたっていた体がビクッと目覚め、ひとりでに呻き声が漏れる。彼女は井戸のかたわらで体を洗いはじめた。

彼女はわが身の肉をこすってこすって、こすりあげた。この肉こそ、誰にも愛されたことがないという悲劇の運命の主人公であり、永遠に脱ぐことのできない天罰のような衣であり、その中に彼女を閉じこめて生涯引きずり回し、遠い遠い道を戻ってついに再びこの煉瓦工場まで連れてきたのである。日焼けしてところどころ傷を負ってはいたが、彼女の肌はまだ弾力を保っていた。チュニは自慰をするかのように優しくひそやかに、そして執拗に全身をすみずみまで洗い上げた。

＊2【百斤】約六十キログラムに当たる。

入浴をしていると、文の顔が思い浮かんだ。
はるかな昔、義父である文は、すでに百キロに近かった彼女を井戸ばたに立たせて体を洗ってくれるとき、こう言ったものだ。

チュニや、おまえのこの太い脚は誰よりもしっかりと土をこねることができるし、このりっぱな腕は誰よりもたくさん煉瓦を運ぶことができる。その全部が、おまえの福なんだよ。

彼女に煉瓦の焼き方を教えてくれた文は、誰も気づいてやれないうちにだんだん目が見えなくなり、深い孤独の中で一人寂しい死を迎えた。チュニは急に胸が詰まり、体を拭いていた手をしばし止めた。しかし彼女は泣かなかった。こうして長い時間をかけて入浴を終えた彼女は、かたわらに脱いでおいた囚人服をこねるようにしてよく洗い、草の上に干した。

遠く渓谷の方から、冷気を含んだ風が吹いてくる。彼女は目を閉じたまま、巨大な裸身をかすめて吹きすぎる風を味わった。ほんとうに久々に味わう、すがすがしい気分である。彼女の鋭い感覚は今や入浴によってよみがえり、風に混じってくる渓谷の湿った空気や、その下で岩のすきまに隠れて眠っているタヌキの獣臭さ、野原を通ってくる間に染みついたありとあらゆる草の匂いまで嗅ぎとることができた。帰るべきところへ帰ってきたという安堵で、彼女は長い緊張から初めて徐々に解放されつつあった。

しばらく後、息遣いも荒く井戸の横に座っていた彼女に、忘れていた空腹が押し寄せてきた。彼女は水を汲んできた水路へ行き、さっき捕まえたナミヘビを持って戻ってきた。ヘビはまだ死んでおらず、彼女の腕に巻きついてのたうち回った。まるまると肉厚で、長さは三尺を上回るかなり大きなヘビである。ヘビの首を歯で噛み取って皮をはいでいくと、真っ白くぽってりとした身が現れた。胃腸の中には消化されなかったトノサマガエルと羽虫が入っている。水ですすいで血を洗い流した後、チュニはヘビの胴体を片手で握り、生のまま、頭の先から噛み砕いてどんどん食べていった。歯で一口ずつ噛み切り、長いこと噛んでいると、脂気を含んだうまみが口の中に満ちあふれる。肉汁をすっかり吸い取ると、残った骨のかけらは吐き出した。そうやって彼女は座ったまま、ヘビ一匹をゆっくりと平らげた。ヘビの胃から出てきたカエルも水ですすいで、残らず口に入れた。

長い間からっぽだった腹の中に肉が入るとたちまち内臓がよじれ、吐き気がこみあげた。刑務所の出入り口で一人の老婆から豆腐を一切れもらって食べて以来、実に九日ぶりにまともな食べものが体に入ったのだから、無理もない。彼女はのどを伝って逆流してくるものをやっとのことで飲み下し、ようやく腹が落ち着くと水で口をすすいで立ち上がり、まだ乾いていない囚人服を身につけた。ずたずたに裂けてしまったズボンの裾はすっかり破り取った。生乾きの服をまとった彼女はしばし茫然とした表情で工場を眺めた。そしてついに、宿舎跡の方へとゆっくり歩き出した。窯のそばをうろついていたイタチが彼女を見て驚き、草むらへ逃げていく。ヨモギの上で遊んでいたウスバキトンボも、翅《はね》を素早く動かして道を開けてくれた。

ついに、煉瓦工場のあるじが帰ってきたのだ。

鬼

この長い物語の始まりは、ピョンデで汁飯屋を営んでいた一人の老婆にまでさかのぼる。彼女はチュニが生まれる前に死んでおり、二人は遠く隔たったままお互いの存在を知ることはなかった。しかし誰が知るだろう、この物語のすべてが一編の復讐劇でもあるということを。はたして老婆は復讐に成功し、思いをとげたといえるのだろうか？　それに答えられる者は誰もいない。彼女の呪いを記憶する者はすでにこの世の者ではないし、彼女の物語とははるかな昔、ピョンデに初めて汽車が通ったころの話であるゆえに。

駅のそばの曲がりくねった一角にあったその汁飯屋は、他所《よそ》からやってきた流れ者や日雇い相手にクッパや濁り酒を出す店で、稀に見る醜い老婆が一人でやっと切り盛りしていた。彼女は見た目こそ醜いが、一生の間、他人の家の台所ばかり転々としてきたため、料理の腕前は相当のものので、客の出入りはかなりあった。ある年の冬、老婆は市場へ買いものに行こうとして、門の前にまいた食器洗い用の水が凍ったのに滑って尻餅をついてしまった。自分で作った氷だったにもかかわらず、老婆は「どこの悪いアマだ、他人の家の前に水を捨てやがって」と愚痴を言うと立ち上がった。

かくして、物語は始まる。かつてピョンデの谷間を吹きすぎた風のように、軽々と。

その夜老婆は、腰と尻が耐えられないほど疼いたが、一晩あたためれば治るだろうと思い、けちけち使っていた薪をかまどにもう何本かくべると汚い布団にもぐりこんだ。しかし翌朝になっても腰は治っていなかった。それどころかかえって痛みがひどく、身動きもできない。何年か前、金を奪いにやってきた隣村のやくざ者たちに夜通しぶちのめされたときでさえ、二日も休めばすぐに起きて働けたものだが、こんどばかりはよくない予感がした。

飯も炊けず一日じゅう寝たまま呻いていた老婆は、日暮れどきにようやく起き上がった。どんなにひどい風邪でも薬一包み飲んだこともなかったが、這うようにして駅前の薬局まで行き、薬を買って飲み、また床についた。それで一巻の終わりだった。彼女は二度と寝床から立てなかったのである。実はずっと前から股関節の骨が穴だらけでガラスのようにもろくなっており、凍った地面で転んだはずみにそれが粉々に砕けてしまったのだが、そんなことを田舎の漢方薬局の主人や無知な老婆が知っているはずがない。

駅前に部屋を借りて林業の仕事に従事している人夫たちが、一日じゅう山の中で冷えきった体をあたためようと店を訪れ、老婆を発見したのは、それから七日後のことだった。ほとんどの客は汁飯屋の明かりが消えているのを見ると中をちょっとのぞきこみ、ぶつぶつ言いながら出てしまったが、その人夫たちはあたたかい汁物がよほど恋しかったのだろう、老婆を呼びながら上がりこみ、とうとう部屋の扉まで開けてしまったのだ。身動きもできない老婆を発見した彼らは最初、もう彼女は死んでいるとばかり思った。しかし老婆はそれまで真っ暗な部屋の中で、かちかちに凍りついた飯のかたまりをがりがり嚙み砕き、しぶとい命をつないでいた。そのために、何本も残っていなかった歯が二本も折れてしまったが。

その後、隣家に住む寡婦がときどき冷や飯を持ってきてくれたり、おまるをあけてくれたりはしたものの、体の曲げ伸ばしもできず寝たきりになった老婆はすぐに背中には床ずれができ、股はただれ、汚物臭とともに肉の腐る匂いが室内に染みついていった。もともときつい性格で、ネズミの目やにほどの人情もない寡婦は、何日かに一度顔を出すたび「ああもう、老いぼれがまたこんなにどっさり糞垂れて」とか、「ろくに食ってもいねえのに、この糞はいったいどこから出てくるんだね？」などと言い放ち、その上しだいに足が遠のいたため、おまるはすぐに汚物でいっぱいになるし、老婆は何日も空腹のままでいることもしばしばであった。老婆のやせ衰えた肉体はしだいに腐りはてていった。それは世間の法則である。

このころ、真冬にもかかわらず季節に似合わぬ蜜蜂が飛んできては、ピョンデの空を真っ黒におおうことがあった。何か大きな異変が起きたのかと人々が恐れおののいていると、やがて一人の女が村の入り口に現れた。その女は片方の目がつぶれ、ぎょっとするような顔だった。片手に杖をつき、顔は小じわ一つなく白玉のようにきれいだったが、どうしたことか髪が真っ白である。それは幼いときからハチミツを食べすぎたからなのだが、そのために人々は彼女の年齢をとうてい推測しかねた。

女は蜜蜂を追いながら老婆が臥せっている汁飯屋へとゆっくり歩いていき、後をついてきた村人たちに、自分は老婆の娘だと言った。人々は一つ目の奇怪な容貌が恐ろしくもあり、また彼女の頭のまわりをぶんぶん飛び回っている蜂に刺されるのではと首をすくめ、早く医者を呼んでこいとか、床ずれには干したベニバナが良いとか、てんでにおそるおそる進言した。しかし女は、「母ちゃんのことは私がやるから」と言って村人を全員家の外へ追い出した。人々が散ってしまうと彼女は、すでに色濃く死相が現れた老婆の顔を一つしかない目で凝視した。後になって彼女は、自分を一つ目にした張本人がまさにこの老婆だったことを明かしたが、それはいくぶんか事実だったのである。このとき、母娘が別れてから二十年以上が経っていた。

話はさらにさかのぼる。はるかな昔、老婆は顔がすこぶる醜いために嫁入りして一日で疎んじられ、新郎のふところに一度も抱かれることなく追い返された。美人は三日で飽きるが醜女《しこめ》は三日で慣れるという言い草もあるというのに、彼女はその後も相手に出会えないまま三十歳過ぎても奉公先を渡り歩くばかり、さる名家で台所女中をすることになったものの、そこに目がついているとかろうじて示しているだけの、ネズミのように落ちくぼんだ小さな目、何度見直しても愛嬌のかけらもないひねくれ顔、その真ん中に陣取った鈍重な団子鼻、ちびで短足で、笑うたびに真っ黒な虫歯がむき出しになる彼女には老いぼれの下男さえ目もくれなかったばかりか、真夏に部屋の扉も障子戸も下ばきも下の口も開けっ放しで眠っていてさえ、部屋に忍んでくる男が一人もいなかったのだから、その醜さの前では「わらじにもつがいがある」ということわざも意味をなさないほどだった。

彼女が奉公していた名家には一人息子がいた。だがそれが、よりによってできそこないのうすのろであった。生まれてまもなく板の間から落っことされて石段に頭をぶつけたせいだとか、小さいとき鹿茸《ろくじょう》を食べさせすぎたからだとかいわれていたが、難しいことはさておき、要は生まれついてのデクノボーだったのである。こういう場合のお定まりとて、彼の生まれについても諸説あったが、どんなに生まれが良かろうが十歳を過ぎても自分と他人の区別もつかず、場所もわきまえずどこででも寝そべったり糞を垂れていたというから、本物のデクノボーに間違いなかったものと思われる。従って食事や着替えはもちろん、入浴や便所まで誰かがつきっきりで世話しなければならなかったが、それがまさにあの売れ残り女の仕事だった。当時は男女の区別、また両《ヤン》班《バン》と常民[*3]の区別がきわめて厳しかったが、誰一人関心を持たない彼女がデクノボーの世話をしていたところで、誰も変に思う者はなかった。

そんなデクノボーが十四歳を過ぎるころ問題は起きた。それは他でもない、その立派すぎる生殖器のためであった。知能指数でいえば二、三歳ぐらいで止まってしまったのがくやしかったせいかどうなのか、彼のいちもつはまるで初夏のへちまのごとくすくすくと成長し、十四歳のときには長さ一尺にも達してしまったのであるから、もしも手元にものさしをお持ちであるならば、読者のみなさんも一度、その大きさを見積もってみられるとよろしいであろう。参考までに、一尺は三十・三センチメートルに相当する。

もちろん、大きいのが悪いわけではない。小娘ならばいざ知らず、口も裂けよとお楽しみの幅が広がることは必定で、それもまた慶賀に値するといえばいえるのだが、よりによってそんなもったいないものが凡百の男どもをさしおいて、陰陽調和の法則も男女の情も解さぬデクノボーについているとあっては、良い方に考えたところで創造主の意地悪ないたずらというほかに説明のしようがないではないか。一方、三十過ぎまで男の胸に一度も抱かれたことのない純真な彼女が初めてこのとてつもない雄姿を目のあたりにしたときの気持ちはどうだっただろう？　一尺を上回る奇怪ないちもつを現実に一度も見たことのない我々がそのショックを想像するのは、容易ではない。そのような壮大なスペクタクルの前では、せいぜいぽかんと口を開けているしかなかっただろうと推測するのみ。

その通りだった。事実、浴槽に入って垢をふやかしたデクノボーが立ち上がったとき、彼女は口をあんぐりと開けてしまった。以前からデクノボーのいちもつは大したものだったらしいのだが、冬の間は風呂に一度も入れなかったので、この間のすさまじい成長ぶりに誰も気づかなかった上、その日に限って何に興奮したものか、血管がごつごつと浮き出たデクノボーの道具がまさに鼻先で、これ見よがしに一寸の掛け値もなく一尺に余る雄姿を誇っていたのだから、嫁に行け

＊3【両班と常民】両班は朝鮮時代の特権階級、常民は一般庶民。

ない哀れな彼女の受けた衝撃たるや。にわかに目の前が暗くなり、開けた口を閉めることもできず、彼女は小便をジャーッともらしてしまった。それは無条件反射の法則である。

およそ命ある万物の根源は性欲と繁殖であるのが世のならい。いくら世にも稀な醜女とはいえ、彼女とて厳然たるX染色体を二個持った雌には違いないのだから、この特別な雄の持ちものに直面してどうして度肝を抜かれずにいられよう。だから彼女が全身を震わせ、ありとあらゆるけしからぬ考えに下半身が熱くなり、忘れていたため息を大きくついたところまでは充分に理解できるし、ある意味同情すべき点もある。だが、そのあと彼女がとった行動はきわめてわいせつで、常識に照らしてもとうてい理解できない大胆で分不相応なものだった。つまり自分の鼻先で偉そうにしていたデクノボーのいちもつを両手でしっかりつかみ、いきなりかぶりついてしまったのである。もちろん、自分でもわけがわからずとっさにやってしまったことだ。このときデクノボーは何が嬉しかったのか、面白そうに水をはねとばしながらにこにこ笑い、哀れな彼女を見おろして一言いった。

——ひひひひ、それは食いもんじゃねえ、このどまぬけ。

後日、チュニの母であるクムボクがこの話を伝え聞き、言及したことがある。これが、ものの大小に関する世間の見方を代弁しているのでここに書き写しておくが、次のようなものであった。

——まあ、大きいから必ずしもいいってわけじゃないけど、それでもどうせなら、あえて一つ選べというなら……

彼女はしばらく間をおいて、ふふふっと笑いながら言った。
——大きい方が、いいでしょぉね。

以後、老婆とデクノボーの間にくり広げられたことのいきさつは、雌と雄の間で起きてきたありとあらゆる物語、嘘っぱちだらけで単純で、常に口の端に上り、耳から耳へ伝わり、ついに世間じゅうに広まる猥談の類と特段違うところはない。ただ一点、哀れな彼女が世にも稀なデクノボーのいちもつを受け入れようとしたとき、ひとりでに漏れる呻き声が敷居を越えないよう、枕元にあった雑巾で自分の口をふさいだところが、変わっているといえばいえる程度だ。

ともすれば宵の口から寝てしまい、日が沈めば正体もなく眠りこけ、朝の一番鶏が鳴くまでは誰にかつぎ出されても気づかないほどだった彼女が突然、おまるをすすがなきゃとか、夜に目が覚めたときに飲む水を用意してやらなきゃとか、あれこれ口実を作ってデクノボーの部屋に盛んに出入りするようになったことに最初に気づいたのは、同じ部屋に起き伏しする若い飯炊き女だった。その日の昼間、飯炊きは、みそ玉をこしらえている年長の女中の目を盗んで煮大豆を口に詰めこんだあげくとうとう腹をこわして便所に通っていたのだが、デクノボーの部屋の前を通るたびにどこからか猫が鳴くような声がするではないか。そしてほどなく、同じ部屋で暮らす同僚が近ごろどうしてあんなに落ち着きがないのか理解したのだった。

何日かして彼女は、近くで台所奉公をしている同郷の友だちに会い、注意を払いつつ噂話を耳打ちした。しかし一度ベルトコンベアに乗ったひそひそ話がたちまちオートメーションの工程に乗り、ごくもっともらしい扇情的な話にふくれ上がり、里に広がり隣村にまで伝わるのは当然のなりゆき。ひそひそ話がめぐりめぐってついに主人の奥方の耳に入ったのは、彼女がデクノボーと風呂場で最初に腹を合わせたときから四か月後だった。それは噂の法則である。

その日も彼女はデクノボーの部屋にしのびこんでいた。それまでに巨大な陽根にかなり適応した彼女は悦楽のリズムに身を任せ、結構な腰使いでよろしくやっており、障子のむこうに人影がちらついていることに少しも気づかなかった。続いて扉が壊れんばかりに開け放たれると若い作男どもが押し寄せてきて、ほどいた髪をつかまれ外へ引きずり出され、中庭に投げ出されてみて初めて、一巻の終わりだと悟ったのである。

中庭にはただちに松明《たいまつ》が灯され、怒りのあまり青ざめた奥方が現れた。下ばきをはく余裕もなかった哀れな女は、中庭の真ん中に裸体をすくめてうずくまり、処分を待っていた。突然の騒動に驚いた下々の者たちがいつのまにか外に出てきて群がり、彼女をぐるりと取り巻いている。奥方は顔をぶるぶる震わせながら、へちまのようにしおれて地面にうずくまっている醜い女を見おろした。たとえ息子がデクノボーであってもこのようなことは、両班と常民の区別の厳しい世の中で、想像するだに忌まわしい恥辱である。奥方は、作男が持っていた綾巻[*4]を引ったくり、天高く振り上げた。卑しい女の脳天をかち割ってやるつもりであった。齢五十近い女の身とはいえ、突き上げるような憤怒は、思いきり頭をかち割ってやっても余りあるほどだった。

しかしそのとき、思いもよらないことが起きた。部屋にいたデクノボーが泣きながら外へ飛び出してきたのだ。彼は、彼女が引きずり出された理由もわからないまま、彼女の名を呼びながら中庭へと駆けつけた。彼も彼女と同じく一糸まとわぬ裸だったのはもちろんである。彼の母親である奥方をはじめとする家内の下人どもが全員、デクノボーの股からぶら下がった巨大な肉の棍棒を目撃したのも、まさにこのときだった。彼女が初めてそれを目にしたときのように、みないっせいに口をあんぐり開けてしまった。その瞬間、奥方は怒りを忘れ、女中たちは羞恥心を忘れ、男どもは任務を忘れた。それほど衝撃的なサイズだったのである。

しばらく後、誰よりも早く気を取り直した奥方が「なななな何たる失礼千万奇怪千万！」と声を張り上げるや、ようやく任務を悟った年かさの作男たちがデクノボーを部屋に連れていき、羞恥心を取り戻した女中たちは大げさな悲鳴を上げて両手で顔をおおい、いっせいに台所目指して駆け出した。続いて奥方の厳しい仰せが下った。

――このくたばりぞこないのアマをぶっ壊して、屋敷から追い出しておしまい！

怒りとばつの悪さのため、しきりに舌打ちをしながら彼女は母屋に消えた。続いて男どもが、彼女の裸体に手荒に棍棒を打ちおろした。悲鳴とともに肉が裂け、血が飛び散る。生まれたときからただひたすら、糊口をしのぐことだけがせいいっぱいの彼らであるから、人情だの同情心だのの持ち合わせがあるはずもない。気の毒な女が悲鳴とともに裸体をあっちへこっちへくねらせると、たとえ醜女とはいえ、肌もあらわな女の赤裸々な姿態に男たちはしだいに興奮し、目は異

＊4【綾巻】砧《きぬた》を打つときに衣類を巻きつける棒。

様な光で輝きはじめ、棍棒を握る手にいっそう力がこもった。その上「ぶっ壊せ」という奥方の指示がいったいどのくらいまでを指すのかわからないものだから、やめろといわれるまでは、誰もそれをやめることができなかった。それは慣性の法則である。台所の扉のすきまから外を見て、棍棒が振りおろされるたび、まるで自分が打たれているように体をびくつかせて困惑の舌打ちをしていた女中たちがいっせいに群れをなして出ていき、男たちを止めなかったら、おそらく残忍なこらしめは夜を徹して続いたことだろう。

顔をうっすらと紅潮させた男たちがようやく手を止めてきまり悪げにしらばっくれている間に、誰かが服を持ってきて、血で炊いた粥さながらの肉塊にざっと袖を通してやり、男どもがその肉塊を外門の外へ突き出した。そして、今宵のおぞましい光景を忘れたがっているかのように、てんでに頭を横に振りながらそれぞれの部屋に戻っていった。

雨に打たれた藁束のように力なくうなだれて外門にもたれた女は、すでに絶命したかに見えた。呼吸すらしておらず、鼻と口からひっきりなしに血が垂れ落ちて地面を濡らしていた。

翌朝、下男が門を開けたとき、気の毒な女はどこかへ姿を消していた。みんな、彼女は運良く死なず、自力で体を動かしてどこかへ行ったのだと思い、各自の仕事に戻った。それは下人の法則である。そして物語はここで終わるかと思われた。

ところが何日か後、真夜中の零時を過ぎた深夜に誰かが静かにデクノボーの部屋にしのびこんだ。これぞすなわち、何日か前に血の粥になるほどの私刑を受けたあの女だったのである。彼女は前後不覚に眠りこけているデクノボーを静かに揺すって起こした。デクノボーが目を開けると、彼女は彼の耳にささやいた。

——坊や、私とお風呂に入りに行かないかい？

——ぼく、お風呂、入りたくない。

デクノボーが再び眠い目を閉じようとすると彼女は、デクノボーのズボンの前に手を入れ、いちもつをくいくいとさすりあげた。

——これでも嫌？

するとデクノボーは、口を半開きにして答えた。

——ああー、それならぼく、お風呂、入りたい。

彼女はデクノボーを連れて静かに外門を出た。デクノボーは、台所じゃなくてどこでお風呂に入るのだと不平を言ったが、彼女はそっとなだめすかして屋敷の外へ引っ張り出した。しばらく後、彼女がデクノボーを連れていったのは、村のすぐ前を流れている大きな川のほとりだった。デクノボーは恐怖を呼び覚ます陰鬱な川の水音と、彼女のただならぬ目つきに脅えて後ずさりした。

——寒いよ。ぼく、うちに帰る。

すると彼女はさっさとデクノボーの服を全部脱がせた。そして彼を川べりの草むらに横たえ、その上に乗った。

——じっとしておいで、坊や。いい子だから。

女はデクノボーのいちもつをつかみ、自分の陰門にはめこんで腰を上下にゆらしはじめた。デクノボーもいつもと同じく口を開けたまま尻で調子を合わせた。四方は明かり一つ見えない真っ暗闇、激しい川の流れと二人の肉がぶつかる音だけが耳をつく。女の口から喘ぎ声が漏れ出てきた。今日は雑巾で口をふさぐ必要もない。ついに彼女は長い叫び声を上げて絶頂に達した。少したつと彼女は、はあはあと喘ぎながら横たわっているデクノボーの手をとって起こした。

——さあ、こんどはお風呂に入ろうね。

——寒いよ。ぼく、お風呂、やだ。

——だめ！　嫌でも入るんだよ。

彼女はすさまじい形相で目をむいてみせた。デクノボーは仕方なく彼女に手を引かれて水の中に入っていった。何日か前に降った雨で川の水かさはひときわ増していた。冷たく荒々しい流れが腰にまとわりつくとデクノボーは怖くなり、女の手を力いっぱい握りしめた。女はデクノボーをだんだん深みの方へといざなった。彼女の後ろには黒い渦ができていた。

真夜中に消えたデクノボーが翌朝になっても帰らないことがわかると、屋敷じゅう上を下への大騒動となった。一家眷属《いっかけんぞく》がデクノボーを探しに四方へ散った。一里半離れた下流の村で洗濯をしていた一人の娘が水に浮かんだデクノボーの死体を発見したのは、彼が消えてから二日後のことである。その娘も口をあんぐり開けてしまったことは、いうまでもない。

一つ目

　何年か後、数里離れたある山奥の村に、幼い娘を連れてあの家この家とさすらっては雑用を引き受け、残飯をもらってようやく暮らしている流れ者の女がいた。ひどく不細工な上に体も貧相で、男という男から見向きもされなかったその女とは、すなわちあのデクノボーとまぐわった気の毒な台所女中であった。娘はもちろん、あのデクノボーとの子どもである。

　デクノボーが川の下流でぶくぶくにふくらんだ水死体となって浮かび上がったあの年の冬、老婆は他人の家のかまどのそばで一人、娘を生み落とした。幸いにも娘はうすのろではなかった。ちょっと見たところ、デクノボーに似たところは一つもなかった。しかしその二重まぶたの大きな目、あまりに空虚で純真に、あまりに無心で愚かなまでに見えるその目だけは、判で捺したように彼とそっくりだった。それは遺伝の法則である。

　老婆はデクノボーを思い出させる娘の目と目が合うたびに辛かった。そこで殴った。ただでさえろくに食べさせてもらえなかったか細い少女の体には、痣が絶えることがなかった。娘は老婆にめった打ちにされるたび、部屋の片すみにうずくまって悲しそうに泣き、老婆を見上げた。そんなときの娘の目は、いっそうデクノボーを思い出させた。脅えた顔で自分にむかって手を振り回しながら、暗い水の中へ消えていったあのとき、彼が叫んだ声がよみがえるかのようだった。

やだ。ぼく、お風呂入りたくないんだよ。

どういうわけで彼女は、気の毒なデクノボーを真っ暗な水中に沈めたのか? 自分にひどいリンチを加えた主人たちに復讐したかったのか、でなければ、つかのまとはいえ人生でいちばん幸福だったときを永遠に記憶にとどめるためか。ここでも我々は答えを手にすることはできない。すべては水中に没し、そしてなお、物語は進む。

娘が六歳になった年の冬、老婆は高麗人参の栽培をなりわいとする、とある富農の家で水飴を煮ていた。その間娘は、主人の顔色をうかがって家にも入れてもらえず、一日じゅう牛小屋の横の堆肥のそばで寒さに震えていた。肌をえぐる寒風に一瞬で消えてはしまうものの、彼女をあためてくれるものは堆肥から上る湯気しかなかったので、娘はしまいに頭だけ出して小さな体をすっかり堆肥に埋ずめ、彼女が堆肥なのか堆肥が彼女なのかわからないほどだった。

どれくらい経ったのか、堆肥の中ですっかり眠ってしまった娘は、鼻をくすぐる甘ったるい匂いに惹かれ、自分でも気づかないうちに堆肥から出て母親が働く台所にしのびこんだ。べとべとの牛糞と、そこに混じった鳥の羽根を体じゅうにくっつけて現れた娘を見た老婆は仰天し、主人が見たら追い出されると言って火かき棒を振り上げた。哀れな少女は大きな目にうるうると涙をためており、その目を見た老婆はまたデクノボーの顔を思い出したが、その瞬間は娘を哀れに思ったのである。彼女は娘をかまどの前に座らせ、熱い水飴を一杯汲んでやった。娘は口の中がやけどしそうになるのもかまわず、がつがつと器の底まできれいになめ回した。かまどの前に座って火にあたっていると、凍りついた体がほぐれるとともに、堆肥の匂いがゆらゆらと立ち上ってくる。老婆は隣のかまどに薪をくべ、大釜で湯を沸かし、湯が沸くまで娘はかまどの前にうずくまって眠った。寝ている娘の姿を見おろしていると老婆は鼻の奥がずきずき疼いて、これまで娘に何一つ良くしてやらなかったことを悔いた。

しばらくして湯が沸きはじめると、老婆は大きな湯船に湯を張り、娘を起こして牛糞まみれの服を全部脱がせた。火かき棒のようにやせこけた体のあちこちに、木の枝で打たれた痕と痣が残っている。老婆は自分が娘に対していかに非情だったかを悟り、すまなさで再び胸がいっぱいになった。ところがどうしたことか、いざ入浴をさせようとすると娘が急に湯船に入りたくないと言い、頑としてきかない。めったにないことだったが、これが老婆のカンにさわった。せっかく母親らしいことをしてやろうと思ったのに言うことをきかないとは、腹が立つ。彼女は火かき棒を高く振り上げて、早く入らないとぶつよと言って目をむいてみせた。すると頑なに拒んでいた娘が突然目をいっぱいに見開き、彼女をにらみつけると、叫んだ。

――やだ！　お風呂入りたくないんだよ！

その瞬間老婆は自分でも無意識に、真っ赤に焼けていた火かき棒の先を、娘の左目にぶすりと突き刺してしまったのである。一瞬よみがえった娘への愛情はすっかり消えうせ、老婆はまた元の冷酷な母親に戻った。血をぼたぼた落としながら目をかばって泣きじゃくる娘に、老婆は水飴を与えて一言だけ言った。

——このガキ、外に出ていろと言ったのに忍びこむなんて。早く出ていかないと、かまどにぶちこむよ。

かまどでは松の木の薪が赤々と燃え上がっていた。

一つ目になった娘が十二歳になったとき、村で鉄道工事が始まった。「わらじにもつがいがある」ということわざがようやく自分の役目を果たしたくなったのか、でなければ遅ればせながら創造主が哀れとおぼしめしたのか、一人のもっこ担ぎが夜ごと、人目を避けて老婆の部屋に出入りするようになった。もっこ担ぎはひどいあばた面で、真っ黒な顔には玄武岩のように大きな穴がボコボコと開いていた。「あのケツの振り方見りゃ、すぐわかるよ」とたちまち村じゅうの噂になったが、老婆は意に介さなかった。木の皮のように荒れていた肌に生みたての卵のような潤いがそなわり、ただでさえ細かった目がさらに細くなった。それは恋の法則である。

老婆は仕事が終わるや否や家に戻り、娘を叱りとばして寝かせ、チマを脱いで布団に入り、あばた男を待った。たぶんそのときが老婆の人生で最も幸せなころだったのだろうが、けちくさい彼女の運命は、それすら長続きさせてくれなかった。

ある日仕事が遅く終わり、夜もふけて家に帰った老婆は、部屋から妙な声がしてくるのを聞いた。戸のすきまからのぞいてみると、あばた男が自分の娘と裸で一つ布団に入り、からみあっているではないか。老婆は台所に入って声も立てずに泣き、つきに見放されたわが運命を呪った。だが彼女は長いこと泣いてはいなかった。すぐに台所包丁をつかむと静かに戸を開けた。あばた男はまだ老婆が帰ったことに気づかず、か細い娘の裸の上で喘いでいる。男に組み敷かれた娘は老婆に気づいて驚き、一つしかない目を見張った。老婆は静かにしろという意味で手を口に当てると、あばた男の背後からしのびより、広い背中の真ん中に狙いを定めると力の限り包丁を突き立てた。刃は一気に肺を貫通し、あばた男ののどは風が漏れるような音を立てた。老婆は、半分ほど突き入れた刃が全部入るまで深く突きこんでえぐったので、あばた男は悲鳴一つ上げず、わなわなと震えてそのまま娘の体の上に倒れこんだ。あばた男の口から吹き出す血で顔を血まみれにした娘は横たわったまま、声も立てずにぶるぶる震えているばかり。そして老婆は、手にした包丁を放り出すと、言った。

――何を見てるんだよ、このアマ。これを片づけもしないで寝るつもりかい？

その夜母娘は、あばた男の死体を菰《こも》に巻いて、線路わきに埋めた。

娘は老婆がすぐに自分も殺すのだろうと思っていた。彼女は恐怖におののき、こっそりと逃げ出す算段をしていたのだが、その必要はなかった。あばた男が死んだ翌日老婆は、村の裏山の深い谷間で蜂を飼っている初老の男が住む穴蔵を訪ねた。春の初めに国の南の端から出発して、秋には北の端まで、蜜を求めて全国を移動する彼は、毎年五月にはピョンデにやってきて、萩の花や栗の花がみごとに咲くこの谷に穴蔵を掘り、半月ほど過ごしていくのだった。

そして老婆はこの男にある提案をしたのだったが、それは、ハチミツ五瓶とひきかえにわが娘をやろうというものだった。その代わり明日にでも娘を連れて出ていくこと、また死ぬまでこの村の近くに姿を現さないことが条件だった。蜂飼いはあいまいな表情を浮かべると、老婆を見つめて言った。

——その子は何ができるのかね？

——飯も炊けるし、洗濯もできるし、あんたが望むことなら何でもさ。

老婆は男の貧弱な下半身を見やりながら、もったいぶった声で言った。

——そうさなあ、目が一つしかない女の子をもらっても、何の役に立つのかわしゃようわからんが……

蜂飼いはまだためらっていた。

——目は一つしかないが、あの子は遠くのやぶの中に隠れてるキジだって見つけられるんだよ。それに今はまだ子ども子どもしているけど、女の子はすぐに大人になるからね。そうなったらまた、ずいぶんと違うだろうよ。

老婆は顔のまわりを飛び回る蜂を追い払おうとして、しきりに手を振りながら言った。

——だとしてもその子に、ハチミツ五瓶の価値があるかどうか……ハチミツは貴重なもんだでのう……

蜂飼いは迷い続けたので、老婆は結局蜂に八か所も刺された末に、ハチミツ二瓶とわが娘を取り換えることに決めて穴蔵から下りてきた。次の日、蜂飼いは十二歳の少女の手を引いて村を出ていった。それでおしまいだった。その日から二十年が流れるまで、二人が顔を合わせることは一度もなかったのである。

話はまた、老婆が腰を痛めて寝こんでいる汁飯屋に戻る。老婆はひとしきり見つめた後でようやく、この一つ目の女が自分の娘であることに気づいた。老婆は床からばっと起き上がると、このアマ、いったいどの面さげてここへやってきたのか、さっさと失せろと声を張り上げた。一つ目は一つ目でまばたきもせず、貸しを返してもらいに来たのさと言った。私の目を一つ見えなくしたのもあんただし、ハチミツ二瓶と引き換えに売りとばしたのもあんたなんだから、お返しはいただかなくちゃと言うのである。老婆は、目が見えなくなったのは自分のせいではないし、蜂飼いに売りとばしたのもすべておまえのためだと言い返した。これまで飢えもせずに生きてこれたのはすべて私のおかげではないか、それに、私のような一人暮らしの貧しい年寄りに金などあるものか、と。すると一つ目は、老婆が金を貯めこんでいるという噂はもう聞いていると言った。それはその通りで、村人たちの間では老婆が大金を隠し持っているという噂がずっと前から根強く広まっていたのである。

あばた男が死んだ後、老婆は二度と男に目をくれなかった。その代わり金を貯めこみはじめた。仕立物や下働きの仕事はもちろん、田んぼや畑の仕事も選り好みせず引き受け、仕事がないときには山に入って薬草や菜っ葉を採った。そこそこの寒さなら火を焚かずにやりすごし、服は拾ったりもらったりしたものですませた。世の中のあらゆる汚いもの、うっとうしいもののすべては彼女の取り分だった。彼女はいつも虫のように地面を這い回っていた。稀には、彼女に興味を示す目のかすんだ男やもめに体を売ることもあった。二十年以上も彼女は、一つ覚えのように金を貯めることに全力を注いできた。人々は老婆が理解できなかった。子どもがいるわけでも旦那がいるわけでもないのに、あんなに金を稼いでどうするんだかというのである。それに対して老婆はただ、「世間に復讐するためさ」とだけ答えていた。それ以上は語らなかったので、みんな、彼女は苦労しすぎて頭がちょっと変になったのだと思っていた。

何年か前、近くの村のやくざ者何人かが噂を聞きつけ、金を奪いにやってきたことがある。彼らは一晩じゅう交代で老婆の体をねちねちと足蹴にした。しかし老婆はついに金のありかについて口を割らなかった。さるぐつわのすきまから断末魔の呻きを漏らしながらも、後に娘に言ったのと同じく「私のような一人暮らしの貧しい年寄りに金などあるものか」とくり返すだけだった。彼らはまず金をとり、老婆を殺してしまうつもりだった。それがやくざの法則である。しかし老婆が体じゅうの穴という穴から汚物を垂れ流してもついに白状しなかったため、彼女の言うことを信じざるをえなかった。命と引き換えにしても守るべきものなど、この世にあるまいと思ったのだ。おかげで老婆は一命をとりとめたが、その一件で体はひどく弱った。汁飯屋を始めることになったのもそのせいである。

娘は母親を見つめてフンとあざけり笑うと、あのやくざ者たちと同じように、金のありそうなところを探して家じゅうくまなく探し回った。老婆が枕元にあったおまるを投げつけたので髪が汚物まみれになったが、彼女の一つ目はまばたきもしなかった。一日じゅう家探しをしても金が見つからないと見ると、こんどは老婆の枕元で一人で飯を食いながら、金を出さなければ餓死させてやると脅した。老婆も負けじと、口にするのもはばかられるような罵倒や呪いの言葉を娘に浴びせる。一つ目は翌日もその翌日も、天井まではぎとるほどの執念深さで家のすみずみまで調べ上げたが、とうとう金は出てこなかった。

探せるところはすべて探してもついに金が出てこないことがわかると、一つ目は部屋のすみにもたれて座り、老婆をにらみつけた。老婆はそんな娘に背を向けたまま横たわっている。そのとき突然一つ目は、一度も探していないところがあることに気づいた。老婆が敷いている、分厚い敷き物である。彼女は老婆をそこから引きずりおろして、血や膿がこびりついた汚らしい敷き物を調べようとした。しかし老婆は敷き物を体にぐるぐるに巻きつけて離そうとしない。激しいもみあいになったが、何日も食べておらず腰まで痛めた老婆が耐えられるわけもなく、手に余ると見た彼女は何本も残っていない歯で娘の腕に嚙みついた。歯が腕に食いこむと血がほとばしり、娘は悲鳴を上げて、腕にしがみついた老婆を力いっぱい振り払う。虫食い歯が折れ、老婆の頭が壁に叩きつけられる。その瞬間、がん、と頭蓋が割れる音がした。

一つ目が老婆を見おろしたとき、彼女はすでに目をかっと見開いたまままこときれていた。老婆は結局、脊椎骨折でも床ずれでもなく、脳震盪《のうしんとう》によってこの世にいとまを告げたのである。娘は冷えていく母親の死体を見おろしていたが、すぐに包丁を持ってきて敷き物を切り裂いた。敷き物の中にはやはり金が入っていた、しかし、それは一つ目や村人たちが思っていたよりずっと少なかった。彼女は老婆の死体を放置したまま二日間も家探ししたが、それ以上の金を見つけ出すことはできなかった。その間にも嚙まれた手はどんどん腫れていく。すっかり失望した一つ目はついに老婆が死んだことを隣家の寡婦に知らせ、敷き物から出てきた金の一部を握らせて、母親ながら南へ去った。
の葬式を執り行うことと、汁飯屋を売る算段を頼んだ。そして再び蜂を追って、白髪をなびかせ

その昔、一つ目の少女の手を引いて去って行った蜂飼いには、世を騒がせた後日談がある。彼は毎晩、きれいな谷川の水で少女の体をさっぱりと洗い、穴蔵に連れてきて、かぼそい裸身をふところに抱いて寝た。しかし彼は性的に不能だったのか、それ以上のことは何もしなかった。蜂飼いは母親のように殴ったりしないし、ときどきハチミツを盗んでなめることもできたので、彼との生活は少女にとって悪くなかった。しかし蜂飼いは生涯一か所に定住することなく山の中をさまよい歩いたため、常に体が冷え、病気がちであった。

少女が十六歳になった年の秋、何日か大雨が降った後に蜂飼いはひどい風邪をひき、一日じゅう菰を引きかぶって穴蔵の中で歯をがたがたいわせて震えていた。一晩じゅう歯のぶつかる音でとうてい眠れなかった少女は、草をむしって耳をふさいだが、その夜蜂飼いはこの世を去ってしまった。

一つ不思議だったのは、蜂飼いが死んだとき、蜜蜂が彼の体が真っ黒になるほどにたかって、大きなかたまりになっていたことである。そのためにその死体はまるで巨大な岩のように見えた。蜜蜂どもはスズメバチと戦うときのように彼の体の上で、せわしく羽ばたきをしていた。少女が死体から蜂を追い払おうとすると、その中はひどく熱くて火のようであったから、彼女は驚いて後ずさりした。後に人々は、それは蜂が彼を温めようとしてやったのだとか、または世話をして

くれた主人を失った悲しみのためだったとか言い、またある者は、彼はあの蜂どもに殺されたんだよと言った。

少女

そして、チュニの母、クムボクの住んでいた世界とは。

ピョンデにやってくる前、クムボクは双子の姉妹が営む酒場で下働きをしながら、どこかへ出ていくきっかけを探していた。当時彼女は二十四歳の女盛りだったが、すでに男にはむしずが走るほど充分な経験を積んでいた。尻がみごとに張っていることを除けばさほど目につくような美人ではなかったが、道行く男たちの誰もが一度は振り向いて彼女を見るほどだった。それは彼女の体から放たれていた、ある匂いのせいである。匂いというしかないのだが、特定の何かの匂いというわけではなかったので、道を歩いていてクムボクを振り返った男たちは、それがよく熟れた桃の匂いなのか、渋い濁り酒の匂いなのか、はたまた薪をとりに行って便意を催したときにそっと入った森で嗅いだツルニンジンの匂いなのかはっきりと説明できず、漠然と「何か、匂いがする」と思うほかないのだった。

男心を騒がせ、酒に酔わせてあちこちさまよわせ、うずうずむずさせ、無謀なことに駆り立て、互いに血を見るまでやり合わせ、猛烈な勢いで血液を下半身に集めさせるその匂い。ある者はそれを排卵期の雌が放つ匂いだと言い、またある者は知ったかぶりをしてフェロモンの一種だとも言ったが、名前はどうあれクムボクは、これのせいで人生がややこしいことになったのだと思い、股に毛が生え出したころから漂いはじめたそれを消そうとして、暇さえあればお湯や水で体のすみずみまでせっせと洗ったものだが、実態のわからない匂いが洗ったところで消えるはずもなかった。

クムボクの最初の男は、ずっと昔に彼女が住んでいた山村に、忘れたころにやってくる魚屋だった。彼は遠い海辺の都市からイシモチやサバなどをオート三輪に載せ、内陸の奥まった土地へ通って売りさばいていたが、彼が最後にたどりつく村がまさにクムボクの住む山里だったのだ。魚屋がクムボクの村に着くころには、塩にしっかり漬かった魚はもうかなり鮮度が落ちたあとで、すえた匂いが鼻をつき、腐敗した魚肉のかけらがどろどろに溶け、箱の底には腐った汁がたまり、魚の頭はどこかへ行ってしまい、まともに形のそろったものを探すのが困難なほどだった。そこはひどく奥まった山里で家も何軒かしかないので、魚屋はクムボクの住む村まで行かず途中で折り返すこともよくあったが、魚の匂いに目がない年寄りたちは、塩のかたまりのようなサバの切り身を焼いて舌鼓を打っているくせに、口では上品ぶって「いやあ、食べるところもないのに匂いだけは一人前だ」とか「味が薄くて大したことはないな」などと言いつつ、こんな魚屋風情を首を長くして待っていた。

その日、魚屋が魚代の代わりとして手当りしだいに受け取った豆、粟、キビなどの穀物、ワラビやトラジなどの山菜の包みをオート三輪の後ろに積み、今しも村を出ようとしているときのことである。どこからか、魚の匂いとは違う奇妙な匂いが風に乗って漂ってきた。続いて、藍色のチマに白いチョゴリを着た若い娘が風呂敷包みを持っておずおずと近づいてきたのだが、オート三輪のライトでよく見ると尻がぽってりと丸く、ちょうど少女期を抜け出すぐらいの年ごろで、魚屋の目にはただの女の子とは見えなかった。

——おじさん、どこへ行くの?

クムボクは若い娘らしくもなく目を細めて、魚屋をじっと見据えた。クムボクと目が合うと魚屋は目をそらし、ぶっきらぼうに答えた。

——どこってかい。全部売れちまったから、また仕入れに行くんだよ。

魚屋は太い綱で荷を縛りながら答えた。

——どこで仕入れるの?

——どこって、南の方の海さね。

彼は、先ほどから漂いはじめた頭がくらくらするような独特の匂いが目の前の若い娘から出ていることに気づき、けげんに思った。

——ここから、遠い?

——遠いなんてもんじゃない。山をいくつも越えなきゃ行かれんのさ。

——そこは大きい村なの?

——大きいなんてもんじゃない。この村を何百個も合わせたぐらいでかいのさ。

——じゃあ、そこまで私を乗っけていってくれませんか？　ここからはどこへ出るにも足がないんだもの。

——乗せてってやるのは簡単だが、母さんには許してもらったのかい？

——母さんはいません。父さんと二人で暮らしていたんだけど、父さんもしばらく前に亡くなったのよ。

——どうして亡くなったのかね？

——お酒を飲んで貯水池に落ちて亡くなったの。

クムボクが嘘泣きの涙を浮かべてみせると、哀れに思った魚屋がまた尋ねた。

——そこへ行って何をするつもりなんだね？

——お金を稼ぎたいの。それに、男の人にも会えるでしょう。ここじゃ男っていえば、おじいさんしかいないんだもの。

クムボクは大胆不敵な表情で魚屋を見上げて答えた。

——なるほど、いかにも、そのようだね。

その夜魚屋は、オート三輪の隣にクムボクを乗せて村を出発した。空には煌々《こうこう》と満月が照っている。生まれてから一度も出たことのない村を離れるのは怖いことではありながら、狭苦しい山里から脱出できるという思いに彼女はときめいていた。

その時刻、クムボクの父親は土間にうずくまってこっくりこっくりしながら、酒を受け取りに行ったクムボクの帰りを待っていた。はるかな昔、クムボクの母親が子どもを生んで死んでからというもの、彼は夜ごと、一人で情欲と戦う寂しい雄だった。彼はこの世にたった一人しかいない、血を分けたわが子を途方もなく愛していたけれども、クムボクが少しずつ女っぽくなってくるにつれ、男やもめの色欲はおのずと娘にむかっていたのである。彼はそれを忘れるために酒を飲んだが、酔えばその穏やかならざる欲望がいっそう抑えられなくなる。そんなとき彼は貯水池に走っていき、頭をかきむしって、自分の汚い欲望と、先立ってしまったクムボクの母親に呪いの言葉を浴びせるのだった。彼は自分でも気づかないうちに娘を犯してしまうのではないかと怖れ、クムボクが寝ている間は明け方早く起きて畑に出、クムボクが寝入ってから酒に酔って家に帰ってきた。誰もそれと気づかないうちに、彼の魂はしだいに病んでいたのである。

ある日クムボクの父がいつもより早く家に帰ってみると、クムボクが隣家に住む少年と一緒に部屋の中にいて、きゃっきゃっとふざけ合っていた。戸のすきまからのぞいてみると、クムボクがチョゴリを脱いで桃のような胸をむき出しにしている。これは、それがどういう行為かわかってやっているというよりは、山里の子ども特有の単なる好奇心と無知、そしてしばらく前から分泌しはじめた強力なホルモンによる行動で、この年ごろの子どもにはありがちなことだった。実際この山里はあまりにも寂しくて、彼らの年ごろで何もせずに一日を過ごすのは本当に耐えられないことである。その上、口がうまいことから「薬売り[*5]」というあだ名を持つ少年が口八丁でまだねんねのクムボクをおだてあげたものだから、純真な彼女はチョゴリを脱がずにいられなかったのだ。少年はホルモンによって幼い女の子に急に訪れた体の変化を注意深く探索している最中であった。二人は後に偶然に道で再会し、複雑な因縁を結ぶことになるが、このときはよもや自分たちの未来を想像することなどできなかった。

クムボクの父親が棚からよく研いだ鎌を持ち出して障子をパッと開け放ったとき、少年は桃のように盛り上がった胸を好奇心いっぱいの目で見つめ、ようやく勇気を出して震える手をそこにあてがおうとしているところだった。二人の子どもはびっくり仰天し、目を大きく見張った。鎌を持った父の目には嫉妬の炎がめらめらと燃えている。クムボクは脅えて真っ青になり、あわてて布団で身を包んで部屋のすみに逃げ、身軽な少年はまたたくまに裏口の戸を蹴り開けて逃げ去った。クムボクの父は鎌を持ったまま裏山へと少年の後を追いかけた。鎌で少年の首をばっさり伐ってしまうつもりだったのだ。

しかし酒にやつれた体で身軽な少年を捕まえることは手にあまり、結局逃げられてあえぎながら家に戻ってきたとき、クムボクはまだ布団をかぶってぶるぶる震えていた。父は布団を引っぺがして、萩の枝の箒から枝を一本引き抜き、容赦なくクムボクを打ちすえた。クムボクのか細い体に枝が当たってまとわりつくたび、悲鳴とともに一個ずつ赤い傷跡が体についていく。彼は徐々にむちの勢いを強めていったので、肉は裂け、血が飛び散った。そのむちは、すなわち自分自身を打つものでもあったのである。

——何のつもりだ、このアマ。死ね、死んでしまえ、この売女！

悲鳴に驚いた両隣の住人たちが、なにごとかと駆けこんできた。しかしクムボクの父は部屋に鍵をかけて閉めきり、箒一本がまるまる使いものにならなくなるまでむち打ちを続けた。そしてとうとう最後の枝が折れると、もう気を失っている娘のかたわらに突っ伏して、牛のような大声を上げて哭《な》いた。

その後村では、クムボクの父が幽霊にとりつかれたという怪しげな噂が広まった。噂によれば、幽霊の正体はまさに死んだクムボクの母親で、彼女は、父と娘の間の情があまりにもこまやかなのを妬み、あのようなひどい仕打ちをさせるように仕向けたというのである。人々はやはり女の嫉妬は恐ろしいと言い合い、嫉妬の前には娘であろうが何だろうが関係ないと言ってむしろ気の毒な男やもめに同情した。

クムボクの傷が癒えて真皮ができてくると、父親は、娘が自分のもとを去ろうとしているのではないかと脅える反面、彼女が目の前から消えて、これ以上耐えがたい肉欲の苦しみに悩まずにすむようになることを願った。その日畑仕事を終えて帰ってくると、軒石の上にきちんと置かれたクムボクのはきものが目に入った。彼は娘がまだ家を出ていないことに安堵のため息を漏らし、

＊5【薬売り】　移動しながら漢方薬を売り歩く薬売りは独特の口上が特徴で、そこから口のうまい人を薬売りという。

娘のはきものを手にとってみた。足袋のように先の尖った黒いコムシン[*6]である。コムシンを撫でていると、娘への愛情とすまなさに涙がこぼれる。このときクムボクが気配を悟って中から出てきた。彼はそっとはきものをおろし、それが古びて穴があいてないか調べるようなそぶりをしながらぎこちなくホッ、ホッと空咳をした。クムボクが夕ご飯のしたくをしようとすると彼は、飯は食べないから、酒でも買ってこいと言って娘に金を渡した。

　やかんを持って家を出たクムボクが、村の入り口に前もって隠しておいた服の包みを取り出し、魚屋と一緒に村を抜け出す間、父親は少し寝入ったかと思うとわけのわからない夢を見て、驚いて飛び起きた。月の光に照らされてがらんとした庭の真ん中では、虫の声だけが響いている。その瞬間彼は、クムボクが永遠に自分のもとを去ったことを悟った。

　腹の真ん中に虚ろな大穴が開いたような空しさにしばし茫然と立ち尽くしていた彼は村に下りていき、酒を思いきり、浴びるように飲んだ。そして土手に沿って家に戻る途中、しばらく立ち止まると、貯水池にむかって放尿した。黒々とした水は、生ける者に死の訪れることを待ち望み、水面のさらに上には、煌々たる満月が浮かんでいる。草の葉をかすめて夜風が彼の背中をやさしく押す。彼は水にむかって堂々と歩み寄っていった。水が胸の高さまで満ちてくると、水底でゆらゆらと揺れていた水草が、待っていたとばかりに彼の足首をとらえ、彼は月にむかって哄笑し、恨み多きこの身が汚い肉欲から逃れて静かに水中に沈んでいくのを見守った。結局、クムボクが魚屋についた嘘はまさに予言だったわけである。

翌日、彼の死体が水面に浮かんだとき、人々は言った。嫉妬に目のくらんだクムボクの母が、ついに彼を連れ去ったのだと。

波止場

欲情の罠にかかった哀れな男やもめが暗い水底に沈んでいったその時刻、クムボクはオート三輪の横に新妻のようにちんまりと座り、うねうねと曲がる山道を通ってとめどなく続く車のライトを眺めていた。何が彼女に故郷を捨てさせ、見知らぬ都会へとむかわせたのだろう。父親の性的虐待か？　でなければ、新しい世界への好奇心？　または彼女が出ていった後に村人たちが噂したように、手に負えない浮気な性のためか？　もしくは、母親の死によってずっと前から幼い少女の胸をふさいでいた死の恐怖から逃れるため？　考えてもわからないことではあるものの、彼女の背中を押して世間にむかわせたのは一陣の風だったといってもいいのかもしれない。遠い海辺で立ち、山を越え谷をめぐり、彼女の村にたどり着いたその風。はるかな昔、彼女は、貯水池のほとりに座り、山菜を摘みながら風に乗ってくる歌を聴いていたものだ。

＊6【コムシン】　ゴム製の靴。

山のあなた　南の村には誰が住む
年ごとに春風は南から吹く

そのころから彼女を、いつどこへでもひょいと出ていく衝動的な質《たち》に育てあげてきた妖しい風は、大きいものや広い場所にわけもなく惹かれる性向とともに、彼女に生涯つきまとった。彼女が魚屋の車に乗って出ていったその夜も、そんな風が南から吹いていた。その風は、のろのろと山道を越えた魚屋のオート三輪を吹きすぎて、クムボクの父親が一人月光を浴びて立つ貯水池に向かっていたのである。

魚屋は目を閉じて眠そうにしていても一度も道を間違えず、夜通し走って海に着いた。東の方角がほの明るく明けはじめ、潮の匂いがぷんと鼻をつく市場の一隅で、魚屋はクムボクに魚のアラを煮こんで作ったクッパを食べさせてやった。食事をすませた後、彼はクムボクにいくらかの金を与え、自分が泊まっている旅館の場所を教えてやった。

——もし仕事が見つからず行くあてがなかったら、また訪ねてきな。

クムボクはこの港町が思ったより小さかったのでがっかりしたが、それでも彼女が住んでいた山里に比べれば人も多いし、見物の種もたくさんあった。まず彼女が足を止めたのは、当然ながら魚市場である。ずっと山奥の村から出たことがなく、海の幸といえばせいぜいイシモチ、タラ、サバ、イカぐらいがすべてだった彼女にとっては、生まれて初めて見るありとあらゆる種類の魚がただただもの珍しく、足が痛くなるのもかまわず、生臭さが染みついた市場のすみずみまで歩き回った。見るべきものは魚だけではない。魚を買いにきた女たち、お客を呼びとめようと声を嗄《か》らしている商人たち、魚の箱を運ぶ担ぎ屋など、市場を埋めつくした人々自体が見ものだった。クムボクは市場の活気に包まれてわけもなくひとりでに心臓がはずみ、速足になり、昼飯時をはるかに過ぎたことにも気づかず人々をかき分けて歩き、午後も遅くなってから市場を出た。

そして海を見た。突然この世界が打ち切りになって、目の前にはてしない静けさが広がっている。やがて泣きたいような気持ちがこみ上げてきて胸が高鳴り、彼女はかたわらの岩の上にぺったりと座りこんだ。沿岸の島々がまるで水上に浮かんでいるように見え隠れする。彼女が座っている岩にはひっきりなしに波がぶつかって泡立ち、漁船の上を無心に行き来しつつ鳴いているカモメたちは、いつともしれず矢のように素早く海中に潜っては魚をくわえて浮上してきた。

高鳴る胸がいくらか静まったころ、彼女は急に目を見開いてその場にぱっと立ち上がった。とても信じられない光景が目の前に広がったのだ。それは、自分が住んでいた家のゆうに三、四倍はありそうな巨大な魚だった。魚は海の真ん中にぬっとそそり立つと、背中から力強く水を噴き上げた。まわりにいた漁師たちもそれを見て驚きのあまり嘆声を上げる。クムボクは信じがたい巨大な生命の出現に圧倒されてひたすらぽかんと口を開け、全身をぶるぶる震わせていた。魚は巨大な尾を水面に一度打ちおろすとすぐに水中に消えた。実に、まばたきするほどの間に起きたことである。魚が消えた後もクムボクはしばらく開いた口を閉じることができなかった。さっき目の前で起きたことは夢だったのか、現実だったのか。魂が抜けたようになったクムボクが、そばで見物していた一人の漁師にあの巨大な魚の名前を尋ねると、変な子だなというようにクムボクを見つめて漁師は言った。

――おまえ、鯨も知らないところを見るとこのへんの娘じゃないようだな。さっきのは、鯨の中でもいちばん大きい大王鯨だよ。

クムボクは岩の上に座りこみ、あの大きな魚が再び現れるのを待ったが、それはついに姿を見せず、そんなことがいつあったかというように海はただただ静まり返っていた。彼女はいつかまた故郷に戻ることがあったなら、自分の目で確かに見た信じられないほど大きな魚と、村の貯水池の何十倍も広い海のことをみんなに話してやりたいと思った。だが、望みがたやすくかなうものでないのは今も昔も同じこと。彼女の人生にそんな日は永遠に来なかった。

しばらく岩の上に座っていたクムボクは、また元気を出して漁船が停泊している船着き場の方へむかった。少女らしい好奇心がまだ残っていたのである。船は一様に、けわしい荒波に耐えて広大な海を素早く航行できるよう、すばしっこそうな形をしていた。ありとあらゆる海の生きものたちが息づく干潟と魚市場が女の仕事場だとしたら、波止場は荒くれ男どもの生きる場である。巨大な貨物船から積み荷をおろす荷役夫たちと、今しがた漁を終えて帰ってきた漁師たちで波止場はごった返し、活気に満ちあふれていた。波止場の裏手には、遠く亜熱帯地方から運ばれてきた大きな原木が水面に模様を作って広々と広がっていた。

彼女は波止場の端まで歩いていき、ひげをぼうぼうに伸ばした漁師が一人、もろ肌を脱いで働いている小船の前で立ち止まった。船はすぐに漁に出るらしく、釣り糸もきちんと整頓されており、桶の中には餌にするイワシがいっぱいに入っている。船の上で網の目を元綱に結わえていた男は、さっきこの港町に着いたばかりの若い娘をじろりと見やった。少女は一晩じゅうオート三輪の狭い座席に座っていたためくたびれてはいたが、つぶらな目は生き生きとして、髪からは強い草の匂いが放たれていた。

——おい、娘っこ、どこから来たね？

男がクムボクに尋ねた。

——どこから来ようがかまわないでしょ？

娘っこと言われたのが気にさわったのか、クムボクは相手をキッとにらみ返した。男は「ほう、この子は」という表情で少女を見おろした。クムボクの体から漂う草の匂いを嗅いだ男は、さっきから下半身がかっかと火照っているのを感じていた。長いこと荒海で生きてきた彼にとっては、それは実に懐かしい匂いだった。

——なあ、船に乗せてやろうか？

男が訊くとクムボクは少しためらったが、とりすました顔でうなずいた。彼は笑って手を差し出し、クムボクが男の手をつかむと彼は鳥のように軽々と少女を船の上に引き上げた。褐色に光る彼のたくましい腕には、カモメの入れ墨が入っていた。

——おまえ、肌がきれいなところを見るとこのあたりの女じゃあるまい。

彼は少女が船の中を行ったり来たりして見物しているのを見守りながら、まだ幼げではあるが、この丸々とした尻はなかなか抱き甲斐があると思った。

――鯨を捕ったこと、ある？

クムボクは船首へ近寄り、下を見おろしながら言った。

――あるとも。

――ほんとに？

クムボクが目を真ん丸に見開いて訊いた。

――もちろんだ。なんで俺がおまえに嘘を言うと思う？

男は意気揚々と答えた。しかしそれは嘘だった。彼はその日その日近海に出てはタイやブリなどを釣る、平凡な漁師にすぎなかった。彼が遠洋に出ないのは、けわしい荒波が怖かったからである。祖父の代から受け継いだ小舟一そうでずっと満足してきた彼が、鯨をしとめたことなどあるはずもなかったのだ。しかしその日クムボクの前では、彼も勇敢な男でありたかった。クムボクが船端にうつ伏せになって吃水線の下まで手を伸ばし、ぽちゃぽちゃと海水に触れて遊んでいる間に、彼はそっと後ろから近づき、すばやく彼女のチマを持ち上げるとぽってりとした尻をぐいとつかんだ。

――立派な大人が何てことするの？

クムボクは胆の据わったたしなめぶりで男の手を払いのけたが、漁師はさらに強く彼女を引き寄せると彼女を船底に押し倒し、チョゴリをはだけた。やっと桃の実ほどの乳房が現れ、彼はそこに顔を埋めた。

——何するの？　どいてよ。

クムボクは漁師の大きな頭を押しのけたが、彼はさらに荒々しく少女の胸に顔をすりつけた。

——な、ちょっとだけこうしていよう、な？

漁師がはあはあと喘ぎながら、クムボクのチマの中をむやみに手探りする。

——ちょっとだけがまんしていればおまえもよくなるんだから、おとなしくしておいで。

クムボクが逃げようとしたところで、誰もいない船上のこと、屈強な男が若い娘一人をものにするぐらい、粥をすするより簡単だったろう。しかしクムボクの小さな体の中には、なまなかな男どもには真似もできない沈着さと度胸が潜んでいたのである。いうなれば彼女は、虎に食らいつかれた後でさえ逃げる算段ができるほどの、ざらにはいない女丈夫だったのだ。

——ちょっと、顔をどけてよ。ひげが痛くてたまんないわ。

クムボクに文句を言われて漁師はちょっと体をずらしてやった。クムボクはその瞬間を逃さず、半分脱ぎかけた股引きの中でのたうちまわっていた黒々としたいちもつを、力いっぱい蹴りつけたのである。一瞬の奇襲で彼は後ろにでんぐり返り、ああああと悲鳴を上げた。そのすきにクムボクは船からだだっと飛び出し、置いてあった風呂敷包みを引っつかんで砂浜を一目散に走って逃げた。しかし若い娘が全力疾走したところでそう遠くまで行けるものではない。彼女はやがて追いついた漁師によって、砂浜に転がされてしまった。彼はクムボクの腹の上にまたがり、横っ面をしたたかに張り倒すと、ねちねちと決めつけた。

——この小娘、ここまでは誰も来やしねえぞ。この細っこい首根っこを黍《きび》みてえにぽきんと折ってここに埋めて知らん顔してたところで、誰に知られる気づかいもねえ。これでわかったか？　このずるがしこいアマ。

クムボクは目を閉じた。漁師はこんどこそと、楽な姿勢をとって下衣をおろした。だがクムボクのチマをはぎとった瞬間、突然あたりが暗く翳《かげ》った気がして振り向いた。

丈高く筋骨たくましい大男がブナの大木さながらにぬっと突っ立って、彼らを見おろしていた。クムボクもそっと目を開けて見上げてみた。八尺豊かなその偉丈夫は、二人をすっかりおおうほどの長い影を落としてのしのしと大股に歩いてくる。赤銅色に陽に焼けた腕は並の男の太もも以上に太く見え、無造作にはだけた上衣の下では、子どもらが跳びはねて遊べるほど広い腹が、息をするたび大きく上下する。クムボクはその場に横たわったまま男を見上げていたが、腹に隠れてその顔は見えなかった。

男はのしのしと歩み寄ると、クムボクを組み敷いていた漁師の胸ぐらをただちにつかんで軽々と持ち上げた。両脚が地面から離れ、もがく漁師の股で金玉がぶらんぶらんと揺れた。それは重力の法則である。この漁師もなかなかの立派な体格であったが、八尺の大男はまるで干し草を運ぶように彼を扱った。彼が胸ぐらをつかんだ手を軽く一度振ると漁師はそのへんに飛んでいき、カエルが踏まれたような音をたてて砂浜に鼻からめりこんでしまった。しかし目の前に餌を置かれた猛獣のように、漁師もやすやすと退きはしなかった。彼は八尺の大男めがけて渾身の力で飛びかかった。その瞬間男はわけもなく横に体をよけ、漁師の股ぐらを力いっぱい蹴った。漁師は軽いボールのように遠くへ飛ばされ、再び砂浜に突っこんだ。急所にまともに一撃をくらった彼は股を押さえて悲鳴を上げ、地面を転げ回り、三十六計逃げるにしかずとばかり一目散に逃げていった。

八尺の大男は漁師を追いかけもせず見ているだけだったが、やがてクムボクの方を振り返った。砂浜に横たわっていたクムボクは、そのとき初めて男の顔をちゃんと見ることができ、それがまだ二十歳にもならない少年だという事実にもう一度驚いた。口元にはそれなりに薄くひげが生えていたが、まだ固まりきっておらず、子どもっぽさが残る顔だ。しかし彼の巨大な体が与える威圧感と、先ほど見せた驚くべき怪力にクムボクは身をすくめ、ぶるぶる震えていた。彼女はあわてて、内股までめくれ上がったチマを揺すって直し、立ち上がった。その間、少年はクムボクの顔をじっと見つめていた。クムボクは早く逃げなくてはと思ったが、まるで砂浜に足がめりこんだようで身動きができない。しばらくクムボクを見つめていた彼は、彼女を追いこして港の方へ歩いていった。そのときクムボクは、陽に焼けた顔の中に隠れていたその目を見たのである。巨体に似合わない、異様なほどに純粋で静かな目であった。

たくましい少年が遠くへ歩み去ると初めて気を取り直したクムボクは、彼に名前すら聞かなかったこと、お礼のあいさつもできなかったことに気づいたが、それをどうこうしている場合ではなかった。四季が一めぐりしても記憶に残るような事件が一つも起きない寂しい山里で暮らしてきた少女にとっては、この一日の経験は多すぎた。クムボクは急に脚の力が抜け、その場にぺったり座りこんでしまった。夜通しオート三輪でがたがた揺られた上に、一日じゅう歩き通してもさほど疲れなかったクムボクだが、風呂敷包みを抱えて座りこみ、陽射しを浴びてきらめく水面を眺めながらいつのまにか寝入っていた。

どれほど眠っていたのだか、夢うつつの中で風向きが変わるのに気づいたクムボクははっと目を覚ました。いつのまにか海のむこうに陽が落ちていた。まさに世の万物が自らの巣へ帰る時間である。荘厳な海の落日を眺める彼女の心からはいつしか、故郷を出たときの弾む気分も、魚市場を見物していたときのもの珍しさも、初めて海を見たときの驚きも消えていた。心は静かな海のように重たく沈んでいた。もはや帰る家もなく、遊ぶ友もない。おなかがぐるぐると鳴り、空腹を覚えた。そういえばこの日、明け方に魚屋がおごってくれたクッパ以外には何も食べていなかったのである。急にわびしくなって少女は涙ぐんだ。ここへきて彼女はようやく、自分が別世界に来てしまったこと、これからの人生は今までとは違うのだということを悟った。うるうるとたまった涙のむこうに赤い夕陽が落ちつつあった。しかし彼女は長いこと泣いてはいなかった。何事も複雑に考えるたちではなかったのである。故郷を出ようとしたときも、魚屋のオート三輪にサッと乗ってしまったときもそうだった。後にクムボクは、そのことを回想して双子の姉妹に次のように語ったものである。

――私はあのときやっと十三歳だったの。そんな私に、他にどうしようがあったと思う？　知り合いは一人もいないし、ポケットには、やっとマッコリ一杯分くらいのお金しかなかったんだもの。

その日の零時近く、クムボクは魚屋が泊まっている旅館を訪ねていった。まだ起きていた魚屋は、何も聞かなくてもわかっているというようににっこり笑い、クムボクを見つめて言った。

——仕事が見つかるまで、ここにいたければいればいい。

その夜魚屋は、暗がりの中で気をつけてクムボクの服を脱がせた。クムボクは魚屋の体に染みついたひどい生臭さをまともに吸って息をするのもやっとだったが、こうすることが彼の好意への代価とわきまえてじっと目をつぶっていた。それは彼女がたった今踏み出した世渡りの法則であった。ことを終えた魚屋が横で正体もなく寝入ってしまった後も、クムボクはなかなか寝つけなかった。友の顔が思い浮かび、また、一つ部屋で服を脱いでふざけあった薬売りというあだ名の少年のことも思い出した。そしてその日の午後に会った八尺豊かな少年の、異様なまでに静かなまなざしを思い浮かべた。戸の外では夜通し、波が砂を洗う音が騒がしかった。

翌日からクムボクは魚屋に連れられてあちこちへ行った。魚屋は、アスファルトの舗装道路や明るくきらめく街灯のある都会からクムボクの村よりさらに辺鄙な山村まで、分け隔てなく渡り歩いていた。クムボクと魚屋は、昼は賢い娘と優しい父親のように、夜は睦まじい夫婦のようにして過ごした。こうして魚屋の後を追って世の中を見物しているうちに、クムボクの胸はずいぶんと豊かになり、少しずつ女の態をなしてきた。

――それにしても、どうして魚の商売をしているの？

ある日、金を勘定している魚屋の隣にうつ伏せになって干しエビをかじりながら、クムボクが尋ねた。

――魚屋が魚を売らずに何を売るんだね？

魚屋は上の空でそう答えた。

――だって魚はすぐに腐るじゃないの。

――それはしょうがないさ、だからがっちり塩漬けにするんだ。それ以外にどうしようがある？

魚屋はその日稼いだ金をくしゃくしゃにたたむと、胴巻きに収めた。

――ただの魚じゃなくて、干物を売ればいいじゃないの。それならすぐに腐ることもないし、一度にたくさん売ることもできるから、品物を取りに往復する時間も節約できるし。

――そりゃ、おまえが何も知らんから言えるこった。干物は値段が高いし、あまり出回らないからな。

――じゃあ、私たちが自分で魚を買って干せばいいじゃない。

――魚を売るだけでもこんなにたいへんなのに、いつ干すんだね？　魚を干すにはえらく時間がかかるんだよ。それに、場所もないのにいったいどこで干すんだい。

魚屋が巻きタバコを巻いて唾で留めながら答えた。

――干すのは私がやるわよ。そしてあなたが売ればいいわ。それに遊んでいる土地なんかいくらでもあるし、何も心配いらないわよ。

——いくら遊んでいる土地でも、持ち主はいるもんだ。

——じゃあ、借りればいいだけのことでしょ。

クムボクは淀みなくそう答えたが、分別もない娘の言うこととて、魚屋はハハハと笑ってタバコをふかすだけだった。

翌朝目を覚ましてみると、クムボクの姿はなかった。魚屋は彼女を探して一日じゅう魚市場をさまよった。そして夕方旅館に戻ってみると、クムボクが晴れやかな表情で彼を迎えた。

——おまえ、今日はまたどこへ行ってたんだ？

——土地を借りたわよ。

クムボクは意気揚々と答えた。彼女はその日一日、波止場の周辺を歩き回った末、イシモチ十束にも満たない安値で土地を借りたのだという。魚屋はまた呆れたようにハハハと笑った。そのすぐ翌日からクムボクは、よその魚加工場で干物の作り方を習う一方、干し竿を作るための松の木を買い集めた。魚屋はクムボクの度胸に驚き、はたしてそんなにうまくいくものかとは思いつつ、要求されるままに金を出してやるほかなかった。若さに似合わずクムボクには人を説得する力があった。それは彼女に備わった特別な能力の一つであった。

そしてついに、風がよく通る浜辺の一角に加工場が完成すると、クムボクはタラ、スケトウダラ、サンマ、イワシなどの干物を作るために魚を買いこんだ。魚屋は目を固くつぶって、これまでに貯めた金をすべて投資するしかなかった。魚屋が加工場のすみに魚をおろしてまたオート三輪で商売に行っている間、クムボクは一人で浜に座って魚の下処理をした。塩辛を作るために内臓を抜き取り、うろこをはがす。作業をしていると体じゅうにうろこがくっついてキラキラし、生臭い匂いが体に染みついた。下処理をした魚をすべて藁でくくり、竿にかけるまでにはまる二日かかった。その後クムボクは朝露が引くのを待って魚を干し、日が暮れるとすぐに取りこむことを何度もくり返した。その間、雨が降らないかと常に気にかけ、露がおりないかと心を砕き、魚を盗もうとして近くをうろつく泥棒猫やカモメを追い払った。ほどよい風と陽射しが魚の水気を飛ばしてくれている間、彼女は加工場の隣に臨時に設けた掘立小屋を離れなかった。遠い内陸で何日も商いをして魚屋が戻ってきたとき、加工場では、みごとな赤褐色に干し上がった干物たちがいい匂いをさせて完成しつつあった。

　こうして始めた干物の商いは思ったよりはるかに多くの利益をもたらした。ずっと行商ばかりやってきた魚屋は開いた口がふさがらず、いずれ市場の中に小さな店を構える夢をふくらませたが、クムボクはこんなことで満足はしなかった。残った利益をすべてつぎこんでさらに大量の魚を買いこむと、加工場を拡張したのである。ほどなく、魚屋一人ではさばききれないほどの干物が生産されるようになると、余った品を魚市場の中にある他の干物店に卸した。クムボクが作った干物は非常に上質だったため、良い値で売れた。いくらも経たないうちに魚屋は自分の商売はたたんでしまい、加工場に合流した。それでも人手が足りないときには人夫を何人か雇った。

加工場はやがてタラやスケトウダラだけではなく、イカ、カワハギ、タイ、イシモチ、ニシンなどさまざまな魚や、ワカメ、海苔、昆布などの海藻、カタクチイワシやナマコ、アワビ、エビなど、扱わぬものはないほどになった。クムボクは干物作りのさまざまな要領を会得し、魚の種類によって干し方を変えた。つまりある魚は焼いたりゆでたりしてから、またある魚は塩に漬けたりしょうゆを塗ってから干したのである。そのため各種の器具や設備も増えていったし、干物を保管する倉庫や、二人が暮らす家も建てなくてはならなかった。干物を求めてやってくる商人も増え、加工場はだんだん広くなった。あげくのはてに、一方では男たちが松の木を割って休みなく竿を作り、もう一方では魚の処理をする女たちが数十人にも上り、広い海岸が一面干物で埋め尽くされるという壮観が出現したのである。

このときクムボクはすでに、原材料を買って若干の処理を施し、さらに付加価値をつけて商品化し、販売するという加工業の要領を体得していた。そればかりか、彼らの干物が市場で絶対的な競争力を持つと、クムボクは出荷時期を適切に調節してさらに多くの利益を生み出すこともあった。例えば、茶礼[*7]の儀式に使う干しダラを、それが必要になる時期直前まで倉庫から出さず、価格が思い切り上がったところでいっせいに出荷するという方式である。競合相手たちもクムボクのやり方を真似しようとしたが、とても相手にならなかった。クムボクの手腕は、魚を買いつ

＊7【茶礼】元日や秋夕《チュソク》（盆）などに行う伝統的な先祖供養の祭祀。

けるときから他の業者とは違っていた。つまり彼女は船主を訪ねていき、出漁前に金を払って良い魚を安く確保していたのだ。今ふうにいえば、一種の先物取引というわけである。うら若いクムボクがこのような驚くべき手腕を持っていることを知っていたのは、魚屋一人だけだった。そのおかげで彼は遠からず、今までに見たこともない大金に恵まれることとなった。

しかし財産というもののはかなさよ！　すべては虚像にすぎなかったと魚屋が悟るまでに、さほど長い時間はかからなかった。ときは何もかもを変えてしまうのである。

荷役夫

長いこと眠っていた官能と情熱が徐々に目覚めつつあった。今やクムボクの胸は怒ったフグのごとくはちきれんばかりにふくらみ、丸々とした尻はいっそう盛り上がり、たとえ汚い服を着て働く女たちの中に埋もれていても、誰もが彼女の存在を意識せずにいられなかった。わけても若い男たちは、ひどい生臭さの中でも消えない彼女だけの微妙な匂いに知らず知らず下半身を火照らせていたが、クムボクの変化に真っ先に気づいたのはやはり魚屋だった。彼は遠くない時期にクムボクが自分から離れていくだろうという予感がして、いつも不安だった。クムボクの若く元気な子宮はこのとき、さらに強い男の遺伝子を渇望していた。それは生殖の法則である。

ある日クムボクは魚を買いつけに桟橋に行った。ポマードで髪を後ろになでつけた船主たちは、遠くからでもクムボクの匂いに気づき、近寄ってきて軽口を叩いた。彼らは、クムボクのように若い魅力的な女が魚屋のようなつまらない年寄りと暮らしているのはおかしなことだと思っていた。しかも、価格交渉のときには流し目を使ったりして尻軽女のようにふるまう彼女が、いざからかってみようとすると大きな流氷の塊のように冷たく背を向けるので、さらに気になるのである。だが船主の爺さまたちが何を言おうとクムボクは気にもとめず、大きな尻をすばしっこく振りたてて、船倉を上り下りした。

その日クムボクが一人の船主と交渉をしているときだった。折しも入港した貨物船から荷物を運んでくる男たちの中に、ずば抜けて背の高い男がいるのが目についた。がっちりして、他の男たちより頭二つほど大きく見えるその男は、水がぼたぼた垂れる重い箱を肩に担いでのしのしと船倉に上り、乾いた藁束のように軽々と箱をおろすとまた下へ降りていった。半ばはだけた上衣の下に現れたたくましい腕は黒く陽に焼け、たくし上げた股引きの下では、長い労働で鍛錬された脛の筋肉が一歩踏み出すごとにウナギのように力強くうごめいた。他の男たちが一個ずつ運ぶ箱を、彼は牛のような肩で一度に三個も四個も担いでいたが、難儀そうなようすは少しもなかった。

彼が荷を担いでクムボクの前を通り過ぎたとき、彼女は初めて気づいた。何年か前に砂浜で手ごめにされそうになったときに助けてくれたあの少年ではないか。濃い眉毛に端正な額、顔は伸び放題のひげにおおわれていたが、その後ろに隠された目は相変わらず海の中のように静かで、純朴に見えた。このとき商談相手の船主が、この偉丈夫の働くようすを眺めて一言言った。

――あいつ、まったく涼しげに働いてみせるものよ。

クムボクは船主にそっと、あれは誰かと尋ねた。このとき船主が教えてくれたのによれば、彼は「シンパイ」と呼ばれている港の荷役夫であった。彼がシンパイ（心配《コッチョン》）という名前をもらった理由には二説あるという。小さいときの食いっぷりがとてもよかったので、両親が「この先食べるものに苦労するのでは」と心配したからだというのが一つ、もう一つは、怪傑風の容貌が楊《ヤン》州《ジュ》の義賊・林巨正《イムコッチョン》*8を連想させるからというのだった。彼の父親は遠く北方にある大きな山で虎を狩る猟師であったが、捕獲しすぎて虎が絶滅してしまったので、他の猟師らとともに仕事を求めて南方へ下ってきた。彼ら父子が山岳沿いに移動し、この海辺の都市に流れついたのは何年か前のことで、おそらくクムボクより一年か二年前だったらしい。彼の父親も虎を素手でしとめたという噂があるほどのたいへんな偉丈夫であったが、小さいときからがっちりして丈夫だったシンパイは、まだ二十歳にもなる前にすでに父親の力を凌駕していた。

港町に来て二年後、丸太を運んでいた父親は足を踏みはずし、傾いた船のスクリューに巻きこまれて死んでしまった。その後も息子は故郷に帰らず、一人残って荷役の仕事を続けた。船に乗ったこともあるが、狭苦しい船の中で働くのが嫌で結局この仕事に戻ってきたのだ。船主は、彼は他の荷役夫のほぼ五割増しの手間賃をもらっているが、実際にやる仕事は普通の男の三、四倍だという話もつけ加えた。クムボクはしばし魂が抜けたように男の働く姿を見守っていた。男が一度ぐらい自分の方を見てくれればと願ったが、彼は牛のように黙々と地面だけを見て荷を運んでいた。

船倉に荷物をすべておろした男たちは、その日の手間賃をもらうとてんでに散っていく。クムボクも手早く支払いをすませ、シンパイの後を追った。彼は片方の肩に手拭いを引っかけて、物見遊山でもするようにゆっくりと、ごみごみした魚市場の通路を抜けていった。市場は商人でごった返していたが、シンパイは何しろ背が高いのですぐに目につく。クムボクは彼に会ってどうしようという考えもなかったが、自分でもわけがわからないまま少し離れたところからその後を追った。

しばらく後、シンパイは市場の端にある一軒の立ち飲み屋に入った。クムボクは開いた戸のすきまから彼が飯を食う姿を見守っていたが、それは実にたいへんな量だった。彼は巨大な飯碗に山盛りの飯を五杯も平らげると、息もつかずにゆでた豚肉を二斤食べ、マッコリ一斗[*9]を軽々と飲み干してようやく席を立った。クムボクはシンパイがお代を払って出てくるのを待って、また彼の後をつけた。

入り組んだ市場の中心部を通り過ぎ、やがて彼が着いたところは、流れ者の漁師や荷役夫たち

＊8【林巨正】　十六世紀に民衆を組織して中央政府に大規模な反乱を起こした。
＊9【一斗】　約十八リットル。

が集団で寝泊まりしている一軒の古い宿屋だった。シンパイが中へ入ってしまうと、クムボクは門のそばに立ち、このまま戻ろうかとしばしためらったが、やがて誰かに背中を押してもらったようにそっと庭へ入りこんでしまった。この部屋、あの部屋としばらく見て回っていたクムボクはやがて、上衣を脱ぎ捨てたまま、板の間のすみに大の字になって正体もなく眠りこけているシンパイを発見した。クムボクは、板の間の片方のすみにそっと腰をおろしてシンパイの寝姿を見守った。ぐうー、ぷうー、と一定のリズムでいびきをかくたびに巨大な腹が上下し、酸っぱいようなマッコリの匂いがあたりにまきちらされる。

いったい、何がしたくてここまで彼の後をつけてきたのか。クムボクは自分でも理解できなかったが、さらに理解できないことが次に起きた。息をするたびに大きく上下する彼の腹に、ひょいと手をのせてしまったのだ。彼女は震える手でその腹に触れ、じっとしたまま、巨大な生命の響きを指先で感じていた。そして、いつしか目を閉じていた。指先で感じる振動に全身が震え、下半身が熱くなってきたような気がする。ところが一瞬、吐息が小さくなったかと思うとシンパイが目を開けたのである。彼は目の前で起きている信じがたい光景を見た。見たこともない若い女が絵に描いたように、一人、目を閉じて横に座っているではないか。しかもその女が平然と、自分の腹に手までのせているのだから!

いまだ目が覚めやらぬシンパイは、夢かうつつかとめんくらった顔でクムボクを見上げた。そういえばどこかで会ったような気のする顔でもある。このときクムボクも視線を感じて目を開け、シンパイを見つめた。初めて二人の視線が合ったその瞬間、シンパイは、この女が何年か前に海辺で出くわしたあの、草の匂いがする少女だと悟った。クムボクはぎょっとしてシンパイの腹から手を離し、立ち上がって庭を横切り外門から走り出た。敷居をまたごうとしたとき、はずみではきものが片方脱げてしまったが、彼女は後ろも振り返らず、一気に走って作業場へ戻った。魚屋は彼女の血の気のない顔を見て驚き、何かあったのかと訊いたが、クムボクは答えもせずに息をはずませ、冷たい水を立て続けに三杯も飲みほした。

その夜クムボクは昼に見たシンパイの顔がずっと脳裡から離れず、眠れなかった。隣から疲れた魚屋の寝息が聞こえてくる。彼は最前、クムボクの腹の上でいつものように何度か体をのろのろと動かした後、そっと腹から降りると一人で眠りこけてしまったのだ。彼女は門を開けて外へ出た。海岸ではかすかな月明かりの下、波が砕けていた。彼女は砂浜にうずくまり、銀粉をまき散らしたように白く光る海を見つめていたが、やがて目を大きく見開いてしまった。海の真ん中で突然、家一軒分ほどもある魚が身をもたげたのである。初めて波止場に到着した日に目撃した、まさにあの大王鯨だった。体長二十余丈[*10]に及ぶ鯨が噴気孔から勢いよく水を噴き出すと、噴水のように噴き上がる水が月光の中でまぶしい銀色に砕け、彼女の腹の真ん中に何か熱いものが押し寄せてきた。それは死に打ち勝った巨大な生命が与えてくれる、原初的な感動だった。

*10【二十余丈】約六十メートル。

クムボクはチョゴリとチマを脱ぎ、それを空いた干し竿にかけ、裸で水の中へ歩いていった。夜通し熱く火照っていた体を冷たい水が包む。彼女は青く光る鯨を目指して泳ぎ出した。鯨は巨大な流線形の体を優雅に動かし、彼女の方へむかって尾をパシャンと打ち、ときどき力強い噴水を見せてくれた。しかしなぜか、どんなに泳いでも鯨に近づくことができない。すぐ目の前には尾が揺れており、手が届きそうなところでなめらかなその体がつやつやと揺れているのに、鯨は常に一定の距離を保っている。そして鯨はあるときもう一度大きく水を噴き上げた後、悠々と尾を揺らして水底深く消えていった。彼女は力が抜けてしまい、疲れるまで水から出ず、鯨がまた現れるのを待ったが、とうとう鯨は姿を見せなかった。完全に力尽きた彼女が水から出たとき、海のかなたでは風が吹きはじめていた。かつて彼女の背を押して故郷を捨てさせた、まさにあの風が。その風は今や彼女をまたもやどこかへ誘《いざな》おうとしているのだった。もしかしたら風は、彼女自身が吹かせているのかもしれなかった。

魚屋は不安だった。クムボクに何かあったことには勘づいていたが、とても口に出して尋ねてみる気になれない。彼女は仕事もせずに、ぼんやりと海にむかって立っていることがしばしばで、賢そうに輝いていたその瞳は光を失った。女たちに混じって働きながら叩いていた軽口も、楽しそうに一人口ずさんでいた歌も、もう耳にすることができない。眠りについて目覚めると、クムボクがいないことがよくあった。門を開けて出てみるとクムボクは海辺に一人でぼんやりと座っている。そんなクムボクを見守る魚屋は、彼女が何を求めているのかよく知っていたが、自分の力では何もしてやれないこともよくわかっていた。だから彼は、悲しんだ。
とはいえ加工場は相変わらず忙しかった。魚を運びこみ、干物を積み出す荷車がいつも入り口に列をなしており、彼らが作った干物は商人たちの手で遠くの他の都市へと売られていった。魚屋は、加工場の仕事に興味を失ってしまったクムボクの代わりに商品の出入りを勘定しておくことで必死だった。ずっとオート三輪一台に積めるだけの商いをしてきた彼としては手に余る仕事だったが、一日も早くクムボクが邪念を捨てて生気を取り戻してくれることを待つほかなかったのだ。

何日か後、八尺豊かな大男が加工場の入り口に立っていた。海のむこうに赤い夕焼けが広がる日暮れどきだった。人々は彼のとんでもない長身に驚き、みな手を止めて彼に見入った。彼は、働いている女たちの中にクムボクを見つけると、まっすぐのしのしと彼女の方へむかって歩いてきた。働いていた女たちはわきに寄って道を開けた。彼はクムボクが自分の家に落としていったコムシンと、藍色の風呂敷包みを持っている。シンパイを見たクムボクはぎょっとして、束ねていた魚を取り落とした。シンパイはクムボクにコムシンと風呂敷包みを差し出した。クムボクがしばらくとまどった表情で包みとシンパイを交互に見つめていると、やがてシンパイが口を開いた。

——これ、おまえの新しい服だ。これから、俺と暮らそう。

瞬間、人々は驚きさざめいた。しかしシンパイは微動だにせず風呂敷包みを差し出したまま、クムボクを見つめている。クムボクもまたその場に釘づけになったようにじっとしていた。しばらく沈黙が流れた。このとき魚屋が、人々を押しのけて前に出てきた。

——おまえは誰だ！　いったいなんでこの子を連れていく？

魚屋は、シンパイの並々ならぬ体軀に気圧されてすでに声が震えていた。シンパイは魚屋には見向きもせず、クムボクを促すように包みを持った手をおろさない。腹を立てた魚屋は勇気をふるってぐいと包みをひったくり、地べたに叩きつけて、言った。

——この子は死ぬまでここで魚を干して、わしと一緒に暮らすんだ。今すぐうせろ！

そしてシンパイを後ろへぐっと押そうとしたが、当然、彼はびくともしない。その代わりひげもじゃの顔がびくりと動き、すぐさま魚屋の胸ぐらをつかむと空中に持ち上げた。魚屋の両脚が虚空に浮き、じたばたともがく。シンパイが魚屋を力いっぱい地面に叩きつけようとしたそのとき、クムボクが立ちはだかった。

——だめよ！　もしもこの人にけがでもさせたら、永遠に私と会えないわよ。

クムボクはシンパイにむかって決然と叫んだ。しばらく迷っていたシンパイが魚屋をその場におろすと、それだけで魚屋は「あああ」と悲鳴を上げて砂浜を転がり回った。クムボクの一言ですべては片がついた。シンパイは包みをクムボクの前に投げてやり、少し離れたところまで行ってクムボクを待っている。クムボクは、腰を抱えて大げさに痛みを訴えている魚屋に歩み寄って別れを告げた。

——ごめんなさい。私をここまで連れてきてくれたのはあなただけど、私は新しい主人を見つけたから、もう出ていかなくてはならないのよ。

クムボクは自分の最初の男であり、何年か肌を触れあって暮らしてきた魚屋への情に涙があふれそうになるのを懸命にこらえた。

――それともう一つ、こんどの十月には決して魚を干さないでくださいね。絶対に忘れないで。わかった？

魚屋は、クムボクの言葉が何を意味するのかもわからないまま、ふぬけのような表情で砂浜に座りこんでうなずいた。クムボクはこのようにして、赤い夕陽を背に、シンパイについて魚屋のもとを去った。魚屋に連れられてこの港町にやってきてから、三年目のことだった。

ローラ

ついに堤は決壊した。堰《せき》を切った水が抑えようもなくほとばしり、クムボクは初めて、冷たい海水に浸からずには眠れないほどだったあの熱気と、自分の背を押して故郷を去らせた、止むことのない風の正体が何であったのかを悟った。満足を知らない舌が全身を舐め回す。舌が触れるたびに鳥肌が立つ。産毛が逆立つ。恥じらいも拙さもはるかかなたにしりぞき、彼女の体は鮮やかに花開いた。一分のすきも許さないほどにしっかりと両脚でシンパイの股を巻き締め、力の限り彼を抱いた。

――あんたが私の体の中に浸みこんでくるみたいよ。

生まれて初めて味わうすさまじい快楽に全身をがくがくと震わせているシンパイの口からは、ひとりでに呻き声が漏れた。震えはクムボクにもそのまま伝わり、彼女もまた激しい振動に耐えようと歯を食いしばった。熱いかたまりがのど骨を突き上げて上ってくる。内臓が洗いざらい外へはじけ出てしまうような恐ろしさと興奮に、泣かずにいられぬほどの衝動を感じ、クムボクはシンパイの固い尻を両手でしっかと押さえた。百兆個もの細胞の一つ一つが散り散りになって虚空に振りまかれ、驚くべき吸引力でただちにまたひとところに集められ、ついに爆発に至る。あらゆるものを吸いこもうとするかのように、体の奥底から激烈な収縮が起きる。そして平和が訪れる。寒くもない、暑くもない、静かな喜びのただ中で二人は互いを抱きしめた。

クムボクとシンパイはロミオとジュリエットのように、ピョンガンセとオンニョ[*11]のように、アサダルとアサニョ[*12]のように運命的に愛し合っていた。彼らは余すところなく足らざるところなく、連理の枝のごとく固く結ばれ、雄ねじと雌ねじさながら、一分のすきもなくぴったりと合っていた。二人は夜ごと悦楽の嵐の中に投げ出されては、やがて限りなく低いところへと墜落していった。

シンパイの家に移ってきたクムボクは、市場を歩き回って布団や食器など所帯道具を買いこんだ。つましい暮らしではあったが、彼女は幸せに浮かれて鼻歌を歌っていた。ずっと前、魚屋のオート三輪に乗って故郷を離れたときから自分が探していたものを、とうとう見つけたような気持ちだった。

何日かしてクムボクは、家に帰ってきたシンパイに米を買う金をくれと言った。干物の商いをしているとき魚屋に内緒で貯めていたへそくりは、所帯道具を買うために全部使いはたしてしまったのだ。するとシンパイは困った顔で、金は一文もないと言った。聞けば、これまでに稼いだ金はまるごと飲み食いに消えたというのである。他の荷役夫の五割増しとはいえ、何せ食欲がけたはずれなので、いつも賃金をもらうや否や稼ぎをそっくりポケットに入れて立ち飲み屋に駆けつけ、いくらだろうともらった分だけ飯と肉と酒に使ってしまうのだ。このように一日稼いでは一日食べる方式だったので、一文も貯めることができなかったばかりか、彼はそれがおかしいとはまったく思っていなかった。クムボクは彼の手を握って座らせ、冷静に言った。

——わかったわ。今まではあなた一人だったからかまわないけれど、これからはそれではだめなのよ。女と一緒に暮らすというのは、自分だけじゃなくて、その女が食べるものにも責任を持たなくちゃならないってことなの。どういうことか、わかる?

＊11【ピョンガンセとオンニョ】　伝統的な語り物の芸能・パンソリの演目「横負歌《フェンブガ》」に登場する男女。智異山《チリサン》に隠れ住み、愛欲にふける暮らしをしていたという。

＊12【アサダルとアサニョ】　慶州《キョンジュ》の仏国寺《プルグクサ》の石塔にまつわる伝説で、百済の石工・阿斯達《アサダル》が妻の阿斯女《アサニョ》を故郷に置いたまま新羅に来て仏塔を作るが、再会できぬまま二人とも死んでしまう悲しい夫婦愛の物語。

——俺も、おまえの食べるものまで責任を持ちたいが、毎日もらう金じゃあ、俺一人が食べていくのにも、足りないぐらいなんだ。

シンパイは困った顔で言い、クムボクは彼の愚鈍さと無知に呆れはしたが、並はずれた大食いである彼の事情もわからないではない。彼女はちょっと考えて、言った。

——いいわ、じゃあこうしましょう。あなたは他の人の三、四倍の仕事をするって聞いたわ。でも、他の人の五割増しのお金しかもらっていないじゃない。だから明日、主人のところへ行ってこう言って。人の三、四倍働くんだから賃金も三、四倍くれと。でなけりゃ、これから仕事はしないって。どういうことか、わかる？

シンパイはいぶかしげな顔で、ゆっくりとうなずいた。

翌朝、仕事に出かけるシンパイにクムボクは綿を一握り渡した。

——主人に会う前にこれを耳の穴に入れておきなさい。そして、賃金を三倍に上げてくれと言ったら、主人が何と答えようが、ちょっと立ってて、そのまますぐに家に帰っていらっしゃい。

何のことやら理解できないというように首をかしげ、綿で耳をふさいで出かけたシンパイは、一回の食事時間ほども過ぎないうちに家に帰ってきた。クムボクの言った通りにして、すぐに戻ってきたという。彼はまだけげんな表情だったが、クムボクは落ち着いていた。

——ちょっとだけ待ってらっしゃい。すぐに連絡が来るから。

はたして昼飯どきも過ぎないうちに、一人の男がシンパイを呼びに来た。クムボクがこんどは、洗っておいた生理帯を渡して言った。

——主人に会うときはこれを口に当てていらっしゃい。そうして、主人が何を言ってもー言も言わずに聞いて、また戻ってきてね。

こんどもシンパイはやはりまっすぐに帰ってきて、続いてまたあの男が彼を呼びに来た。クムボクはにっこり笑って、シンパイがまだ口に当てていた生理帯をはずしてやった。

——さあ、それじゃお行きなさい。そしてお金をもらったらお米を買ってきてね。

夕方、シンパイは肩に米を一斗担いで帰ってきた。主人に会いに行くと意外にもあっさりと、今後三倍の賃金をくれることになったという。それは雇用の法則である。彼はことが簡単に解決されたのが不思議な反面、こんなことを思いつくクムボクにただただ感心した。クムボクは彼の純朴さに微笑し、食料の問題を早めに解決できてよかったと思った。

シンパイはあまり賢い人間ではなかった。牛のようにばか正直に働いてその日その日を暮らしてきた男である。腹が減ったら波止場へ行って働き、もらった金で腹を満たせればそれで充分。彼の財産といってはただ、人より大きな体と並はずれた力だけだったが、その力を必要とする場はどこにでもあり、クムボクに会う前はそんな生計の立て方で何の問題もなかった。従って、口に糊《のり》していけるかという彼の両親の憂慮は結局、杞憂にすぎなかったのだが、口に糊する心配がないということがかえって心配なのだった。シンパイは何でも単純に考え、明日ぶちあたることさえ心配しなかった。不幸なことにその優れた身体能力が、彼を非常に単純な人間にしてしまったのである。

クムボクは、世界がそんなに単純ではないことをすでによく知っていた。だから常に不安だったが、彼の純朴さを愛していたし、巨大な鯨に惹きつけられたのと同じようにシンパイの肉体に魅了されていた。つまり彼女はどんなに男っぷりがよくても、肩をいからせていばっていようとも、シンパイのような太い腕や大きな腹を持っていなければ本物の男とは思わなかったのだ。何より彼女は、彼のふところに抱かれているときが幸せだった。やわらかい胸を押しつぶす圧倒的な存在感と、荒々しく息づく彼の吐息、うねる筋肉、全身が震えるほど鮮明な噴出の瞬間……彼女が真に愛したのは皮肉にも、まさに彼女を不安にさせるその単純な世界であったのだ。彼女は彼の肉体を信頼し、その巨大な存在の中で深い安堵を感じ、幸福だった。

一方、クムボクが出ていった後の魚屋はしばらく心が収まらず、酒に溺れて過ごす日が続いていた。世間の強い雄どもがみな涎《よだれ》を垂らして羨む若い女が永遠に自分のものだと思うほど世情にうといわけではなかったが、飼い犬が逃げても探し回るのが人情というものである。何年か肌身を触れ合って過ごし、一人娘を育てるように全力で守り、大切にしてきたクムボクが一朝にして去ってしまったのだから、飯を食べても食べたような気がせず、寝ても寝たような気がしないのは当然のなりゆきで、魚屋はとうてい仕事が手につかなかった。

しかし一方でこの都市には、クムボク以外にも若い女が大勢いた。金さえあればいくらでも他の女を選ぶことはできた。それで、そうなった。つまり彼女たちはクムボクほど特別な魅力があるわけではなかったが、もう髪が白くなりかけた彼にしてみたら、誰をとっても過ぎた女だったわけである。ずっと世の楽しみと縁がなかった彼にとっては、初めて味わう甘い生活だった。彼は自分の膝の上で嬌態をふりまく酌婦の尻を撫でながら言った。

――世の中にはこんな生き方もあったのに、なんだってわしはずっと必死に、仕事ばっかりしてきたんだろうな？

むろんのこと、金はかかった。それは花柳界の法則である。彼は加工場の仕事をすべて放ったらかして、真っ昼間から女を抱いて酒に浸り、花札賭博にあけくれていた。ときには、先払いしていた商人たちがしびれをきらし、早く品物を持ってこいと彼のもとを訪れることもあったが、彼はそれしきの金、返してやればすむんだろうとばかり逆に怒鳴りだす始末だったから、またもや金が出ていった。

彼が花柳界に出入りしておだを上げている間に、加工場の魚はすえた匂いを放って腐っていった。ハエが産卵してうじが這い回り、かろうじてまともにできた干物は泥棒猫の餌になった。

ある日魚屋は、酒家の奥の間で酌婦を抱いて酒を飲んでいた。この酌婦については内心、そのうち家に連れてきて所帯を持ってもいいと思っていたのだった。年齢はもう三十歳をかなり過ぎていたが、すっとした切れ長の目とそばかすがなかなかそそるのである。ところがその酌婦が、酒をついでいたと思ったら突然、地面に穴が開くほどの大きなため息をつくではないか。酌婦の乳房をまさぐっていた魚屋は、なんでそんなため息をつくのかと聞いた。

女は待ってましたとばかり涙を流しながら事情を打ち明けた。自分はしばらく前、あれやこれやの理由で某氏に金子《きんす》を借りたのだが、何だかんだしているうちに約束の日が過ぎても返せぬこととなり、その上にどうだとかこうだとかの事情も重なって、ついにわたくしは遠い遠い島にある酒場へ売られていくことになりましたと、涙と鼻水をハンカチでしきりに拭いながら言いつのることには、島に売られていったならばわたくしの人生はもう終わったも同然、腰の曲がった婆さまになる前に抜け出す手立てはありそうになく、そこまでは単に貧乏の罪、金という仇のせいで詮なきことではあるものの、一つ悔しい上にも辛いのは、わたくし実は陰ながら、あなたさまをばお慕い申し上げておりました、あなたさまさえよしと言ってくださるものならば、どうかして二人で所帯でも持ってみたいと心に決めておりましたゆえ、近ごろは他のお客さんはみんな拒んであなたさま一人にお仕えしておりましたのに、今やそんな希望もすべて水の泡、昨晩はもはや甲斐なき人生を海に捨て、この身一つでも汚れなく保ちたいものと、波止場に行ってもみましたが、とかくしぶといこの世の因縁、輪かけてしぶとい人の生命といいますように、思いをとげることはできませなんだ、とうとうこの定めから逃れることかなわずお別れせねばなりませぬ、こうしてわたくしはあなたさまの前から消えますものの、どうぞあなたさまはよき奥方さまをめとり、子どもをもうけて長生きしてくださいませ、何とぞ幸せになってくださいませ、そしてたった一つのわたくしの望みを叶えてくださるものならば、後々海辺をそぞろ歩きなどするときに、一羽離れて寂しく飛ぶカモメを見たならば、それはあなたさまをお慕い申し上げながら絶海の孤島で一人わびしく死んだ哀れな女人の魂とおぼしめし、忘れずにわたくしの名を呼んでくださいませ、そうしてくださるならば死んでも悔いはございませんと、長々と新派調の一人語り、さらには魚屋の膝の上に突っ伏して慟哭したものだから、生来情にもろく、他人の話に動かされやすい魚屋は、話を聞いているうちからもう胸は張り裂けんばかり、泣くまいとしてのども詰まらんばかりで、酌婦の両肩をつかんで強く揺さぶりながら、言った。

——泣いていないでちゃんと言わないか。いったいいくらの借りがあってそんなひどい目にあっているのだね。え？

これでまた、かなりの金が出ていった。


三日が過ぎた後、借金を返すように言って与えた金と衣服を彼女がまるごと持ち逃げしたことがわかった。酌婦の話はもちろん、すべて嘘であった。ここに及んで魚屋は、ようやくはたと正気に返った。所帯を持つという考えに思いきり胸をふくらませていた彼は、後頭部を一撃されたように目の前が暗くなった。半日の半分ほど横になって茫然と天井を見上げていた彼は、酒色にまみれた体をようやく鎮めて加工場へと戻ってみた。海岸に広げて干した魚はと見れば、肉は風と日光とカビとうじとハエとアリとカモメと猫がわがものにしてしまい、干からびて歪んだ骨だけが竿に引っかかって風に揺れている。潮風を浴びて錆にまみれ、朽ち果てそうなオート三輪のかたわらに、魚屋はぺたりと座りこんでしまった。

しかし運よく、いくばくかの金は残っていた。彼は心を引き締めて加工場を再建した。風で倒れた干し竿を立て直し、人夫たちを呼び集めた。そして残った金をそっくりはたいて魚を買いこんだ。折からの豊漁で、価格も手ごろだったのである。加工場に再び活気が戻り、彼は干し場いっぱいに広げた魚を眺め、こんどこそは根気よくまともに金を貯め、市場の中に店を一軒かまえようと決心した。冬も迫った十月初めのころだった。

彼はタバコを吸おうとしてやめ、ふと、何か月か前にクムボクが言ったことを思い出した。あいつは加工場を出ていくとき、「十月には決して魚を干さないで」と言った。十月なら長雨も洪水も過ぎているはずなのに、なんであんなことを言ったのだろう？　そのとき自分は鼻から砂浜に突っこんでいたので訊くこともできなかったが、たとえどんな理由があったにせよ、今さら魚を取りこむことはできない相談、すでに船は港を出たのである。一抹の不安はあったけれども彼はかぶりを振って、クムボクの言葉を脳裡から払いのけた。分別もない若い娘の言うことが何だ、という気持ちであった。彼はむしろに寝転んでタバコの煙を吹き出した。青空に魚のうろこのような薄い雲が押し寄せていた。陽射しは上々、風は冷たく、魚を干すには絶好の天気である。金を儲けたらこんどこそ心根のよいしとやかな女を捕まえねばと、彼は思った。

クムボクは家を出て市場へむかって歩いていた。夕飯の材料を買うついでに市場の見物もしようと久し振りに出かけたのである。しばらく前まで広い作業場をところ狭しと飛び回っていた彼女だから、一日じゅう家にこもっているのが気詰まりでもあったのだろう、買いものかごを小脇にかかえ、ゆっくりと見物しながらのんびりと通りを歩いていった。

このときクムボクに目をとめた一人の男がいた。何日か前、彼は魚市場で初めてクムボクを見かけた。毎日海風を浴び、暑い陽射しの下で働いてきたために顔は黒く日焼けし、体には魚の匂いが染みついていたが、普通の女とは違う何か特別なものがあることをたちどころに男は見抜いた。その体から放たれる、匂いともいえぬような匂いに彼は惹かれた。それはその昔、彼を育ててくれた娼婦たちの乳の匂いやおしろいの匂い、また嵐にあって漂流していたとき口の中に入りこんできた塩辛い海水の匂いを思い出させ、また、敵の体に刃を突き立てたときにいつも味わった血の匂いと死の匂い、そして他の何より、あるとき彼が気も狂わんばかりに恋したある芸者の体臭を想起させもした。

彼は雪のように白い背広を着て劇場の入り口に立っていた。港町に初めて劇場ができたのである。その前を通りかかったクムボクの褐色に焼けた顔は生気に満ち、さっそうと歩みを進めるたびにはちきれそうな尻が左右に揺れた。男はクムボクの前に歩み寄ると、そこに立ちはだかった。

――あんた、劇場見物をさせてやろうか？

クムボクは顔を上げて男を見上げた。色白でやや面長なその顔には、片側の頬に長い刀傷があった。彼は銀のライターを取り出すと、シュバッと音を立て、粋な仕草でタバコに火をつけた。しかしぎくっとさせられるのは、その手に親指と人差し指の二本しか残っていないことだった。

――劇場って何？

クムボクは目を細めて、刀傷の男をまっすぐに見上げた。男の喉仏がごくんと動いた。

――映画を見るところさ。

男はしばらく前に開館したばかりの劇場を指さした。その看板には、カウボーイハットをかぶった男と女が顔を間近に寄せ合ったところが描かれていた。

――映画って何？

クムボクはこの都市のほとんどの人と同じように、映画が何なのかも知らなかった。

——映画には、人が出てくるのさ。

——人なら外にもいっぱいいるのに、何でわざわざ劇場まで行って人を見るの？

クムボクはわざととりすました顔をして言った。

——映画に出てくる人たちは、外にいる人たちとは違う。すごく特別な人たちなんだ。あんたのようにな。

男は最後の一言に力をこめて言った。港町の人々は彼の名前を聞くだけで恐怖におののき、目が合っただけでも小便を漏らしたが、そのときもクムボクは彼が誰なのか知らず、怖くもなかった。いや、むしろ彼の白い顔に心惹かれ、知らず知らず彼の方へ一歩近寄っていた。二人は劇場の看板に描かれている二人の俳優と同じぐらい顔を寄せ合って立っていた。そしてクムボクは無意識のうちに、男の顔の刀傷に手を触れていた。三日三晩も続いた長い戦いのはてに敵に負わされたその傷に触れた者は、クムボクが初めてだった。

——この傷は本物？

——本物でなかったら、こんなところへわざわざ自分で傷をこしらえて歩くとでも思うかい？

——痛かった？

——痛かったね。

男は笑いながら肩をすくめた。

——誰がやったの。

――俺を殺したいほど憎んでいた奴だ。

――その人はどうなったの。

――俺を殺したいほど憎んだまま、死んだよ。石をくくりつけて海に投げこんだから、いるかぐらい上手に泳げたとしても、生きて戻ることはないだろうな。

二人の顔は今や、ぶつかるほどに接近していた。クムボクは男にむかってふふっと笑ってみせた。男もクムボクを見て笑ったが、そうするとまっすぐな刀傷が丸くたわんだ。

その日クムボクは生まれて初めて映画を見た。巨大なスクリーンの中では人々が、一つもわからない言葉で会話していた。彼らは勝手に大きくなったり小さくなったりしながら、馬に乗って砂漠を走ったり、銃を撃ったりし、馬車の後ろで男女が口づけをしていたりした。それは「美しい国」という意味[*13]の遠い国からやってきた映画だった。クムボクは目の前に広がる驚くべき光景と、四方から滝のようにあふれてくる勇壮な音響があまりに生々しく、またあまりに怖いので、画面から目を離すことができなかった。男は指が二本だけ残った手で震えるクムボクの手をぎゅっと握ってやったが、クムボクは映画に没頭するあまり、自分の握っているのが手なのか足なのかさえわからないほどだった。


*13【「美しい国」という意味】韓国語ではアメリカ合衆国を「美国《ミグク》」と表記する。

映画が終わって電気がつくと、すばらしかったその世界はまるごと突然、目の前から消え去った。クムボクは何だか、だまされたようなくやしさを覚えた。オーガズムを目指して上り詰め、墜落したときのようなあっけない空しさと物足りなさに、彼女は席を立ちかねた。その瞬間彼女は、さっきまで目の前でくり広げられていたあの不思議な世界が終わらずに、永遠に続いてくれることを切に願った。もしも誰かがそうしてくれるなら、持てるすべてと取り換えても惜しくないと思うほどに。

しばらくして刀傷の男に連れられて外に出たときクムボクは、頭はふらふらするし、胸はむかむかするしで、とうとう食べたものを全部吐いてしまった。彼女は刀傷が自分に何か変なまじないでもかけたのではないかと思い、嫌な気持ちになった。しかし男はにっこり笑い、「それはまじないじゃなくて、映画だ」と言う。また、世界には数千数万の映画があるが、俺とつきあえばどんな種類の映画でも見せてやると言った。そしてクムボクにウインクしながらこう言った。

——映画を見たくなったらいつでもおいで。俺はいつもここにいるから。

クムボクはふっと、彼の笑いにむかむかし、不快に思った。顔の刀傷にも何か不幸な予感を感じた。早く家に帰らなければ。入り口に置いておいた買いものかごを持ってクムボクは劇場を飛び出し、男はにっこり笑って彼女の後ろ姿を見守った。

彼女が劇場の外へ出たとき、あたりには風が吹いていた。商店の看板が揺れ、魚を入れる木箱やそのときに使う藁があちこちに転がっていた。彼女は何気なく空を見上げた。南の空に濃い黒雲が垂れこめている。不幸な運命を感知することにおいては並はずれた能力を持つ彼女の心臓がいっそう早く打ちはじめた。突然、刀傷の男と一緒に劇場に入ったことへの後悔が押し寄せてきた。映画をたった一本見ただけだが、絶対にやってはいけないことをやってしまったような罪の意識に彼女はとらわれたのである。しかしそのときも彼女は、この日の事件が自分の命運をどう変えていくか、想像もできなかった。彼女は努めて不安を抑え、急いで家に帰った。

夜もふけるまでシンパイは帰ってこなかった。これまでに一度もなかったことだ。待ちくたびれたクムボクは一人で夕食を作って食べ、横になったが、心配のあまりなかなか眠れなかった。風がしだいに激しさを増し、門を強く揺り動かしている。クムボクは布団を頭までかぶり、無理にでも眠ろうとした。

魚屋は何かガタガタいう物音に驚いて目覚めた。その夜、彼はイワシを一匹焼き、焼酎を飲んで寝た。酌婦が何もかも持ち逃げした後、酒をやめようと決心したが、久しぶりにわが家に帰ってみると寂しくてとても眠れず、酒に戻ってしまったのである。そして目を開けたとき彼はわが目を疑った。部屋の柱がそっくり飛んでしまって空が見えている。室内の家財道具はあちこちへ吹き飛ばされて散り散りになり、門は木の葉のように揺れ、今にもはずれて飛んでいきそうだ。雨も降りはじめた。はっと作業場のことが頭をよぎり、彼はすぐさま外へ飛び出した。暗闇の中で、家ほどもある大波が巨人さながらにすっくと立っていた。台風だ。

加工場の干し竿はすでに風のせいで半分以上倒れ、魚は砂浜に散らばっていた。彼はあたふたと走り回って魚を拾い、箱に入れた。四方から降り注ぐ水しぶきで服はずぶ濡れになり、荒ぶる暴風に体がかしぐ。波はしだいにたけり狂い、竿のあるところまで押し寄せてきた。竿はことごとく倒れ、苦労して積み上げた魚の箱も風に飛んでいった。彼は必死で魚を拾い集め、ひとところに積んでいった。グワァーン、という音に振り向くと、人家の壁が飛んでいくところである。四方で邪鬼どもが暴れ回っているような轟音に鼓膜も破れそうだ。彼は正気を失ったように魚を追いかけて駆けずりまわったが、積み上げるより早く魚は風に散り、鳥のように軽々と空に飛んでいってしまう。風で砂が飛び、針のように顔に突き刺さる。肉が裂けて血が流れる。もはや望みは尽きていた。彼は急に気がふれたように笑い出すと、荒れ狂う海にむかって魚、松の木、砂などを手当たりしだいに投げこみはじめた。

——ハハハ！　そうだ、こんな魚が何だってんだ！　全部、飛んでっちまえ！　全部だ！　家もわしも、この世も、何もかも飛んでいきやがれ！　何もかもだ！

狂人のようにむせび泣く魚屋の前に巨大な波濤が押し寄せ、すべての上におおいかぶさった。

誰かがかすかに自分を呼ぶ声にクムボクははっと目を覚ました。隣を見ると、シンパイはまだ帰っていない。あたりは真っ暗で、風が荒々しく窓を揺らしている。このときまた門の外で誰かを呼ぶ声がかすかに聞こえた。クムボクは嬉しさにサッと門を開けた。

門の外には雨にびっしょりと濡れた屈強な男が六、七人立っていた。彼らは筵《むしろ》に木の棒を通して作った担架を門の前におろした。クムボクは悲鳴を上げて飛び出した。担架の中にはシンパイが寝かされていたのである。シンパイの服はすっかり血に染まり、雨水に混じって赤い血が流れ落ちていた。クムボクが泣きじゃくりながら彼の頭を持ち上げると、顔は蒼白で、目はもう閉じていた。どこをどう負傷したのだか、手ぬぐいで巻いた頭からは、とめどなく血が染み出してきた。

刀傷

台風がすっかり去った後、老いた漁師が、あれほど大きく恐ろしい台風は生まれて初めて見たと語った。家々が吹き飛び、土砂崩れが起こり、道はずたずたに寸断された。波止場につながれた船は波濤によって押し上げられ、屋根の上に折れ重なって風に揺れており、もともとそこにあった屋根は投げ出されて浮き橋のように海上に浮いていた。大勢の人が溺れ死んだり行方不明になり、遺体が見つからない人も多数に上った。

ローラ。

これが、翌日気象庁が発表したその殺人的台風の名前である。西洋の女性の名前をとったものだ。

クムボクは台風が来ることをどうやって知ったのだろうか。体のどこかに、イナゴのような超感覚器官でも隠されていたのか、でなければ凡人にはない特殊な予知能力を備えていたのか。世間に流布した噂はすべて信ずるに足りない。物語とはもともと、語る者、聞く者、伝える者によっていかようにも変わるもの。一字一句正しいはずの聖書ですら疑念を抱かれるこの世にあって、世間の噂話など信じるに値しない。しかし明らかな反証もないのに、むやみに疑うこともできない。それでも、晴れた空に太平洋ほどの穴が開いているという話よりははるかにそれらしいではないか。信ずる者に平和あれかし。

魚屋は死ななかった。翌日、彼は正気を失ったように砂浜に座りこみ、残骸と化した加工場を眺めやっていた。昨夜のことがまるで夢のように、静かな海上に陽射しがまぶしく輝いている。風はやみ、波は身をひそめ、海は限りなく静かだった。一時は壮観を呈していた加工場が、今やあとかたもなく消えていた。加工場の隣にあった家もどこかへ吹き飛ばされてしまい、竿は折れ、魚も砂粒のように四方へ雲散していた。砂浜のあちこちには腐った魚が散らばり、むっとするような匂いが風に乗って漂ってくる。海に浮かぶ魚を食べようとおりてきたカモメだけが、無心にキュルキュルキュルと鳴いていた。半日の半分ほどぼんやりと座っていた魚屋は、昼ごろになって赤く錆びたオート三輪に乗って加工場を去った。以後、この港町で彼の姿を見た者はなかった。

シンパイも死ななかった。あの夜、寝ていたところをクムボクに叩き起こされて拉致されるように連れてこられた医者は、シンパイの容態を見て首を横に振った。この何日かを越すことも難しいだろうと言うのである。他には何の処方もなく、できることは何もないと。クムボクが泣いて彼のズボンの裾をつかんでとりすがったので仕方なく処方箋を書いてやりはしたものの、これが役に立つわけではなかろうと言い添えた。しかしクムボクはあきらめなかった。人に聞いて、腕の立つ医者という医者はすべて訪ね、良いといわれる薬はすべて買いこんだ。もちろん金は一文もなかったので、そこに至るまでがさらに壮絶だったのである。シンパイが寝床で生死の境を行きつ戻りつさまよっている間、クムボクは自分の命運がかかっているとでもいうように、シンパイを生かすことに必死であった。

あの日シンパイは、遠く亜熱帯地方からやってきた原木を運んでいた。それらの大木の見事なことといったら、長さだけでも五、六丈[*14]に及び、太さは両腕で三抱えしても足りないほど、重さはもう見当もつかないほどだった。近隣の荷役夫たちがすべて動員されて大仕事が始まった。巨大な原木を太い綱でくくった後、二列縦隊で並んだ荷役夫がいっせいに綱を肩にかけ、船倉の上に引き上げるという方式である。波止場には荷役夫たちの荒々しい息遣いと「そーれ！」というかけ声が響きわたり、見物人が群れをなして押し寄せ、それこそ一世一代の見せ場となった。前方では囃し手が太鼓を打ち鳴らして働き手に威勢をつけ、先に立って音頭をとった。腰まで海水

*14【五、六丈】約十五〜十八メートル。

に浸かり、股引きは体にぴったりはりつき、肩をぐっと押さえつける太い綱に荷役夫たちは悲鳴を上げんばかりであったが、先唱の声に合わせてありったけの声を振り絞り、大声を張り上げて、それこそ乳を飲んでいたころからの力の限りを動員して、ようやく震える脚を踏ん張っていた。

この日シンパイは三倍の賃金の真価をまざまざと見せつけた。彼は先頭に立って太い綱を腰に巻き、隊列を率いた。彼が力をこめれば隊列は前進し、彼が一息入れると隊列が止まる。見物人はシンパイの怪力に驚嘆の声を上げ、荷主は船倉の上に立って満足げにうなずいていた。

そのときだった。グン、という音がして見物人たちは大声を上げた。突然、上に積んであった丸太が一本転がり落ちたのだ。先頭に立っていたシンパイが上を見上げたとき、丸太はすでに十丈余りも上から矢のように降ってくるところだった。もちろん彼さえその気になればよけられる距離だった、しかしそうやっていたら、後ろにいた荷役夫の全員が無事ではいられなかっただろう。間違いなく六、七人は頭が割れて死ぬか、腰が砕けて障害が残っただろう。上にいた見物人が早く逃げろと叫んだが、シンパイは何を思ったか脚にぐっと力をこめてその場に立ちはだかったのである。

丸太が恐ろしい音を立ててシンパイの目の前に近づいてきたとき、見物人はむごたらしい光景を想像して口々に悲鳴を上げた。女たちは後ろを向いて顔をおおった。丸太が彼の胸にぶつかった瞬間、シンパイは目をかっと見開いて気合を入れた。そして信じがたい光景が展開された。グン！という鈍い音が響きわたると同時に、丸太がその場に停止したのである。そしてシンパイは、ほんの三、四歩しりぞきはしたものの、けが一つしていなかった。凄惨な光景を思い描いていた人々は彼のとてつもない力にいっせいに歓呼の声を上げ、拍手を送った。荷役夫たちはみな、シンパイが丸太を止めている間に横に逃げることができ、胸を撫でおろした。シンパイは丸太を軽々と持ち上げると海へ放りこみ、丸太はすさまじい轟音を立てて海へ落ちていった。

このとき背後で再び、見物人の叫び声が上がった。シンパイは彼らが自分の怪力に歓呼しているのだと思い、笑って振り向いた。しかしそうではなかった。丸太の端を支えていた押さえ木が割れて、積み上げてあった原木が一度に崩れ落ちてきたのである。たちまちけたたましい音響とともに、巨大な原木数十本がいっせいに転がり落ちてきた。荷役夫たちはあわてふためき、離れたところへ走って逃げたり海に飛びこんだりした。では、先ほど驚異的な力を見せたシンパイは？　彼はこんども、牛のように立ち尽くして持ちこたえ、体で丸太群を止めた。しからば、その結果は？　結果は大きく違っていた。巨大な原木はしだいに恐ろしく速度を増して坂を落下し、シンパイを情け容赦なく圧しつぶすと、瞬時に海へ転がり落ちていった。それは加速度の法則である。

この日シンパイはほんの一瞬のうちに、英雄的な気概と愚かな蛮勇の両方を相次いで披露したことになる。他の荷役夫ならばその場でもうぺしゃんこにつぶれて即死したであろうものを、死なずに生き残り、人並はずれた力を人々に見せつけることはできたが、それだけのことである。その代償はむごかった。鎖骨と腰骨が折れ、腸骨が粉々に砕け、頭蓋骨にはひどい打撲傷を負った。シンパイだからその程度ですんだので、他の者ならもうこの世のものではなかっただろうと人々は噂したが、それはクムボクにとって何の慰めにもならない。彼がようやく目を開けたとき、人々からすでに状況を聞いていたクムボクは彼を恨み、いったいなぜ原木を避けようとせずに立っていたのかと訊いた。するとシンパイは大儀そうにぽつりぽつりと口を開いた。

——俺は、こんども、自分が、あれを止められると、思ったんだ。

それは無知の法則である。クムボクは、喜びで満ち足りていたあの日々にひそんでいた恐怖の正体を初めて悟った。それは肉体の影にさえぎられて見えなかった単純さの悲劇的側面だったのだ。彼の肉体はただ一度火花のように燃え上がるとはかなく消えうせてしまい、彼女は、自らが愛した肉体があっけなく崩れ落ちるさまを間近で見守らねばならなかった。しかし彼女はあきらめなかった。いや、あきらめることは不可能だった。彼女はシンパイを心から愛し、その愛に自分のすべてを投げ出した後であったから、丸太のように寝ているシンパイを助けることに誠心誠意、真心のすべてを傾けた。ひどい大汗をかく彼を、何時間かに一度清潔な服に着替えさせてやり、随時傷跡を消毒してやり、死んだ神経がよみがえるようにと手足を揉んでやった。彼女は門の前に座って薬を煎じながら、生まれて初めて、自分でも正体を知らない神様に祈りを捧げた。

名も知らぬあなた様よ、いながらにして完全だといわれる神様よ。私のすべてを、秘密のすべてと喜びのすべてを、私の足が歩んだ一歩一歩のすべてを、私の血と肉のすべてを捧げますから、どうかあの人をお助けください、その代価が何であれ、私は喜んで受け入れます。

シンパイが床についた後、まず迫ってきたのは何よりも食っていく問題だった。ない金で医師を呼び、薬を求めたのだから、どんなに絞ったところで糞しか出てこないようなありさまで、何か手を打たないことにはどうなりようもなかったが、この都市で女ができることといったら波止場で雑用をすることぐらいしかない。だからクムボクはそのようにした。彼女はチマを脱ぎ捨て、港で働く女なら誰でもしているように、もんぺをはいて波止場へ出ていった。魚の腹を裂き、破れた網をつくろい、イワシを捌き、釣り糸を通した。しばらく前まで船主たちを相手に巨額の取り引きをしていた女丈夫が、一夜にしてどん底へ転がり落ちてしまったのだ。それは世間の法則である。

彼女は日がな一日波止場を上り下りして精魂尽きるまで働いたが、下働きでもらえる金では薬代はおろか一日二回の食事にも事欠いた。少しの間また干物の商売をやってみようかとも考えたが、すぐにあきらめた。何の元手もなく始められる商売ではないからでもあるが、何よりも、あの魚屋に被害が及ぶことは避けたいと思ったからである。たとえ別れた男でも、クムボクはそれが自分なりに義理を立てる方法だと考えたのだ。そのときも彼女は、魚屋の身に起きた悲劇については何も知らないままだった。

彼女の切なる願いが通じたのか、シンパイはようやく起き上がれるようになった。しかし状況は依然として深刻だった。脚につながる神経が切れてしまったので、松葉杖をついてようやく歩ける程度で、倒れるときに木の破片が刺さった脇腹と筋肉を損傷した首がずきずきと痛むため、夜ごと痛みに呻いた。砕けた骨のかけらが彼の肉と神経に触れて痛めつける。眠ってからも常にむごたらしい夢に苦しんだ。死者たちが夢に出てきて彼を追いかけたのである。真夜中に長い悲鳴を上げて目覚めることもあった。しかしクムボクは耳をふさがなかった。その代わりチョゴリの前をほどいてシンパイに乳房を吸わせてやり、彼の耳元にささやいた。

——もう誰もあなたに悪さをすることはできないわ。だから何も心配しないでぐっすり眠りなさい、大事なあなた。

シンパイは苦痛に転々としながらも、クムボクのふところでかろうじて眠りにつくのであった。鉄のように固かった彼の肉体と精神はしだいに脆弱になっていき、クムボクの努力はこぼれた水を手ですくってもとに戻そうとする行為にも似てきた。

シンパイは、食べて、寝て、入浴することのすべてをクムボクに頼っていた。いつからか、一時でもクムボクの姿が見えないとかんしゃくを起こすようになった。彼はよく泣き、また、誰かが自分をひどい目に合わせようとしていると言って脅えた。そしてなぜか、クムボクがいつか自分の元を去るだろうという考えにとらわれて、常に不安だった。私は絶対によそへ行ったりしないよとクムボクは数えきれないほど言ってきかせたが、彼の異常な確信は徐々に堅固なものになっていった。あげくのはてに彼は、クムボクが他の男と遊んでいるとまで疑うようになり、彼女に手を上げるようになった。それは嫉妬の法則である。彼は病人らしくもない強い力で家財道具を壊しまくり、それでも怒りが収まらないと、クムボクの服を引きちぎって裸にした上、髪の毛を引っつかんで表へ引きずり出した。そして道端で犬のようにクムボクをずるずると引きずり回したあげく、やじ馬にむかって気が狂ったように叫んだ。

――このアマと乳くり合ったのはどこのどいつだ？　すぐに出てこい！　全員だ！　この下司《げす》野郎ども！

人々はみなクムボクを気の毒がって舌打ちをしたが、シンパイの怪力を知っているので、止めに入る者は誰一人いなかった。クムボクは恥ずかしさも忘れ、お願いだからしっかりしてちょうだい、私が愛しているのはあなただけだと泣いて哀願したのだが、効き目はなかった。シンパイは永遠に収まらぬ嫉妬の神に支配されたかのようだった。やがて力尽きて正気に戻ると、彼はすぐに自分のやったことを後悔した。

――おまえが好きなんだ。好きすぎてあんなこと、しちまったんだ。だから、許しておくれよ。

彼は泣きながらクムボクに許しを乞うた。シンパイはもう昔の彼ではない。クムボクはしだいに疲れてしまった。息が詰まって死にそうだった。顔からは血の気が失せ、輝きが消え、多くの男をときめかせたあの匂いも消え、人々は道でクムボクを見てもそれと気づかないほどだった。

ある日クムボクがいつものように市場へ行って魚のはらわたを抜いていたときのことだ。人々がざわめきながら、いっせいに波止場に押し寄せていった。クムボクも好奇心にかられてついていくと、大勢の見物人に取り囲まれて、波止場の真ん中で何事か作業が進行している。見物人をかき分けて中をのぞいてみたクムボクはわが目を疑った。そこでは包丁を持った男たちが、とてつもなく大きな魚をさばいていたのだ。それはいつか彼女が海で見たあの大王鯨だった。男たちが、押し切りほどもある大きな包丁で鯨の腹をざくざくとこともなげに切っていくと、血と内臓が滝のようにあふれ出てきた。それに飲みこまれないよう、見物人たちが散り散りに逃げなくてはならないほどだった。

続いて、叺《かます》よりも大きな胃袋からは錨や帆柱、古い網やもつれた釣り糸などの漁具とともに、船から落ちたことが明らかな木の破片だの、多種多様な海草、そして小さな魚たちがあふれ出てきた。人々はそれらが一つずつ出てくるたびに驚いて声を上げたが、クムボクはなぜか自分の肉が切り取られるかのように心が痛んだ。永遠に死なないように思えた巨大な生命体が、こんなにもあっけなくただの肉塊になってしまうのを見ていると、人々のことも恐ろしく感じられる。内臓をすっかりさらけ出して解体されている鯨のようすがまるでシンパイと自分の姿のようで、ひとりでに悲しみがこみあげてきた。彼女は必死で涙を飲みこみ、手で口をふさいで見物人のすきまから抜け出した。そして誰もいない海岸に座りこむと、目がぱんぱんに腫れるまで泣いた。

その日家へ帰る途中のことだ。辛い労働に疲れはて、心はいつにもまして重かった。クムボクは劇場の前を通り過ぎようとしていた。劇場には新しく入ってきた西部劇がかかっていた。彼女は何も考えず、ただその看板を見上げた。その日彼女は何のために、あの不吉な劇場に再び足をむけたのか。昼間目撃した鯨の死によって突然神経に異常でもきたしていたのだろうか。でなければ、自分のみじめな人生をちょっとの間でも忘れたかったのか。もしくは、何か新しい生き方への分かれ道を探しにでも来たのだろうか。

まるで磁石に引きつけられるように、彼女の足はひとりでに劇場にむかった。そして以前、彼女に映画を見せてくれたあの刀傷のある男を訪ねた。しばらくして彼は出てきた。相変わらず雪のように白い背広を着てタバコをくわえている。憔悴したクムボクのいうにいわれぬ姿を見て彼は驚きの表情を浮かべた。クムボクはすぐに彼に会いにきたことを後悔し、恥ずかしさで顔が真っ赤になり、ただちにきびすを返して走り去りたかったが、そうしなかった。その代わりやっとのことで口を開き、映画を見に来たのであると告げた。刀傷はにっこり笑ってクムボクの手をとり、中へ案内した。

その日クムボクは生まれて二度目の映画見物をした。こんども彼女は、驚くべき画面からずっと目を離すことができず、四方から降り注ぐ勇壮な音響に、途方もないエクスタシーを味わった。ついに映画が終わったときにはまたもや何かにだまされたような悔しい気持ちになり、空しさと名残惜しさで席を立てなかった。それでも刀傷は隣に座って、指が二本しかない手でクムボクの手をぎゅっと握ってくれていた。

映画が終わって外に出たとき、クムボクの手は汗でびっしょり濡れていた。しかしこの前のときのように吐きはしなかった。刀傷はまた、映画が見たくなったらいつでも来いと言ってにっこり笑った。クムボクはもう一度恥ずかしさに顔を赤らめ、急いで劇場を飛び出したが、翌日もまたその翌日も劇場へとむかう足を止めることができなかった。アヘン中毒患者のように、映画を見ずには一日もがまんできなくなってしまったのである。彼女自身、それをどうすることもできなかった。

その日クムボクに映画を見せてくれた刀傷は、港町のやくざだった。稀代の詐欺師であり、悪名高い密輸業者であり、この町で並ぶ者のないドス使いの名手であり、音に聞こえた遊び人で、港町の娼婦たち全員のダンナであり、またやり手のブローカーでもある彼は、この都市で起きるすべての悪事にもれなく関わりを持っていた。彼はあらゆる権謀術数にたけており、こじれた問題を解決するコツを知っていた。彼のなりわいの大部分は超法規的なものであったが、この手の人間を必要とする者がいつも必ずいるものである。彼は波止場で働く屈強な荷役夫や、長らく船に乗っている手だれの船員を船主に斡旋してやるかと思えば、酒場で働く美女を他の都市から連れてくることもあった。また、密輸業者に手ごろな船を選んでやったり、波止場のちんぴらどもを動員して誰かの仕事を助けてやることもあった。この都市で彼を知らない者は誰もいなかった。人々は一様に彼を恐れたが、ある者にとっては彼こそ腕の立つ、信ずるに足る男なのであった。

一方、ヘビのように冷たい心臓を持った彼が、とりえもないただのお上りさんであるクムボクに関心を持った背景には、恋人のために指を六本も切り落とした一人のやくざの悲しい恋物語が隠れていた。

刀傷がかつて命がけで恋した女、ナオコに初めて会ったのは十五歳のときだった。そのころ彼はやくざの使い走りをしながら、どうやったら一刺しで相手の息の根を止められるかを学んでいた。ところは日本のとある港町。少年が故郷を離れて日本に渡ってから、二年が過ぎていた。ある日彼は先輩に連れていかれた遊郭で、赤いキモノをまとった芸者に会い、一目で心を奪われた。そのときから、心臓が焼けつくような恋の苦しみが始まった。長い間、一人で胸の痛みに耐えた彼は、ついにある夜遅く一人で遊郭を訪ねた。

少年の胸に火をつけた芸者の名はナオコといい、いつも白紙のように真っ白に化粧をしており、年齢のほどもわかりかねた。少年は横で歌を披露しているこの芸者から、後日、クムボクに感じたのと同じような匂いともいえぬ匂いを嗅ぎとって心臓がでんぐり返り、全身がぐったりしてしまうほどだった。その日彼は、震える声で自分の思いを告げ、一夜をともにしてくれるように乞うた。しかし海千山千くぐってきた彼女は、若僧の危険な火遊びにつきあってやるつもりは露ほどもなかった。彼女は少年に冷たく言った。

——私が欲しいのは本物の男なの。あんたはまだ正式な組員でもないでしょう。それに、恋をするには子どももすぎるわ。もうちょっと大人になったら、いらっしゃい。

やくざ組織で使い走りをしていた少年は、ふところから匕首《あいくち》を取り出した。そして、驚いて悲鳴を上げる芸者の前でためらいもなく自分の小指を切り落とした。

——何年かしたら必ず、あなたに会いに来る。そのときはあなたの望むような本物の男になっていてみせる。これはその誓いの印です。

少年は指を木綿の布に包み、芸者に渡して遊郭を出た。

何年かが経ち、少年は堂々たる男になっていた。それまでに彼のまなざしは深みを帯び、体には筋肉がついて体格もよくなった。そして彼は先輩たちに習った通りに敵対組織の人間を一人刺し、親分は、本土の人間ではないにもかかわらず彼を正式な組員として受け入れたのである。その際、彼は忠誠を尽くして組の名誉を守り、決して裏切らないことを誓い、また指一本を切って捧げた。左の小指はもう芸者に捧げた後だったので、もう片方の小指を詰めたのだ。

その夜、男はまた芸者のもとを訪ねた。初めてナオコに会ってから数年が過ぎていた。ナオコは相変わらず真っ白な化粧をしていた。男は訊いた。

――俺はあなたの望み通り、一人前の男になった。今日、正式に組員になった。

しかし彼女は、ずっと前に自分に愛を告白した少年の顔を憶えていなかった。男が切り落とした指を見せるとようやく思い出したらしく、にっこり笑って言った。

――なるほど、あの日の若い衆だわね。でもこの町には、あなたぐらいの男はざらにいるわ。それに私は恋なんて信じていないの。こんなに変わりやすくて守りにくいものもないじゃない?

――では、あなたは何を信じているんです?

顔も憶えていてくれなかったことに激しい失望を覚えながら、男は訊いた。

――男なら誰でも、自分の女を守れるほどの力がなくてはね。そうでなければいくら体が大きくとも剣の扱いがうまくとも、本物の男とはいえないわ。

すると男はまたふところから匕首を出し、自分の指を一本切って、言った。

――俺は必ず力のある男になって戻ってくる。だからそれまで待っていてください。これはその誓いの印です。

それからというもの、男は完全に目つきが変わった。組どうしの出入りがあれば真っ先に出ていって刀を振るい、誰よりも勇敢に敵地に乗りこんだ。彼は刀を振るうたびにナオコを思った。彼女の体が発散する、匂いともいえぬ匂いを思い浮かべ、きっと彼女を手に入れてみせると心に誓った。力を惜しまなかったので何度も死にかけたが、やがて誰もが恐れるやくざになり、いつしか組で二番目の実力者となっていた。

彼はまた芸者のもとを訪ねた。本物の男になって戻ってくると約束してからさらに何年かが流れた後である。彼はまた、ナオコに一夜をともにしてくれるよう乞うた。彼女は、自分のためにすでに指を二本も詰めた男をようやく思い出した。

——あなたもとうとう、本物の男になったみたいね。

——そうだ。もうあなたを守ってあげられるだけの力は、持っている。

するとナオコはくすっと笑って答えた。

——一晩寝てあげるくらいのことは、いいわ。でも、それが永遠のものでない限り、意味はないでしょう?

——どういう意味だ?

男はもどかしさにのどが詰まりそうだった。

——ライオンの群れに何匹雄がいたとしても、雌をものにできるのはたった一匹だわ。すべての雌を所有できるたった一匹の雄、それが私の求めているものなのよ。どういうことか、わかる？

——では俺に、親分になれということか？

ナオコは答える代わりに微笑してみせた。彼女は足りることを知らない女だった。しかし恋に狂った男は、こんどもまた匕首を取り出し、指を一本落とすと、言った。

——何年かのうちにきっと親分になって、あなたに会いにきてみせよう。これはその誓いの印だ。

男はまたも木綿の布に指を包んで彼女に渡すと遊郭を出た。しかし親分になるのは生やさしいことではなかった。彼がどんなに大きな手柄を立てたところで、親分が引退するか死なない限りとうてい望みはない。そうこうするうちに歳月は流れ、彼はしだいに焦りはじめた。ついに彼は重大な決心をするしかなかった。彼はひそかに敵対組織の紋の入った刀を一ふり手に入れ、深夜に親分の寝所にしのびこみ、胸に刀を突き刺したのである。これまで自分の面倒を見て育ててくれた恩人を裏切るのは辛いことだったが、ナオコの心を手に入れるためには他に方法がなかった。彼はその場で、恩人への詫びのつもりでもう一本指を詰めた。

以後、両組織の間に熾烈な抗争がくり広げられた。一年以上続いた抗争で、双方の多くの組員が死に、また負傷した。とうとう組織の中枢部が仲裁に乗り出して抗争は終わり、ついに彼は望み通り親分になった。そして彼はまたナオコの元を訪れたのである。こんどはナオコも彼を忘れず、歓迎してくれた。彼女は目だけで笑って、言った。

——あなたもとうとう親分になったのね。この卑しい女を忘れずに会いに来てくださるとは、身に余ることですわ。

ナオコの態度が一変したのを見た男は、とうとう望みがかなったという感動と喜びに全身が震えた。ほどなく夜が更けると彼女は体を洗ってくると言って外に出た。男は服を脱いで布団に入り、五本の指を捧げた女人を待った。しばらくして入浴をすませたナオコが部屋に入ってきた。闇の中で彼女は赤いキモノを脱ぎ、裸になった。真っ白な化粧もきれいに落としてある。男はナオコの手をとって布団に引き入れた。彼女ははにかむように身を震わせ、男は、涙が出るほどの喜悦のうちに芸者の体を力の限り抱きしめた。それは彼の長年の執念への代価であり、その味はめくるめく甘さであった。その夜、彼は何度となく悦楽の絶頂に達し、ナオコの体を抱きしめたまま眠りに落ちていった。

翌朝、彼は目を覚ました。昨夜のすさまじい快楽の余韻がまだ肌の上に残って、むずむずと這い回っているような感覚があった。ナオコは彼の腕の中でまだ眠っている。彼は愛する女の顔を見ようと体を横に向けた。その瞬間、驚きのあまり後ろに引っくり返ってしまった。隣で寝ていたのが、顔はしわだらけ、乳房はだらりと垂れた老女だったからである。初め彼は、ナオコが何か策を弄したのだろうかと思った。つまり、自分ではなく他の芸者を寝室に入れたのではないかと思ったのである。しかし彼はすぐに、隣に寝ているこの老いた女性が、白塗りの化粧と赤いキモノに隠されていたナオコの実体だと悟り、胸がつぶれる思いであった。

初めて会ったときでさえ彼女は決して若くはなく、また彼女を手に入れるために長い歳月を見送った後とあっては、それも当然のなりゆきだったろう。隣のしわだらけの老女が、自分があんなにも命がけで恋し、求めてきた女だという事実に、彼は茫然自失の態であった。まだかすかに残っていた昨夜の快楽が一瞬にして腹立たしさに変わり、虚脱感と裏切られた気持ち、そして気も狂わんばかりの怒りに体が震えた。そして彼は、取るに足りない虚像を追い求めていた間に老いたのはナオコだけではないこと、自分自身の青春もまたすべて流れ去ってしまったことを悟った。彼は残忍な運命を呪い、自らの人生を翻弄した神に歯噛みをし、復讐を誓った。彼が選んだ復讐の手段とは、死ぬまで二度と女を愛さないという決心であった。そしてこの誓いのために、またも指を一本切り落とした。

彼は隣で眠っている老芸者の裸体を布団でおおってやると、遊郭を後にした。そして二度とナオコを訪ねなかった。しばらく後、組織内で、親分を殺したのは彼だという噂が浮上し、とうとう組織の中枢部も調査に着手した。彼は自分に傷と悔恨だけをくれたこの都市を離れることに決めた。未練があろうはずもない。そしてある日の夜明け、誰にも知られず故郷に戻る貨物船上の人となったのである。このとき彼には、十本のうち四本の指しか残っていなかった。港町に帰ってきた後、彼は性欲を解消するためにときおり娼婦のもとを訪ねたが、その誰にも心を許すことはなかった。これが、彼が六本の指を失ったいきさつである。

稀代の詐欺師であり、悪名高い密輸業者であり、この町で並ぶ者のないドス使いの名手であり、音に聞こえた遊び人で、港町の娼婦たち全員のダンナであり、またやり手のブローカーでもある刀傷は、クムボクが映画を見るたびに隣に座ってその手をぎゅっと握ってくれた。クムボクは、刀傷の手が早晩、自分のチョゴリの胸元にしのびこむか、チマの裾を持ち上げるだろうと覚悟していたが、どうしたことか彼は手を握るだけで、それ以上のことは何もしなかった。せいぜい、クムボクが気になったことを尋ねるたびに一言二言耳打ちして教えてくれるだけである。この都市随一の実力者である彼が、何の力もない女一人をどうにかしようと思ったら、手のひらを裏返すよりたやすいことだっただろうが、クムボクに対するときだけは彼は慎重で用心深かった。彼はクムボクのために、いちばん映画を見やすい場所に専用の座席を準備しておいてくれた。劇場はますます盛況を呈するようになり、いつも観客であふれていたが、そして彼女の座席には何の印もついていなかったが、そこに座ろうとする者は誰もいなかった。それは街の法則である。

一方、刀傷の言葉通り、世の中には数千数万の映画があったが、その中でクムボクがいちばん好きなのはカウボーイが登場する西部劇だった。とてもこの世のものとは信じられない広大な砂漠と、その上を荒々しく疾走していく駅馬車、拳ほどのサイズの銃から吐き出される断固たる結末、そして馬のような荒くれ男たちと、そんな彼らをやわらかい食パンのように扱うすべを心得た金髪の女たち……。

クムボクはとくに、保安官としてしばしば登場する男が好きだった。大きな体と岩のようにしっかりした肩、分厚い手を持った彼の、とりわけ馬に乗った後ろ姿はまことに好もしく見えた。

ジョン・ウェイン。

それが、刀傷が教えてくれた保安官の名前だった。

劇場に出入りするうちにクムボクは、徐々に映画の秘密がわかってきた。目の前の画面でくり広げられているできごとはすべて現実ではないということ、その中には子どものころに大人から聞いた昔話のような面白い話のたねが仕込まれているのであり、画面の端に出ている字幕を読めば話の内容がいっそうよくわかること、などである。

にもかかわらず彼女が受け入れられないことが一つあった。それは、まさに「演技」ということだった。刀傷の言葉によれば、映画に登場する人たちはみな「本心」であれをやっているわけではなく、例えば彼らが泣くのは本当に悲しいからではないし、口づけをするのは本当に愛し合っているからではない。ただ「まるでそうであるかのような」ふりをしているだけなのだという。刀傷はその、「まるでそうであるかのようなふり」をすることを「演技」と言った。しかしクムボクは初めのうち、彼らがなぜそんなことをしなくてはならないのかさっぱり理解できなかった。なぜお互い憎み合ってもいないのに腹を立てて争ったり、愛してもいないのに泣いたりするのか、いぶかしくてならない。いくらも経たぬうちに彼女も「本心」と「演技」の違いがわかるようになったが、彼らは依然として魅力的な存在であり、映画は彼女を苦痛から解放してくれ、まったく別の悦楽の世界に導いてくれる案内者であった。

余談であるが、刀傷が着ていた真っ白な背広については信じがたい後日談がある。刀傷もかつて、ほかのやくざと同じように黒い背広を着ていたこともあった。しかし一度白い背広を着てみたら最後、この色にすっかり魅了されてしまったのである。突拍子もないことだが、白服は自分の刀に染みついた汚い血を、また罪深い過去をきれいに洗い流してくれるという思いにとらわれていたのだ。問題は、前から白い洋服を着ていた人たちである。彼らはなぜか、刀傷と同じ色のものを着ていてはいけないという気がした。なぜそんな気がしたのだろう？　それはただもう、そうだったのである。誰も着るなと指示したわけではなかったが、彼らは自ら進んで白服をたんすの奥にしまいこみ、違う色のものを着た。結局、刀傷が白い服を着はじめてからほどなく、街から白服は完全に消えてしまった。

真っ白が懐かしい者たちは薄いグレーや生成り色を着た。グレーはまだましだったが、生成りの服を着た者たちはそれを着て歩くたびに、なぜか首筋にじっとりと脂汗をかいたりしたものである。結局生成りの服も姿を消し、ついにこの港町で白い洋服を着る者は刀傷だけとなり、とにもかくにもどこへ行っても彼だけが目立つこととなったのだ。

ジョン・ウェイン

シンパイの体は徐々に衰弱していった。クムボクの心をこめた看病にもかかわらず、頬がげっそりとやつれ、体もしだいにやせてきて、固かった筋肉がたるみ、一日じゅう床に寝ているので肉が膿み崩れていった。食事も進まず、ぼんやりと横たわって焦点の合わない瞳で天井を見つめていることが多かった。かと思うと突然何か思い出したようにすっくと立ち上がり、いきなり悪態をつきはじめたりしたが、以前のような力はない。まるで布袋の中でじゃがいもがどんどん腐っていくように、彼は下へ、下へと沈んでいった。

クムボクは崩れ落ちていく彼の肉体を見守りながら胸が張り裂ける思いをする一方で、この苦しみから逃げ出したいという欲望がひそかに頭をもたげていた。それもまた彼女にとってはどうしようもないことだった。

ある日クムボクが夜遅く家に帰ってくると、家の前に米の袋が置いてあった。いぶかしく思って門を開けてみると、シンパイがゆでた豚足をがつがつと食いちぎっている。久し振りに肉を味わったからか、彼は嬉しそうな顔でクムボクを迎えた。どうしたのだと問うと、昼間、一人の男がしょいこを背負ってやってきて、置いていったのだという。クムボクが送らせたんじゃないのかと、シンパイはむしろ問い返すのだった。そして、これも男が置いていったと言って薬袋も見せてくれたが、そこにはかなり値の張る薬がいっぱいに詰まっていた。

その夜クムボクは刀傷の家を訪ねた。意外そうに驚いて見つめる刀傷の前に薬袋を投げ出すと、彼女は言った。

——私は娼婦じゃないのよ。

——俺は君が娼婦だとは思わんよ。

刀傷が優しい微笑を浮かべて答えた。

——じゃあ、あなたの望みは何?

──これからも毎日劇場に来てくれたらいい。それ以外には何も望まないよ。

──あなたがどういうつもりか知らないけれど、それは私のつもりとは違っているわ。これは受け取れません。

──俺はただ君を助けてやりたいのさ。

刀傷もクムボクの目をまっすぐに見つめて言った。二人はまるで神経戦のようにお互いの目をにらみあった。やがてクムボクはついに目を伏せ、服を脱ぎはじめた。刀傷は驚いて目を大きく見張った。クムボクは服を脱いでしまうと、刀傷にむかって言った。

──誰かが金を出すときには代価が要るはずよ。あなたが私に何を求めているのか知らないけれど、私は私のやり方で払うわ。

それがクムボクの法則だった。

翌日からクムボクは仕事に出るのをやめた。その代わり、朝から劇場へ出かけて映画を見た。シンパイの薬がなくなるころになると刀傷の部屋へ行って服を脱ぎ、ことを終えると金を受け取って家に帰った。刀傷との情事の間、彼女は自分の無力さが恨めしくてならず、恥ずかしさに舌を噛みたい思いだったが、時が経つにつれてその感情は鈍っていった。シンパイの薬さえ買えるなら何でもしようと決心することで、彼女は自らを慰めた。

ある日クムボクがことをすませて立ち上がり、服を着ようとしていたときのことだ。刀傷がちょっとそのままでいろと言い、服を着るのを制止した。そして、たんすの奥に隠してあった服を一枚取り出した。それは彼が一時命がけで愛した芸者ナオコが着ていた、あの赤いキモノだった。彼はいぶかしげな表情でこちらを見るクムボクにキモノを着せてやった。そして赤いキモノを着たクムボクを見やった。

――これから俺に会うときにはこれを着てくれるといいんだが。どうだろう、俺のためにそうしてくれないか、ナオコ？

いつからか刀傷はクムボクをナオコと呼びはじめた。キモノを着て他人の名前で呼ばれるなんて恥ずべきことだとクムボクは思ったけれど、自分が手にした代価を思えば充分、耐えられた。刀傷は彼女が家に帰るときには、食べものとシンパイの薬代をたっぷり持たせてくれた。やがてクムボクはしだいにナオコという名前やキモノにもなじんでいき、ついには自分の名前が最初からナオコだったように、何の抵抗もなくなっていった。


一方、稀代の詐欺師であり、悪名高い密輸業者であり、この町で並ぶ者のないドス使いの名手であり、音に聞こえた遊び人で、港町の娼婦たち全員のダンナであり、またやり手のブローカーでもある刀傷はたいそう寡黙な男だったが、クムボクにだけは自分のことをすべて話してくれた。彼がどのようにして、港町の老いた商売女から、父親が誰かもわからないまま生まれてきたか、彼を生むと同時に死んだ母親に代わって他の娼婦たちがどのようにして彼を育てたか。そして彼の父親がどのようにして目の前に現れたか、どのようにして父親に連れられて日本に密航することになり、密航船に乗っているとき台風にあい、すさまじい強風によってどのように船が転覆したか、そのときたけり狂う波浪の中で、泳げない彼の父親が溺れていかにもがき苦しんだか、そしてどのように沈んでいったか、幸いにも泳げた彼がどうやって海岸に打ち上げられたか。浜で気絶していた彼をどうやってやくざどもが発見し、どのようにして彼らと一緒に暮らすことになったか。そしてどのように刀の使い方を覚え、人を殺すようになったのか。生まれて初めて愛した芸者にはどのようにして出会い、そしてなぜ別れたのか。また、なぜ故郷に戻ってくることになったのか。そしてどのようにして港町で覇権を握ることになったのか。彼の話は殺人と拉致、陰謀と裏切りの連続で、初めから終わりまで恐ろしく残酷なことばかりだったが、彼女にはそれがすべて映画の中の話のように思え、ただただ不思議だった。こうして彼女はしだいに、刀傷の世界にのめりこんでいった。

ある日刀傷は、クムボクを劇場の隣にある茶房《タバン》に連れていき、女給に茶を注文した。葛の汁のような黒みを帯びた茶をクムボクは一口飲むと、あまりの苦さにすぐにぺっぺっと吐き出してしまった。

——なんでこんなに苦いの？

——それがコーヒーというものさ。苦かったら砂糖を入れて飲めばいい、俺みたいに。

刀傷は笑いながら言った。なるほど砂糖を入れればそれなりに飲めた。それどころか、何口か飲むうちにクムボクはコーヒーの味に惚れこんでしまった。舌に広がってすっきりした余韻を残して消えていくほろ苦さ。典雅な秘密を隠し持っているような酸っぱい香り。それはずっと昔、彼女が故郷の丘に座っていたとき、南から吹いてきた風の匂いを思い起こさせた。

以後彼女は、コーヒーを飲みにたびたび茶房に寄った。そもそもコーヒーがどんな原料でできているためにこんなに神秘的な味がするのか気になったが、疑問はすぐに解けた。それは麦のような形をして、大きさはえんどう豆ぐらいの種のようなものだった。刀傷は、それが木になる実で、地球を半周しなくては行けない国から運ばれてきたものだと説明してくれた。豆を鍋に入れて良い具合に炒り上げ、やかんに入れて煮出せばやがて古代の銅《あかがね》のような赤褐色の水が染み出してきて、茶房いっぱいに香りが広がる。その豊かな香りを求めて茶房にはあらゆる種類の人間が集まってきた。映画を見にきた恥ずかしがり屋の恋人たち、どこへ行けばいいのか見当もつかずおどおどしている流れ者たち、くたびれきった荷役夫たち、荒波と戦ってさっき海から帰ってきたばかりの船員たち、そして刀傷を訪ねてくる見知らぬ男たち……。

刀傷はいつも茶房のすみの席で人に会った。入り口には彼の部下たちが立っており、刀傷に面会に来た人たちは必ず彼らの許可を得なくてはならなかった。話をするのは主に相手の方で、刀傷は静かに聞いているだけである。彼はときどきうなずいたり、気に入らんというように眉間に軽くしわを寄せたりするだけだったが、その表情しだいで相手は喜んだり、ひどくがっくりしたりして茶房を出ていった。彼らが茶房を出ると、刀傷は手招きして部下を呼び、一言二言指示をする。その一言二言で勧告、脅迫、拉致と拷問、テロと殺人が始まるのはいうまでもないことだ。

この都市のどんな片すみであれ、金の行き来するところには必ず刀傷の取り分があった。例えばスリがおどおどしている田舎者の風呂敷包みを引ったくったら、その一部は刀傷のものだった。酒屋が酒を娼婦が寂しい男やもめに花代をもらったら？　その一部もやはり刀傷のものだった。

売っても、飯屋が飯を売っても、はなはだしくは水売りが水を売っても刀傷の取り分は別にしておかなければならず、どこかに争いごとが起きて誰かに賠償金が払われたら、その一部は必ず刀傷のものだった。人々はそれを税金と呼んだ。

なぜ刀傷に税金を払うのかと？　それはただもう、そうなっていたからである。初めからそうだったのであり、これに異議を申し立てる者は誰もいなかった。ただ、何年か前に他所から流れてきて酒場を開いた一人の男が初めて疑問を呈したことがあった。

いったい、なぜだ？

答えはその夜、即刻、現実となった。その男の腰にでっかい石がくくりつけられ、深い海の底へ放りこまれることによって。それが刀傷の法則だった。その質問への答えは何年か後、港町で初めて宣教活動をしたある伝道師が明快に整理したのだが、それは次のようなものだった。

神のものは神に、刀傷のものは刀傷に。

はるかな昔、刀傷の命令を見くびった隣町のごろつきが彼の命を狙ったことがあった。彼らは刺客を雇い、刺客は真っ昼間に一人で歩いていく刀傷の後ろから近づいて左の脇腹に刀を突き立てた。刀傷は病院で長いこと死と戦った。そしてついに不死鳥のように寝床を払って起き上がったのである。彼は即刻、報復を敢行した。隣町のごろつきどもの大部分は、腰に石をくくりつけられて海に沈められた。この事件によって刀傷は三歩歩いたら必ず一度は振り向く癖がついたが、その厄介な習慣は何年か後、ある暴風雨の夜、腹に銛が刺さったまま彼が死を迎えるまで続いた。

あるとき、クムボクがとても遅く家に帰ったことがあった。その日は新しく入ってきた西部劇の封切りの日だった。彼女の好きなジョン・ウェインも出ていた。頭に羽根飾りをつけたインディアンたちも出ていた。ジョン・ウェインは相変わらず寡黙で、冷静沈着にインディアンを一人ずつ殺していった。ジョン・ウェインの銃弾を浴びてインディアンはシカのように倒れた。それは西部劇の法則である。クムボクは映画に夢中になり、三回も続けて見た後ようやく席を立った。ひどく遅くなってしまったので、シンパイのことがちょっと気になった。

案の定シンパイは頭のてっぺんまで怒りに燃えており、クムボクを見るや否や髪をつかみ、めったやたらに壁に打ちつけた。彼は、こんな時間まで誰と会ってきたんだ、正直に言えと口をきわめてクムボクを罵り、また彼女の体から他の男の匂いがするといって言いがかりをつけ、手当たりしだいに所帯道具を投げつけた。とうてい耐えられなくなったクムボクがすっと立って彼をぐっと押すと、もうすっかり元気をなくしていたシンパイは力なく床に倒れ、小さな子どものようにしゃくりあげはじめた。そしてクムボクを恨めしげな目で見つめるのだった。

——俺だって全部知っている。

クムボクはドキッとした。

——何を知ってるっていうの？

——俺だっていろいろ、聞いているんだ。

クムボクは長いため息をついて彼を見おろした。このところ彼女はシンパイと刀傷の間を行き来するのに忙しくて料理は手抜きだったし、汚い服を着せ続けていたので、やせこけたシンパイはまるで大きな革袋のように見えた。クムボクはシンパイがとほうもなく哀れに思えてきた。鈍っていた罪の意識がよみがえってきた。彼女はシンパイをなだめようとして近づき、肩を抱いてやった。

——どこで何を聞いても絶対に信じちゃだめよ。それはみんなおしゃべりな人たちの作り話なんだから。

——いや、おまえは変わったよ。他に男がいるに違いないんだ。

シンパイはいやいやをして、泣きやまなかった。

——私に誰がいるっていうの？　言ってごらんよ、私があなた以外に誰を好きだっていうの？

シンパイが鼻をすすりながら答えた。

——ジョン・ウェイン。俺よりジョン・ウェインの方が好きなんだろう？

怪物

誰しも生きている間にはいつしか、大きな心の迷いや理屈に合わない執着にとらわれるもの。たとえば愛などというものもそうで、刀傷のような冷徹な男さえ、この点にかけてはどうしようもなく愚かな人間にすぎなかったようだ。その昔、もう女など愛さないと決心し、その誓いの印に指まで切り落とした彼も、いつしかナオコ・クムボクに心を奪われてしまった。最初彼はクムボクの体に、かつてあの芸者の体から漂っていたのと同じ、匂いともいえぬような匂いを嗅ぎつけて、好奇心半分、いたずら心半分で接近したのだったが、赤いキモノを着たクムボクの姿はあの芸者が十五歳の少年の胸に火をつけたのと同じように、彼の冷たい心臓にいつしか火を灯してしまったのである。彼は誓いを守ろうと苦心惨憺し、クムボクを愛するまいと努めたが、すでに彼の心をいっぱいに占めていたナオコ・クムボクを拒否することは不可能だった。

もちろん、稀代の詐欺師であり、悪名高い密輸業者であり、この町で並ぶ者のないドス使いの名手であり、音に聞こえた遊び人で、港町の娼婦たち全員のダンナであり、またやり手のブローカーでもある刀傷は、自分さえ心を決めればいくらでも他の女を手に入れることができた。だが彼にとって、手に入れて甲斐ある女はシンパイの妻であるナオコ・クムボクただ一人だったのだ。彼女はいつでも彼のために嫌がらずキモノを脱いでくれたが、彼が欲しかったのは彼女の体ではなかった。欲しかったのはナオコの体ではなく、ナオコのささやきだった。欲しかったのは彼女がすねてみせてくれること、目だけで笑ってみせるその微笑、抱擁、涙、吐息——つまり彼女の愛情だけが、彼が心から望むすべてだった。要するに彼は、ナオコ・クムボクのすべてを手に入れて、永遠に自分のものにしておきたかったのだ。それは恋の法則である。

ある日彼はひそかにクムボクの心を探ってみたことがあった。つまり、クムボクのように若くて魅力的な女が、なぜシンパイのような愚鈍で体もだめになった男と暮らしているのか、理解できないというわけだ。するとクムボクは、長いため息をついて言った。

——あの人はもう私の主人なの。そして今じゃ、私がいなくては生きていけないわ。だから私は、彼の方から私を追い出しでもしない限り、自分から離れることはできないのよ。

刀傷はクムボクの無謀で盲目的な愛情に呆れたが、彼女の信念は岩のように固かった。自分の欲しいものを手に入れる方法をよく知っていた刀傷も、クムボクの心だけはどうすることもできなかった。彼はクムボクがキモノを脱ぎ捨てて家に帰っていく後ろ姿を見るたび、心がつぶれそうになった。彼はクムボクに、初めて見るような珍しい贈りものを持ってくることもあった。例えば遠く海を渡ってきた高価な時計とか、近くは日本からの美しい護身用の刀、アラビアから取り寄せた水晶の水差し、中国からの金のかんざしなど。それは求愛の法則である。しかしクムボクは小生意気な表情で品々を見やり、彼が何度も勧めてからやっと手にとるのだった。

季節が一めぐりするころ、彼はクムボクの気持ちがどれほど変わったか確かめようと、もう一度彼女に切り出してみた。いつものようにクムボクが帰ろうとしてキモノを脱ぎ、のろのろとチョゴリに腕を通しているときだった。

——あいつは君を利用しているよ。もしも君さえ望むなら、俺はあいつを永遠に遠ざけてやることもできるがな。

——それはどういう意味なの？

クムボクはさっと振り向くと刀傷をにらみつけた。その目には青い炎が燃えているようだった。彼女は刀傷に近づき、彼の目をまっすぐに見つめると、言った。

——何を考えてるのか知らないけど、間違っても二度とそんなことは言わないで。あの人に何か起きたら、あなたがやったんだと思いますからね。万一彼が髪の毛一本でも傷つくようなことがあったら、あなたの前で舌噛んで死んでやるから、そう思って。

クムボクはその場に寒風が吹いてくるほど冷たい顔をして、門を開けて出ていった。

その刹那、刀傷は、ただの一度でもあのようにクムボクに愛されることができたなら、その場で死んでも悔いはないのにと思った。また、一人で思い焦がれてこれほど苦しむより、シンパイのように丈夫な体がすっかりだめになって一生動けなくなろうとも、クムボクの手厚い看病を受けられるならその方がましだとも思った。もう二度と恋はしないと誓ったのに、その誓いが崩れ落ちた今、彼はいつしかナオコ・クムボク欲しさに胸を焦がし、悶える自分自身を見出さねばならなかった。

しばらく後、刀傷はクムボクに一つの提案をした。クムボクとシンパイのために一部屋を提供するから、いっそ自分の家へ引っ越してきて一緒に暮らせばよいというのだ。クムボクは当然、この申し出を断固としてはねつけた。自分とよからぬ関係にある男とシンパイが一つ家で暮らすなどとは気乗りがするわけもなく、一方では、刀傷に何かたくらみがあるのではないかと疑ったのだ。しかし刀傷は、自分にとってはクムボクともう少し長く一緒にいられるから好都合だし、シンパイももっと広く清潔な家で世話してもらえるのだからいいではないかと、彼女を説得した。その上、家に医者を連れてきてシンパイの面倒を見させてやるとまで約束したので、クムボクもむげに拒否し続けるわけにもいかなくなり、結局、刀傷の家に移り住んで三人で一軒の家に起き伏しすることとなった。

そんな暮らしは初めのうち居心地が悪いだけだったが、クムボクは日に日に、三人の奇妙な同居に慣れてしまった。台所仕事をしてくれる人が別にいるので何もしなくていいし、世話をしてくれる人がたくさんいるので、シンパイも前のようにクムボクに何かとせがんだりしない。彼女自身、分不相応なぜいたくを楽しむようになり、不満があるわけもなかった。クムボクの顔にはまた生気がよみがえってきた。

一方、シンパイはなぜこの家に引っ越したのかも理解していなかったが、ただ漠然と、クムボクが何か手を使って大金を儲けたのだろうと思いこんでいた。理由が何であれ、毎日食べるものが豊富にあるのだから、彼に不満があるはずもない。彼はときおり刀傷と顔を合わせたが、彼とクムボクがどんな関係なのかも知らなかったし、関心もなかった。一時彼を苦しめたジョン・ウェインとの不倫の疑いはもうずっと前に消えた代わり、一日じゅう家で寝たきりで過ごすのは息が詰まるし、暇だしで、彼はますます食べることに溺れるようになっていた。かつて波止場随一の力持ちとして並ぶ者のなかった、落ち着いたまなざしを持つ男は、今ではただ食べることしか楽しみのない、うすのろの米食い虫に転落してしまった。

食い気に溺れたおかげでもあるまいが、彼はもうそれ以上無駄な意地悪をすることもなかったし、少しずつ健康も回復して、やせこけていた体にも肉がつきはじめ、クムボクを喜ばせた。二人にとって同居生活は、いってみれば双方ともに平和で満足できる日々だったのだ。

しかし稀代の詐欺師であり、悪名高い密輸業者であり、この町で並ぶ者のないドス使いの名手であり、音に聞こえた遊び人で、港町の娼婦たち全員のダンナであり、またやり手のブローカーでもある刀傷にとってはそうではなかった。彼は相変わらず思い焦がれて苦しむ日々を送っていた。彼はすでに何度も刀をふところに入れてシンパイの部屋にしのびこんだことがあった。しかしクムボクが、この男に何かあったら自分の前で舌を噛んで死んでみせる度胸が充分にある女だということを知っていたので、とても実行に移せずに戻ってくるのが常だったのだ。彼はしばしばナイフを抜いて、眠っているシンパイの体のあちこちに押し当てては、どこにどう切りつけたら一度で息の根を止めることができるか狙いをつけたりしていた。そんな行為によってのみ、シンパイがいかに取るに足りない男か、そしていつでも心さえ決めればいかにたやすく彼をあの世に送ってしまえるかを確認し、しばし殺意を抑えることができたのである。シンパイは自分の鼻先にナイフが迫っていることも知らず、いつも豚のように食べもののかすを口元やあごにつけたままで眠りこけていた。刀傷のそんな苦痛を知ってか知らずか、ある日、彼の胸に抱かれていたクムボクが言った。

——こうやって私はあなたの望み通りにここへ来て暮らすようになったのに、あなたはまだ辛そうなのね。なぜなの？

するとトケルは、疲れているからそう見えるのさと言って口ごもった。クムボクは寝床から起き上がり、彼の顔をまじまじと見つめて言った。

――ねえ、あなたは望むものをすべて手に入れたのよ。何もかもこの家の主人であるあなたにかかっているんだわ。それがまだわからない？

刀傷はその言葉にすべての答えがあるように思った。彼はシンパイを、クムボクにくっついている一種のこぶか何かと思ってそれ以上心にとめないことにした。すると心はまたとなく安らかになった。なぜあんな愚かな嫉妬心に苦しめられていたのかと後悔すらした。そして、刀傷の家には再び平和が訪れた。


一年が流れた。その間、シンパイの目方以外には何も変わったことはなかった。このころシンパイの目方はほぼ五百キロに迫っており、どれだけ肉がついたことか、その腰まわりはかつて彼が運んでいた原木ほどに太くなり、どこが首でどこが腰だか見分けもつかないほどで、性器は完全に肉の中に埋もれ、小便をするときだけかろうじて空気に当たることができた。それは肥満の法則である。こうなるともう、誰かがそばで手伝ってやらないことには一人で立ち上がることはもちろん便所にも行けず、結局大きなおまるを特別注文して部屋に備えつけるしかなかった。彼が一日に平らげる量は実に途方もなかった。飯炊き女は彼が食べる米をとぐだけで指紋が消えそうになったし、米屋の店員は敷居がすり減るほど重い米袋を運び続けて腰が曲がりそうになった。

シンパイは一日じゅう部屋にいて、食べる以外には何もしなかった。食べて消化して排泄することだけでも力を使ってしまうのか、太るのと反比例して彼の知能はどんどん、幼児のように単純になっていった。

シンパイが米食い虫に転落したことは、クムボクにとっては予想外の平穏をもたらすできごとだった。彼女は相変わらず劇場に住んでいるような暮らしを続け、日に一度は茶房に寄った。夜遅く帰ってくると、シンパイの部屋にちょっと寄って無事かどうか確かめた後、すぐに刀傷の部屋に行ってしまうのだった。

余談だが、このころ町の子どもたちの間で広まっていた怪しげな噂がある。それはまさに稀代の詐欺師であり、悪名高い密輸業者であり、この町で並ぶ者のないドス使いの名手であり、音に聞こえた遊び人で、港町の娼婦たち全員のダンナであり、またやり手のブローカーであった刀傷が、家に何物か判然としない怪物を一匹飼っているという噂であった。その怪物はもともと深い海の底に住んでいたのだが、台風が通過した後、間違って陸に打ち上げられたのを刀傷が発見し、家に連れてきたというのだ。そいつはとてつもない大きさで食べる量も相当なもの、餌をまかなうのも一苦労だが、そんなに大量の餌をやってでも刀傷が飼うわけは、そいつが不思議なことに人間そっくりで、人の言葉をかなり聞きとることができるだけでなく、自分でも少しはしゃべることができるため、とても殺せないからだという。

また一部では、刀傷がその怪物を飼うために、道で夜遅くまで遊んでいる子どもを捕まえては餌として与えているという話も広まっていた。その怪物は子どもをまるごと、あっというまに骨も残さず平らげてしまうのだそうだ。この恐ろしい噂のオチは、怪物はおなかが減ると床を叩いて次のように鳴くというものだった。

――腹、減った。もう一匹、子ども、くれ。

暴風雨

来るべきものは結局、来るべくして来る。何の前兆もなくともだ。それは運命の法則である。その日も漁師たちは船を駆って海に漕ぎ出し、女たちは網袋を背負って干潟へ行き、貝を掘っていた。クムボクもいつもと変わらず尻を振りながら劇場へ、茶房へ、市場へと気ままに歩き回り、夜もふけて家に帰ってきた。帰ってくるとき空一面に黒雲が厚く垂れこめていたが、ひと雨来そうだなと思っただけだった。家に戻った彼女はいつものようにまずシンパイの部屋をのぞいた。近ごろ彼の体はどこが手でどこが足だか判別しがたいほどで、目方はついに一トンを超していた。彼は巨大で純粋な一匹の米食い虫だった。知能はさらに衰え、一言二言しか話せず、ときにはクムボクを見ても誰だかわからないほどだった。

その日クムボクが戸を開けて部屋に入ってきたとき、彼は夕食を食べていた。クムボクをちらりと見る彼の目には何の欲望も憎悪もなく、あるのはただ純粋な無、それだけである。彼は、手足が発生する以前の生物、例えば魚類にどんどん似てきた。広い部屋の半分以上を占拠した巨大な肉塊からはある種の妖しい美しさすら感じられたし、彼のまなざしからは清らかに澄んだ気が漂ってくるのがわかり、彼を見る人に限りない罪の意識を感じさせた。そのため罪多き刀傷はいつからか、彼の部屋にはちらっとでも立ち寄らなかったし、クムボクもできるだけ彼の視線を避けようと努めていた。

シンパイの部屋を出て板の間を通るとき、風がかなり強くなっており、戸のちょうつがいがきしんで音を立てていたので、クムボクは無意識に身をすくめた。クムボクがキモノを着て刀傷のいる部屋に入ると、刀傷はいつもと変わらず、顔の傷が丸くたわむほどの微笑を浮かべて彼女を迎えた。クムボクが座ると刀傷は袋から首飾りを一つ取り出し、彼女の首にかけてやった。美しい金で装飾されたその首飾りは、千年ほども前にある女王が使っていた宝物であり、当時としても金に換算できないほど並はずれた貴重品だったのだが、刀傷はクムボクの喜ぶ姿見たさに快く首にかけてやったのだ。しかしクムボクは何か不吉な気配でも感じたのか、その日に限ってさほど喜ぶようすを見せなかった。

――これをしていると私がみすぼらしく見えるわ。

彼女は首飾りをかけた自分を鏡に映して見ると憂鬱そうに言った。すると刀傷がとりなした。

――なんてことを言うんだね、ナオコ。君は前世で女王だったのだよ、だってこんなに似合ってるのだから。

口下手な刀傷がナオコ・クムボクを一生けんめいなだめると、クムボクはようやく気を取り直して笑い、彼の首を抱きよせた。このころもう一つ変化があったとすれば、クムボクが見せる刀傷への態度である。以前とは異なり、クムボクは刀傷によく甘え、すねることもあったし、意地悪を言って彼を笑わせたり、自分から腰を使って彼をぞくぞくさせることもあった。刀傷は何よりもクムボクのそんな変化を喜んでやまず、あの芸者を愛したときから積もり積もった恋の苦痛と苦しみがいちどきに、雪が溶けるように消えていく感激に、人知れず涙ぐむことさえあった。ナオコ・クムボクはそのように、刀傷のような冷徹な心臓を持った男すら泣かせるような女だったのだ。

その晩二人は服をすべて脱ぎ捨ててしっぽりとむつみあい、夜のふけるのも風が荒れはじめたことも、雨がぽつぽつ混じってきたことにも気づかなかった。また、時々刻々と運命のときが近づいていることも。

何かひやりとする気配で目が覚めた。漆黒の闇の中に、シンパイがぬっと立っている。どうしたことか全身がずぶ濡れで、袖からは水がぼたぼたと滴っている。驚いたクムボクは起き上がろうとしたが、全身が縛り上げられているようで身動きができなかった。どうしたのとシンパイに尋ねようとしても、声も出ない。彼は恨みがましいまなざしでクムボクを見つめていた。人とも思えないその形相の怪しさにクムボクは震え上がった。するとシンパイがいきなりクムボクにむかって口を開いた。

おまえは俺よりジョン・ウェインが好きなんだろう。

まるで深い井戸の中から響いてくるような、重く、落ち着いた声である。クムボクは不憫さにのどが詰まり、手を激しく振り回してシンパイに近づこうとしたが、彼はまるで足に車がついているようにゆっくりと後ろへ下がっていき、暗闇の中に消えた。

その瞬間クムボクははっと目が覚め、起き出して座った。門の外では邪鬼どもが哭きわめくような風の音がかまびすしく、家の中には風が吹きこみ障子紙がびっしょりと濡れている。クムボクはついさっき目の前から姿を消したシンパイの姿のあまりの生々しさに身震いした。横を見ると、刀傷の姿がない。何か不吉な予感が彼女の頭を強烈にかすめた。彼女は立ち上がって急いでキモノを引っかけ、一っ走りでシンパイの部屋に飛びこんだ。戸はすっかり開け放たれ、シンパイの姿も見当たらない。そのとき彼女は、ずっと前に刀傷が言った一言が耳の中で響きわたるように感じた。

——もしも君さえ望むなら、俺はあいつを永遠に遠ざけてやることもできるがな。

また、別の言葉も。

——石をくくりつけて海へ投げこんだから、いるかぐらい上手に泳げたとしても、生きて戻ることはないだろうな。

それは無意識の法則だった。

彼女は裸足で息も絶え絶えに庭を横切り、門を開けて外へ飛び出した。表ではシンパイが負傷して運びこまれたあの日のように嵐が吹き荒れており、雨も激しく降りしきっている。一瞬でキモノが濡れ、結び紐はほどけ、白い胸乳《むなぢ》があらわになったが、彼女は気にもとめなかった。息があごまで上がり、心臓は破裂しそうだ。彼女が一目散に駆けて行きついたのは波止場だった。家ほどもある波が防波堤にむかって狂ったように突進してきて、しぶきをぶちまけていた。

その突端には刀傷が背を向けて立っていた。彼は巨大な波の前に黙って立ち、海を見ている。クムボクは突然めまいのようなものに襲われ、その場に立ちすくんだ。脳裡には、刀傷がシンパイの腰に石をくくりつけて海へ沈める場面が浮かんだ。憎悪の炎が彼女の心臓を突き抜けて通り過ぎる。まさにそのとき、彼女の目に巨大な銛が飛びこんできた。猛り狂う暴風のために船から落ちたものと思われた。竹の柄の先についた鉄棒が、暗闇の底でぞくっとするような輝きを放っている。彼女は銛をつかんだ。

刀傷が振り向いたとき、闇の中に赤いキモノを着たナオコが銛を持って立っていた。彼女の顔は憤怒でわなわなと震えていた。刀傷がいぶかしげな顔で彼女に何か言おうとした瞬間、銛が彼の体を貫いた。刀傷は自分の腹に刺さった銛を見おろした。服に少しずつ、血が染み出している。刀傷は皆目見当がつかないという表情でクムボクを見た。口から血が流れ出し、唇はすでにこわばり、言葉がたやすく出てこない。彼はやっとのことで力を振り絞り、口を開けて、こう言った。

――いったい、なぜだ？

それは先に、港町で酒場を開いたあの商人が税金を取り立てに来た刀傷自身に投げた問いだった。刀傷はやがて、すべて理解したというようにうなだれると腰を折り、その場にべったりとくずおれた。そして最後に精一杯の力で顔をもたげると、口を開いた。

——俺は、殺《や》って、ない。シンパイは、自分で、死んだ……

こうして、稀代の詐欺師であり、悪名高い密輸業者であり、この町で並ぶ者のないドス使いの名手であり、音に聞こえた遊び人で、港町の娼婦たち全員のダンナであり、またやり手のブローカーでもあった刀傷は、死んだ。

出港

はたして客観的真実というものは存在するのだろうか？ 人々の口から口へ伝えられ世間を騒がせた物語を、どこまで信じていいのだろう？ 刀傷が死のまぎわにクムボクに残した言葉は真実だったのだろうか？ 愛する者の前で死を迎えるときすら、人間は狡猾に立ち回るものなのだろうか？ ここでもまた我々は、いかなる答えを見出すこともできない。物語とは伝える者の立場によって、また聞き手の都合によって、語り手の手並みによっていかようにも加減され変容するものだから。読者諸氏も信じたいところだけ信じてくだされればよい、それだけだ。

その夜、シンパイは何かひやりとするような気配に目を覚ました。門の外では風の音がかまびすしく、太粒の雨が降りこんではひたすら障子を叩いていた。だがその日に限ってシンパイは、妙に頭の中が明るくなったように感じていた。まるで長い眠りから覚めたように頭がすっきりしている。彼は雨がどれほど降っているのか見るために、起きて庭へ出ようとした。ところが、全身がまるで縛り上げられているようで身動きすることもできない。ふと自分の下半身を見おろしたシンパイはギョッとしてしまった。どこが脚でどこが腕やらわからないほど巨大にふくれ上がったわが身を見た彼は、すさまじいショックに襲われた。こんなに大量の肉がどうやって自分にとりついたのか、まるで理解できない。

怪物になってしまった自分の姿に当惑してしばらく座りこんでいたが、何としてでも体を動かそうとして彼は必死にあがいた。たとえ巨大な脂身の塊にとりつかれてはいても、一時は港一番の力持ちの異名をとった彼である。体の中にまだ残っていた筋肉をうごめかして彼はついに、全身に巻きついた巨大な肉塊を持ち上げた。彼は戸を開けてゆっくりと歩みを進め、板の間へ出た。こんな家は知らない。いったい自分はなぜ、ここにいるのか。わけがわからない。彼は秘密の鍵を探そうとするように板の間を横切り、部屋の戸を一つずつ開けてみた。だらりと垂れた腹の皮を床に引きずっていた。

ある部屋の戸を開けたとき、闇の中からよく知っている匂いが漂って鼻を刺激した。このとき稲妻が閃き、室内が明るく照らし出された。その瞬間、裸のクムボクが見知らぬ男に抱きついたまま眠りこけている姿が目に飛びこんできたのである。彼は激しい苦痛に悲鳴を上げたかった。だが静かに戸を閉め、自分の部屋に戻った。再び稲妻が光り、自分の巨大な肉塊が赤裸々に照らし出された。頭の中に、過ぎ去った日々のことが少しずつ、おぼろげに思い浮かぶ。クムボクと初めて会った海岸、加工場の魚、夕焼けの浜べ、そしてクムボクとの幸せなひととき、自分をめがけて崩れ落ちてきた巨大な原木、狂ったようにクムボクの髪をつかんで引きずり回していたこと……。
すさまじくふくれ上がってしまった自分の体を見おろしていた彼に、愛する女がすぐ隣の部屋で他の男と寝ているという言葉にできない苦痛が押し寄せてきた。涙が顔を伝い、彼はひとしきり肩を震わせて泣いた。床に座ったまま声を殺して泣いているうちに、心の中では一つの考えが静かに固まっていった。力の限りを尽くして看病してくれたクムボクの優しい姿が目に浮かぶ。しばらく後、彼はゆっくりと床から身を起こし、外へ出た。そしてクムボクが寝ている部屋の戸をそっと開いた。最後に恋人の寝顔をもう一度見たかったのだ。稲妻が光り、彼女の顔が照らし出される。このところぽってりと肉がついた彼女の顔は、幸せそうに見えた。

シンパイは巨大な体を引きずり、波止場を目指して息も絶え絶えに歩き続けていた。道は暴風雨にさらされ、歩くことはいっそう困難になっていた。腹の皮が地面に引きずられて傷ついたけれど、彼は全力を振り絞って、どっしりした体をずるずると曳いて波止場にむかった。まるで巨大な包みを引っ張っていくように、背後に長く伸びた肉塊を曳き、ようやく前へと進んでいった。ひとりでに口から歌が漏れてきた。ずっと前、荷役夫として働いていたときに歌っていた労働歌だった。それは習慣の法則である。

越えて　行こうぞ　オホイ　オイ

この峠をば　越えて行く
荷をかけ　荷を負い　越えて行く
越えて　行こうぞ　オホイ　オイ
オホイ　オイ　オホイ　オイ

先唱と後唱を一人で交代に歌いながら彼はのろのろと波止場を目指して進んだ。生涯一荷役夫として働いてきた彼が最後にあの世へと運んだ荷物は、まさに、どんな荷よりも重いわが身であった。

ついに、肥大化した肉体を引きずって波止場の突端にたどり着いたとき、彼は力尽きて倒れんばかりだった。波が押し寄せ、彼の体めがけてしぶきを浴びせる。彼はその場に立ち尽くし、その波を眺めていた。天と地のいたるところでありったけの鬼神が哭き叫びながら跳梁し、海からは溺れ死んだ者の幽霊たちが、彼にむかって早く来いとしきりに手招きする。そして巨大な波が防波堤に迫ってきた瞬間、彼は身を投げ出した。どこからかかすかにクムボクの体の匂いが漂ったように思われ、ほどなくそれが消えると同時に、重い肉塊はざんぶりと海に落下し、途方もなく大きな水しぶきがその場に上がった。それは作用と反作用の法則である。

刀傷もまた、何かひやりとする気配に目を覚ました。外からはまだ風の音がかまびすしく聞こえ、戸の前には巨大な怪物がぬっと立っていた。彼の手はいつしか枕元に置いたナイフを固く握りしめていた。だが彼はすぐに、その巨大な怪物がシンパイであることに気づいた。稲光がぴかりと走った瞬間、彼はシンパイが涙ぐんでいるのを見た。しばらく後、シンパイが戸を閉めて出ていくと、刀傷はそっと起き出してシンパイの後を追った。シンパイは重い肉塊をずるずると曳きながら、苦労して歩み続けていく。道は暴風雨にさらされ、シンパイの服はびしょ濡れだった。刀傷は一定の距離を保ちながら後を追った。

しばらくしてシンパイが波止場の突端に着いたとき、刀傷は彼の目的を悟った。しかし自殺を止めるべきか否か迷い、心を決める暇もあらばこそ、シンパイの巨大な体は真っ黒な海に飛びこみ、その上を波がおおってしまった。刀傷は茫然自失して立ちつくし、シンパイが完全に水中に沈むのを見守っていた。そして長年の習慣通りはっと後ろを振り向いたとき、銛を持って自分に狙いを定めているナオコを見出したのである。

激しい嵐のただ中で刀傷は、自分の体が銛に貫かれる瞬間をくっきりと感じることができた。腹に触れた金属の空恐ろしい冷たさ、皮膚が突き破られる瞬間のすさまじい混乱と鋭い痛み、内臓を貫通していく銛のなめらかな直線移動と異物感、背骨をかすめてついに鉄の串が背中を貫通したときの恐怖と、やっと終われるのだという思いもよらない安堵感、そして続いて押し寄せてきた途方もない空腹感……彼ははるか昔に左の脇腹を刺されたときと同様、一瞬一瞬を生々しく感じることができた。しかし何としても信じられなかったのは、相手がまさに指を六本までも落として捧げた魂の恋人、ナオコだという事実だった。

刀傷が死んだ後、クムボクは言葉にできない混乱と苦痛にさいなまれた。その悲劇はずっと昔、彼女の母親が赤ん坊を生んで死んで以来、常に彼女が向き合うことを恐れてきた死への恐怖をよみがえらせた。彼女は自分のチョゴリを引き裂いて嗚咽した。激しく押し寄せる雨風が彼女をその場に押しとどめた。目の前で、銛で腹を貫かれたまま刀傷が死んでいる。彼女はそちらへ這っていき、銛を引き抜こうとしたが、フォークの形になった銛の先端を抜こうとするとかえって傷口が広がってしまう。それは銛の法則である。破れた皮膚の間からはらわたがずるずるとはみ出してきて、クムボクは必死でそれを中へ押しこもうとしたが、そうすればするほど傷口は大きくなり、内臓がぞろりと地面にこぼれてしまう。その瞬間、彼女は気を失った。

クムボクが目を開けたとき、すでに東の空はほの白んでいた。風は静まり雨はやみ、波もいくぶん勢いが弱まっていた。刀傷が倒れていたところをはっと見ると、いつのまに波にさらわれたのか、彼の姿はすでになかった。もう何も残っていない。彼女は、わが手で招いたすさまじい悲劇を一人で背負ったままこの世で生きていく自信がなかった。クムボクはゆっくりとその場に立ち上がり、防波堤の上に立つと、迷いなく海へと身を投げた。

ところが偶然にも、昨夜の嵐で船が壊れなかったか調べに来た一人の漁師が彼女を発見したのである。漁師は、もがいているクムボクの髪をつかんで陸に引き揚げた。そして、地面に座りこんで泣く彼女の顔を黙って見ていたが、一人うなずいて言った。

――おいおい、誰かと思えばあのときの子じゃないか。こうして見るとずいぶん大きくなったな、もう胸だって立派なもんだ。

気がつけばクムボクは、いつのまにかキモノが脱げて白い胸があらわになったままだった。泣いていた彼女は両手で胸を隠して男を見た。どこかで見たような気がする顔だ。そしてふとその腕に入ったカモメの入れ墨を見て、思い出した。クムボクが初めて港町に来たときに彼女を手ごめにしようとした、あの漁師だったのである。漁師は水に濡れて体の線が全部出てしまっている半裸のクムボクを上下にじろじろ見ながら、言った。

――こんなにあっさり投げ出してしまうような体なら、あのとき俺に恵んでくれてもよかっただろうによ。

クムボクが体をかばいながら彼を見ると、漁師はクックッと笑って言った。

――案じることはねえ。あのときあの、怪物みてえな奴に引っ張られて金玉が破裂しちまったんだ。どうしたもんだかあれ以来、やりたくてもやれなくなったからな。

そして彼は、嵐でぐちゃぐちゃになってしまった漁具を船からおろし、一人言のように言った。

――犬の糞の上で転んでも生きている方がまだましだとも言うものを、何の因果であたら命を捨てようとしたのか知らないが、そんなに急がなくともみんな、時が来ればあの世からお迎えが来るものと決まっているんだよ。

今や世事の全般に多少なりともあきらめがついたような漁師の口ぶりには、以前のような貪欲さや荒々しさはなかった。今となっては彼もただの弱い老人にすぎず、そんな彼の変化さえクムボクには悲しく感じられ、彼が漁具を手入れしている間、身動きもせずに座ってそのようすを見守っていた。朝の浜辺の風景はいかにも平和に満ち、昨夜のことはまったく夢のようにおぼろげである。彼女はその場に横たわると、ふと寝入ってしまった。そしてしばらく後、誰かに揺り起こされて目を開けると、先ほどの漁師であった。

——見るに、行くあてがありそうでもないが、うちへ来てあったかい汁でも飲んでみんか。そうすれば何か別の考えも浮かぶかもしれんよ。

クムボクがぼんやりと彼を見ていると、漁師は自分が着ていた上衣を脱いで投げてくれた。

——立派な大人になった女が乳をむき出しにして歩くわけにもいくまいに、おっさんくさい匂いはするかしれんが、これでも着ていきな。

その朝クムボクは漁師について彼の家に行った。誰もいない家に一人で帰る勇気がなかったのである。それさえ避けられるならどうなってもかまわないという気持ちだった。漁師は何でこしらえたのか見当もつかない、白い脂の浮かんだ汁物に麦飯を入れてくれたが、驚いたことに、つい昨晩むごたらしい事件を経験したばかりのクムボクにとっては、おかずもない粗末なこの食事がこの上なくうまかった。一杯の飯をむさぼるようにさっさと平らげると、そのままクムボクは部屋の隅に倒れて眠ってしまった。その後何日か彼女は、薄暗い、腐ったような匂いのする小さな部屋でずっと寝ているだけだった。何も考えず、夢も見なかった。

何日かしてクムボクは、ようやく気を取り直したように土間に出てうずくまった。ちょうどその日、漁師の家の庭の片すみに一むれの桜の花が見事に咲いていた。クムボクは一日じゅう、うつろな目をしてぼんやりと桜を見ていた。

その日漁師が漁を終えて家に戻ってみると、クムボクは姿を消していた。その代わり、彼が朝出してやった膳の上に首飾りが一つ置いてあった。一さじも手をつけていない飯が椀にそのまま残っており、ハエが真っ黒にたかっている。クムボクが漁師についてこの家に来てから五日が過ぎた夕方のことであった。後にその漁師は、クムボクが残していった首飾りを、漁村を渡り歩いている小間物屋に売り払った。この世に二つとない貴重な宝物を商人に渡して彼が受け取ったのはやっと干しダラ一枚の値段にすぎなかったが、それでもあの子の飯代は充分元が取れたと口元がほころんだのであった。

流浪

人並はずれて五感のすぐれていたその少女は、初めて世界に出会った瞬間を脳裡に深く刻みつけ、一生忘れることがなかった。じめじめした感じ、つるつるした感じ、血の匂い、暗闇と、腐ったものが放つ温かさ、塩辛さ、黒っぽい何本かの太い柱、そしてまったくそっくりにでき上がった二つの白くて丸いもの……その丸いものの真ん中から響いてきた大きな感嘆の声。

――まあ、すごいわ！　こんな大きな赤ちゃんがこの小さい穴から出てきたの？

時間を一気にまたぎこし、一人の女乞食がばかでかい女の赤ん坊を生んだ瞬間へと話は飛ぶ。

場所は、そっくりな顔をした双子の姉妹が営む酒場のうまやである。驚きのあまり目を見開いた姉妹は、もじゃもじゃの毛におおわれてぽっかりと開いた陰門と、そこから今転げ出てきたばかりとはっきりわかる女の赤ん坊に、代わる代わる見入っていた。血と羊水にまみれた赤子の体からは湯気がほわほわと上がっており、すでに目が開いていたその女の子は泣きもせず、理解できないという表情で双子姉妹の顔をじっと見つめていた。

女の子が世界に出てきて初めて見た白くて丸いものとは、いうまでもなくこの酒場の主人である双子姉妹の顔だった。では、黒っぽく伸びていた何本かの柱とは？　それは何と、象だった。その日の朝、姉妹のうち妹の方が象に餌のゆで豆をやるためにうまやに入っていって、生臭いような匂いを嗅ぎつけたのは、ずっと猛威を振るっていた冬将軍がそろそろ出発のしたくにとりかかっていた、冬の終わりのある朝のことである。妹は薄暗いうまやのすみっこで何かがさごそいう音を聞き、ほどなく血まみれの獣がうごめいているのを見つけて驚きの声を上げ、台所で火を焚きつけていた姉のところへ走っていった。妹よりは度胸のある姉が先に立ってもう一度戻り、うまやに敷いた筵を持ち上げてみたのは、しばらく後のことだった。

そして二人は、一人の女乞食が床に敷いたやわらかい干し草の上で子どもを生み落としたところを目撃したのだった。女は、赤ん坊を生むともう気絶したように、血まみれの股を開いたまま倒れており、へその緒も切っていない女の子は血と羊水を全身にかぶったまま目を丸く開けて二人を見つめていた。だが女の子がもっと関心を持ったのは、そっくりの顔をした双子姉妹ではなく、その後ろにある何本かの黒っぽい柱だった。それがつまり、象だったのである。象はたったた今妹が驚いて、米とぎの器を放り出したときにこぼれた豆を食べていた。女の子は象の方へ這っていこうとしたが、へその緒のためにそれ以上前に進めず、脚に力をこめようとして一生けんめい踏ん張った。すると信じられないことに、母親の子宮の中に残っていた胎盤がすぽんと抜け出したのである。子どもは前方へ這っていき、象が食べている豆を拾おうとするように手を差し出した。驚いた姉が駆け寄って子どもを抱き上げたが、それは何と重かったことか。ずっと前に象に踏まれたためにただでさえ腰が悪かった姉はすぐに悲鳴を上げ、妹に赤ん坊を手渡した。二人は赤ん坊と女を家に連れてきて体を拭き清め、清潔な服に着替えさせた。

しばらくして母親はようやく意識を取り戻した。彼女は、かたわらで眠る赤ん坊には目もくれず、双子の姉が作ってくれたわかめスープを夢中で平らげた。姉妹はその食べっぷりをそっと見ていたが、凍傷であちこちただれてはいるものの顔もかなりきれいだし、ものごしも堂々として乞食とも思えなかった。また、さっき子どもを生み落としたばかりの体とはいえ、おとなしそうに見えてまだどこかに男たちを惹きつけてやまない何かがかすかに残っている。水商売で世渡りしてきた双子姉妹には、それを見抜く目があった。

母親が飯を食べ終わるのを待って、うまやで子どもを生むに至ったいわれを用心深く尋ねてみたが、彼女はだんまりをきめこんだ。しかし二日が過ぎると女乞食もようやく口を開き、自分の名だけは告げたのだが、それはクムボクというあまりにもありふれた名であった。

クムボクがチュニを生んだのは、彼女が港町から消えて五年目の冬だった。その四年間彼女が何をしていたかについては、ほとんど何もわかっていない。ただもう風に飛び散る落ち葉のように、ひとところにとどまらず、津々浦々を渡り歩いていたのだろうと想像されるのみだ。体の片側が抜け落ちてしまったような喪失感と、体と魂とが離れ離れになったような空しさが、しきりに彼女を追い立ててやまなかった。彼女は粗末な食べものを食べ、どこでも眠り、ろくに入浴もせず、服すら洗わなかった。

夜ごと、刀傷が夢に現れた。彼はかつてと同じく白い背広を着ていたが、まるで今しがた水の中から歩いて出てきたように全身がびっしょりと濡れていた。顔は蒼白、袖とズボンの折り返しからはひっきりなしに水が滴り落ち、彼の立っているところにはたっぷりと水がたまっていた。その生命を奪った銛も見当たらず、一滴の血も出ていなかったが、銛に貫かれた腹の傷ははっきりと残っていた。彼は傷からはみ出してくるはらわたを中へ押しこもうと苦心していたが、そうすればするほど傷口はだんだん広がってしまう。刀傷は自分のはらわたを握りしめたまま、助けてくれとばかり、もどかしそうな目でクムボクを見つめた。助けてやりたくとも、いつもクムボクは指一本動かすことができない。彼が暗闇の中へそっと消えていくと、クムボクは形容できない悲しみに沈み、全身をびっしょりと濡らして目を覚ますのだった。あっというまに彼女は老いた。賢そうに輝いていた目は光を失い、肌は荒れ、大勢の男たちの胸を騒がせたあの匂いも消え、誰も彼女に目をとめる者はなかった。

忘我の歳月、空しくとり散らかった時間が流れていった。ある年の秋には、屠場で脂身をはがす仕事もしたし、置き屋でオンドルの焚き口に薪をくべながら冬を越したこともある。果樹園で桃を収穫して夏を過ごしたこともあった。またある年の春には反物屋を営む金持ちの老人と所帯を持ち、しばらく夫婦暮らしをしたが、梅雨が明ける前にはもう木綿を何反か持ち逃げして他の街に高跳びしていた。彼女は恐れ気もなく、行き当たりばったりに男に身を任せていたが、いつからか、自分と出会った男はみな不幸になると思うようになり、決して男のそばに長くとどまることはしなかった。

時間が前へ前へと流れている限り、クムボクに怖いものはなかった。彼女が恐れていたのは過去である。刀傷が銛で腹を貫かれたまま水底へ沈み、嵐が押し寄せてきたあの夜だった。彼女が真に恐れたのは、張り裂けそうな心を抱えて狂女のように浜をのたうち回っていたあの瞬間であり、時間が逆戻りしてあの瞬間が永遠にくり返されることだった。だから彼女は眠ることを恐れた。眠れば夢を見るし、夢を見れば必ず刀傷が現れたからである。

あなたはなぜこんなにしょっちゅう現れては私を苦しめるの？　私にどうしろと言うの？

ある日彼女は刀傷にそう尋ねた。彼の顔は相変わらず蒼白で、びっしょりと濡れた服からは水がぼたぼた落ちている。彼は答えず、悲しそうな目でクムボクを見るだけだった。

もう何もかも終わったのよ。だからお願い、あなたも帰ってください。ここはあなたのいるべきところではないのよ。

すると刀傷は恨みがましい目でクムボクをしばらく見たのち、肩をがっくり落としたまま背を向けて、暗闇の中へ消えていった。彼の寂しそうな後ろ姿にクムボクは胸が張り裂けそうになったが、次の日もその次の日も、刀傷は変わることなく現れた。ときにはシンパイが出てくることもあった。髪を乱した彼もまた全身びしょ濡れで、夢の中でもまだジョン・ウェインに嫉妬していた。

馬に乗った捜索隊に追われているかのように、彼女はだんだん、さらに早く移動するようになり、一か所に三日とどまることはなかった。そうなるといよいよ身なりも汚く粗暴になり、あげくのはてに乞食の身の上に転落し、あの家この家の門前にたたずんで中を伺い、食べものを乞うようになったのは、港町を出てからまだ二年にもならないころだった。乞食になった彼女はもはやかつてのクムボクではなかった。女性性器はついていたが、女の態はなしていなかった。名前はあっても人間の姿ではなかった。何かといえば性悪女どもに髪の毛をつかんで引きずり回されるのが常だったし、荒っぽい男どもに下半身をくれてやることも茶飯事なら、他の乞食どもに袋叩きにされて汚水溜まりに突き転がされるのもお定まりだった。それもまた、世間の法則である。

クムボクが世の中をさすらいはじめて二年が経った夏、国で大きな戦争が起きた。国が南と北に分かれて戦うことになったこの戦争はその後、三年も続いた。生と死の間にさしたる違いがなかった当時、死はあまりにもありふれていて、丁重に扱われることはなかった。南の人々と北の人々は気も狂わんばかりの憎悪にとりつかれ、お互いに数百、数千もの人を一度に虐殺した。彼らは相手を一か所に追い詰めて竹やりで突き殺したり、生きたまま穴に埋めたりした。建物に閉じこめて火を放つこともあった。そのようにして殺された者の中には、女や子どもも数えきれないほどいた。彼らは、自らの思想は隠したままで手当たりしだいに人をとらえ、相手の思想を問うたのである。答えは二つに一つだったから、生き残る確率は常に半々だった。それはイデオロギーの法則である。

クムボクが北を目指して移動していた間、人々は逆に南へ、南へと避難していった。死体は道端に放置されたまま腐っていき、人々はそのそばで煮炊きし、食べた。人々はただ生きていると いう理由だけで殺された。彼らに比べたら、刀傷やシンパイの死はまだしも理由のある死といえた。それでも彼らはまだ夢に現れてクムボクを苦しめた。

以後クムボクは三年間も戦場をさまよい、奇跡のように命をつないだが、戦争の話はこのぐらいにして、後に別のところでお話することを約束しよう。読者よ、どうぞ理解してほしい。それはこの本の範囲を超えることであり、もっと紙幅が、時間が、そして大きな苦痛に耐える勇気と涙がなくてはできないことだから。

戦争がほぼ終わりかけていた春、彼女は橋の下の穴蔵で何人かの乞食と一緒に寝起きしていた。その中には戦争で孤児になった子どもたちも大勢混じっていた。クムボクは戦争の渦中を、運良くも生き残ったのである。何度かの死の峠、得体の知れない幸運、ひやりとさせられる危機の一瞬と信じがたい奇跡、そしていくたびかの質問が、あった。その質問への答えはいつも、腕章を巻いた者たちの銃口の前でなされた。そのたび彼女は思いつくままどうとでも答えたのだったが、それはいつも、よくぞというほど生の方向へ手引きしてくれた。丁か半かで毎回勝たねばならない、危険きわまりない瀬戸際であったが、死は毎度、彼女を避けて通った。

ある日の夕刻、彼女は乞食たちと一緒に、もらってきた飯と野菜を適当にふくべに入れてかき混ぜて食べていたが、急に嘔吐した。妊娠していたのだった。すると他の乞食が、つきが落ちるといって彼女をいびりぬいたので、何日かしてクムボクはこの群れを離れなければならなかった。それは乞食の法則である。

クムボクも一時は子どもを持ちたいと切に願ったこともあったけれど、魚屋、シンパイ、刀傷の誰との間にも一度も子どもはできなかったので、自分は石女《うまずめ》なのだろうと思いこんでいた。そんな彼女にとっては、突然雷に打たれたような知らせである。物乞いで命をつなぐ身の上なのに子どもまでできては、運がないというしかない。穴蔵で過ごしていたときには他の乞食と雑魚寝をしていたから、そんな中で誰かがクムボクの男気取りでチマの裾を持ち上げるようなことがたまにはあり、そのうちの一人が子どもの父親だったのだろう。

以後、クムボクは子どもをおろすために、巷で聞きかじったありとあらゆる方法で自分の体をいためつけた。にもかかわらず腹はどんどんふくらみ、ついに臨月を迎え、冬将軍がそろそろ撤退の準備をしていたある日の晩、産気づいたのだった。ところかまわず死にもの狂いで這いずり回ったあげく転がりこんだのが、双子姉妹の酒場のうまやだったのだ。

一つ幸いだったのは、身ごもったことに気づいたときから刀傷とシンパイがもう夢に出てこなくなったことである。後日その話を聞いた双子姉妹は、胎児の「気」がシンパイと刀傷の「気」を上回ったのだと彼女らなりの解釈を述べたが、クムボクはくすっと笑って聞き流してしまった。

双子

うまやで出産してから三日経つと、部屋にただ座ったきりで、作ってもらったご飯を食べているばかりではすまないと思ったのか、クムボクは台所へ出て皿洗いなどの手伝いを始めた。双子姉妹の方でもちょうど人手が足りなかったので、手が二本増えて助かったし、何より、もう子どもが生めない年齢になっていたところへ赤ちゃんまで一人ついてきたのだから、文句のあるはずもなかったのである。彼女らはこれを良いめぐり合わせだと考え、この母子を心をこめて世話し、クムボクの生んだ女の子には、冬生まれとはいえもうすぐ春がやってくるという期待をこめた「春」の字に、娘を表す「姫」の字を組み合わせ、春姫《チュニ》というありふれた名前をつけてやった。チュニはとても食欲旺盛でクムボクの乳だけでは足りなかったので、お粥を作ってやったり、乳母を探さなくてはならなかった。その代わりチュニは食べれば食べただけ、驚くほど早くすくすくと大きくなっていった。

そんなある日、チュニを抱いて乳を飲ませていたクムボクはびっくり仰天して、自分でも気づかぬ間に子どもを床に取り落としてしまった。乳を飲んでいるチュニの顔に、もうずっと昔に死んだシンパイの面影を認めたからである。濃い眉毛、まっすぐに整った額、線のはっきりした顔の形、女の子らしくないしっかりとした骨格は間違いなくシンパイのものだった。漠然と、穴蔵で一緒だった乞食仲間の誰かの子だろうと思っていたクムボクには、とうてい理解しがたいことだった。彼女は泣いているチュニの顔をまじまじと見つめたが、見れば見るほどシンパイに生き写しだったので全身が総毛立った。シンパイが丸太の下敷きになって倒れて以来、クムボクは一度も彼と床を共にしたことはなかったし、もしやぐっすりと寝こんでいる間にシンパイが何かしかけたことがあったとしても、彼が死んでからもう五年も経っているのである。処女が子どもを身ごもったという話は聞いたことがあるが、死者が女をはらませた話など聞いたこともない。彼女はそれを誰にも話さず一人の胸にしまっておいた。そしてその日以後、チュニに二度と乳を含ませなかった。

チュニは生後六か月を迎える前に歩きはじめ、一歳になる前に体重が三十キロを超えていた。一つ惜しまれたのはチュニには普通の子どもが持っている、生命の長い歴史の中であまたの人為的選択を経て発展してきた生存戦略としての遺伝形質——つまり母性を刺激して、守ってくれるよう誘導する特徴——いいかえれば純真無垢な大きな瞳やすきとおった肌——さらにいいかえるなら小さくて愛らしい鼻や母親たちが撫でてやりたくなる丸いほっぺた——結論としてはディズニーの主人公の特徴である、美しさをも打ち負かす唯一の武器——要するにかわいらしさが欠如しているということだった。濃い眉毛と女の子らしくないしっかりした骨格はすなわちシンパイの男性的特徴を受け継いだものだったとしても、子どもらしくない憂鬱そうなまなざしは、彼女を抱っこしようとして近づいてきた大人たちをとまどわせたし、黒い肌と団子鼻は、彼女を撫でてやろうとした近所の人たちをためらわせた。そんなこの子の外見はどことなく不幸を予感させたが、双子姉妹は気にしなかった。彼女たちはただ笑って、チュニが男だったら間違いなく将軍になるだろうねと言うだけだった。

もう一つチュニのことで残念だったのは、ものが言えないことだった。二人がどんなにあやしたり発声を促したりしても、チュニはただぼんやりと見つめるだけで、一向に口を開かない。初めのうち彼女たちは、チュニは耳が聞こえないのじゃないかと思い、耳元で手を叩いてみたりといろいろ実験したのだが、結果は正反対だった。聾者どころかむしろ、布団の上に針が落ちる音にも耳をそばだてるほど聴力がずば抜けており、大人たちを驚かせたのである。またチュニは、どんなものでもじっと凝視し、注意深く触り、匂いを嗅ぐようすが子どもらしくもなく慎重だったので、誰もが普通ではないと思っていた。双子姉妹はチュニがものを言わないことについては、「それでも聞こえないよりしゃべれない方がよい、女の子が口が立ったところでろくなことがあるものかね」とクムボクを慰めた。

クムボクより何歳か年上の双子姉妹は並はずれて情に篤く、彼女を実の妹のように思って気にかけてやったので、酒場で働くうちにクムボクもしだいに安定を取り戻していった。この姉妹はさほど美人でもなく、また盛りの年齢をかなり過ぎてもいたが、二人の顔がくるみを半分に割ったほどにそっくりだったので、それを面白がって立ち寄る客が結構いたのである。双子というものは男どもの想像力を妙にそそるらしく、酒の席では誰も彼も「顔を見てもさっぱり区別がつかんが、下を見れば間違いなくわかるはずだからチマをまくってみろ」などと減らず口を叩いては酒盃を重ねていたが、実際に二人が一部屋で男を相手にすることがあったかどうかはわからない。

酒場の隣にはクムボクがチュニを生んだうまやがあり、そこには年老いた象が一頭いた。一日に豆をかますに三杯も食べる巨大なこの哺乳動物に、双子姉妹は一日も欠かさずに餌をやり、体を洗って世話をしていた。その象は、彼女らが小さいときサーカス団で一緒に舞台を踏んだ象だった。彼女たちが象を飼うようになったいきさつは、次の通りである。

布ならばびりびりに破けそうなほど貧しかった二人の父親は、女の子ばかりぞろぞろと七人も生まれた末に、その次もまたもや男でなく女、しかも一人ならず二人一度に生まれたと知ると、その場で気絶してしまった。当時は双子が珍しかった上、見分けもつかないほどそっくりだったので誰もに不思議がられたが、腹を立てた父親は双子に名前さえつけてやらなかったので、みんなこの子たちを一人ずつ呼ぶこともできず、ただ一くくりに「双子」と呼んでいた。

五歳になった春、結局二人は近くの村を通りかかったサーカス団の目に留まり、米一かますと引き換えに売られてしまった。初めのうち双子は、ごてごてに扮装した芸人たちや、ありとあらゆる楽器で打ち鳴らされる音楽のせいで気が変になりそうだったが、だんだんにサーカスの雰囲気に慣れていった。二人で一緒に公演に出るようになるとすぐに熱狂的な好評を博し、人気を独占する存在となった。

彼女らの演目でとくに人気だったのは、「ジャンボ」という名の象と一緒に行うものだった。

背丈は三メートル以上、目方は二トン以上の巨大な象は二人を一ぺんに持ち上げることもでき、背中に乗せて舞台をぐるぐる回ったりもした。火をおこして熱く灼いた鉄板の上でぴょんぴょん跳ねてみせる象のダンスも見ものだったが、公演のハイライトはきわめて危険で、観衆に息をのませ、恐怖に震え上がらせ、最後には熱狂と歓呼をもたらすものだった。それは双子姉妹が並んで寝ている舞台の上を象が歩いていくというものである。猛々しい象が訓練を受けた通りにポルカの曲に合わせてゆっくりと、そしてハラハラさせるようなショーマンシップを発揮して脚を上げ、双子姉妹の小さな頭の上でしばらく止めてから一歩ずつ踏み出すと、観衆は息を止めて見守った。もちろんジャンボは一度も失敗したことはなかった。双子姉妹もジャンボをとても大事にし、公演がないときもいつも背中に乗って遊び、朝夕に洗ってやり、世話を怠らなかった。

そんなある日、事故は起きた。観客席の前列にいた悪ガキが、キジ狩りに使う笛を大きく吹き鳴らしたのである。それはちょうど象の大きな足が双子姉妹の尻の上を通過しているときだった。象は生まれて初めて聞く雄キジの声に驚いて、そのままドスンと足をおろしてしまった。か弱い少女の骨盤はいっぺんで砕け、悲鳴が響き渡った。象は足に触れたぐにゃりとする感触と悲鳴に驚いて、だしぬけに舞台から飛び降りた。またたくまに観客席は修羅場と化し、人々はちりぢりに逃げだし、象は天幕を引き裂いて公演場の外へ飛び出した。外には市が立ち並んでいる。象は手当たりしだいに板敷きをひっくり返し、人々を蹴倒した。

ついに市場はすっかり大混乱に陥り、大勢の人を負傷させた末、町じゅうの人が総出で象を捕

獲したが、双子姉妹はこれ以上公演を続けることができなくなった。妹は無事だったものの、骨
盤が砕けてしまった姉は体を曲げたり伸ばすことすらできないだけでなく、女の務めを果たすこ
とができなくなったのである。姉さんなしで妹一人がサーカスにいても、あまり意味はなかった。
その後二人は公演場の下働きをしながらサーカスについて移動して回った。シンデレラが一夜に
して下女に没落したというわけだった。それは興業の法則である。
そうこうするうちに双子姉妹も年をとり、製材所を手広くやっているある男の妾になることに
なった。材木商は妹を気に入ったのだが、妹が姉さんと一緒でなければ絶対に行かないと言い
張ったので、困りはてた材木商は彼女に言った。
——姉さんは、付録だよ。
結局双子姉妹は一緒に彼の妾となったものの、二人は寝るときも離れなかったので、仕方なく
材木商は二人の間にはさまって寝ているという噂があったが、事実を確認することはできない。
何年かが過ぎて、彼らは偶然、村の前を通過するサーカス団の一行に出会った。そこには例の
象、ジャンボも入っていた。ジャンボはもう年をとり、皮膚病にかかった箇所からしきりに膿を
垂らしており、涙がたまったところにウシバエがびっしりとたかっていた。のろのろと疲れたよ
うに歩みを進めるジャンボの後ろから、一人の男の団員がひっきりなしに傷口にむちを当ててい
る。双子姉妹はジャンボの凄惨な姿に涙した。二人がジャンボに近づいていくとジャンボの方も
二人に気づき、ウシバエがびっしりとたかった大きな目を悲しそうにしばたたいた。

双子姉妹はその場ですぐ材木商に、象を買いとってほしいと哀願した。材木商は、いったいどうやって象を飼うのだいと難色を示したけれども、二人は象を買ってくれなければ今すぐ荷物をまとめて出ていくと脅すのだった。絹の服地や装身具をねだるならいざ知らず、何だっていきなり象なのか、わけがわからないと思う材木商ではあったが、泣いてすがる二人をはねつけられるほど冷たい男ではなかったのだろう、結局大枚をはたいて象を買いとり、製材所の隣に象の小屋まで建ててやった。

それからというもの、双子姉妹は心をこめてジャンボの世話をした。汚れた体をきれいに拭き、栄養価の高い餌を食べさせ、傷を治療してやるうちにジャンボはかつての姿をとり戻した。二人が象を飼っていると知った本妻は驚き呆れ、象のせいで生活が破たんすると言い、今すぐに売り払えと言って大騒ぎになったが、姉妹は、たとえ自分たちが飢えてもジャンボを飢えさせることはできないと言って断固として立ちむかった。ついに妻と妾の間が大きくこじれ、中に立った材木商はたいへんな目にあい、翌年、彼が原因不明の病気にかかってこの世を去ると、本妻は待ってましたとばかりジャンボと双子姉妹を追い出してしまった。

以後二人は、ジャンボを連れてここかしこと渡り歩いたが、ジャンボに食べさせることは常に難題だった。何としても二人で象の口に糊せねばならなかったが、ジャンボはどう少なく見積もっても一日に豆を二斗も食べるのだから、稼ぎはそっくり象の口に入ってしまう。周囲の人々は、もうこれ以上無理するのはやめて象はサーカスに売るか、野原にでも連れていくかして処分しなさいと忠告したが、姉妹はジャンボをあきらめなかった。残飯でもいいからジャンボにやるために主に飲食店で働き、しまいには体まで売ることになった。それもまたジャンボに食べさせるためだったことはいうまでもない。幸い、双子姉妹を訪ねてくる客がかなり増えたので、何年か前に、それまでに貯めた金で近くに酒場を開くことができた。それが、双子姉妹とジャンボとの特別な因縁が結ばれた経緯である。そんな事情を知ってか知らずか、クムボクが餌をやりに行くと、ジャンボはただぼんやりと立って大きな目をしばたたかせるだけだった。

ある日、チュニが一人でうまやの前をよちよち歩いていた。そのときどこからか声が聞こえた。

おちびさん、こんちわ。

チュニは、誰かが自分を呼んでいるみたいだとあたりを見回した。だが、近くには誰もおらず、象のジャンボがうまやの中にぼんやりと立っているだけだった。

呼んだの、あんた？

チュニが不思議そうな顔でジャンボに訊いた。

そうだよ、あんたを呼んだのは、私だよ。

そうだったの。あんたは、どうしていっつも、ここにいるの？

ここが、うちだからね。でもサーカスに出ていたときは、あっちこっちへいっぱい、旅をしたんだよ。

サーカス？

そうだよ。あんたは一度も見たことがないだろうけど、ほんとにすてきなところなんだよ。人が、たかーいところでブランコに乗ったり、手品も見せてくれるんだ。鳩がパッと出てくる手品だよ。みんな、私たちが芸当するのを見にすごく遠いところからでも集まってきたんだよ。

どうして今は、来ないの?

うん、それはね……そうなるわけが、あってさ。

ジャンボはちょっとごまかしたが、わざと明るい声で言った。

私はほんとに、行ったことないところがないくらい、いろんなところに行ったんだ。それにすごくいろんなものを見たんだよ。知ってるかい、あんたが生まれたところもずっと見ていたんだよ。

知ってる。あたし、ここで生まれたよね。でもあんたはどこで生まれたの?

私が生まれたのはアフリカというところだよ。

アフリカってどこ?

とても遠いんだ。そこには果てしない広い砂漠もあるし、ライオンとかハイエナとか、恐ろしい獣たちもいるんだよ。

そうなんだ。ところで、それはどんな味がするの?

チュニはかいば桶の中にいっぱいに入っているゆで豆を見ながら聞いた。

ああ、味はまああだよ。アフリカのイバラの葉っぱに比べたら、食べものとはいえないけどね。イバラの葉っぱは本当においしいんだから。

あたしには、それもおいしそうに見えるけど……

チュニは食べたそうに、黄色いゆで豆を見つめた。

食べたいの？

ううん、どうしてもじゃ、ないけど。どんな味かなと思って……

いいよ、おちびさん。一回食べてごらん。でもこれはあんただけに特別、あげるんだよ。あんたの母さんや他の人にあげてはだめだよ。味がよくないとはいっても、これは双子が私のために苦労して準備してくれたものだからね。


ある日クムボクは、家からいなくなったチュニを探し回って、うまやの中で遊んでいるチュニを見つけ仰天して駆けつけた。象に踏まれたらたいへんだと思ってのことだ。しかし彼女が走っていくと、チュニはかいば桶の中に入って、ジャンボと一緒に仲良く豆を食べていた。クムボクはあわててチュニをうまやから連れ出したが、その後もすきあらばチュニはうまやに入りこんでジャンボと遊んだ。クムボクもすぐに、チュニが象と遊んでも別に危険ではないことがわかり、しだいに気にしないようになっていった。

一方クムボクと二人の姉妹は、実の姉妹のように頼り合って酒場をうまく切り盛りしていた。クムボクも二人に情が移り、できることならここに長くいようと心を決めていたのだが、一年が過ぎたある日、彼女は道で偶然に故郷の人に会った。ずっと前に彼女と一つ部屋で服を脱いでふざけ合った、薬売りというあだ名を持つあの少年である。彼は不思議なことに、あだ名の通り本当の薬売りになって、市の立つところを渡り歩いていたのだ。クムボクは嬉しさのあまり彼に抱きついて泣いた。

　クムボクが薬売りの手を引いて店に連れていき、ことのしだいを双子姉妹に話すと、彼女たちもわがことのように喜び、クムボクの故郷の友のために酒や食べものをどっさり用意してくれた。二人は、十年余りが過ぎた後もお互いの顔を忘れず、すぐにわかったことを不思議がりながら、久方ぶりに話に花を咲かせた。主にクムボクが尋ねる方で、薬売りが答える方である。彼は若いころから市場をめぐり歩くうちに女とも縁ができ、結婚もしたが、結婚してまもなく妻がホットック売り[*15]と目が合って駆け落ちしたので、今は一人暮らしだという。子どものころから話上手だったが今ではさらに磨きがかかり、話の運びも条理にかなっているし、弁舌もさわやかで、話の一つ一つにため息あり涙あり、また手を叩いて大笑いさせられる。故郷の人たちの話が出るころには、流れる水のように語り続ける彼の名調子に三人の女はみな魂を奪われ、汁が煮詰まったり飯が焦げるのも気づかないほどであった。それはほら話の法則である。

　そしてクムボクはしまいに用心深く、父親の安否を尋ねた。すると彼はしばらくためらった末、彼女の父がもうずっと前に冥府へ旅立ったことを教えてくれた。さらに驚いたことには、父親が死んだのは他でもなくクムボクが故郷を出たあの日の晩であり、死んだ場所もまさにあの貯水池だったという。父親が死んで十年余りが過ぎてようやくクムボクは、あのとき自分が魚屋についた嘘がそのまま現実になったことを知ったのである。薬売りが帰った後クムボクは、結局は自分が父を殺したのだという罪の意識のために、一人で部屋に座りこむと泣き出してしまった。

こんどは、刀傷の代わりに死んだ父親が夢に現れた。彼もやはり全身がずぶ濡れで、足には水草がぐるぐると巻きついていた。クムボクはまたもや、どこかへ行かねばならない潮時が来たことを悟った。ちょうどそのとき、忘れたころにやってくる塩商人に、ここから遠いピョンデという土地で汁飯屋を任せる人を探しているという話を聞いたのである。どこであろうと行ける場所さえあれば良かったクムボクは、自分がやりたいと喜んで名乗り出た。双子姉妹は飛び上がって驚き、女一人、乳呑み児を抱えてどこへ行くのだと言葉を尽くして引きとめたが、夜も眠れず、日ごと明らかにやせ衰えていくクムボクを見ては、それ以上止めることもできかねた。彼女らは、きりもなくさまよわなくてはならないクムボクの運命を気の毒に思い、急なことがあったときに使うようにと、かなりの額の金を握らせてやった。

心配しなくていいよ、おちびさん。私たちはまたいつか会える。

ここを出ていくことになったと知ったチュニがジャンボとの別れを悲しむと、象はそう言った。

ほんとに、そうなるかな？

＊15【ホットック】小麦粉の皮の中に黒砂糖などを入れて焼いた菓子。

チュニが別れたくないというようにジャンボの太い脚を抱きしめると、ジャンボは長い鼻でチュニを撫でてやった。

そりゃそうだよ。会いたい人たちは、いつかきっとまた会えることになっているんだ。

翌日クムボクは、幼いチュニの手を引いて双子姉妹に涙の別れを告げた。そしてついに、クムボクがその情熱のすべてを燃やし尽くし、ついには煙のようにはかなく消えることとなった現世での終着地、ピョンデを目指して旅立った。

第二部　ピョンデ

ヒメジョオン

その昔、かぶりものを顔に深く引き下げて世をさすらっていたある不遇の詩人が坪岱《ピョンデ》を通り過ぎるとき、一編の詩を残した。

「平」といえども　平原なく
行けども行けども　人家なく
……犬なら役立たずの犬！　吠えるなかれ！

近くの村を通り過ぎたとき――近くといったところでゆうに四方三十里[*1]に一つあるかないかだろうが――おそらく彼はピョンデという地名を聞いて、広い平原を想像したのだろう。平原なのだからお米がどっさりとれる、豊かな村の風景を思い浮かべたことだろう。そして、鯨の背中のように大きなみごとな瓦屋根のお屋敷も。村に着いたらすぐに空きっ腹を満たせるのはもちろん、名家の離れにでも座って主人と酒を一献なんてのも期待しただろうし、酒の一献に話を一くさり披露すれば、主人からは感嘆と尊敬のまなざし、うまくすると、断りきれずという風情で息子の先生の座につくことも難しくはないだろう。腹さえ決まればこのピョンデにとどまって、先生稼業をしながら適当な未亡人でも見つくろい、老後を送ろうかと期待しなかったわけでもあるまい。流れ者の希望などというものはしょせんその程度の素朴なものだ。

だが峠を越えて村を見おろしたとき、夢はあとかたもなく砕け散ったはずだ。三十里の道をものともせずにようやくたどり着いてみれば、目の前に広がるのは広壮な山ばかり。山裾には点々と、見るもしのびない粗末な石置き屋根の家が何軒か散らばってはいるけれど、目をこすってみても畑の一枚すら見えないとあっては、もともとひ弱な足元からどっと力が抜け、その場にへたりこんでしまったことだろう。

それでもまあ背に腹は代えられず、疲れた体を引きずってかまどの煙が上がっている家をあちこち訪ね、食べもの欲しさに枝折り戸の前で「頼もう」と叫んでみたものの、ゆでたじゃがいもの一個も恵んでもらえず、空腹で疲労困憊して村を出たのだろう。そして怒りがこみあげ、鬱憤の晴らしようもなく、ついに、実態とかけ離れた村の名前に難癖をつけたものと思われる。いつものように小気味よい詩で意趣返しをしたかったのに最後の一句に詰まってしまい、そのときに後ろから犬に吠えられたんではなかろうか。およそ偉大な文芸作品の誕生とは、こんなしょうも

＊1【三十里】日本の一里が韓国の十里に当たるので、約十二キロメートル。

ない場所、思いがけない状況、つまらない理由に依っていることが大半なのだ。

鉄道が開通するまでピョンデの人々の生活は、水平軸より垂直軸に沿って営まれるよりほかなかった。村じゅうどこをとってもまとまった広さの田畑はなく、信じられるのは彼らの人生を四方から厳然とさえぎる山だけだった。谷や尾根沿いを垂直に移動しながらキノコ、ワラビ、タラノメなどの山菜や当帰《とうき》、茯苓《ぶくりょう》などの薬草を採ったり、谷に罠を仕掛けてノウサギやノロジカなどの獣を捕まえて糊口をしのいだり、つまるところは狩猟採集民の生活形態から脱することができなかったのである。そうなると大きな目よりは小さい目、平べったい足より尖った足の方が有利なので、目はどんどん小さくなり、平たい足は偶蹄目の足のようにとんがっていき、固い皮を噛んでなめすので歯がいっそう大きくなる一方、よそよりも早く訪れる冬に耐えるべく鼻はいっそう長く、顔はいっそう平べったくなる。それは進化の法則である。

ピョンデの人々の垂直生活に大きな変化が訪れたのは、村に鉄道が敷かれてからのことだ。鉄道は水平の世界であり、左右に延びていく直線の世界であった。鉄兜(安全帽を、ピョンデ人はそう思った)をかぶった何人かの軍人(測量技師だったが、ピョンデ人はそう思った)が、機銃(測量器具だ)をたずさえ、あの山この山と行き来して一日じゅうウサギを追いかけ(まあピョンデ人はそう思ったわけだ)、結局一羽のウサギもしとめられずに帰っていったのだが、その後ほどなく、村の裏山に急に戦車(ブルドーザーだったが、ピョンデ人はそう思った)が現れ、容赦なく山を削りはじめた。

世間から完全に孤立していたおかげで、しばらく前にあった残酷な戦争を無事に免れた上、あまつさえ戦争があったという事実にすら気づかなかったピョンデの人々は、彼らの乱暴な所業に歯ぎしりした。放っておいたら生活の基盤である山を根こそぎつぶされかねなかったのだから、黙って見物しているわけにもいかない。彼らは村の長老の家に集まった。会議は夜通し続き、多くの意見がやりとりされた。翌朝彼らは、しぶしぶ結論を下さざるをえなかった。それは、ウサギを捕まえられずに腹を立てた軍人が戦車で山をぶっつぶして動物を根絶やしにする前に村人たちが先に獣を捕まえ、それを与えて機嫌をとるという作戦だった。朝早くから山に登って罠を見回り、蔵に隠しておいた捕獲物を全部引き揚げてみると、イノシシとノロジカが二頭ずつ、キバノロ四頭、アナグマ七頭、ノウサギ三十羽余りに達した。村人たちは捕獲物をしょいこに積み、戦車で山を削っている現場の近くに置くとすぐに回れ右してあたふたと村へ下りていった。以後何日か、鉄道工事をしていた人夫たちが、理由もわからないまま、彼らの日常には不似合いな豪華な晩餐を楽しんだことはいうまでもない。

ともあれ鉄道工事はこのようにして始まり、働き口を求めて流れ者が一人、二人とピョンデに集まってきた。まずはもっこ担ぎをはじめとする鉄道人夫と、現場監督をはじめとする建設会社の社員が入ってきて、彼らの相手をする酒場と飲食店が建ちはじめると、続いて体を売る女たちが流れこみ、また彼女らを相手にする行商人と担ぎ屋と小間物屋が参入し、一年後にとうとう汽車が村の前を通るようになると、仕事でけがをした人夫の体を治してくれる医者と魂を治してくれる牧師と伝道師と神父及び僧侶が汽車に乗ってドッとやってきて、礼拝堂と教会と寺がいっぺんに建設されることになり、するとまた礼拝堂と教会と寺を建てるための人夫がドッと押し寄せ、次は彼らに体を売る女たちがドッと押し寄せというふうに、仕事を求めて、見物のたねを求めて、チャンスを求めて、営業先を求めて、信徒を求めて、結婚相手を求めて、遠い都会や近くの村から人々がつめかけ、後日ピョンデの郷土史家たちは、このにわかな人口膨張を「ピョンデの第一次ビッグバン」と称した。

クムボク母子がピョンデにやってきたのは、何千年も眠っていた山里が今しも起き上がって伸びをしていた時期であり、二人が双子姉妹と別れて七日目だった。双子姉妹の酒場を離れてから三日目に二人は、近くのとある小都市でやっと汽車に乗ることができ、以後汽車の中でまる四日を過ごした。クムボクは窓ぎわに座り、果てしなく過ぎていく山と川を眺めていた。汽車はまるで地面を掘って進むミミズのようにのろのろと谷間をかき分けて前へと進み、山を越えかけたと思うと中腹で六時間ほども止まっていたりした。

汽車の中でクムボクは、双子姉妹が持たせてくれた握り飯を食べた。ようやく二歳を過ぎたばかりのチュニは食べることには関心がなく、おとなしく窓ぎわに座り、汽車の外に広がる風景を眺めていた。彼女は、生まれて初めて見る広大な空、刻一刻と変化する雲の形、陽射しに輝く木の葉の模様、黄土色の畑の畝と畝の間の不規則なうねり、線路わきに生えているさまざまな名も知らぬ草の色などを一つも見逃さず、もれなく自分の目に収めていた。他人には真似できない彼女の特別な才能とはまさに、こうした限りなく平凡で無意味なものたち、たえまなく変化しながらはかなく消えていく世のあらゆる事柄と現象を、自分の五感で感じとっていくことだった。それがどんなに鋭かったかといえば、クムボクが渡してやった握り飯から、湿ってべたべたした質感や、点々とついたごまの香ばしい香りだけでなく、それを作ってくれた双子姉妹の手を感じることができ、その上、どれを姉が作りどれを妹が作ったかまでわかるほどだったのだ。

いつからか線路に沿って、名も知らぬ白い花が咲きはじめていた。汽車に乗って不慣れな旅に出た人々の多くは、線路沿いにどんな花が咲いていようが何の関心もなかったが、見る目のある人何人かは、いったいあれは何の花かと気にかけていた。それは遠く海の彼方の外国から運ばれてくる枕木に身を潜めていた種子が地球を三分の一周ほどした後、枕木がレールの下に収まると、風に乗って、線路に沿って、自然の法則にのっとって野へ山へと広がっていく植物なのだった。

ヒメジョオン。

それはチュニがクムボクと手をつないでピョンデに到着したときに駅のまわりに咲いていた、悲しいほどか細く、寂しいほど素朴な花の名前である。その後もこの植物は彼女がどこへ行ってもついてきて、後に彼女が暮らした煉瓦工場の庭の片すみにも、人生でいちばん残酷なときを過ごした刑務所の塀の下にも、彼女が工場へ戻ってくる線路脇にも、たがうことなく生えていた。

駅では、クムボクと同じく新しい希望を求めて集まってきた流れ者と、求めてもそれをついに得られずピョンデを去る者たちがすれ違っていた。鉄道が敷かれたおかげで林業が活性化したため、駅の前には一抱え以上もある松の木が無秩序に積まれており、材木を運ぶトラックやもっこ担ぎ、しょいこ担ぎがせっせと広場を行き来していた。焼けつくような陽射しが降り注ぐ駅前にはすでに、利にさとく行動力のある商人たちが陣を張っていたが、クムボクに目をとめる者は誰もいなかった。彼女が遠くない未来にピョンデを騒がせる張本人になることに少しでも気づいた者がいたならば、今のうちに顔見知りになっておこうと列をなしただろうが、当時の彼女は耐えがたい苦痛からやっとのことで逃げ延びた、か弱い子連れ女にすぎなかった。汽車の長旅に疲れた彼女の顔にはまだ暗い影が重く垂れこめ、初夏の蒸し暑さの中、チョゴリは垢まみれだった。

余談だが、その日駅前の木陰に座って将棋をさしていたある老人がクムボクの粗末な身なりを見て、「おお、なんと不可思議なこともあったものよ」と言ってチッチッと舌打ちすると背を向けて座り直し、馬を士の隣の包[*2]と換えながら「あの女のためにこれからピョンデはかまびすしいことになるであろう」と言ったというが、これは何分にも作り話ではないかと思われる。駅前には、下に座って将棋をさせるような大きな木は一本もなかった上に、馬を包と換えたなどという細かい状況描写はかえって作り話である可能性が高いと疑われるからである。ともあれ昔も今も、起きてしまったことのなりゆきについて何か言っておきたいという人間の性根は変わらないようである。

コーヒー

汁飯屋の老婆——彼女のことをお忘れではあるまい？　彼女があばた男の背中に刃を突き立てて線路わきに死体を埋めてからというもの、長い時間が流れた。世はまさに軍人たちの天下だった。南の将軍と北の将軍が相手を殺すためにひっきりなしに刺客を送りこんでいた。それに成功した者は誰もいない。大きな戦争があってからまだ間もなく、互いの憎悪は極致に達していた。彼らはそれぞれに違う法律をこしらえては、それぞれの土地で税を徴収した。殺人と強姦は犯罪になり、盗みや放火、喧嘩や人のものを個人的にぶんどることも禁止された。すると人々はやることがなくなってしまい、人生は単純になり、世の中は以前のように自然ではなくなった。

いわゆる近代文明という巨大な波が都市を伝って寄せてきて、今まさにピョンデにも迫っていた。脚が短く爪先がとんがっていたピョンデの人々は、外地から流れついたありとあらゆる種類の人たちと混じり合って容易に見分けがつかなかったし、彼らだけの固有のエートスもしだいに

＊2【包】　朝鮮将棋の駒で、間に一つ駒を置くことで縦横にどこまでも進むことができるほか独特の動きができる。

消えていった。ピョンデの人々はもう山菜を採らなかったし、罠もしかけなかった。彼らは地上から完全に姿を消したネアンデルタール人のように、やがて消えゆく運命にあった。

人々のすきまに入りこみ、片すみで静かに汁飯屋を営んでいたクムボクの年齢も、いつしか三十歳に近づいていた。彼女の人生から若さはなべて過ぎ去り、いちばん熱かった時間は徐々に遠ざかっていった。それはわびしいことではあったが、一方では無謀な情熱と哀しみから抜け出し、傷が癒えるのを待つ休息のときでもあった。その間に刀傷とシンパイの思い出も少しずつ遠のき、今は顔すらおぼろげになっていた。彼女は実に久々に、ひそかな平和を味わっていた。こうして彼女は世に埋もれ、静かに消えていくかと思われた。しかしその小さな体に隠れた巨大な情熱はまだ、その姿すら現していなかった。

チュニはいつのまにかクムボクの体重を追い越していた。彼女はまだものが言えなかったが、事物や現象への理解はどんどん深くなり、彼女の体内には五感を通して得た情報がきちんきちんと貯蔵されていった。チュニはそれを受け入れるだけで精一杯で、俗世を生きるのに必要な知恵や、人と人との利害関係についてはあまりにも鈍感であった。中でもいちばん不足していたのは、言語への理解である。チュニにとって人々のおしゃべりはあまりにも複雑で難しく、意味を把握することはおろか、自分の口で真似することもできなかった。不幸にも彼女には生得的な言語能力がなく、死ぬまで唖者として生き、たえまなく周囲にあふれ返る言葉によって大きな混乱を味わわねばならなかった。いうまでもなくそれは世間からの孤立と断絶を意味した。彼女がそれでも人の話をかなり理解できるようになったのは、意味を理解したからではなく、人の表情や身振り、声の調子や大きさを鋭く感じとることができたからであり、これからの彼女の人生が並々ならない辛酸に満ちたものになる前兆はすでに、いたるところに現れていた。

クムボクはお客がいない静かな時間には、一人でコーヒーを淹れて飲んだ。当時コーヒーはまだ珍しく、クムボクは大都会に用事があって出かけるたびに、忘れずにコーヒーを買ってきたのである。酸味を帯びたコーヒーの香りは港町の賑やかな茶房や劇場の風景を思い出させた。コーヒーを飲みながらクムボクは、故郷の人たちや港町で会った人たち、そして双子姉妹を懐かしんだ。

そして意外にも、好きで飲んでいたコーヒーのおかげでクムボクはやがて汁飯屋をたたむことになるのだが、当時の彼女はそんなことはまったく予想だにしていない。人々は敷居を越えて漂ってくるコーヒーの香りに一人、二人と鼻をひくつかせ、汁飯屋に集まってきた。彼らは生まれてはじめて嗅ぐ香りの正体を知りたくてならず、しまいにはクムボクに味見させてくれと頼むしまつだった。クムボクの優れた実業家センスがこれを見逃すわけはない。彼女はただちに機敏に対応し、クッパとともにコーヒーも提供しはじめたのである。

高雅なコーヒーの香りとともに、ほっそりと魅惑的で、悲しげで官能的なクムボクの色白なあで姿はやがて近辺の男たちの足を止めさせ、この店に引き寄せた。コーヒーを飲みに来る客がだんだんと増え、やがて店は、コーヒーを出すだけでも人手が足りないほど賑わうようになった。

当時は茶房とか茶店といった言葉もまだなかったので、人々はもう汁飯を出さなくなった汁飯屋を「チュニんとこ」と呼んでいた。つまり「チュニんとこへ行こうや」といえば、茶店へ行くことと同時に、クムボクの顔を見にいくことも指したのである。後日、「チュニんとこ」は「ピョンデ茶房」という看板を掲げたが、それはピョンデ初の喫茶店だった。

茶房の前が賑わっている間、チュニに関心を持つ人は誰もいなかった。チュニは暗いすみっこを好み、ネズミ穴の前に座りこんで一日じゅうハツカネズミの出入りを観察したり、店先に咲いたホウセンカの成長ぶりを何日でも飽きずに見守っていたりした。人々には、普通の子よりずっと体格のいい、このなじめぬ女の子を気に留める余裕はなかった。その点では、彼女の母親も変わりはなかった。

クムボクはものごとを深く考える女ではなかった。彼女は自分の感情に忠実であり、自らの直感を、たとえ理屈に合わなくとも愚かなまでに信じた。彼女は鯨のイメージにとらわれ、コーヒーに耽溺し、スクリーンの中にはばかることなく没入し、恋愛にすべてを賭けた。彼女に「ほどほど」という言葉は似合わなかった。火のように燃え上がらなければ恋愛ではなかったし、氷のように冷たくなければ憎悪ではないのだった。彼女はシンパイのおなかの上に安心してのせていたその手で、刀傷の腹をためらいなく突き刺した。では、母親としての子どもへの愛情は？　それは、そこそこだった。いや、そこそこにも及ばなかったというべきだろう。チュニは最初からクムボクの関心を惹くことに失敗していた。クムボクはむしろ、自分の人生に入ってきたこの生命体に違和感があり、そのことをひどく気まずく感じていた。とくにチュニがシンパイの子であると思うようになってからは、子をいっそう遠ざけた。シンパイは一時は自分のすべてを捧げて愛した男だったが、それは無知と混沌、食欲と蛮勇、悲劇と不幸の別名でもあったからである。

突然押し寄せてきた人々とあふれ返る言葉のせいで、チュニはほとんど気が変になりそうだった。そこで彼女は、茶房内外のさまざまなものごとを観察し終えると、そっと茶房を出て市場を歩き回るようになった。市場には興味を惹かれる見たこともないようなものがあふれていた。店の主人が彼女を見つけて追い出すまで、チュニはあれやこれやの品物に手を触れ、匂いを嗅ぎ、ためつすがめつして時の過ぎるのを忘れた。そんな中でもいちばん強烈に目を奪われたのは、鍛冶屋である。そこには冷たく固い鉄と、その固い鉄を溶かす激しい炎、ぐつぐつと煮えくり返る溶けた鉄と、赤々と燃え上がる熱気があった。槌音が響きわたる鍛冶屋はチュニの五感をいっぺんにとらえた。固い鉄がふいごで熱され、焼き入れ、槌打ちの工程を経てぴかぴか光る各種の生活用品や農具に生まれ変わるところは、チュニにとって本当に驚異的な眺めだった。

ある日、鍛冶屋で槌打ちをしているところを見守っていたチュニは、人夫たちがお昼を食べにいったすきに、鉄を叩くとき下敷きに使う大きな金床を家に持ってきた。何のつもりでそんなものを盗もうと思ったのか、またはそんな重いものをどうやって家まで引っ張ってきたのかはわからないが、よもや誰かがチュニが盗んだと知っても、そんな重いものを幼女が一人で持っていったと信じる者はいなかっただろう。彼女は退屈するとその金床で遊んでいたが、女の子が遊ぶには金床はあまりに変だし、重すぎる。実は彼女がしばらく金床に執着したのは、刃物や槌などの珍しいものが金床から出てくると思ったからだった。しかしチュニはすぐに、金床は面白いものを作ってくれないばかりか、何の役にも立たず重いだけの鉄のかたまりだとわかり、裏庭に放り出してしまった。そんなふうにチュニは、世間になじむより前に、一人ぼっちの世界で孤立しつつあった。

茶房は日に日に繁盛していった。人々は決まって茶房で約束し、茶房で見合いをし、茶房ですっぽかされた。ピョンデ茶房は彼らの困難な人生の休息所であり、秘密取り引きがなされる接触場所であり、ろくでもないやくざたちのアジトだった。茶房は世の中から隔絶していたピョンデの人々に多くの新しい体験をもたらした。それは麻薬ほどに強烈で、長い間、彼らの情緒に絶大な影響を及ぼした。

つまり、生まれてから味わったことのない優雅な情趣とロマンティックな感情、「すっぽかされる」という新しい表現、「ミス金《キム》」とか「ミス朴《パク》」、または「柳《ユ》マダム」という呼び方、パール・シスターズが歌う「コーヒー一杯」[3]の全国的ヒット、ガム、サッカー、アメリカンスタイルのコーヒー、そしてブラックという名の蛮勇と苦い後悔、コーヒー一杯で粘る客を指すチュクスニ、チュクドリという造語[4]、双和茶《サンファチャ》[5]、合コン、タバコ消費量の増加、マッチを積んだり折ったりするゲームでの時間つぶし、クイズの発達、雀が出てくるジョークのシリーズ、すみっこの席でのキス、ブロック崩しのゲーム、キング・クリムゾンの「エピタフ」とリクエスト曲を書く小さなメモ用紙、ＤＪという新しい職業の登場、「今日はなぁぜだか〜」というＤＪの気取った言い回し、配達とチケット[*6]、そして「こっちにお代わり《リフィル》くれ」というような、間違い英語の濫用……

　クムボクはやはり、情熱を傾ける対象があってこそ花開く女だった。彼女の顔には少しずつ生気があふれ、港町の男どもをやきもきさせたあの匂いが、前ほど強烈ではなかったがまた漂いはじめた。男たちが放っておくわけがない。彼らは一日じゅう茶房にこもって絶え間なくクムボクにつきまとった。彼らが一様に狙っていたのはもちろん、クムボクの大きな尻の間の淫靡な領域だったわけだが、彼女はいまだに、自分とつきあう男はみな不幸になるという考えにとらわれていたので、彼らが近づいてきてもみな冷たく追い払った。代わりに、男たちの目をそらすために若い女たちを雇ってコーヒーを運ばせ、人々は彼女らを「レジ」と呼んだ。するとレジたちに会

＊3【コーヒー一杯】　韓国ロックの生みの親シン・ジュンヒョンが作詞作曲し、女性デュオのパール・シスターズが歌った一九六九年のヒット曲。

＊4【チュクスニ、チュクドリという造語】　「こもって出ていかない客」というほどの意味。チュクスニは女性、チュクドリは男性。

＊5【双和茶】　桂皮、生姜、白芍薬などの生薬から作られた体に良いとされる伝統茶。

＊6【配達とチケット】　一部の茶房ではコーヒーの配達を口実に出張売春を行っており、そういう店をチケットタバンと呼んだ。チケット一枚で一時間などと時間や料金が決められていた。

うためにまた男どもが押し寄せてきた。彼らはレジたちによく思われたくて、コーヒーではなく双和茶や高麗人参茶など高いお茶を注文したので、売り上げは当然さらに伸びた。

茶房に出入りする男の中に、文《ムン》と呼ばれる流れ者がいた。戦争の渦中で家族と別れ別れになったという彼は、その日暮らしの底辺労働者にもかかわらず、どこか、軽く扱ってはいけないような上品な威厳があった。彼は他の男のようにコーヒーを運んでくる女たちをからかうこともなく、クムボクの尻をやたらと見たりもしない。彼はすみっこの席に一人で座り、コーヒーを飲みながら、どこまでも落ち着いた目で遠くの山を眺めていたりしたが、そんなとき彼が故郷に置いてきた妻子を思い出しているのかどうかは、誰にもわからないことだった。

ともあれ、彼の際立った気品はクムボクの目を惹いた。彼女はコーヒーを淹れるときも、自分でも気づかないうちにすみの席に座った文の方へちらちらと目をやっていた。すでにもみあげが白っぽくなるほどの年齢で、風采も上がらない文がクムボクの関心を惹いたのは、その上品なものごしのせいだけではなかったはずだ。戦争が始まる前は中国の煉瓦工場で働いていたといわれている彼は、クムボクが死ぬまで彼女の最も重要な参謀として、最も誠実な共同経営者として、また彼女にいちばん近い男として一生そばにいることとなった。しかしそんな彼はやがて、クムボクの生来の浮気癖や向こう見ずな情熱によって多くの苦痛を味わうことになるのだが、その話はおいおいすることにしよう。面白い話はすぐ後に控えている。

雷

　その年の六月、時まさに長雨の季節のことだ。例年よりも雨が多く、洪水になり、道が寸断され、小川が増水して家財道具や家畜が流された。クムボクの古い家でもあちこちで雨漏りがした。客足がぴたりと途絶え、茶房は久しぶりに暇になった。その夜クムボクは早く寝床についた。天井からも雨漏りがして、床にどんぶりを置いて水を受けなくてはならない。チュニは二間続きの横の部屋で眠っていた。クムボクは寝床で、もう少しお金が貯まったら、そのうち家を建て直さなくちゃと考えていた。

　その夜、見知らぬ男たちがクムボクのもとを訪れた。彼女がぐっすり寝入った真夜中のことだ。雨は依然、土砂降りで、あたり一面ずぶ濡れのぬかるみだった。雨をついてこっそりクムボクの家を訪ねた男たちとは、隣の村に住む与太者どもである。彼らは、港町からやってきた一人の寡婦が妙な香りのする茶を売って大金を儲けたという噂を聞いていた。その夜、クムボクを訪ねた男たちはまさに、ずっと昔に汁飯屋の老婆の金を奪いにやってきた、あのやくざ者の息子たちだったのだ。彼らは父親からすべてを教わっていた上に、父親に輪をかけて残忍で、輪をかけて厳密だった。雨の夜を選んだのも、綿密な計画によるものだ。

　男たちはクムボクの首に刃を突きつけて、あり金を全部出せと詰め寄った。彼らが交代で夜通しそのか細い体をねちねち足蹴にする前に、つまり体じゅうの穴という穴から汚物が漏れ出す前に、クムボクは手持ちの金をすべて差し出した。すでに多くの死を目撃してきた彼女は、この世に命より大事なものなどないと思っていたからである。しかし彼らは、金を奪った後でクムボクを殺す計画であり、殺す前には交代で強姦するつもりでいた。それは父の代から受け継いだ、彼らの法則である。老婆はついに口を割らなかったおかげで命拾いしたが、クムボクはあっさりと金を出したためにかえって、強姦された上に悲惨な死を迎えるところだった。

彼らは遠慮会釈なく、クムボクの下着を引き裂いた。もう若さの盛りを過ぎていたとはいえ、彼女の肌は未だに目にまぶしく、男どもを興奮させるあの匂いも相変わらずだった。期待以上の獲物を目の前にした猛獣どもの目は貪欲に光った。他の男たちが外に出て待っている間、彼らの中でいちばん年かさの男がクムボクにおおいかぶさり、クムボクはもはやあきらめたように何の抵抗もしなかった。

横の部屋で眠っていたチュニは、ただならぬ音に目覚めて障子戸を開けた。そしてすぐに、裸で寝ている母親と、やはり裸で喘いでいる見知らぬ男を発見した。チュニは初めて見るこのおどろおどろしい眺めに驚愕すると同時に、母親が何らかの危険にさらされており、彼女の上で喘いでいる男が敵であることをすぐさま感じとった。彼女は本能的に男の方へ駆け寄った。だがいくらチュニの体が大きいとはいえ、わずか四歳の幼女に何かできるはずもない。背中に取りつき、頭を引っ張るチュニを男が手荒に押しのけると、彼女は後ろにでんぐり返り、裏門を破って外へころげ落ちた。

クムボクがチュニの名前を呼びながら大声で泣き叫んだが、その悲鳴は激しい雨音にかき消されて垣根の外には届かなかった。クムボクは男の胸を押しのけようとじたばたしたが、男はびくともしない。彼は寡婦を手荒に扱った。どうせすぐに死ぬ女なのだ。生まれて初めて味わうすさまじい喜悦に、男は息も止まらんばかりに喘いでいた。そして今しも絶頂へむかって突っ走っていたとき、彼はいつのまにか部屋に入ってきて目の前に立っている女の子に気づいた。そして女の子が高く持ち上げている大きな金床にも。続いて「ガン」という音とともに、目の前が暗くなった。不幸にもその夜、彼はとうとうクライマックスを迎えることができなかった。

悲鳴に驚いた男たちが門を蹴り開けて入ってきたとき、彼らは信じがたい光景を目撃した。頭をかち割られて裸で死んでいる仲間と、床に転がった血まみれの金床、そして男の横に立っている幼い女の子……

男たちはみな恐れおののいた。何歳だかとうてい見当もつかない見知らぬ幼女の出現もさることながら、仲間の頭蓋骨を割ったに違いない金床も彼らを混乱させたのだ。彼らは仲間を殺した当事者がチュニだとは想像もできず、頭の中でてんでに幽霊のような超自然的な存在を想像した。にわかに身の毛がよだち、はるか昔に心から消してしまったはずの恐怖や罪の意識が強烈によみがえってくる。まさにそのとき、稲妻が閃くと雷鳴が天地をずたずたに引き裂いた。ためらった末に後ずさりし、誰かが敷居につまずいて尻餅をつき、悲鳴を上げたのを合図に、彼らは一目散に逃げ出した。その中でもクムボクから奪った金と死んだ仲間の遺体を担いでいったのは、それでも彼らがよく訓練された組織であったから可能なことだった。

男たちが去った後クムボクは、これまでに貯めた金を全部とられ、強姦までされた悲しみと、またしても人の死を目撃したことでよみがえったむごたらしい記憶とで、激しく思い乱れた。彼女は、自分が何をしでかしたのかも知らずにきょとんと立っている幼い娘を抱き寄せて泣いた。チュニはクムボクのそんな複雑な思いを知る由もない。ただ、赤ん坊のとき以来初めて母のふところに抱かれ、久々の安らかな幸福を感じただけであった。そして彼女が幸福な気分に浸るときにはいつもそうなるように、自分が生まれたうまやのじめじめした温かい空気とまぐさが醱酵する匂い、象のジャンボといつも笑顔で相手をしてくれた双子姉妹の顔が思い浮かんだ。やがて、雨の音を聞きながら彼女は再びいつのまにか寝入った。

その夜を我々が記憶にとどめているのは、ただクムボクが強姦され金を強奪されたからだけではない。波乱に満ちた彼女の運命を再び荒々しい渦の中へ追いたてたこの夜の奇跡のような事件は、何日か前から小止みなく降りついだ長雨が可能にしたのである。いったい何のことかって？せっかちな読者よ、今しばらく聞きたまえ。

クムボクもようやく気を取り直し、チュニの隣に横たわった。天井からの雨漏りの音と、窓の外の土砂降りの雨音がまるで水の中に寝ているような気持ちにさせ、心身ともにずぶ濡れだった。

最前のショックのため、ちょっとやそっとでは寝つけない。貯金を根こそぎ持っていかれては、この先どうやって暮らしていけばいいのか。それに、家を建て直す計画も今や水の泡で、すっかり力が抜けてしまったのである。意欲のすべてが萎えしぼみ、茶房をやめてまた双子姉妹の酒場に戻りたいという思いも湧いてきた。

床に寝て見上げる薄暗い天井は水に濡れて色が濃くなっていた。彼女は心ひそかに、これでは天井が崩れるんじゃないかと心配になってきた。ところが案の定、本当に天井が少しずつ裂けてきたのである。彼女が驚いて寝床から立ち上がろうとした瞬間、天井がいっぺんに左右に割れ、その上にたまっていた雨水が一度に降り注いできた。突然、大量の水をかぶったクムボクは悲鳴を上げて床に倒れてしまった。眠っていたチュニも冷たい雨水をぶちまけられて驚き目を覚ました。

しかし床に倒れたクムボクがじっと上を見上げてみると、容赦なく降ってくる雨水の中に白いものが混じっている。紙切れだ。雨に濡れた紙切れは際限もなく落ち続け、クムボクとチュニ、そして布団をすっかりおおってしまった。しばらく後、紙の落下運動がようやく止まると、床に伏していたクムボクは気を取り直し、周囲を手探りして明かりをつけた。そして、部屋の真ん中にいっぱいに積もった紙を一枚つまみ上げ、用心深く調べてみた。彼女はわが目を疑った。もう一枚紙をつまみ、明かりで照らしてみる。落ちくぼんだ目であたふたと、手当たりしだいに紙をつかんでは明かりに透かしてみた結果、クムボクはその場にぺったりと座りこんでしまった。天井から落ちてきた紙はすべて、紙幣だったのである。

ナムバラン

金《かね》の雷に打たれる——つまり成金になるという言葉があるが、実際に金の雷に打たれた人はおそらく、このときのクムボクが最初で最後ではあるまいか。その日クムボクは文字通り金の雷に打たれ、およそ正気ではいられなかった。しばらく金の山に埋もれてぼんやりと座っていた彼女は、誰でも同じだろうが、とにもかくにもこれがいくらあるのか気になりだした。その夜クムボクが明かりの下で、東の空が明るくなるまでに数えた金額は一言の誇張もなく、できのよい瓦屋根の家を三軒以上買っても余るほどの、とてつもない金額だった。

翌朝クムボクは、茶房を開けなかった。出勤してきたレジたちもみな帰した。一睡もできなかった彼女はひどい頭痛で床についていたが、眠れるわけもない。夢うつつで一日を過ごし、夕方になったころ、クムボクは布団でざっと隠しておいた金をすべて取り出し、数え直した。一枚ずつ数えてみると、その中には金だけでなく、土地の登記書も何枚か混じっていた。こんな大金と登記書がなぜ自分の家の天井にあるのだろう。考えてみてもまるで見当がつかなかった。

クムボクが見つけた金はもちろん、汁飯屋の老婆が虫のように一生地べたを這いずり回って貯めた金である。しがない女の身でそんな大金を貯めるとはほとんど奇跡に近いことだが、ある人々の執念は、ときに我々の想像をはるかに超えた結果をもたらすこともある。老婆の場合がまさにそれだった。彼女は金の保管においても人並はずれた集中力を持っていた。天井に金を隠すのはさほど特別なことではないから、この家をしらみつぶしに探した老婆の娘や隣村の与太者どもが天井裏を調べ上げなかったはずもない。なのになぜ、彼らは金を見つけられなかったのだろう？

老婆が汁飯屋を引き継いだ後、真っ先にやったのは天井板を全部はいで貼りかえることだった。その過程で老婆は、誰にも内緒で屋根と天井板の間にもう一枚天井を作った。つまり天井を二重にしたわけである。だが、老婆の緻密な計算はそこでは終わらなかった。彼女は長いことかかって精魂こめて、その秘密の天井に垂木の模様を、実物と区別できないほど精巧に描いていったのだ。老婆の娘も隣村の男たちも金を見つけられなかった所以は、まさにそこにあったのである。

その日、気象観測開始以来最大の降水量を記録するほどの豪雨が降らなかったら、また古い屋根を穿って浸みこんだ雨水を吸って紙幣がすっかり水浸しにならなかったら、また、二重に木を重ねた頑丈な秘密の天井が濡れた紙幣の重みに耐えていたら、ずっと後まで金は発見されなかっただろう。そして、ここから始まる話はもう少しつまらなかったことだろう。だが、ルーレットの運命の玉は彼女の前で止まり、彼女は再び運命のヒロインになった。

一つ、切なくも皮肉な事実は、そのとんでもない大金を貯めた老婆自身が金を一文も使わないまま死んだことである。隣村の男たちに一晩じゅう踏みにじられてもついに金のありかを白状しなかった老婆は、はたしてその金を何に使うつもりだったのだろう？　それは彼女の不幸な死によってついに解けない謎となってしまった。ただ、あるとき人々がそんなに金を貯めてどうするんだと尋ねたおりに、一言「世間に復讐するため」と答えたのが老婆の本心であったなら、そのずば抜けた金額から推して、彼女の孤独と世間への恨みがいかに深かったか想像もつくというものだ。だとすれば、老婆の復讐はそのときまだ終わっていなかったのでは？　ひょっとして彼女の呪いはこのときようやく始まったのではあるまいか？　尋常ではない波乱を経験してきたクムボクにこのような幸運が訪れたのは、単なる偶然だったのか？　もしくはそこに何か、隠された意図でもあったのだろうか？

物語は続く。これらすべての不吉な問いを後回しにしたまま。

クムボクは、この金がどうして自分の家の天井裏にあったのか、誰が隠したのかについてはもう考えないことにした。いくら座りこんで脳みそが腐るほど考えてみたところで、わからないことはわからないもの。甲斐のないことで時間を浪費することはないと思ったのだ。クムボクはそういう女だった。この金の持ち主が誰だろうと、もう幸運のすべては丸ごと自分に回ってきたのだし、彼女にとってはそれだけが重要だったのである。クムボクは金の一部と土地の登記書だけを除いてあとは全部甕に入れ、家の裏に穴を掘って埋めてしまった。

翌日、再び茶房を開けると、折からの長雨も明けてさわやかな気候がしばらく続いたこととて、コーヒーの香りとレジたちのおしろいの匂いを恋しがっていた男たちがまた集まってきた。茶房には活気が戻り、すべては以前通りだった。

クムボクはいつもと変わらず商売を続ける一方で、ひそかに二つの計画を進めていた。一つは、人を送って双子姉妹を呼び寄せること、もう一つは登記書に記されている土地がどこにあり、どれだけの価値があるのかを調べることだった。その結果、大部分は町の近辺の何坪にも満たないはぎれのような土地だったが、一か所だけ例外があった。そこは町からは遠いものの数千坪に達していたので、クムボクの期待はいやが上にも高まった。その土地があるのは線路のむこうの遠い山裾で、「ナムバラン」と呼ばれていた。「南にある野原の中」というほどの意味である。

何日かしてクムボクは、直接その土地を見に行くために朝早く出かけた。このとき彼女は一日分の手間賃を払って道案内人を一人雇ったのだが、それがしばらく前に茶房で目をとめた文という男であった。彼はもともとピョンデ出身ではなかったが、身一つの出たとこ勝負であちこちの工事現場を回っていたため、ピョンデ一帯の地理には精通していたのである。

彼らは混み合った町を出て線路にさしかかった。文はクムボクに一言も話しかけず、黙々と前だけを見て歩いていた。歩みがのろく砂利道に不慣れなクムボクが取り残されると彼は黙って立ち止まり、彼女がやっと追いつくとまた前を向いて大股に歩いていく。しばらくそれが続いた後、もうちょっとゆっくり行きましょうよと盛んに訴えていたクムボクは、これ以上歩けないわと言って線路わきにぺったり座りこんでしまった。文は当惑顔でぼんやりと突っ立ってクムボクを見おろしている。山里に生まれた上、裸足で国じゅうを縦横無尽に歩きつくしたはずのクムボクがこれくらいの距離で疲れてしまうはずもないのだが、やけに辛そうにふるまうのには、下心があったようである。

——なんてつれない人なのかしら？　女が足が痛くて歩けないと言ってるのに、ちょっと助けてくれたっていいじゃないの。

クムボクはすねたように口を尖らせて、文をなじった。

——しょいこでもあればおぶっていってあげるが、それもないのに、どうしろと？

文が困ってまごつくと、クムボクはすぐに言い返した。

——ふん、女一人おぶうのにしょいこが必要？　生娘をおんぶするわけでもあるまいし、なんでそう堅苦しいことを言うの？

クムボクがチッチッと舌打ちすると、文が無愛想に答えた。

——人目もあるのに、真っ昼間から女を背負えというのかね？

——誰が見てるっていうのさ、何よ、そんな言い訳ばかりして。いいわよ、もし足が折れちゃったらたまらないけど、自分で最後まで歩くわよ……

クムボクはわざとすねたように言ったが、立ち上がりざま足首をくじいたように「あ！」と小さな悲鳴を上げるとその場にまたうずくまった。仕方なく文が近寄って背中を向けると、待ってましたとばかりすばやく彼の背におぶさる。文は背中に密着したクムボクの熟れきった乳房の感触と、くらくらするような体臭にめまいがしそうで、耳をくすぐる熱い息づかいに首の後ろがかっかと火照ったが、黙々と線路に沿って歩くばかりだった。

時あたかも長雨がすっかり明け、本格的な暑さが始まる七月の初めであった。熱く、はらはらするような二人の道行きは、汗でべとべと心はめろめろ、胸は高鳴り息も切れんばかり、燃え上がる真夏の大気に甘やかな吐息が混ざり、ようやくほぼ半日の半分かけてナムバランが見おろせるところまで到着した。町から遠く離れた辺鄙な立地で、近くには人家の一軒も見当たらない。

山裾の大きな谷の端に位置するナムバランは、まあ広大と呼んでもかまわないくらいの広い平地であり、大木は一本もない雑草だらけの台地だった。クムボクはことのついでにナムバランを直接自分の足で歩いてみることにした。線路からナムバランまでは全然道がないので、背丈よりも高く茂ったやぶをかき分けて進まなくてはならない。やぶで傷ついたふくらはぎから血も出るし、泥道の穴に足をとられもしたが、クムボクは自分の土地をどうしても踏んでみたかったので、仕方なく文も彼女をおぶったり引っ張ったりして、やぶをかき分けて進んだ。

ついに彼女らが到着した雑草だらけの台地には、ヒメジョオンが無数に咲いて真っ白な花畑を作っていた。近くにはチカラシバやメヒシバなどありとあらゆる雑草が茂っていたが、そこだけは誰かがわざわざ植えでもしたようにヒメジョオンだけが群落をなしており、不思議な神聖さすら感じさせた。たとえ町から遠くても、生涯、土地など一坪も持ったことのない女が初めて自分の土地を所有することになったときの気分はどんなものだっただろうか？　クムボクは数千坪に達する自分の土地を目測で見つもりながら、満足げな微笑を浮かべた。そして、文を見上げて言った。

――いいわね。このぐらいならまあ、狭いとはいえないわ。ところで、ここには何を植えたらいいかしら？

するど、手で土を触っていた文はあいまいな表情で答えた。

――そうさな、谷があって小川は近いが、水は冷たいし、山に囲まれて日がちゃんと当たらないから稲作には向かないし、ジャガイモやサツマイモを植えても、こんなに遠くては働きに来てくれる人もいないし。

――じゃ、こんな広い土地を遊ばせておくしかないっていうの？

クムボクはすっかりがっかりした顔で訊いた。

――そうだね。悪いが、この土地はあまり使いでのある土地ではないようだね。

文は冷たく言ったが、すぐに悪かったと思い直したのか、クムボクを慰めるように一人言っぽく言い添えた。

――だが、この土は使える。瓦を焼くにもいいし、少なくとも煉瓦にはできそうだ……

そのときクムボクは頭の中を何かがハッとかすめたように感じた。だが、それが何なのか正確にとらえることはできなかった。サッと浮かんで消えた想念をけんめいに思い出そうとしてしばらく目を細めていたクムボクは、すぐに考えるのをやめ、わざと明るい顔で言った。

――とにかく、広いのはいいことよ。これなら家だって何百軒も建てられるから、後になっても土地がなくて困ることはないわね。自分の目でじかに確認できたからもういいわ。それじゃ、行きましょう。

その午後、二人はまたやぶをかき分けて線路沿いにピョンデを目指して歩いた。暑さのため、二人の服は汗でびっしょり濡れていた。行くときは恥じるようすもなくおぶってくれと言ったクムボクは、こんどは文が盛んに勧めても断り、てくてくと彼の後ろをついて歩いた。

しばらく歩いていくと、彼らは線路の下を流れている一本の小川を見つけた。ナムバランから流れてくる小川らしい。まわりには柳の木も何本か生えており、ちょっと涼しげな風情である。クムボクは水を見ると嬉しそうにちょこちょこと川辺に駆けおりた。そしてすぐにチョゴリを脱ぎ捨てると、腕と肩に水をかけた。後を追ってきた文が立ち止まり、顔をそむけて立っていると、クムボクは笑いながら言った。

——見てる人なんかいないのに、なぜ礼儀を気にするの？　早く来て足でもつけなさいよ。水がとても冷たいわよ。

文が少し離れたところでおずおず顔を洗っていると、クムボクは言った。

——嫁入り前の娘さんじゃあるまいし、しおらしいふりをしてないで、さっさと上着を脱いで水浴びしたら。暑くて死にそうなのに、体面にこだわってどうするの？

文は、えい、ここまで来たらという気持ちで上着を脱ぎ、水を浴びたが、クムボクは彼に近づいてきてさらにけしかけた。

——そうじゃなくて、私が洗ってあげるからうつ伏せになりなさいよ。

文は何度も断った。だが、しきりに伏せろと乱暴にせかされて、仕方なく川辺に手をついてうつ伏せになると、クムボクが白いコムシンで水を汲んで背中にかけた。冷たい水が背に触れた瞬間、文の口から思わずため息が漏れた。クムボクはくすくす笑いながら彼の背中と肩から手を伸ばして、すべすべした手で胸と腹を撫でさする。文は息が止まりそうになった。あたりの空気はむんむんとむせ返り、頭が朦朧としてめまいがする。体を洗ってくれているクムボクをちらっと見ると、濡れた布がぴったりと貼りついた白い胸には桑の実のような乳首がはにかむようにちらりと見え、腕を動かすたびにわきの下の濃い毛が無遠慮に現れる。その下ではクムボクの豊かな尻が露骨に曲線をあらわにして、文の目の前で揺れていた。ついに文は限界に達してしまった。やにわにクムボクの腰を抱き寄せ、そのまま小川に倒れこむと、クムボクも倒れて悲鳴を上げた。

──まあ、この人ったらどうしたの。見かけは上品なのに、こうしてみるとずいぶん悪い人なのね。

口ではそんな二枚舌を使いながら、クムボクの片手はすでに熱く湿った文の股間にしのびこんでいた。

その日、二人が川辺の柳の木の下でくり広げた情事は、一群の観客が参加するきわめて異例のイベントになってしまったのだが、線路沿いでことに及んだのだからそれも無理はない。汽車に乗って通り過ぎる乗客たちは、昼の日中に川辺の柳の木の下で男女が裸でもつれ合っている驚くべき光景を目撃し、いっせいにあんぐりと口を開けた。年配の人たちは舌打ちをして時代の変化を嘆き、若者たちは無意識に下半身を火照らせ、独身男どもは車窓に鼻をくっつけて口笛を吹き、娘たちは悲鳴を上げて顔を隠した。子ども連れの父母たちは、性道徳と暴力に無防備な劣悪な教育環境に怒りを爆発させ、自分の目でなく子の目を隠した。

誰かが窓を開けてやじをとばし、口笛を吹いたが、クムボクはおかまいなく文の腰をさらにぎゅっと引き寄せ、汽車にむかって手を振った。当時は走っていく汽車に手を振るのが流行していたからである。汽車が遠ざかり、警笛が長く鳴らされた瞬間、クムボクはエクスタシーにむかって上り詰めていった。やがて頭が真っ白に、空っぽになり、空になった頭の中に、ナムバランで思いつくとすぐに消えてしまった考えが火花のようにあでやかにほとばしった。

しばらく後、クムボクはのろのろと袖に手を通している文に尋ねた。

――さっき、煉瓦って言ったわね？

文は、突然何を言うかというように彼女を見つめた。するとクムボクは微笑を浮かべて言った。

――いいわ。あなたに仕事を一つ作ってあげる。明日からあなたは責任を持って、ナムバランに煉瓦工場を作ってください。人手が必要なら雇い、設備が要るなら買って、金が要るなら私に言ってちょうだい。

よどみなく宣言するクムボクを、文はしばらくあっけにとられたように見つめてから、訊いた。

――煉瓦を作ることはできるが、それをどこで売るつもりなのかね？　それに、こんな辺鄙な場所からどうやって煉瓦を運ぶのか考えてみたかい？　煉瓦はとても重いのに……

するとクムボクは笑い、遠くを行く汽車を手で示した。

――あれが見えないの？　汽車は人も乗せるけど、煉瓦も運べるわ。それにこの線路は、煉瓦が必要なところにはどこでも通じてるし。どういうことかまだわからない？

そしてくるっと振り向くと、まだ唖然としてこちらを見ている文を残して、大きな尻を揺らし、足取りも軽やかに線路の方へ上っていった。

象

クムボクはなぜ、大勢の男たちの中からよりによって、年もとって風采も上がらない流れ者の人夫を選んだのか。それは単に彼が、威厳があり品のいい男だったからだけではないはずだ。この人なら死ぬまで変わらず自分を守ってくれると信じるに足る何かを、文に見たからだろうか？でなければただ、一人身の暮らしに疲れた寡婦の突発的な衝動だったのだろうか？　もしかしたら彼女はそのときすでに、自分に必要なのは保護してくれる男ではなく、そばで誠実に補佐してくれる男であると気づいていたのかもしれない。ともあれ彼女は思いがけず訪れたこの幸運をきっかけに、自分と出会う男はみんな不幸になるという考えからやっと脱却した。それはクムボク本人にとっても、寂しい客地《かくち》生活に疲れていた文にとってもたいへん幸せなことだった。

一方、双子姉妹を連れてくることになっていた男は、いくらも経たないうちに手ぶらで帰ってきた。彼の伝言によれば、姉妹はもちろんクムボクと一緒に暮らしたがっているが、長く住み慣れたところを離れて知らない土地になじめるのか自信がなく、何よりも象のジャンボを連れてそんな遠くまで歩いてもいけないし、車に乗せてもいけないので、ジャンボが死ぬまではここを離れられないというのだった。

するとクムボクはまた長い手紙を書いた。彼女はこの間のできごとや、自分に訪れたすばらしい幸運、また、その後考えてきた事業計画のすべてと、二人の助けがどんなに必要かを綿々と手紙にしたためて送る一方、ジャンボを輸送するための経路をいろいろと調べた。鉄道以外の手段があるはずがない。しかし鉄道を管理する官庁に問い合わせてみた結果、そこの役人たちは汽車で動物を運んだことが一度もないという理由で難色を示した。クムボクはまた官庁に手紙を出した。象は他の動物とは違って霊的な力を持っているため、西方のある国では神とまであがめているのだから、単に象が動物だからという理由で輸送を拒否するならば、全世界の笑い者になるだけではなく、象を神とあがめているその国と深刻な外交紛争をもたらすこともありうるが、万一そのようなかんばしくない事態が発生したならば、その責任はどう見ても鉄道を管理する官庁が負うべきであるというきわめて強硬な語調であった。

はたしてその手紙が功を奏したのかどうなのか、彼らは最寄りの駅までジャンボを連れてくれば、そこからピョンデまで輸送してやるという返事を送ってきた。もちろん費用は全面的に象の持ち主が負担しなくてはならず、輸送の途中で何らかの不祥事が起きてもそれは全面的に象の主人の責任であり、鉄道公社に対していかなる責任も問わないという念書に署名しなくてはならないのであった。それは役人の法則である。クムボクはただちに快く署名して念書を送った。そして、鉄道公社との交渉の経過と結果を詳しく手紙に書いて双子姉妹に送った。するとついに二人も心を動かされ、店をたたんでジャンボと一緒にピョンデへ出発するという便りが届いた。彼らをピョンデに呼ぶためにクムボクはほとんど家一軒買えるほどのお金を使ったが、もうすぐ二人と一緒に暮らせるという喜びに胸をはずませ、そのための家を別に一軒準備する一方、古い茶房を取り壊して新たに二階建ての建物を建てはじめた。

汽車が初めてピョンデを通るようになって以来、人々は生まれて初めての光景をたくさん目撃してきたが、その中でもいちばん驚かされた珍物といえばおそらく象だっただろう。双子姉妹がピョンデに到着した日、人々は地上最大の動物を見物できるという期待と興奮に浮かれ、早朝から駅に詰めかけた。どこで噂を聞いたのか、ピョンデから遠く離れた山奥からも、夜明けから弁当を持って人々が三々五々、組になってやってきたし、飴売りや綿菓子売り、アイスキャンディー売り、風船売りなど、目ざとい商人たちも朝早くから広場の周辺に陣取り、正午が近づくより前に駅前広場は見物人でいっぱいに埋まった。この日はピョンデ駅開通以来最多の人出だったと伝えられ、主催者側推測で千名、警察側推測で三百名だった。ともあれ、ただでできる見物が好まれるのは昔も今も変わらないらしい。

待ちくたびれた観衆がしきりに首を長くしていたころ、遠くから汽笛が響き、白煙が目に入ると、人々はざわめいていっせいに立ち上がった。汽車が停まり、しばらく後、おそろいの美しい藍色のチマチョゴリを着た双子姉妹が駅舎の中へ姿を現すと讃歎の声が流れてきた。いくら双子とはいえこんなにそっくりだなんてと人々はざわめき、そのときクムボクが群衆の中に現れた。

クムボクと双子姉妹は抱き合って泣き、何年かぶりの再会を喜んだ。
そしてついに、朝から皆が待ちわびていた巨大な象が姿を現すと、見物人たちはいっせいに歓呼の声を上げて拍手した。このときジャンボは赤い布を背中に巻いて現れたが、そこには金箔で「ピョンデ茶房」という文字が大きく書かれており、その下には小さな文字で次のように書いてあった。

コーヒー、人参茶ほか各種茶類、最新レコード大量入荷、配達可能、美姫昼夜待機、チップなし、つけお断り。

それはもちろん人が集まる機会に乗じて茶房の宣伝をしようというクムボクの目ざとい商魂が編み出した一幕の寸劇だったわけだが、少々品がなかったねという世評にもかかわらず、この宣伝はたいそう成功したのである。ピョンデ茶房の名はピョンデのみならず遠く離れた山奥にまで広く知れわたった。またこの日以来ジャンボには、そのおかしな垂れ幕を巻いたまま朝夕二回ずつ町を回るという新しい日課が追加されることとなった。
ともあれ、後ろにいた見物人たちは象の姿を少しでも近くで見ようと前に押しよせ、木の上に上っていた見物人のうち何人かは、生まれて初めて見る動物の不思議な姿に驚いて木から落ちた。いくら年老いてもまだ二トンを超す威容を保っていたジャンボは、家ほどもある図体、立派な若者の胴体より太い脚、里芋の葉のように大きな耳と釜のふたほどもある足の裏、両側に長く伸びた優雅にして危険な形の牙、そして人々がいちばん見たがっていたあの長い悠然たる鼻を余すところなく披露した。そして、あらかじめ用意しておいた桶に鼻を入れて水を吸いこみ、暑さに疲れた観客にむかって噴水のように水を噴きかけるというイベントまでやってのけ、駅前広場をぎっしり埋めた人々の期待を裏切らなかった。

ところが久しぶりに群衆の前に出て興奮したせいか、この日ジャンボは、お目にかけなくてもいい恥ずかしい秘密をもう一つ満天下に披露してしまったのだが、それはまさに若者の脚よりも太くて長い生殖器であった。どうしたことかジャンボはその日、すでに生殖能力は枯渇した巨大な生殖器を地面にだらんと垂らしたまま、きまり悪そうにまばたきしながら群衆を見つめていた。当然、見物人の間からは嘆声と笑いが漏れた。もちろんここまではよくあることで、見方によっては人々の知る権利を満足させるまっとうな締めくくりだったともいえよう。

だがそのとき、棒切れを持ち歩いては犬が交尾するのを見ると追いかけ、いじらしくも厳粛なその行為を妨害していた性悪な子どもが、手に持った棒でジャンボの巨大な生殖器を力いっぱい叩いてしまった。その瞬間ジャンボの頭には、ずっと昔サーカスで公演していたころ、子どもが吹いた笛の音に驚いた記憶が生々しくよみがえってきた。ジャンボは前脚を上に持ち上げていなくとただちに、ぎっしりと詰めかけた群衆めがけて突進しはじめた。群衆の間から悲鳴と叫び声が上がり、双子姉妹がようやく気づいてジャンボを呼んだが、すでにジャンボは大勢の見物人を踏んづけて市場の方へ走り出した後だった。この日ジャンボによって壊された店舗は数十軒、負傷した人々は百人余りに達し、クムボクはこの損害賠償のために家を一軒買えるほどの金を支出しなければならなかったが、要するにただで宣伝した代価をたっぷり払ったというわけだ。

一方、その日ジャンボを驚かせた子どもの悪しき習慣は、後日、真っ昼間に部屋でこっそりいいことをしていた両親を見て部屋に押し入り、父親のあそこを棒でぶったため、両親からさんざん叩かれてようやく治ったという後日談があるが、これもまた確認するすべはない。いずれにせよジャンボとクムボクはこのように、特別なにぎにぎしさをもって世間に認知されたのだった。

オート三輪

象のジャンボによってピョンデ一帯が修羅場と化していたその日、チュニはどこにいたのか？クムボクは双子姉妹を迎えるのに大わらわでとてもチュニにまで手が回らず、彼女を連れずに駅に行ってしまったので、チュニは一人で市場に出かけ、好きな品物を見ていた。そのとき遠くから、人々の叫び声が聞こえてきた。チュニは後ろを振り返り、信じられない光景を目にした。まさにジャンボが自分の方へ走ってくるではないか。人々は早く逃げろと叫んでいたが、チュニは早くおいでとばかりジャンボにむかって両手を広げた。気がふれたように疾走していたジャンボはチュニを見て、急ブレーキを踏んだように、彼女の鼻先でぴたっと止まった。

象さん、こんちわ。

おお、嬉しいね、おちびさん。

ジャンボは息を切らしながら言った。

あんたどうやってここまで来たの？

前に言っただろ、会いたい者どうしはいつかまた会えるって。

でもあんた、なんでこんなに震えてるの？　怒ったの？

いや、怒ったんじゃない。人が怖くて。

するとチュニはジャンボを慰めるように、彼の太い脚を抱きしめた。

大丈夫だよ、ここにはあんたをいじめる人はいないから。

チュニはジャンボの脚を抱きしめながら、この世で初めて嗅いだ匂いを思い出した。ジャンボも長い鼻でチュニの体を撫でてやり、嬉しそうに力いっぱい鼻息を吹きかけ、まわりにいた人々を不思議がらせた。ジャンボとチュニはこうして再会の喜びを分かち合い、後にジャンボが不幸な事故で死を迎えるまで、いつも一体であるかのように一緒に行動し、離れることがなかった。


クムボクがあんな大金をはたいてまで双子姉妹をピョンデに呼び寄せたのは、もちろん、面倒を見てくれた恩返しがしたいという気持ちや、女の一人身で知らない土地で過ごす寂しさを分かち合いたいという思いも大きく働いていただろう。しかし生まれついての事業家であるクムボクの思惑が、それだけだったはずはない。ジャンボの体にあの妙な垂れ幕をつけたことからも想像がつくように、彼女は双子姉妹に茶房の経営を任せて、自分はもう少し大きく、ちゃんとした事業をやりたかったのだ。

とうとう建物が完成すると、茶房は派手な看板を掲げて再び営業を開始した。それまで茶房が開くのを首を長くして待っていた男たちが中へ入ると、美しく化粧し、雪のように白いチマチョゴリを着たクムボクがひときわあでやかな笑みを浮かべて彼らを迎え、続いて美しい藍色のチマチョゴリを着た双子姉妹と若いレジたちが並んでおじぎをしたが、レジたちはいわゆるミニスカートと呼ばれる、下着が見えそうでひやひやする短いスカートを身につけており、男どもは目のやり場がなく、誰もが空咳をしてごまかしたので、店内のうるささといったらない。またこのとき、誰かが茶房の真ん中にかかっているばかでかい額を見つけて首をかしげ、「こりゃまた、良い言葉だなあ」と一言いったが、そこには次のように書いてあった。

お客様は王様。

主人　敬白

翌日以降、王様になった田舎者たちは生まれてこの方見たこともないふかふかのソファーと、高級そうな蓄音機から流れてくる甘い音楽、心をうずかせるほんのり薄暗い照明、そして白い太ももをむき出しにして目の前を行き来する若いレジたちにすっかりめんくらい、いつのまにかコーヒーが二倍に値上がりしたことにもまるきり気づかなかった。彼らに大マダム、小マダムと呼ばれるようになった双子姉妹は、茶房の経営など初めてだったが、若いころから都会の酒場を転々とした海千山千の経験者だったから、田舎のうぶな村人たちを扱うのはさほど難しいことではなかった。

一方その間に文は、人里離れた野原に煉瓦工場を建てようと目が回るほど忙しかった。彼は地ならしをするため人夫たちと一緒に雑木を伐採し、つるはしやシャベルでの仕事に明け暮れていた。しかしことは思ったほど簡単ではなかった。というのは、雑木と雑草を取り払ってみると地面は一面、石や岩だらけで、それを除去するだけでもたいへんな人手が必要だったからだ。近隣の流れ者の人夫たちが総出でこれに取り組み、クムボクもやがて双子姉妹に茶房を任せて文とともに直接工場建設の仕事に飛びこんだ。彼女はまず、現場の入り口に木の杭を立て、「坪岱煉瓦」と書いた。いまだこの広大な敷地の上には建物一つ建っていないが、ここそが工場の入り口だということを意味するものである。そして女たちとともに飯を炊き、運び、足しげく現場を回っては働き手を励ました。

敷地の地ならしが終わると、次は線路まで煉瓦を運ぶ進入路が必要になる。それは地ならしの何倍もたいへんな仕事だった。さらに多くの労働力と資金が投入され、人夫たちの間では、ピョンデに鉄道が敷かれて以来最大の工事だという声が飛びかった。工場を建てるより前にすでに瓦屋根の家何軒分もの金があとかたもなく消え、苛酷な夏の暑さの中で、作業は限りなくのろのろと続いていた。

進入路の地ならしをしている間に、中国の煉瓦工場で働いた経験のある文が、煉瓦を焼く窯を作ることになった。実際のところ煉瓦工場というものは、煉瓦を焼く窯と、焼けた煉瓦を積んでおく広い場所があればすむわけで、特別な設備が必要なわけではない。しかし窯の設営は非常に複雑な配慮が必要な仕事である。一度にたくさんの煉瓦を焼けるように大きくなければならないし、すみずみまで熱が行きわたるよう綿密な設計が必要だし、焼成の過程では千度以上の高温が一定に保たれねばならず、わずかの油断も許されない。彼は煉瓦工場で働いた経験を持つ者を探す一方、自ら都会の煉瓦工場に行って、窯作りの設営を研究した。

考えてみれば無謀なことこの上なかった。最初に工事の規模も考えずにいきなりスタートさせてしまったクムボクもクムボクだが、何の技術も経験もないのに煉瓦工場建設を引き受けて乗り出した文も、後先を考えていないことでは同じだった。だが彼は、きわめてまっとうな職人気質と強い責任感を持つ人間だった。彼は金が必要になればクムボクにもらい、金の使途と仕事の進展具合は一つももらさず正直にクムボクに報告した。普通の男なら、深い仲になってしまった後は相手を軽く見て金をごまかしたり、手荒な勝手放題をやったりするものだが、彼は違っていた。むしろ、一介の流れ者である自分を信じて雇ってくれたことへの感謝を一時も忘れず、クムボクとの仲を雇用者と被雇用者の関係と自ら規定してそれを厳格に守ろうとした。そんな彼の態度は以後、死ぬまで変わることはなかった。

このころのこと、ある日集落の入り口に錆びたオート三輪が一台停まっていた。車輪が三個しかないこの車はいつのものやら判然とせぬおんぼろで、見たところ全面が赤黒く錆び、もともと塗られていたペンキの色は跡形もないばかりか、すっかり腐蝕してあちこち穴だらけ、骨と皮だけの車体の間からはエンジンがのぞいて見え、通った後には黒い油が点々と落ち、およそ自動車と呼ぶのがためらわれるようなしろもので、そんな無様な格好でも走ることは走るものだなあと、人々はただただ珍しがるばかりだった。赤錆でおおわれたオート三輪は聞くだに痛々しい奇妙なエンジン音を立て、関節をすっかりやられて力が入らない年寄りの歩く様子さながら不規則にがたんごとんと揺れながら、クムボクの茶房目指してのろのろと転がっていった。車にも幽霊がいるのならきっとあんな姿だろうと思うほど、奇っ怪な眺めだった。

ちょうどその日、クムボクは双子姉妹の仕事を手伝っていた。茶房のドアが開き、ひげぼうぼうで髪が真っ白の年寄りが一人入ってくると、いらっしゃいませとあいさつした双子姉妹とレジたちは、彼の体が放つ強烈な生臭さに思わず鼻をおおって顔をしかめたが、クムボクにはその匂いがむしろ懐かしく、昔の思い出を呼び覚ましてくれるような気がしたので、無意識に振り向き、老人を見るとびっくりして手に持ったカップを取り落として割ってしまった。

読者よ、彼を完全に忘れたわけではあるまい、他でもないあの不運な魚屋のことを。はるかな昔、自分の初めての男だった彼を一目で見抜いたクムボクがさっと駆け寄り、抱きついて泣き出すと、魚屋も彼女を抱きしめて肩を震わせすすり泣いた。双子姉妹とレジたち、そして茶房のお客たちはみな呆然と見つめたが、二人は懐かしさと悔恨と嬉しさと寂しさがいちどきにこみあげて、あふれる涙が止まらない。クムボクはもう老人になった彼のやせ衰えた頬を撫でて歳月の無情さを嘆いた。魚屋はクムボクと暮らしていたときもすでに若くはなかったが、ピョンデを訪ねてきたときはひげもろくに剃っておらず、しわだらけで、肉はそげ落ち頬骨が突き出て、ぼろも同然の服を着ており、乞食と変わらなかった。

クムボクは魚屋を家に連れてきて、あたたかい食事と良い酒を出してもてなした。その席で魚屋は、台風によってすべてを失った後、一人でオート三輪を引いて港町を出たところから始め、二か月前にピョンデの近くを通り、一人の寡婦がピョンデでコーヒーを売って大儲けし、煉瓦工場を建設中だという噂を聞き、人々が語る彼女の容貌がなんとなく自分の知っている女に似ていると思っていたところ、その女は港町に住んでいたことがあるというので、迷うことなくただちにピョンデに向かったところまで、今までの経験をくまなく話してくれた。しかしここでその長い話をすべて述べることはせず、海千山千くぐってきたという一言によってその波乱万丈の過去を整理するにとどめよう。ただ一つ不思議なのは、彼は港を離れてから魚を商うことはもちろん、膳に上るサンマひとかけにすら手も触れないほど魚を遠ざけてきたのに、相変わらずそのひどく生臭い匂いは消えなかったということだ。

一方魚屋は、茶房でちらっと見かけたチュニが、昔自分を砂浜で投げ飛ばしたシンパイの子であろうと一目で見てとり、ひそかにチュニの姓を訊いた。しかしクムボクはそれを否定した。

──姓なんてないのよ。ただのチュニなの。

続いてクムボクも、自分の経験をすべて打ち明けた。シンパイに訪れた不幸な事故と刀傷との出会い、そしてあの嵐の夜のおぞましい事件、戦場での流浪と思いもよらぬ出産、双子姉妹との出会いとピョンデへの移住など、久々に昔のことを洗いざらい話してみるとおのずと当時の感情がよみがえり、話をしながらずっと涙と鼻水まみれになり、夜が更けるのにも気づかなかった。結局、窓の外がほの白むころになって初めてクムボクは魚屋に床をのべてやり、自分の部屋に戻った。

クムボクは、頼る血筋の一人も持たないこの老人を哀れに思い、自分の家に一緒に住むことを勧めた。昔、港町で行くあてもなかったときに面倒を見てくれた恩返しをしたかったのである。ただでさえまったく身寄りのない寂しい魚屋としては、本当に嬉しい提案だった。彼はクムボクのあたたかい気持ちに感動して涙ぐみさえしたが、どういうわけか双子姉妹が良い顔をせず、あの人には出ていってもらいなさいと言うのだった。人情の篤さではクムボクに負けない双子姉妹が見せたこの反応は、非常に意外なものだった。表向きの理由は、魚屋の体がすさまじく生臭いからというのだったが、追い出せとまで言うには何か他の理由があったはずである。ところが、実は本人たちもそれが何なのか正確にはわからないのだった。なぜならそれは、何年か後に市場の入り口で起きる不幸な事件のおぼろげな予感だったからである。

しかし、いくら何でも臭いからといって人を追い出すのは道理に反するとクムボクに根気強く説得されると、彼女たちもそれ以上反対するわけにいかなかった。一方で文は、魚屋が以前クムボクと男女の関係で一緒に暮らしていたと知っても、とやかく言う権利は自分にはないと思っているらしく、特段の意見もなかった。自分は工場建設に忙しく家にもろくに帰れないありさまで、誰を家に入れようと別に関心はないようすでもあった。

ところで、不吉な予感を抱いたのは双子姉妹だけではなかった。魚屋を初めて見たジャンボは突然前脚を高く掲げて大きな声でいななき、威嚇するような行動をとったので、魚屋は腰を抜かして後ずさりした。これもまたおとなしいジャンボがめったに見せない行動だったので、双子姉妹はいっそう魚屋を警戒したが、結局クムボク母子、魚屋と文、そして双子姉妹とジャンボが一つ家に起き伏しするようになり、一家は急に大家族になった。そのようにしてクムボクの過去の縁が一つ、二つとピョンデに集まってきたのだった。

魚屋と一緒に暮らしはじめてほどなく、クムボクは双子姉妹にちょっと出かけてくると言って、魚屋と二人、幽霊のようなオート三輪に乗って出かけていった。そして何日か過ぎても帰ってこなかった。文も双子姉妹も、今さら彼女があの臭いじいさんとよりを戻すとは思えないがどうしたことかと心配していると、とうとう帰ってきた。ところがそのとき乗ってきたのは、幽霊のようなあのオート三輪ではなかった。いや、あのオート三輪ではあったのだが、もう怪物みたいなぼろぼろの中古ではなく、車輪まで一個増えてまったくの四輪車になっていた。どうやって直したのか、黄色く塗った車体は穴一つなくピカピカ光り、油も漏れないし、エンジン音も前のような情けない音ではなく、若虎の雄叫びのように響きわたるので、町の人たちが驚いていっせいに外へ出てきたほどである。子どもらは生まれて初めて見る黄色い四輪車が珍しく、群がってついてきたし、茶房の前に出てきた双子姉妹とレジたちも、どうやってあれをこんなに立派な新車にできたのかと不思議がったが、クムボクはにっこり笑うだけだった。

彼らが車の後ろを見ると、そこには「ピョンデ運輸」というロゴが鮮やかに書かれていた。そして車の上の方、おでこにあたるところには「No.1」という数字が書いてあったが、それはピョンデ運輸の一番目、つまり一号車であるということを意味した。後日、オート三輪はNo.10まで全部で十台に増えたのだが、当時はみなクムボクの隠された意図をまったくわかっていなかった。

クムボクは魚屋が現れたことをきっかけに、新しい事業をもう一つ構想するに至ったのだが、それはまさにはるかな昔、自分を山奥から港町に連れ出してくれたあの古いオート三輪から着想したものだった。当時ピョンデは汽車の開通によって交通事情が多少ましになっていたとはいえ、近隣の小さな山村に住む人々は相変わらず数十里もの道を歩いてこなくてはならなかった。ましになったといわれるピョンデですらやはりまだ駅と駅の間が非常にあいている上、一日にやっと二回運行する汽車だけでは、爆発的に増えた交通需要をすべてまかなえるわけがない。そのため、市場で買いものなどしたければ相変わらず自分の足で歩いて行くしかなく、たいへん不便であった。

ここに目をつけたクムボクは、ピョンデの近隣の小さな山村をつなぐ交通網を考えたのだ。古いオート三輪を手直しするには、またもや瓦屋根の家一軒分ぐらいの金がそっくり消えたのだが、それは当時、車がとても貴重だった上、もともとのオート三輪には使える部品がほとんどなかったので、エンジンを全部取り出し、車体も完全に新しいものに取り換えねばならなかったためである。クムボクは自分がその費用を全部出す代わり、収益を半分ずつ分けようと魚屋に提案した。初め魚屋は、家に住ませて食わせてくれるだけでも充分だと言って固く辞退したのだが、それではは公正な取り引きではないとクムボクが強力に主張したため、仕方なく彼女の提案に従うことになった。それほど彼女は運輸業に充分な収益があると見こんでおり、いくらも経たぬうちにその判断が正しかったことは証明された。窮屈な山里の人たちは新しくできた交通手段を口々にほめそやし、何文かの運賃を惜しむことはなかったのである。彼らは魚屋が運転する黄色いオート三輪の荷台に乗せられてピョンデに集まり、おかげでピョンデはさらに活気を帯びていった。彼女の茶房がさらに盛況を呈したことはいうまでもない。

ついにピョンデに第二のビッグバンが始まったのだ。

沼

象のジャンボは自分だけの時間で生きていた。彼は一分にやっと二十五回しか脈打たない心臓を持っており、のろのろと動き、チュニもまた彼の速度に合わせてゆっくりと動いていた。彼らの世界は世間から孤立していたが、その代わり、道の端に寄って疾走する車を見守るように、だんだん加速する世の変化を見届けることができた。それは人間の一日の暮らしの中に人生全体を見ることができるのと同じ理屈であった。

ジャンボは茶房を宣伝する垂れ幕を体に巻いたままチュニを背中に乗せて、午前と午後それぞれ二回ずつ町を回った。当時チュニはやっと五歳でしかなかったが、ジャンボとたいへん仲良しで、人前ではめったに笑わない彼女がジャンボと遊ぶときはその鼻をつかんでころころと笑っていたので、その仕事は自然とチュニに任されることになった。任されたといっても、実際にはジャンボがチュニの面倒を見ていたという方が当たっていたかもしれない。ジャンボは長い鼻でチュニの腰を巻いて用心深く自分の背中に乗せ、チュニはただジャンボの広い背中に座ってさえいれば、賢いジャンボが自分で人の多い市場を通って駅まで行き、戻ってくるのだった。彼らのかたわらでは自転車に乗った人々や荷物を積んだ牛車、馬車、そしてときには材木を積んだトラックが疾走していったが、彼らは急ぐことなくいつも同じ速度で町をゆっくりと回った。その時間があまりに正確なので、人々はジャンボが通り過ぎるのを見て時計を合わせるほどだったという。

片すみでひっそりと汁飯屋を営んでいたクムボクが急にさまざまな事業に手を出し、どれも大成功を収めると、人はみな彼女が大運をつかんだと羨む一方、その財力について盛んに陰口も叩いた。都会に彼女の世話をしている財産家がいるという説から、実は双子姉妹が全事業の実質的な持ち主なのだという説から、文が北にいたとき金鉱を開発して大儲けしたという説もあり、実はクムボクは国家的事業を任されており、その仕事はすべて秘密裡に進めなくてはならないのでやむをえず民間人に偽装しているんだという説を経由して、やっぱり寝ていたら金の雷が落ちたんだという信じがたい説までありとあらゆる噂が飛びかったが、はばかることなく事業を推進するクムボクの、女とも思われぬ度胸にはみな、舌を巻くしかなかった。

だが人々が思うほど、クムボクの仕事がすべて成功していたわけではなかった。茶房は相変わらず繁盛していたし、新しく始めた運輸業もかなり実入りがあったが、問題はまさに煉瓦工場である。悪戦苦闘してようやく敷地の地ならしを終え、進入路を作ると、こんどはそこに水がたまりはじめたのだ。というのもそこは、かつてはナムバランの谷から発生する湧き水の通り道だったのだが、その湧き水がクムボクの土地がある高台を中心とする山裾の方へ向きを変えたために水脈が切れ、そのせいで自然にできた沼地だったからである。いわばクムボクの土地は、四方を沼に囲まれ、一種の島のように取り残されていたのだ。初めて文と一緒にナムバランに来たとき、ここだけにヒメジョオンが咲いていたのもまさにそのためだった。そんなこととも知らず沼の真ん中に工場を建てようとしたのだから、本当に無謀といわざるをえなかった。

だが、クムボクが誰だとお思いか？　工場建設予定地が沼地だということがわかったときも、悩んだのはたった一日だけで、彼女はすぐに問題を整理してしまった。翌日からただちに客土作業が始まった。近隣の牛車と馬車がすべて動員され、沼地に土と砂利を入れはじめた。窯を作るも何も、沼を埋め立てて初めて可能になるのだから、他の仕事はまるまる中断するしかない。文はさっさと工事現場の隣に掘立小屋を建ててしまい、そこに寝起きして工事の指揮を執った。

だが、近隣の土と砂利がすべてナムバランの埋め立てに使われていくうちに、どんなに使っても手つかずのように思われていた金もしだいに減っていった。しかもそのころ、ある人夫が毒へビに噛まれて死ぬという事件が起きると、人夫たちの間では工事現場が悪いものに取り憑かれたという噂まで広まった。クムボクも焦りを感じたが、顔にはまったく出さなかった。ところかまわず土をつぎこんでも翌朝には必ず地面に水がたまっているのを見て、もう煉瓦工場はあきらめるべきではと不安げにこちらを見る文に、クムボクはフフッと笑って、言った。

——どっちが勝つかやってみましょう。どんなに深くても、井戸にはきっと底があるはずよ。

夏の間に、瓦屋根の家一、二軒分の金が音もなく沼に沈んで消えた。寒風が吹くころになってもクムボクはあきらめなかったが、井戸の底が見える代わりに彼女の金がまず底をつきはじめた。文字通り泥沼にはまってしまったわけである。クムボクは両目をしっかり開けて、自分に訪れたとてつもない幸運がすっかり沼に沈んで消えていくのを見なくてはならなかった。

ここで一つ納得できないのは、クムボクがなぜそんなに煉瓦工場にこだわったのかという点だ。煉瓦工場を建てることが生涯の夢だったわけではないし、煉瓦を作ればたちまち大儲けできる保証もなかったのだから。何気なく言い放った文の一言から始まり、柳の木の下の情事の後でとっさに浮かんだ考えに、なぜ持てるすべてを投入しようとしたのかにわかには理解しがたいし、工場の敷地が沼地だとわかったときにすぐに工事を中断しさえすれば、立派な家三、四軒分にもあたる金が飛んでいくこともなかったろうに、なぜ全財産をすってしまうまで見境なく土と砂利をつぎこんだのかも依然、説明がつかない。これについては、物語というものについて書かれた、とある書籍にヒントを見出すことができる。そこには次のような一節があるのだ。

我々は我々がとった行動によって我々となる。

これは人間の不条理な行動を帰納的に説明するものだ。つまり、人はあらかじめ決められた性格に則って行動するのではなく、行動を見て初めてその性格がわかるという意味だ。それは、「はたしてクムボクが主人公だから奇跡のような幸運が降って湧いたのか、または幸運が降って湧いたから彼女が主人公になったのか」と訊くのと同じで、物語とは関係ない失敬な質問でもあり、「卵が先か、鶏が先か」に類するややこしい質問だが、ここから我々は少なくともクムボクの行動を説明することはできる。整理してみるとこうなる。

クムボクは、沼地に煉瓦工場を建てる無謀さと愚かさによって彼女自身になった。

どんなに深くても井戸には底があるはずよ。それは、底なし沼よりも先に、まずクムボク自身にあてはまる言葉だった。それまでに家を新しく買い、茶房を二階建てに建て替え、オート三輪を修理するだけでもすでに少なからぬ金がかかった上、ナムバランに無尽蔵に土と砂利をつぎこんできたが、どんな大金持ちでもそれを捻出するのはたやすくなかっただろう。クムボクは自らの運試しでもするように勇気を奮い、運命は実に絶妙に、彼女の持てる金をすべて使い果たさせてようやく底を見た。

霧たちこめるある秋の朝、工事現場の前に建てた小屋で寝起きしていた文は、ぱさぱさに乾いた地面を見て一目散にクムボクのところにかけつけた。とうとう、沼が完全に埋め立てられたのだ。これまでにあり金のすべてをはたき、茶房や運輸業の儲けをそっくりナムバランにつぎこみ、もう望みがなかったクムボクにとっては本当に嬉しい知らせだった。彼女が文と一緒にナムバランに走っていったときには、はたして沼は一面しっかりと埋め立てられており、二人は抱き合って喜んだ。

となると次は煉瓦の窯を据えなければならないが、問題はまたしても金だった。これもまた並大抵でなく金のかかる仕事である。クムボクの手中に残った金は一文もなく、家を売るか茶房を売るか、または魚屋の車を売るか、何か策を講じないことにはすまされない状況だったが、意外にも援軍が現れた。他でもない双子姉妹である。

彼女らはピョンデに来るときに酒場を処分した金だと言って、それまでしっかり隠しておいた金をすべて出してくれたが、その額は窯を作っても余るほど充分だった。クムボクは二人がこれまでにあんなに苦労して貯めた金を受け取ることはできないと固辞したが、双子姉妹はクムボクのおかげでこれ以上苦労せずに暮らせるようになったのだから、当然受け取る資格があるとクムボクを説得した。結局クムボクは自分のこだわりとして、もし返せなかったら茶房を譲り渡すという借用書を書いてようやく双子姉妹の金を受け取った。そんな紆余曲折を経てとうとう窯作りは始まった。

文はもともと落ち着いて、寡黙な、忍耐力のある人間だった。また、ものごとへの確かな観察力をもとに、物理的反応と化学変化全般への人並はずれた理解力を持っていた。つまりずば抜けた職人気質の人物だったので、クムボクが彼に煉瓦工場を任せたのは非常に適切な人選だったといえる。だがまさにそのために、ときに彼はクムボクともめることがあった。

あるときクムボクがナムバランに来ると、彼は相変わらず人夫三、四人とともに、意にかなう煉瓦を作るための実験をあれこれくり返していた。窯の前には、実験に失敗した煉瓦が何千枚も積んであった。クムボクはその中でまともに見える煉瓦を一枚持ち上げて、言った。

――これなんか使えそうなのに、どうして捨てるの。

――それは色が均一じゃないからだ。

――色は関係ないでしょう。腐ったイシモチでもひびの入った煉瓦でも、売りものになるならそれでいいのよ。

この言葉は、常日頃のクムボクの商人としての姿勢をよく表していた。だが文はふだんとは異なり、かっとなってクムボクの持っていた煉瓦を取り上げると、地面に投げつけた。

――丸ければ何でもせいろだと言うのかい。四角いからって何でもかんでも煉瓦ではないよ。そんなことを言うなら、すぐ出ていってください。

するとクムボクもへそを曲げ、煉瓦でも小豆餅でも四角いものを好きに作ってりゃいいでしょうよ、と言ってピョンデに帰ってしまった。双子姉妹の助力で窯を据えてから四か月後のことである。

その後も文はさまざまな方法で煉瓦を焼くため、冬の間じゅうずっとナムバランにこもって出てこなかった。人々はたかが煉瓦一枚焼くのに何の技術がいるものか、そんなに精魂傾けてやるようなことかと言いたげだったが、文はそうは考えていなかった。彼はどんな種類の木を燃やせば高温が出るか、煉瓦をどう積めば熱が均等に回るか、また、どれくらい焼けば適切な色になるか、何度となく実験を重ねながら冬を迎えた。クムボクも今は意見を控え、茶房の仕事に専念して、ときおり人づてに食料を送ってやっていた。もっと焦っていたのは双子姉妹で、窯を作って何か月にもなるのにまだ煉瓦の生産ができないなんてとやきもきしたが、クムボクは一財産つぎこんだにもかかわらず、泰然とかまえていた。

——放っておきましょうよ。もしかして、ああやっているうちに金塊でも作るかもしれないわ。

その間、文は何度も都会に出ては他の煉瓦工場の見学もしたし、ときには技術者だという者たちを連れてくることもあったが、彼らのほとんどはいいかげんだったので煉瓦は割れるのがお定まり、または煉瓦の態はなしているが固さが足りなくてすぐに壊れるなどして、際限なく試行錯誤を重ねなくてはならなかった。

翌年の春、遅い豪雪が降った。クムボクがナムバランに一人残っている文をひそかに案じていると、その夜、真っ白に雪をかぶった文が、クムボクが寝ている部屋の戸をそっと押して入ってきた。ナムバランにこもってから何か月かぶりだった。ひげはぼうぼうに伸び、窯に火を焚くので顔はすすで真っ黒になり、赤く充血した目だけが山犬のように光っている。驚いたクムボクはなんでこんな時間にと尋ねながら、凍えた彼の手をつかんでオンドルと布団の間に入れ、急いで食べものと酒をあたためて持ってきた。すっかりやせ細った文は疲れた顔で黙々と出されたものを食べた。冬じゅうずっと一人で谷にこもっていたため、顔には深い孤独が染みついている。その夜、久し振りに布団の中で文と愛し合ったクムボクは、ふとため息をついて言った。

——もう煉瓦なんかあきらめて、戻ってきて一緒に暮らしましょう。私たちは、煉瓦とは縁がなかったのよ。

しかし翌日の午後、文は一晩きりの甘い休息を終えるとまた雪道をかき分けてナムバランに戻っていった。

一方その日は、雪のために魚屋も車を出せずにいた。彼は、眠そうに目をつぶっていても一度も道を間違えたことがなかったが、雪がどっさり積もった道を走るのはもう無理だった。おかげで何日間かの休息に浸っていた魚屋はある朝、門の前に停めていた車があとかたもなく消えているのを発見した。びっくり仰天してよくよく見ると、雪の上にタイヤの跡が残っている。彼はあわててタイヤの跡を追っていった。それは遠く村はずれまで伸びていた。だがよく見ると、雪の上にはタイヤの跡だけではなく、象のものであることが明らかな、洗面器ほどもある巨大な足跡と人の足跡も入り乱れて残っていた。

案の定しばらく後、彼は雪で真っ白におおわれた野原で、車を太い綱で縛ってどこかへ引っ張っていくチュニとジャンボを発見した。結局、魚屋が追いかけていってまた車を家に引っ張ってきたが、チュニとジャンボが車をどこへ持っていこうとしたのかはついにわからずじまいだった。ただ、彼らが行こうとしていた野原のその先には断崖があったので、魚屋の頭には、もしかしたらチュニは車を崖の下に突き落とすつもりだったのではないかという疑いがよぎった。魚屋から話を聞いたクムボクが細い木の枝でチュニを叩いて厳しく叱ると、今まで泣いたことのなかったチュニもこのときだけはうるうると涙ぐみ、恨みがましい目で魚屋の車をじっと見た。チュニをなだめていた双子姉妹も、そうだよ、なんであんなぼろ車をうちに持ってきたのさとクムボクをなじる始末で、罪もない魚屋だけがとばっちりをくらってばつが悪くなり、横でぷかぷかタバコを吸うばかりであった。

文がまた戻ってきたのは、草木の影がしだいに濃さを増していく四月のある日だった。彼は手に赤煉瓦を一枚持っていた。クムボクは、とうとうできたのねと言いながら喜んで裸足で駆け出したが、彼は喜ぶようすもなく、持っていた煉瓦をぬっと突き出した。受け取ってよく見ると、これまで文がどれだけ丹精をこめたか想像がつくほどずば抜けた品質である。なめらかで焼き色も品が良く、手に触れた感じだけでもどれほど頑丈かわかるのだ。長い苦労のはてにできた煉瓦を見ている文は、満足げな微笑でも浮かべそうなものだったが、おもはゆげにようやく口を開き、次のように言った。

——これなら、家を建てても崩れないと思う。

するとクムボクが笑いながら尋ねた。

——じゃあ、こんな煉瓦を一日に何枚も焼けるのね？

——二つの窯を交代で使えば、日に千枚はできるだろう。

——いいわ。じゃあ、初めて焼いた煉瓦で私たちが一緒に暮らす家を建てましょう。工場の隣にね。

文が驚いた顔で見つめていると、クムボクは話を続けた。

——煉瓦工場には私の全財産をつぎこんだのよ。ここにのんびり座って結果を待っているだけなんてできないわ。それにこれからは働く人もたくさん必要だから、ご飯を作る人もいなくちゃいけないでしょう。

——でも、あそこは生活するには不便だが……

文がクムボクを心配すると、彼女はまじめに言った。

——婚礼は挙げていないけど私たちはれっきとした夫婦なのよ。それなら、いつまでも離れて暮らすわけにいかないわ。

文は、クムボクが初めて自分を亭主と認めてくれたことに言いようもなく感激し、目頭が熱くなった。彼はのどを詰まらせ、一言もものが言えず、ただ爪先で地面を引っかいているだけだった。

クムボクはそんな彼に近寄り、手を強く握った。そして言った。

——だからこれからは、あなたが私を守ってくれなくちゃね。

煉瓦

その名に似合わずピョンデには広い平原もなく人家もないという昔の詩人の非難は、まったく根拠のない誇張ではないものの、それでも近隣の村に比べれば山裾に散っている畑を耕して暮らすことはできたし、汽車が通ってからは林業がかなり盛んになったので、仕事の口もあり、食うに困らない町といえた。しかも思いがけず煉瓦工場が建ったので、しばらく途絶えていた流れ者たちもまたピョンデに足を向けるようになり、ピョンデはいつにもまして大勢の人でごった返すようになった。郷土史家たちはこのときを、汽車が初めて開通したときの突然の人口流入と区分して「ピョンデの第二次ビッグバン」と呼んでいた。

煉瓦工場に押し寄せた流れ者の中には、もう耕す土地がないため故郷を離れた火田民[*7]から、人の家で暮らすのに嫌気がさした作男たち、一生を賭場で生きてきた老いた博打打ちに、都会で殺人を犯して追われてきた凶悪犯まで、ありとあらゆる部類の人間が混じっており、工場はそれこそ上を下への大騒ぎであった。

昔も今も人を選ぶことほど重要で難しい仕事はないだろう。文は彼らの中から、正直でまじめな人間を選び出すのに頭を悩ませたが、しばらく前まで自分自身が渡りの人夫だった文でも、彼らの内心を探るのは簡単なことではなかった。だがクムボクは自信満々だった。

——それは私に任せておいてよ。私はパッと見ただけでも本心なのか演技なのかを見分けられるんだから。

文は、「本心」と「演技」とは何のことかわからずとまどったが、それはクムボクが港町にいたときに映画をたくさん見て覚えた、彼女だけの独特の区分法だった。彼女は、相手が本心で行動しているのか、わざとそのようなふりをしているのか、つまり演技をしているのか一度で見抜けると信じていた。文が、どうやってそんなことがわかるのかと訊くと、クムボクは肩をすくめて答えた。

——どうすればわかるかって？　ただ、見ればわかるのよ。

はたしてクムボクの確信通り、彼女が選んだ人夫はみな信用のできるまじめな人間で、二人を悩ませることがなかった。だが何年か後、彼女はたった一度の間違いによって、自分に致命傷を与える人物を一人受け入れてしまうことになる。それは自分を過信したことへの代償だった。

クムボクがピョンデを離れると、チュニの養育は自然と双子姉妹に任されることになった。

＊7【火田民】焼き畑農業で暮らす農民。韓国においては一九八〇年代まで存在していたとされる。

チュニがジャンボと離れようとしなかった上に、双子姉妹も進んでチュニを預かるというので、あえて反対する理由はない。クムボクはナムバランに赴くにあたって、魚屋は行くあてもない気の毒な老人だから、自分が不在のときもよくしてやってくれと双子姉妹に頼んだので、以前から彼を快く思っていなかった双子姉妹もうなずくしかなかった。

クムボクと離れて暮らしていても、チュニが双子姉妹の手を焼かせるようなことは何もなかった。彼女はいつもジャンボと一心同体で、彼らだけの世界の中でそれなりに平和な毎日を過ごしていた。彼女の体はもう大人と同じくらいがっしりして、腕の力は若者に匹敵するほどだったが、精神的な成長はたいへん遅くまた微弱であり、いつまでも同じところにとどまっているように見えた。だが彼女はジャンボと会話をしながら、なにごとかを少しずつ学んでいたのだった。


退屈だから、ちょっと一回りしてこようか？

おちびさん、もうちょっとだけがまんだよ。まだ時間になっていないからね。

象が答えた。

どうして必ず時間を守らなくちゃいけないの？

双子がそうしてくれと言うからさ。

なんで、双子がやってほしいようにしなくちゃいけないの？

双子は私を助けてくれた良い人たちだ。それに私は双子の姉さんの腰に大けがをさせてしまったしね。

ジャンボは賢く、チュニの好奇心ははてしなかった。

でも、あんたはどうして憂鬱そうなの？

なんで私が憂鬱だと思うのかい？　私はいま幸せだよ。食べるものも充分にあるし、叩く人もいないだろ。

あんたを叩く人もいたの？

おちびさん、それはずうっと前の話なんだよ。

ジャンボはそのときのことはもう思い出したくないというように口をつぐんだ。だが、チュニがまだいぶかしげな顔でジャンボを見ていたので、仕方なさそうに口を開いた。

わかった、じゃあ答えよう。それは、私が年をとったからだよ。

年をとるって何？

年をとるというのは、死ぬまでが近いってことだよ。実際、サーカスをやめたのも私があんまり年をとったからだ。

あんたはどれくらい長く生きてるの？

私は、あんたのお母さんが生まれる前から生きてるよ。いや、それよりずうっと前からだね。実は私もよく憶えていないんだ。それぐらい長く生きているんだよ。

じゃあ、私も死ぬかな？

おちびさん、人間は象と同じで、みんな死ぬことになっている。でもあんたはまだ、そんなこと考える必要はないよ。それはずっとずっと後の、未来のことだから。

じゃあ、死んだらどうなるの?

死んだら消えるのさ。そうして、さよならするんだ。永遠にね。

文はクムボクの望み通り、初めて作った煉瓦で工場の隣に家を建てた。そして工場のもう一方には、トタンと板を使って人夫たちが寝起きする宿舎を建てた。クムボクはすでに荒っぽい男どもを扱うことに熟練しており、彼らはクムボクの体から漂う妙な匂いを嗅ぐとひとりでに下半身がかっかするのだが、彼女をどうこうしようなどとは思いもよらなかった。こうしてナムバランの谷間には、数十人もの男が集まって暮らす小さな社会が形成され、クムボクと文は大過なく一同を率いていた。このときからクムボクはまたチマを脱ぎ捨て、港で働いていたときと同じくもんぺをはいた。人々は、女がズボンをはくなんてと陰口を叩いたけれど、もんぺは以後、クムボクのトレードマークになった。そしてこのころから、窯からは焼き上がった煉瓦が運び出されはじめた。

クムボクは最初のうち、煉瓦を作りさえすればすぐに飛ぶように売れるものと信じていた。だが、思ったようには進まなかった。突然人口が増えてあちこちで工事が始まってはいたが、問題はピョンデに、あえて高価な資材を使うほどの建物がなかったことである。当時の煉瓦はたいへんな貴重品で、どこにでも使えるような資材ではなかったのだ。煉瓦は焼いた分だけ工場の庭いっぱいに積まれていったが、誰もそれを売りさばく手立てを持っていなかった。するとクムボクが、宣伝の鬼才らしく奇想天外なアイディアを一つ編み出した。彼女は文と人夫たちを一堂に集めて、言った。

——こんな片田舎で貴重な煉瓦が売れるわけないわ。こういう品物は当然都会にあってこそ買い手がつくし、まともに扱ってもらえるのよ。でも私たちがこんな谷間に引っこんでちゃ、煉瓦が必要な人にだって、どこにあるかわかりゃしないでしょ？　だから、うちに良い煉瓦があることを世間に知らせなくちゃいけないのよ。

——どうやって知らせるのかね。

話が長くなると、誰かがしびれをきらして尋ねた。

——せっかちなお方ね。だから今、その話をしているんじゃないの。

クムボクは人夫たちにつっけんどんに答えた。

——みんな、今から私が言うことをよく聞いてね。明日すぐに、ここにある煉瓦を全部汽車に積むのよ。そして汽車の通り道に村が見えたら、煉瓦を一枚ずつ外に投げるの。人が少なそうなところには少し、多いところにはたくさん。そうやって、誰か煉瓦が必要な人がいたら、それを見てうちに訪ねてくるようにするんです。

宣伝媒体もなく広報手段のない当時としては、アイディアといえばアイディアであっただろうが、その荒唐無稽さと無謀さはやはりクムボクならではだった。

——じゃあ、ここにある煉瓦を全部道ばたに捨てるっていうのか？

文が、今まで必死に焼いた煉瓦を指さしながらぶっきらぼうに訊いた。

——けちなお方ね。じゃあ、あなたは何の投資もしないで見返りがあると思うの？

クムボクがまばたきもせずに答えると、また一人の人夫の質問が続いた。

——もしも誰かが煉瓦を見つけたとしても、どうやってここを探し当てることができるんだね?

するとクムボクは煉瓦を一枚持ち上げて答えた。

——呆れたお方ね。あなたはここに書いてある文字が見えないの?

クムボクが持ってみせた煉瓦のすみには、鮮やかに「坪坣煉瓦」という文字が刻まれていた。それは焼く前の煉瓦にあらかじめ捺した印章で、煉瓦工場の社名を示すと同時にこの煉瓦の商品名でもあった。いわば煉瓦としては初のブランドだったということになるが、クムボクの商売人としての面目躍如たる証拠の一つであった。


人夫たちはクムボクの言葉に半信半疑だったが、他に方法もないので、結局彼女の言葉に従うしかなかった。彼らは何か月も賃金をもらっておらず、どんな手を使ってでも煉瓦が売れることだけをひたすら待っているありさまだった。汽車に煉瓦を積みこむ前に、鉄道を管理する官庁と何度か手紙が行き来する煩雑な手続きがもう一度くり返され、そうしてついに人夫たちは煉瓦をぎっしり積んだ貨物列車に乗りこんだ。そして村を通り過ぎるたびに煉瓦を一、二枚ずつ線路わきに投げた。文は人夫たちのために焼酎と魚の干物を用意し、長い間の重労働に疲れた人夫たちは生まれて初めて観光バスに乗った田舎の女たちのようにわくわくし、久々にのんびりと煉瓦にもたれて満足げに盃を傾けた。線路わきには相変わらずヒメジョオンが寂しげに咲いており、煉瓦を積んだ汽車はあたたかい春の陽射しを浴びながらゆっくりと北へ進んでいた。汽車の行く先々に余すところなく煉瓦が撒布されたことはいうまでもない。

道に煉瓦を投げているうちに日が暮れると、遠く都会の明かりが夢のようにはるかに行き過ぎ、離れてきた故郷と家族を思うと男たちの心は重く沈んだ。飲んだ勢いで歌を歌う者もおり、奥まったところから聞こえる歌の節に、そっと涙をぬぐう者もいる。彼らの望みは一様に、煉瓦がよく売れてこれ以上仕事を探して慣れない土地をさまよわなくてもすむことだった。さすらい人たちの希望とは元来素朴きわまりないもので、口に糊する心配なく、二本の脚を伸ばして寝られさえすれば、彼らにとってはそれこそ夢に見た故郷であり、花咲く桃源郷なのである。

文と人夫たちが汽車で出かけ、工場を離れている間、クムボクも久し振りにピョンデの家に戻って休息に浸っていた。チュニは久しぶりに母親に会ったのが嬉しくて一目散に走り出たが、クムボクはチュニを見て見ぬふりをし、双子姉妹とだけ嬉しそうにあいさつをかわした。チュニはいつかクムボクが自分を抱いてくれたときのように、母親のあたたかいふところに抱かれたかった。または、その乳の匂いとおしろいの匂いを思いきり嗅ぎたかった。だがクムボクはいつもチュニから遠くへ逃げたがっているように見えた。チュニにとってクムボクは永遠にたどりつけない蜃気楼のようなもので、チュニの望みはついに満たされない飢えのようでもあった。だからそれは、彼女に生涯ついて回る憧れになってしまった。

クムボクが到着した夜、チュニは誰もいないクムボクの部屋に入り、彼女の服に顔を埋め、服に染みついた匂いを嗅いだ。それから急に、鏡台の上に置いてあったおしろいを手に取った。そこにはクムボクの濃厚な匂いが漂っている。チュニはおしろいのふたを開け、顔と体にそそくさと粉を塗りたくっていった。すると、幸せな気分に浸るときにはいつもそうなるように、この世に生まれたときに初めて見たうまやの薄暗くて安らかな風景が思い浮かんだ。

思う存分双子姉妹とおしゃべりをして部屋に入ってきたクムボクが、全身真っ白におしろいをはたいたチュニを見て驚き、悲鳴を上げたのは真夜中のことである。クムボクは暗闇の中に座っている白い幽霊がチュニであることに気づくと大声を上げて駆け寄り、チュニの髪の毛をつかんで気がふれたように叩きはじめた。だがチュニはもうがっしりとたくましい体になっていたので、か細いクムボクに袋叩きにされても、さほどこたえはしなかった。彼女は泣きもせずただ、クムボクがなぜそんなに怒るのか理解できないという表情で見つめるだけだった。結局、クムボクの怒鳴り声を聞いて驚いた双子姉妹によって深夜の騒動は終わりとなったが、クムボクは、粉おしろいを真っ白に塗ったチュニの不吉な姿をなかなか脳裡から消し去ることができなかった。この日の事件は、クムボクをチュニからいっそう遠ざける結果を招いてしまったが、それはチュニにとってたいへん悲しいことであった。

線路に沿って都会に煉瓦を落とす試みから一か月が過ぎた。その間、工場を訪ねてくる人は誰もいなかった。やはりあの奇想天外な宣伝方法が失敗に終わったことは明らかと見えた。それまでにも煉瓦は絶え間なく焼かれ、工場の庭にはもう積むところもない。人夫たちは手が空いてしまい、やることもなく寝台に寝そべって昼寝をしたり、片すみに集まってクムボクを主人公とした猥談で時間をつぶしたりしていた。昼間から酒の匂いをさせて歩き回る者もいれば、大っぴらに賭博を始める者もいる。時が経つにつれて工場の秩序は乱れ、賃金未払いへの不満がしだいに高まってきた。

双子姉妹に借りた金もすでに底をついて久しい。運輸業と茶房のあがりでようやく危機を乗り越えているにすぎなかった。クムボクは焦りはじめた。彼女は木の看板の前にうずくまり、工場に続く進入路を一日じゅう見守っていた——誰かが煉瓦を買いに来ないかと期待しながら。だが夏が終わっても、誰も来なかった。ときどき行き過ぎる汽車の警笛が静けさを破るだけだった。

人夫たちの不満はさらに高まり、頂点にむかって上りつめていった。実際、しっかり人選をしたとはいっても、仕事が欲しくてやきもきしている情けない流れ者ふぜいが相手の話である。もともと流れ者というのは、入ってきたときと出ていくときでは違う人間なのが普通だし、悪知恵では商人顔負け、荒っぽさではやくざ顔負け、陰険さではブローカー顔負けだし、ちょっとのすきでもあればそれをもっと広げて、そこから利益を得ようとする者もいるのがお定まりである。煉瓦工場で働く者の中にもその手合いがいた。彼らは人を仲たがいさせたり衝突させたりして話を歪めて伝えるのがうまく、なかったことをあったように伝えたり、小さな疑いをふくらませることに熟達していた。その結果人夫たちは、文とクムボクが自分たちをだましていると信じるに至った。

噂の内容は、二人はすでに大金を受け取って煉瓦工場を他人に譲ったが、正式な引き継ぎが終わるまで、工場が問題なく操業されているように見せるために人夫たちをここにとめおいているというものだった。そして工場を買収した奴が現れて残金を支払ったら、当然のことながら未払い賃金は一文も払わずにピョンデから出ていくだろうというのである。それは事実より面白く、事実より本当らしく脚色されていたから、伝染病のように素早く人夫たちの間に広がっていった。それは流言飛語の法則である。

夏の終わりを迎え、最後の蒸し暑さが猛威を振るっていたある日のことだ。じっと座っていても汗が雨のように流れ落ち、どこかで小さな言い争いでも起きたらたちまち殺人に発展しかねない、不快指数が極限近くまで達していたその真昼、虫たちさえ息をひそめ、奇妙な静けさが工場全体を包んでいた。クムボクはその日も朝から工場の入り口に出て、進入路を見守っていた。彼女はこの夏が最後だと思っていた。これ以上持ちこたえる才覚もないし、彼女自身も疲れきってしまい、二度と煉瓦工場を振り向きたくないほど愛想が尽きていたのだ。ところが午後になって、どういうわけか人夫が一人二人とクムボクのまわりに集まってきた。

男たちのだらしなくはだけた胸には粘っこい汗がだらだら流れ、昼間からもうどこかで酒を引っかけてきたのだろう、みな、嫌な感じに紅潮して、息を弾ませながら吐き出す荒っぽい吐息には無礼で暴力的なものが感じられた。ただならぬ気配にクムボクはすばやく目で文を探したが、彼はちょうど村に用事があって出かけているところだった。人夫のうち、一人の年長者が前に出た。彼は、まずはていねいに口火を切った。

——今日こそは、延び延びになっていた賃金を払ってもらいたい。すぐにお金を出してください。

クムボクはわざと平気なようすで答えた。

——あなたの目には、そこに積んである煉瓦が見えませんか？　賃金も何も、煉瓦が売れてこその話でしょう。

クムボクの堂々とした態度にみなぐずぐずしていたが、すぐに後ろから質問が飛んだ。

——工場を他の奴に引き渡したというのは本当か？

——大金を受け取ったそうだが、それはどこにある？

——主人が変わったら俺たちは誰に金をもらうのかね？

あちこちから乱暴な声が湧き起こり、続いて人夫たちは梅雨どきのカエルのようにいっせいに鳴きはじめた。まだ精一杯感情を抑えてはいるが、誰の声も怒気を含んでいる。クムボクは大声で彼らの口を封じた。

——それはみんな、誰かの作り話よ。もし金をもらっていたら、私たちがこんな山奥に引っこんでいると思う？　気がふれたとでも？　あんた方の賃金を踏み倒すつもりなら、とっくに夜逃げでもしているでしょうよ。だからもうちょっとだけ待って……

——嘘だ！

——そうだ、嘘つきめ！

――嘘だ！

――嘘だ！

――嘘だ！

あちこちから断続的に上がっていた声が一つに集まり、全員が口をいっせいにそろえると合唱が始まった。何人かが足を踏みならして拍子をとると対立的な緊張感がさらに高まり、彼らはクムボクを取り囲んでだんだんと輪を狭めていった。すぐにでも彼女に駆け寄り、めちゃめちゃにしてしまいそうな緊迫した雰囲気である。そのときクムボクが、彼らに向かって手をサッと上げてみせた。

――ちょっと！

人夫たちがしばし動きを止めると、クムボクはその場でいきなりチョゴリの紐をほどき、上衣をぱっと左右に開いてみせた。白昼に女の真っ白な肌があらわになる。彼らがいつも欲しがっていたその体がだ。みなが驚き、目を丸くして見守る中、クムボクは両腕を広げて叫んだ。

――それが本当だと思うなら私の体を探してみなさい。もし一文でも出てきたら、ここで私をぶち殺してもあんた方に罪はないわ。

クムボクの不意打ちに男たちは立ちすくみ、彼女と人夫たちの間には弓の弦のようにピーンと張り詰めた緊張感が漂った。ときおりごくっと唾を飲む音がまばらに聞こえてくるだけだ。このとき緊張を破ったのはまたしても、後ろの方から湧き起こる声だった。

――おい！　あんな悪女の口車に乗せられず、ここですぐに殴り殺してしまおう！

すると待っていたように賛成する者が続いた。

――そうだ！　殴り殺してやれ！

――殴り殺すより、八つ裂きにして殺してやれ！

――八つ裂きにして殺すより、煉瓦でぶち殺してやれ！

――ぶち殺すより、生き埋めにして殺してやれ！

――生き埋めにするより、窯に入れて焼き殺してやれ！

――焼き殺すより、ポプラの木に吊るして殺してやれ！

そこここからはばかることなく、殺せという声が湧き上がった。もちろん、人夫たちをそそのかしてここまで引っ張ってきた連中の声である。彼らの言葉には何の根拠もなかったが、それでも充分だった。百の言葉より力があり、どんな論理より説得力があり、どんな宣伝文句より刺激的だった。スローガンの法則である。アンコールに続いて堰を切ったように、ここかしこからありとあらゆる種類のスローガンがあふれ出した。

この日飛び出したスローガンのうち、「もう使えないように煉瓦を全部割っちまえ！」とか「窯をぶち壊せ！」とか、「工場に火をつけろ！」などの主張は怒りに燃えた人夫たちがいかにも叫びそうだが、どこかから聞こえてきた「ファッショに死を！　人夫に生存権を！」とか「財閥独裁打倒して、労働者の天国を作ろう！」などというのは山奥の煉瓦工場で聞くにはちょっと特異すぎたし、また「朝鮮民主主義人民共和国万歳！」や「首領様の領導に従って米帝を爆殺せよ！」は怪しすぎ、「この美しい山河に煉瓦工場だなんて！」とか「生態系を破壊する開発独裁は引っこめ！」などはやや時期尚早といえようし、また、いきなり「ヨンスク、愛してる！」だの「ええい、あのとき赤短をとってりゃよかったのに」だのと叫ぶにいたってはスローガンでもなければ何でもなくて、空気を読めない者たちが張り上げた雑音にすぎないというべきであろう。とにかくそんな色とりどりの怒号で騒然たる中でも、スローガンの要旨は、クムボクをすぐに殺してしまえということであり、殺すにしてもただ殺すのではなく、八つ裂きにするとか窯に入れて焼き殺すとか、できるだけ屈辱的で苦しい殺し方にしようということで、それじゃあ殺した後は？　というと、もちろんノーアイディアだった。だがすっかり興奮した男たちはすぐにでも殺人を犯しかねない勢いで、その後の対策などおかまいなしだった。

人夫の中には棒を持った者もたくさんおり、鎌やつるはしなどの危険な道具を持った者もいた。彼らは殺人的な暑さと適量のアルコール、そして白昼にあらわになった女の真っ白な肌によってすっかり狂おしい気分になっており、クムボクめがけて一歩ずつ輪を狭めていった。

その瞬間、彼らを止められるものは何もなかった。クムボクは、自分に訪れたとてつもない幸運がやがて自らを危険に陥れるという運命の皮肉さに茫然とするばかりであった。誰かが後ろからクムボクのチョゴリをつかんで引き裂いたのを合図に、喊声《かんせい》とともに男たちがいっせいに彼女に飛びかかり、むごたらしい戦争の惨禍をも生き延びたクムボクの命は今まさに、一刻の猶予もないありさまだった。そのときである、誰かが後ろから声を上げたのは。

——やめなさい！

その声に男たちは動きを止めて振り向き、声のする方を見た。しかし、入り乱れもつれあった人夫たちの中から声を上げた者を探すことはできず、代わりに彼らが見たのは、群衆の間ににょっきりと突き出た人差し指だった。指は進入路の方を指している。人夫たちが指を追ってまたいっせいに視線を移すと、進入路のむこうに白っぽい埃が上がっているのが見えた。クムボクも、破かれたチョゴリをようやく直して地面から立ち上がった。それは黒いジープだった。誰かが、「動作、やめ！」と命令を下したかのように、クムボクと人夫たちはみなその場に固定されたように立ちつくし、工場に入ってくるジープを見やった。

しばらく後、白く埃をかぶったジープが工場の入り口に停まった。続いてドアが開き、中折れ帽を目深にかぶった太った男が車から降りてきた。彼は手に煉瓦を一枚持っており、煉瓦のすみには「坪岱煉瓦」という文字がはっきり見えた。長い距離を走ってきたと見え、その顔には疲れがありありと現れている。彼は前に立ちはだかっている男たちを見渡すと、急に煉瓦を高く掲げて大声で訊いた。

——この煉瓦はここで作ったものかね？

中折れ帽のだしぬけの質問に、人夫たちはみなおずおずと互いの顔を見やった。さっきまでの殺意はすっかり消え、彼らはいつのまにか普段通りのいじけた人夫に戻っていた。するとクムボクがさっと前へ歩み出て、答えた。

——あなたには目もないんですか？　この看板を見れば、ここで作ったかどうかわかるでしょうに。

クムボクが工場入り口の看板を指さすと、中折れ帽は看板と煉瓦に書かれた文字を代わる代わる見つめていたが、やっと見つけたというように長くため息をつき、額に流れる汗をぬぐった。そして急に腹を立てたように、煉瓦を地面に放り出して言った。

——えい畜生、電話番号ぐらい書いてくれよ。商号だけじゃ、ピョンデが山奥にあるのやら闇魔様の国にあるのやらわかるもんかね？　ここを探すのにまる一週間もかかりましたぞ。

彼がぶっきらぼうに言うと、クムボクがにっこりと笑った。彼女はいつのまにか、ついさっき死の前に追い詰められた恐怖も忘れ、本来の毅然たる姿を取り戻していた。

——このあたりにはまだ電気も通っていないんですよ。だから電話なんぞあるはずがないでしょう。それでも道に迷わずここまでいらっしゃれて、よかったわね。

中折れ帽は煉瓦工場の周囲を見回して、言った。

——えい畜生、こんな辺鄙な谷間で煉瓦を作ってるなんて誰が思うかね？　あの煙突がなかったら知らずに通り過ぎてしまっただろうよ。それはそうと、のどが渇いて死にそうなんだが、まず水でも一杯もらえませんかな。

しかしクムボクはまだその場を動かずに言った。

——まずは何のご用でいらしたかお聞きしてから、水でもお酒でも差し上げますわよ。

——えい畜生、煉瓦を買いに来たんでなかったら、気がふれでもしない限り誰がこんなど田舎までやってくると思うんだね？　あんたは、ここのご主人かね？

中折れ帽はいちいち言い返すクムボクが気にくわぬとでも言いたげに訊いた。

——私が主人でなかったら、なんでこの炎天下でのどを嗄らしてあなたとお話ししていると思うんです？

するとと中折れ帽は、降参というように手を挙げてみせて言った。

――けっこう。どうせこのクソ煉瓦のためにここまで来たんだからね、手ぶらで帰るわけにもいかん。わしが必要な煉瓦は、ここに積んであるだけではざっと見てもてんで足りないから、あんた方はこれから雨乞いでもしたがいいよ、明日からは死にもの狂いで煉瓦を焼いてもらわにゃならんからな。では、価格交渉はおいおいやることとして、まずはのどを湿らす水を一杯もらえますかな、酒ならもっと良いし。

中折れ帽との取り引きはこうして始まった。彼は郭《クアク》社長と呼ばれる建築業者だった。線路わきに落ちている煉瓦を初めて見つけたとき、ずっと現場人生を送ってきた彼は、その品質がずば抜けていることを一目で見抜いた。彼が建物を建てている場所はピョンデから汽車でまる三日もかかるほど離れていたが、良い煉瓦を手に入れるため、遠距離をものともせずに走ってきたのである。

後日、彼は国内初のマンションを建設・分譲した、業界二位の建設会社を興したが、彼自身がその栄華を楽しむこともろくにできないまま、五十一歳という盛りの年齢で世を去ってしまった。友人たちと川辺で酒を飲み、自分はまだ泳いで川を渡れるくらい健康だということを証明しようとして水中に飛びこみ、そのまま心臓が止まってしまったのだ。それは蛮勇の法則である。

彼は建築業者らしく度胸があり、血の気が多く、クムボクとはよく気が合った。実際彼はクムボクと気が合うだけではなく、後には体まで合わせてしまったのだが、文がそれを知ると、クムボクは次のようにさらりと回想しつつ言い訳した。

——もしあのとき郭社長が現れなかったら、私は手も足も出せず窯に放りこまれて焼け死んでいたでしょうよ。だからあの人は私にとって二人といない命の恩人というわけ。どうせ死んだら腐るこの身、恩人の頼みを一度ぐらい聞いてやっても、大きなあやまちとはいえないんじゃない？

もちろんこれは言い訳にすぎない。後日クムボクは手に負えない浮気女になって、恩人どころか一面識もない流れ者の人夫まで布団に引っ張りこんでは文を深く傷つけたのだが、いずれにせよ当時、郭社長によって危機を乗り越えたことだけは間違いなかったようである。

その日、人夫たちの前で郭社長は単なる大口を叩いたわけではなかった。翌日から人夫たちは、煉瓦を焼くために一日じゅう脂汗を流さなくてはならなかったが、たまっていた賃金も受け取ることができたし、仕事を探してさまよわなくてもいいという思いから、粘土をこねる腕にも力がこもった。工場を訪ねてきたのは郭社長だけではなかった。朴社長、柳社長、安《アン》社長、孔《コン》社長、閔《ミン》社長、千《チョン》社長と、ありとあらゆる業者が坪岱煉瓦の印章が捺された煉瓦を持って次々に工場へやってきた。彼らは郭社長のように直接建物を建てる建築業者だったり、煉瓦積みだけを専門にやる会社だったり、または資材業者、建築設計の会社だったりした。これまでチュニのお母さんと呼ばれてきたクムボクも、このときからは姜《カン》社長という肩書を持つようになるが、それは彼女の姓ではなく、負けん気《カン》が強いというので使った別名である。それほど彼女は荒くれ男どもの間でも気おくれせず、はばかることなく自らの事業手腕を振るってみせた。
坪垈煉瓦は建設業界に一大旋風を巻き起こした。建築業者たちは坪垈煉瓦の印章が捺された煉瓦を求めて工場の入り口に列をなし、煉瓦は窯で焼き上がるが早いかすぐに汽車に載せられ都会へ売られていった。ほどなく文は窯を二つも増設しなくてはならなかったし、人夫たちは倍に増えた。こんどは働く者が足りず、選り好みしている余裕などない。昼夜となく飯を炊くため、働く女も何人か雇わなければならなかった。彼女たちはクムボクのようにチマの代わりにもんぺをはいて働いたが、それはすぐに流行となって町に伝わり、やがて町じゅうの女がみんなもんぺをはくようになった。そうして一日じゅう粘土をこねる煉瓦工場の労働歌と、煉瓦を運ぶために列をなしているトラックの荒々しいエンジン音、そして我先に煉瓦を手に入れようとする業者たちの激しい言い争いで、ナムバランの秋は賑わった。

結局、冬が来る前にクムボクは人夫たちに未払い賃金をすべて支払い、差額を手厚く上乗せしてやることもでき、双子姉妹に借りた金をすべて返しても余るほどで、これまで際限なく工場につぎこんできた費用もある程度埋め合わせできた。霜がおりて気温が急激に下がり、殺到していた注文が多少落ち着くと、クムボクは日程をとって人夫たちのために一席設けた。豚を七匹もつぶし、村から酒をトラック一台分運ばせ、このときは双子姉妹も魚屋も工場に招いた。この日煉瓦工たちは久々の甘やかな休息とよく熟したマッコリに大いに酔い、歌を歌い、誰とでも肩を組んで踊り歩いた。これまでの苦労がすべて報われて余りある大成功に、胸襟を開いてひとしく交わり、全員が限りなく満足する幸福な宴であった。みな気分よく酒に酔い、眠りこけていたその日の明け方、ナムバランに初雪が降った。

トンピョ

雪が降り、気温がさらに下がると渓谷の水が凍った。ついに窯の火が消え、秋の間休みなく動いていた工場も稼働を止めた。まさに森羅万象のすべてが長い冬の休みに入ろうとしていた。たまっていた賃金を受け取った人夫たちは一人、二人と故郷へ帰っていった。彼らはみな、翌年の春にまた来ることを約して満ち足りた気持ちで夜汽車に乗りこんだ。工場には、行けないところに故郷のある者や、帰郷しても誰にも歓迎されない者たちが数人残り、花札をしながら長く退屈な冬の夜を過ごしていた。

クムボクと文もピョンデに戻って休息をとっていた。だが、何者かが高いところで彼らの過分な成功に嫉妬していたのだろうか？　思いもよらぬ不幸な事故が、ピョンデで起きた。それは、かつて魚屋がピョンデにやってきたときからずっと双子姉妹を不安にさせ、チュニとジャンボに縄で車を縛って断崖まで引っ張っていかせた、あの強烈な予感からすでに始まっていたことだった。

その日魚屋は古い車に人々を乗せ、曲がりくねった山道を通ってピョンデに帰ってくるところだった。雪が降って何日も経っておらず、道にうず高く積もった雪はまだ溶けていなかった。車は市場を回って駅の方へ走っていった。ところがこのときだしぬけに、どこから現れたのか魚屋の目の前に一人の老婆の姿がグッと迫ってきたのだ。真っ白な髪のその老婆は、杖をついてちょうど道を渡ろうとしているところだった。耳が遠いのか、魚屋があわてて鳴らしたクラクションにも耳を貸さず、地面に鼻がつきそうなほど腰をかがめてゆっくりと歩みを進めている。魚屋は仰天して急ブレーキを踏んだが、タイヤは雪道を滑り、車は道の横にそれて突進した。客たちは一方に傾き、いっせいに悲鳴を上げた。

ところが不幸にもちょうどこのとき、ジャンボがチュニを背中に乗せて市場の入り口を通っていたのである。魚屋は象と、その上に乗ったチュニを見つけて足首が痛くなるほどブレーキを踏んだ。しかし一度滑り出した車は止まらなかった。結局、ピョンデ運輸の一号車はそのままのスピードでジャンボの脇腹にガンと衝突してしまった。ジャンボはその場に倒れ、背中に乗っていたチュニは空中に投げ出された。わずか何秒かの間に起きた恐ろしい事故だった。

象とぶつかったショックでしばらく気を失っていた魚屋は目を開けたとき、道の真ん中に立っている老婆を発見した。老婆はそのときようやく事故に気づいたのか、車の方を振り向いた。そして魚屋は、今までに一度も見たことのないような醜い顔を目撃したのである。ちりちりにしわの寄った顔に落ちくぼんだネズミのように小さな目、ずんぐりした団子鼻、真っ黒な虫食い歯、頬はげっそりとこけ、髪はまばらに抜け……そうだ！　彼女はまさにあのかわいそうな女中、いや、汁飯屋の老婆だった。こんなに醜い老婆が彼女でなくて誰だろうか？

魚屋と目が合うと彼女は、げっそりとこけた頬をいっそうへこませてにやりと笑ってみせた。身の毛もよだつ陰惨な笑いであった。魚屋が急いで車から降り、地面に倒れているジャンボの方へ駆け寄ったとき、ジャンボはすでに息絶えていた。ホースのように長い鼻からは暗赤色の血がどくどくとたえまなく流れ出て、白雪でおおわれた道を赤く染めている。あっというまに群衆が集まってきた。車も前の部分がつぶれて煙を吹き出しており、負傷した乗客も多数に上った。ジャンボの背中に乗っていたチュニはどこへ飛んでいったのか見当たらなかった。

それはピョンデ初の交通事故だった。従って誰も現場をどう収拾すべきかわからず右往左往したため、騒ぎはいっそう大きくなった。そんな修羅場の中で魚屋はついさっき見かけた老婆の姿を探したが、彼女はもうどこかへ消えてしまって、いなかった。

チュニが発見されたのは、事故の知らせを聞いた双子姉妹とクムボクが驚いて駆けつけた後だった。双子姉妹は並んでジャンボの体の上に突っ伏し、大声で泣き出しては二人同時に気を失い、意識が戻ると、まるで象の死を初めて知って驚いたように泣き出し、再び気を失うことを何度もくり返した。その間に誰かが市場のそばのケヤキの木の上にチュニがいるのを見つけた。たぶん彼女は車にぶつかったはずみでそんな高いところまで飛んでいったものらしく、木の上に座って、死んだ象やそれを取り巻く群衆、そして象の上に突っ伏して泣いている双子姉妹をじっと見ていたのだ。外から見たところけがはなく、無傷のようである。象が倒れるほどの強い衝撃を受けたにもかかわらずなぜチュニは命を落とさなかったのだろう？　その秘密はすぐに明らかになった。

　チュニはクムボクと文に手を引かれて病院に行った。ぱっと見には何ともないようだが、むしろそれが問題だ、早く病院に連れていけという人々の助言に従ったのである。このころにはピョンデにもすでに現代的な医療設備を備えた病院ができていた。白衣を着た医者がさまざまな方法でチュニの体に異常がないか検査をしたが、そのうちの一つがレントゲン撮影だった。チュニは服を脱いで巨大な機械の前でレントゲン写真を何枚か撮った。そしてしばらく後、医師はフィルムを何枚か持ってまた現れたが、彼はしばらくフィルムを見つめては、とうてい理解できないという表情で首をかしげているばかりだった。待ちきれなくなった文が催促した。

――首ばかり振っていないでちゃんと教えてください。うちの子はどこが悪いのでしょう？

――えーとですね、悪いといえば悪いんですが、悪くないといえば悪くもないんですよ。

医者はまだ首をかしげたまま答えた。

――いったいどういうことなんです、それじゃ答えにも何にもなってないわ……悪いなら悪い、いいならいいと言ってくださいよ……

がまんできなくなったクムボクが割りこむと医者がフィルムを前に置いて言った。

――トンピョという言葉をご存じで？

――知っていますよ。トラの前脚がトンピョだとか言いますが……

文が答えた。

——そうです。虎の前脚に一度蹴られたら生き残れません。ところがこの子の骨が、その、トンピョなんですな。普通の人間なら下肢の骨が二本ずつありますが、この子の場合は骨が一本になっているんです。

医者は写真を指差して言った。

——見てください。こんなふうに一本しか見えないでしょう。つまり、車にはねられても何ともなかったのは、まさにこの子の体がトンピョだからなのです。

医者の言葉を聞いて、クムボクはシンパイの顔が思い浮かんだ。チュニが彼の血筋を引いていると確信させられるような一瞬だった。

——では、トンピョだと何か問題がありますか？

慎重な文がまた医師に尋ねた。

——そうですね、もしかしてこのお子さんにピアノとか、タイプライターを習わせるつもりがありますか？

——ピアノもタイプも関心はありません。この子は私たちと同じように煉瓦の焼き方を習うことになるでしょう。

クムボクがすらすらと答えると、文は意外そうに彼女を見つめた。彼女が以前から内心チュニを煉瓦工に育てるつもりだったのか、または医師に訊かれてその場で思いついた答えだったのかは知りようがない。しかし、このときクムボクが言ってのけた言葉によって、チュニの未来は一気に決定されてしまった。

——それなら、別に問題はないでしょう。

医師が肩をすくめてみせ、それでおしまいだった。

ところでこの日クムボクは、呆れたことに、人の体を透過するX線に心を奪われてしまった。彼女はX線の原理をまったく理解していなかったが、人の体の中をのぞき見ることができるのが不思議でならず、自分の体も撮影してくれと医師に頼んだ。文が不快そうに、骨だけの写真なんか撮ってどうするつもりだと尋ねたが、クムボクの強烈な好奇心を止めることはできなかった。彼女はついにもんぺを脱いで、大きな機械の前に立ってしまった。

しばらく後、クムボクの体をすみずみまで撮ったレントゲン写真が出てくると、彼女はまるで珍しい宝の地図でも見るように熱心に写真に見入った。そこにはすばらしい髪の毛も豊満な尻も熱っぽいまなざしもほんのり赤い頰も何もなく、葉がすっかり落ちた後の木の枝のような、わびしい骨が残っているだけだった。クムボクは写真を家に持ち帰り、電燈にすかして眺め、うっとりしたように何日も観察していたが、ついに大きな悟りを開いたようにうなずくと憂鬱そうに言った。

——要するに殻にすぎないのね、肉体ってものは。結局は、こんな真っ白い骨が残るだけなんだわ。

彼女がレントゲン写真によって発見したのは、まさに死後に残る自分の姿だった。その日以後、彼女は口ぐせのように「どうせ死んだら腐るこの身」という言葉をしきりに口にした。そしてほどなく、気の向くままにどんな男とでも体を重ねてしまう自由奔放な浮気癖が始まるのだが、それはひょっとすると、一生死を友として生きてきた彼女が、やがて消えてなくなる肉体の限界や、死の恐怖から逃れようとするためのはかない抵抗だったのかもしれない。

一方ジャンボの死は、幼いころからこの象を家族の一員として世話してきた双子姉妹に言いようのない大きな悲しみを与えた。二人は茶房も閉めて飲み食いもせず、部屋に閉じこもって泣いてばかりいた。クムボクが何日もそばにつきそってなだめたが、無駄だった。彼女らはクムボクが茶房の宣伝のために毎日二回ずつ町を回らせたからジャンボが死んだのだと言ってクムボクを恨み、また、ジャンボを殺した犯人と一つ屋根の下で暮らすのは無理だと言い張ったため、魚屋は仕方なく家を出て、隣の家を借りて住むしかなかった。何日かして茶房は営業を再開したが、双子姉妹にはもはや以前の明るさも快活さもなかった。二人はしょっちゅう窓際に行って座りこみ、ジャンボが垂れ幕を巻いて歩いていった市場の方を眺めてはとめどなく涙していた。これでは茶房をまともに切り盛りできるわけがない。そこでクムボクが妙案を一つ講じたのだが、それは死せるラザロが墓石を開けて出てきた奇跡ほどにも不思議で驚くべきものだった。

ある朝、茶房に歩いてきた双子姉妹は、とうてい信じがたい光景を目にしてびっくり仰天し、その場に立ちすくんだ。ほかならぬ象のジャンボが茶房の前に、鼻を高々と持ち上げて堂々と立っていたからである。生き返った象を見て気を失うほど驚いた彼女らは、喜びと嬉しさに悲鳴を上げながらジャンボに駆け寄った。そしてジャンボに抱きついたとき、二人はすぐにそれがはく製であることに気づいた。

何日か前、クムボクは双子姉妹には内緒で、人を使って象のなきがらを墓から掘り出した。体はもう腐っていたが、幸いに厚い皮は原形をそのまま保めていた。以前から、鳥や獣のはく製作りはピョンデの人々の大切な生業の一つであったから、腕のいい職人も多かった。彼らは象の皮を注意深くはいだあと、かんなくずで中を埋めたが、ひどく図体が大きいのでかんなくずだけでは無理で、結局、藁束を数十個も入れてやっと中を埋めた。もう腐っていた目はえぐり出し、特別に作らせた大きな玉を両目にはめこむと、ジャンボはようやく生前の姿を取り戻した。

はく製だとわかった双子姉妹はがっかりしてまた泣き出したが、クムボクの意図が完全に失敗に終わったわけではなかった。たとえはく製とはいえ、それはジャンボが生きていたころの堂々たる姿を再現してくれていたので、双子姉妹にとっては大きな慰めになったし、また、象のはく製を見ようとして茶房の前に人が集まってきたので、宣伝効果も以前通りだったわけである。ただしあの垂れ幕は、そのせいでジャンボが死んだと思っている双子姉妹の反対でとりはずしかなかった。その代わり双子姉妹は一つ良いことを思いついた。大きなかいば桶を一つ作り、ジャンボの前に置くというものである。そして暇をみては豆を煮て、かいば桶に入れることを怠らなかった。かいば桶には、次のような字が刻んであった。

ジャンボへ、愛をこめて。

はく製になった象は後日、火事によって灰燼《かいじん》に帰するまでの長い間、こうして茶房を守り、ピョンデ名物として定着した。

ジャンボの死によって悲しみに沈んだのは双子姉妹だけではない。初めのうちはジャンボが死んだという事実をよく理解できなかったチュニも徐々に、ジャンボが永遠に自分のもとを去ってしまったことがわかった。母親がはく製にしてその姿をよみがえらせても、チュニはそれが前のジャンボとは違うことをすぐに見抜いた。彼女を幸せな気持ちに浸らせてくれた独特の匂いもなくなっていたし、何より、彼らだけの方法でかわしていた会話が消えてしまったからである。チュニはようやく、生前にジャンボが言っていた「死ぬ」ということの意味を悟った。それはずっと動かないままだということだ。ハエが目にとまっても、まばたきして追い払うこともできないし、脚が痛くても座って休むことができないのだ。チュニにとって、はく製のジャンボはもはやジャンボではなかった。それはただジャンボの形に似せた藁と皮にすぎない。チュニが感じた悲しみは双子姉妹ほど強烈なものではなかったが、その喪失感は彼女らよりはるかに長く続き、後にチュニが工場で一人寂しく死を迎える瞬間まで、彼女から離れることがなかった。

スキャンダル

翌年の春になると工場はさらに忙しくなった。注文はひっきりなしに押し寄せ、人夫たちは糞をしても尻を拭く暇もないほどで、一日も早く腰を伸ばして休みたいと、雨が降ることだけを待ちこがれていた。クムボクは訪れる建築業者を相手に注文を受け、価格交渉をするのに多忙な一方、しょっちゅう都会に出かけていき、何日か泊まってくることもあった。新しい販路を開拓するとともに既存の顧客を管理するためというのが理由だった。

忙しいことでは文もクムボクに負けていなかった。クムボクが営業担当なら、彼は生産管理が担当である。彼は煉瓦の品質が落ちることを憂慮して人夫たちを容赦なく督励する一方、人員の出入りをチェックし、補充するのに大わらわだった。実際のところ工場設立においては文の功績が誰よりも大きかったといっていいのだが、彼は決して前に出ようとしなかった。黙ってクムボクの後ろに控え、必要なことをきちんきちんと処理し、自分で決定できることでも必ずクムボクの指示を待った。彼が常にクムボクを立てていたので、内情をよく知らない人は、身なりも粗末なこの年寄りがクムボクの男だという事実に驚いたものである。だが文はその点でも少しも不満はなかった。彼はそういう男だった。

そのころ、近代化の波はさらに激しく押し寄せ、ピョンデは急速に膨張していた。家々に電気が引かれ、町に電話が開通した。当時将軍は、人類史上類を見ない奇想天外な政策を一つ施行したが、それは毎朝、全国民を同時に起床させることだった。このとき彼が用いた方法は、町のど真ん中に巨大なスピーカーをすえつけ、自分が作った歌を大ボリュームで流すことだった。その時刻は、生涯を軍人として生きてきた将軍が毎朝点呼のために起きる時間だった。深い山奥にあるピョンデも例外ではない。歌の内容は別に傾聴に値するようなものではなかったが、この方法はたいへん効果的だった。早朝に必ず流れてくる歌声に文句を言いながらも、人々は心地よい布団から出てこないわけにいかなかった。スピーカーから響き渡る音があまりにも大きかったからである。そのようにして将軍は人々の睡眠を奪い、世の中をいっそう疲弊させていた。

文明を山奥まで引き入れるにあたっては、町の前を横切る線路についでクムボクの功績が誰よりも大きかったといえるだろう。彼女は車一台で営んでいた運輸会社にさらに多額の資金を投入して、車を全部で十台に増やした。仕事が増えたことからピョンデに流入する人口が急速に増大していたためである。人々は、やることがないときもやたらと心が落ち着かず、そわそわし、どんなに飯をたくさん食べてもなぜか空腹が収まらず、茶房へ行って濃いコーヒーを一杯飲み干すとようやく落ち着けるらしかった。仕方なく茶房で何だかんだとしゃべっているとそれが人に伝わって、人間関係がさらにややこしくなり、言い争いが増え、誤解を解いて和解するために酒代またはコーヒー代がさらにかかり、消費は促進される一方であった。人々の心の中にはいつしか空虚さがいっぱいに詰まっており、クムボクはそれをせっせと金に換えていった。それは資本主義の法則である。

ある日、煉瓦工場に一人の若い牧師がクムボクを訪ねてきた。彼は神の福音が及ばない奥地へ福音を伝える使命感により、自ら進んでピョンデを訪れ、伝道しているところだった。彼がクムボクに会いにきたのは、礼拝堂を建てるために煉瓦を寄付してくれるよう頼むためだった。

——いったい誰のために寄付をしろというの？

パイプにタバコを詰めてくわえたクムボクが、椅子に斜めにもたれて牧師を見おろしながら聞いた。いつからかクムボクは常にパイプをくわえていたが、タバコを覚えたのは業者たちに会うため都会に通いはじめて以来のことである。

——世界の始まりと終わりと森羅万象のすべてを統《す》べたもう我らの主、天にましますう父なる神のためであります。

牧師が答えた。

——それだったら、誰のことだかだいたいわかるわ。いつか私もその魔物に祈ったことがあるから。でもその人は私のお祈りをコケにしたけどね。

それはおそらく、ずっと昔、シンパイがけがをしたときのことを指していたのだろう。

——お祈りが足りなかったのでしょうね。

牧師が答えた。

——そう？　あれでも足りなかったんなら、その人はずいぶん欲が深いのね。ところで、礼拝堂を建ててどうするのです？

——神様に礼拝を捧げるのです。

——それはどこだって、十字架さえかけりゃできることでしょう。礼拝を捧げる場所がわざわざ他に要るの？　あなたたちが信じているその魔物はどうやら、礼拝堂の中だけに隠れているみたいね。

——神様はこの煉瓦工場にもいらっしゃいます。そして、私たちの神様に献金をなされば、その何倍にもして返してくださるでしょう。

——私は今のままで充分よ。お金はそんなにたくさん要らないわ。

——地上に積み上げる財産はどんなにたくさんあっても役には立ちません。それは砂の上に建てた楼閣のようにすぐに消えてしまうでしょう。

——じゃあ、どこに積んでおいたら安全なの？

——それこそ、神のおられるところ、そして後にあなたが死んだら行く天の国に積むのです。

——この重い煉瓦をそんなに高いところに積もうとしたら、ちょっとやそっとの骨折りじゃすまないわ。そうと知ってたらいっそ綿菓子でも売りゃよかったわよ。それはそうと、結婚はしているの？

クムボクは流し目で笑いながら彼の顔にタバコの煙をそっと吹きかけた。すると童貞だった純真な牧師は顔を赤らめて首を横に振った。

——あなたの神様も本当に薄情な方なのね。こんないい男を、まだめあわせてもくださらないなんて。

クムボクは青年の赤く染まった頬を手で撫で、彼の股にそっと手をのせて言った。

――いいわ。まず、あなたが信じているというその神様の力がどんなものか私に見せてよ。煉瓦の話はその後にしましょうよ。

以後、若い牧師は折に触れて煉瓦工場に出入りし、そのつどトラック一台分の煉瓦が町に持ち出されていった。牧師はクムボクとの情事のたびに目をギュッとつぶり、神様に祈った。

――主よ、私の意志ではなくあなたの御心のままになさってください、どうあっても。

クムボクの浮気癖は皮肉にもそのようにして、神の福音を伝えようとする牧師との関係によって始まり、その翌年、牧師は望み通りピョンデの真ん中にきれいな礼拝堂を建てることができた。それは献金の法則である。

一方、クムボクに絶対的な信頼と忠誠心を寄せていた文は、あるとき偶然に聞いた不快な噂によってすっかり神経を尖らせていた。工場では、クムボクが都会に出て何日も泊まってくるのは仕事のためだけではなく、こっそり新しい旦那と会うためだという噂が広まり、いつからかクムボクの一挙手一投足が、工場だけでなくピョンデじゅうの最大関心事になってしまった。その怪しい噂はたちまち工場を駆けめぐり、すぐに町にまで広がった。クムボクが男連れで旅館に入るのを実際に見たという話が登場し、また、彼女が日傘をさして男とはしゃぎながら水遊びに興じていたのを見たという噂も続いた。クムボクが新しい旦那とつきあっているという噂が既成事実化すると、やがて人々の関心事は、はたしてそれは誰なのかという点へ移っていき、続いてクムボクの旦那は一人二人ではなく、十指に余るほどたくさんいるんだという噂が広まった。文の耳に噂が届いたのは、彼女は都会に新しい男がいっぱいいるだけでなく、町の牧師や工場で働く人夫とまで姦通しているという新しい噂が追加されたころだった。

文に噂を伝えたのは、先祖から受け継いだ田畑数百マジギ[*8]を博打ですっかり失い、女房まで質に入れたあげく、行くえも定めぬ流れ者の身の上となった、一人の老いた人夫だった。彼が可能な限り慎重に婉曲に、噂につきもののお飾りである言い訳をくどくどと混ぜこみながら――つまり、自分は決して口の軽い人間ではなく、本来、噂など信じないばかりか、話をあっちこっちへ広げることが世の中でいちばん嫌いで、そんなことは座って小便するあまっこならいざ知らず、まさか金玉のついた男がやることではないと思う者であるが、はたして聞かなかったことにして口をつぐんでいるのが当事者のためなのか、あるいは聞いた通り正直に教えてあげるのが正しいのかという問題で長いこと悩んだ末、それでももしや、千に一つ、万に一つでも噂が事実だったらということが気になり、もしそうならば文一人だけが知らないままでみんなの笑い者にならないかと心配になったわけで、重ねて言うけれども自分はひたすら文を思うがゆえに打ち明けるべきことを打ち明けるのであるが、とかく噂というものはどこまでも噂であって信じるに足らず、後になってみたら結局根も葉もないデマだったということも多いわけで、そんなときには片方の耳で聞いてもう一方の耳から出してしまうのが得策であり、あえて真実をつきとめようとすればできないこともあるまいが、そうしたからといって必ず気が晴れるものでもなく、とはいえ話が出たついでに一度確認してみたらとも思うけれども、一方では酒でも一杯飲んで忘れてしまうのが賢明な身の処し方ではないかと思わぬでもなくもないがというような、病気にかからせておいて薬をくれるような邪悪な説法でその怪しい噂を伝えたとき、文はその場ですぐにこの人夫を解雇してしまった。彼は噂を伝えた男を罵り、三度唾を吐いた後、谷川の水で耳を洗った。

しかし、一度聞いた話を取り消すことはできない相談。片方の耳に入った話がもう一方の耳から出ていくはずもなく、心の片すみにそっと残った疑念はがん細胞のように徐々に育ち、いつのまにか彼の心を占領してしまった。いつからか彼は毎晩、苦しくて眠れなくなり、工場の庭を歩き回るようになった。けれどもクムボクや他の人夫たちは、みな忙しさに目が回らんばかりで、そのことに気づかなかった。

だがとうとう文は、よもや想像することさえ恐ろしく、忘れようとすればするほど鮮明によみがえり、払いのけようとすればするほどはっきりと思い浮かぶ不吉なイメージ、彼をして狂わんばかりの嫉妬心と憤怒に歯ぎしりさせ、続いて限りない無力感と絶望に突き落とし、ついには抜け出すことのできない悲しみに浸らせた、その辛い場面に直面してしまった。

＊8【マジギ】一マジギは一斗分の種をまけるだけの広さ。

その夜も文は眠れず、工場の庭を歩いていた。冷たい夜気が熱くほてった彼の首筋に触れる。彼はただ歩くのではなく、窯の火がちゃんと燃えているか見回りをしてみようと思いついた。窯をすべて見て回り、いちばん奥まったところにある最後の窯を見るために建物の角を曲がったとき、まさかと恐れていたその場面を目撃してしまったのだ。窯の角で彼が目にしたのは、クムボクとある人夫が壁にもたれて立ったまま情事にふけっているところだった。その人夫は都会でやくざ稼業をしていたといわれており、体格もかなり堂々として刺青もたくさん入れた男である。上衣を脱いだ男は窯に寄りかかったまま中腰で立ち、もんぺを脱ぎ捨てたクムボクは彼の首にしがみついてのけぞり、呻き声を上げていた。窯から漏れ出る明かりで、男の太い首とクムボクのはだけた乳房に流れ落ちる大きな汗の玉がいっそう強調されて見えた。

二人を目撃した瞬間、文の目は炎のごとく熱を帯び、血が逆流し、顔は冷水を浴びせられたように蒼白になり、全身の毛が逆立ち、憤怒と緊張によって筋肉はぴんと張り詰めた。クムボクは一方の脚を上げたまま男の下半身に一寸のすきもないほど腰を密着させ、白い内股をうごめかしていた。

文はあたりを見回して、すぐに窯に立てかけてあったつるはしを見つけた。工場の敷地を掘り起こすときに使ったものである。彼はためらうことなくつるはしを握りしめ、ゆっくりと二人の方へ近づいた。男はちょうど絶頂へむかって上り詰め、顔を思いきり歪めて目をぎゅっと閉じ、クムボクもまた全身を激しく揺らしながら腰を使っており、そばで何が起きているか気づかなかった。クムボクの後ろにぴったりと近寄った文がサッとつるはしを振り上げたとき、突然男が文に気づいた。彼は驚いて口をぽかんと開けたまま、文の目にこもった殺気とサッと振り上げたつるはしを同時に見つめている。一瞬にすぎなかったが、文の頭の中では無数の思いがすばやくぶつかり合い、男の頭の中でも似たようなことが起きた。それでもクムボクは何も知らず、腰をさらに強く密着させていた。だがこのとき文は急に何を思ったか、虚脱したような表情でつるはしをおろし、振り返ると、静かに闇の中へと消えていった。

後日、クムボクの男性関係の乱れが世の中に知れ渡り、そのことが嘲笑の的になるのではないかと思った双子姉妹は文に、自分の女一人ちゃんとつなぎとめておけずに男といえるのかと、暗に手を打つことを勧めたが、彼は次のように答えた。

——あの女は、私が一人で持っていられるような女じゃないんです。

——一人で持っていられないなんて、それじゃチュニの母さんは、そのへんのどうでもいい連中と共有している女郎だとでもいうの？

双子姉妹は文より何歳も年下だったのだが、まるで彼を姪の婿さんぐらいに思って対等な口をきき、文もそれを自然に受け入れていた。

——あの女は自分がしたいようにさせておかないと。そうでないと生まれついた性分のせいで、狂ってしまうでしょう。もちろん今もまともではないが、それでもすっかり狂ってしまうより、ましでしょう。

ひょっとするとこの結論は、彼がクムボクの頭に狙いを定めたつるはしをどうすることもできずにおろしたときにもう下されていたのかもしれない。その夜彼は、自分があらゆる苦痛を甘受してもクムボクの浮気癖を認めて一緒に暮らすか、またはたとえ愛する者を失うことになっても、一撃でこの悲劇的な関係を清算するか、二つに一つを選択するしかないと悟った。もちろん彼が選んだのは前者であった。

一方、あの日クムボクと情事を持った男はひどく臆病者だったらしい。彼はつるはしを振り上げた文を見て驚いたあまり、クムボクの体の中に小便をしてしまったのだ。それを見ると、やくざだったというのも全部、彼が自分ででっち上げた作り話ではないかと思えるが、面白いのはこのときのクムボクの反応である。彼女は、男が小便を漏らしたとは思いもよらず、絶頂に達して射精したものと思い、優しく一にらみして次のように言った。

――ああ熱い。あんた今までどうやって処理していたの？　こんなにいっぱい出るなんて、よっぽど飢えていたんだね。

これは一字一句違わぬクムボクの言葉である。だから読者のみなさん、表現が多少はしたなくともどうかご理解のほどを。彼女は教養あるかたぎの家のお嬢さんではなかったし、その日の情事も、優雅な寝室で行われた格調高い愛の行為ではなかった。それはただ獣のように荒々しい雄と、生まれついての浮気性で燃え上がった雌が土壇場でやってのけた欲情まみれの一勝負、手に負えない淫欲のしわざだったというだけのことである。

クムボクの浮気性は、レントゲン写真によって突然考え方が変わったことから始まったのか、または初めから持っていた性癖がさまざまな条件と合致して自然に現れたのかはわからない。ただ、工場の繁盛とともにクムボクの男性関係はいよいよ乱脈をきわめていき、それによって文の孤独はしだいに深まった。だが、彼はもう噂などには関心がないようにひたすら良い煉瓦を作ることだけに没頭し、日がな一日窯の中にこもって過ごした。このころの彼にとってたった一つの慰めは、他ならぬクムボクの娘、チュニだった。

ジャンボが死んだ後、チュニは工場で暮らしていた。彼女は初め、ジャンボと別れた上にかわいがってくれた双子姉妹とも離れてひどく混乱したようだったが、朝夕に変わる風の変化や、ナムバランの空に浮かぶそれぞれに違う雲の形、少しずつ育っていくヒメジョオンの色を観察するうちに、ほどなくピョンデでのことをすっかり忘れてしまった。彼女は工場での暮らしにすぐに適応し、ナムバランがずっと自分の故郷であったような安らぎを感じた。そして、かつて鍛冶屋に出入りしていたときと同様、彼女の好奇心は粘土をこね、型に入れてつき固め、窯に火を焚いて煉瓦を焼く工場の仕事に一気に魅了されてしまった。

彼女は人夫たちのそばで一日じゅう煉瓦作りの工程を見守り、とうとう自分で粘土を注意深く触ってみるまでになった。粘土に触れた瞬間、彼女はその湿った物質にわけのわからない運命的な一体感を感じた。いがらっぽいような土の香りをかぎ、ねばねばする冷たいものが手にくっつくと、心が静かに落ち着く。それはまた、昔自分が生まれたあのうまやを再び思い出させた。

何日か後、チュニが無心にこねておいた粘土を見た文は、彼女に抜きんでた才能があることを見抜いた。彼はチュニがたとえ言葉はしゃべれなくとも、ものごとを理解する力が見当もつかないほど深くて独特であることを知り、彼女に煉瓦の作り方を教えはじめた。当時チュニの年齢は十一歳だった。普通の子なら少しずつ女っぽくなってくる年ごろだが、チュニにはそのような兆しがまったくなく、人夫たちは、すでに成人男子をしのぐほどの体格を持つチュニが女だと知って改めて驚くのだった。

文も初めのうちはチュニとどうやって対話すればいいのかわからず、しばらくの間苦労した。彼女は言葉を話すこともできないし、人の話もほとんど理解していなかったからである。だがすぐに、彼女が誰よりもはるかに繊細な感情を持っており、あえて言語を使わなくとも微妙な感情や印象をやりとりすることで対話できるとわかった。それは文にとっても明らかに新しい経験だった。一方、チュニはすぐに、文が限りなく孤独であり、悲しい気持ちに沈んでいることを知って不思議に思った。彼女はついに文の悲しみが何に由来するのか理解することはなかったが、そのために文を気の毒に思うようになった。それはジャンボと共有していた一種の連帯感と似ていた。二人の間にはそのようにして、言葉はなくともしだいに独特の父娘関係が作られていった。

蜜蜂

一年が過ぎ、また春がやってきた。時はまさに近代化、産業化、都市化の時代であり、都市のあちこちに建物が乱立していった。どんなに焼いても煉瓦は足りず、工場は休むことなく繁盛していた。その間、チュニは工場にこもって文に煉瓦作りの方法を教わっていた。ある人夫がうっかり触れたため煉瓦の山が崩れ、そのそばで遊んでいたチュニが下敷きになってしまい、もう圧死したものと人夫たちは思ったのに、指一本けがすることもなくチュニが煉瓦をかき分けて出てきて以来、工場の人たちはようやく彼女の存在に注目するようになっていた。当時チュニはすでに、誰もが彼女の作った煉瓦を一目で見分けられるほど優れた技術を持っていた。するとクムボクが文に一言いった。

――ほらね、あのときこの子を工場に連れていって良かったでしょう。

そのころ彼女は、生涯の夢だった計画を実現させようとして、工場にはほとんどいつかなかった。生涯の夢とは他でもなく、劇場を建てることである。はるかな昔、刀傷に手を引かれて入り、たちまちにして目も耳も奪われた、泣きたくなるほど怖かった、けれども決して抜け出したくなかった鋭い興奮、あまりに刺激的で、それを見ているという罪の意識で身がすくむほどなのに、一方では永遠に止まることなくいつまでも続いてほしいと願った喜悦、暗闇の中から響いてくるあの勇壮な音と生き生きとした画面を、彼女はピョンデの人たちに味わわせてやりたかった。文は彼女の無謀な冒険がまた別の災難をもたらすのではないかと心配していた。彼は、ピョンデのような辺鄙な山里になんで劇場が要るんだと反対したが、クムボクは聞く耳を持たなかった。

――見てらっしゃい、みんな劇場の前に行列して、私たちすぐにもっとお金持ちになるわよ。

劇場の建設は、煉瓦工場を建てるよりはるかに多額の金がかかり、またはるかに複雑な仕事だった。クムボクはこの事業に資金を提供してくれる投資家を集める一方、劇場建設にどれだけの人力が必要か、またどんな技術が必要かを調べるために動き回っていた。彼女はそのために車を新しく求め、運転手まで別に雇った。文はクムボクがまたもや、自分の手が届かない未知の世界に飛び出していったことを知ったが、どうにも止める手立てはなかった。そしてこのとき彼は、遠い祖先に始まる不幸の影が自分自身にも徐々に近づいていることを悟っていた。

そのころ、窯の横の便所で用をすませた一人の人夫が、どこからか飛んできた蜜蜂に目を一刺しされてしまった。彼は、ついてねえなあ蜂に刺されちまったと言って、飯炊き女に頼んでぱんぱんに腫れた目に味噌を塗ってすませたが、次の日には蜂に刺された者が他に七人も出た。そしてまた次の日には八人に増え、これじゃ汁に入れる味噌が足りなくなると女たちが文句を言い出した。ところが次の日にはそれが数十人にも増えたのである。何かただならぬことが起きているのでは、と人々は脅えはじめた。誰かがピョンデに行っているクムボクにこのことを伝えると、クムボクは鼻で笑って、こう言った。

——大の男が蜜蜂の一匹ぐらいで何を怖がってるのさ？　みんな、下にぶら下げてるもの取っちゃうわよ。

だが、味噌を一かめ携えて人夫と一緒に工場に帰ってきたとき、クムボクはわが目を疑った。どこから現れたのか、数百万、いや数千万匹もの蜜蜂がナムバランの空を真っ黒におおい、あたりは巨大な黒雲が垂れこめたように暗く、鬼神が泣き叫ぶようなブンブンという蜂の羽音でめまいがしそうではないか。壮観といえば実に稀に見る壮観であったが、このために人夫たちは外へ出て働く気になれず、宿舎に閉じこもって戸のすきまから事態を見守っていた。クムボクも蜂に刺されないよう、目だけを出して全身を厚い服で固めてようやく工場へ戻ることができた。人夫たちは時ならぬ蜜蜂の群れによってみな仕事を放棄していたが、クムボクにも妙案などあるはずがない。日が暮れてすっかり暗くなっても蜂たちはまだ消えず、工場の周辺を旋回していた。

翌朝、工場の人々は遠い野原で何か黒いものが動いているのを見た。それは工場を目指してだんだん近づいてきた。勇気を出して外に出た彼らは、黒い岩のような形の巨大な物体がまさに蜂であることを認め、黒いかたまりがもう少し近づくと、それが他でもない人間であることを知った。人が黒い岩に見えたのは、全身に蜂が真っ黒にたかっていたためだったのである。歩みを進めるたびに蜂たちはぱらぱらと小さなかたまりになって地面に落ちたが、すぐに周辺から飛んできた蜂がくっついて、落ちたところを埋めてしまう。まるで蜂で作った分厚いコートのようなものを着たその奇怪な人間に、人々はみなおののいた。やがてその人間が短く口笛を吹くと、体にとりついていた蜂たちが嘘のようにいっせいに空めがけて飛んでいき、ついにその全身が現れた。

ぼさぼさに乱れた白髪、白玉のようにきれいな肌だがどこか陰惨な雰囲気が漂う面長な顔、二重まぶたの大きな目。その目はあまりに空虚で純粋なほどに、あまりに無心で愚かなまでに見えたが、惜しいかな片方しかなく……みなさん、よもや彼女がずっと姿を消したままだと思っていたわけではあるまい？　そうだ、彼女はまさにあの、死んだ老婆の娘だった。以前とは違い、彼女は一つ目の顔に眼帯をしており、どうしたことか片方の腕が切断されて空っぽの袖だけが風にはためいている。長いこと日光と風にさらされて色あせ、ばさばさになった服はあちこち破れて肌が見え、魂が宿ったような長い白髪は足より長く、地面に引きずっていた。彼女が誰だか見抜いた人々は、輪をかけて恐ろしさを増したその容貌に恐れをなして、みな後ずさりした。一つ目は一つしかない目で人々をゆっくり見回すと、クムボクを見つけて口を開いた。

——あなたがここの主人か？

——そう言うあなたは誰です？

クムボクもこんどは相当に胆を冷やしたのか、ぞんざいに対応することもできず、震える声で問い返した。

——私はあなたが盗んだこの土地の、本来の持ち主だよ。

一つ目の口からすらすらと答えが出てきた。

——盗んだですって？　私はこの土地の登記書を持ってるのに、なんであなたがここの持ち主だというの？

——それはあなたがよく知っているはずだけど。

人々は、何てわけのわからないことを言うんだといぶかしんだが、クムボクは思い当たることがあったのか、一歩後ずさりした。

——いいわ。そんな主張をする以上は何か理由があるんでしょうから、ここじゃなく中に入って、腹の足しになるものでも食べて話しましょう。

すると一つ目はふふふと笑いながらクムボクを見つめた。クムボクも避けずに彼女を見返し、二人の間には張りつめた緊張感が漂った。どれくらい経ったか、人夫たちの間から生唾を飲む音が続けて聞こえ、蜂どもは相変わらず一つ目の近くを旋回し、さらに激しくブンブンいっていた。やがて一つ目が一歩踏み出すと、言った。

——それも悪くないね。ちょうど腹も減っていたことだし。

クムボクが後を受けて言った。

——その蜂たちをちょっとどけてください。みんなが怖がって何日も仕事にならなかったんだから。

すると一つ目は、中に入りながら軽く一度口笛を吹いた。すると、空を真っ黒におおっていた蜂どもがいっせいに群れをなしてまたたくまに谷の方へと飛んでいき、そのようすはまるで巨大な水柱が動くようだったので、再び壮観を呈したのであった。人々は、とんでもない数の蜂を自由自在に操る一つ目の能力に驚かずにいられなかったが、彼女がなぜクムボクを訪ねてきたのかも知りたくてならなかった。

一つ目はやはりとても空腹だったのか、汁に飯を入れて混ぜるとあっというまに平らげてしまった。がつがつと貪欲に食べるその姿を見ていると、ずっと野外で暮らしてきてあたたかい飯にどんなに飢えていたかがわかり、切実な強い欲求がうかがわれた。彼女が水を飲むのを待ってクムボクが、いったいなぜ土地の持ち主だと主張するのかと訊くと、一つ目は、自分は汁飯屋の老婆の娘であり、母親に貸しがあるのだと言った。母親への貸しをなぜ自分から取ろうとするのかと訊くと、工場の敷地は他ならぬ自分の母の土地だし、工場を建設した金もまた母の汁飯屋から出てきたということはもうわかっていると言うのだった。彼女がどうやってそれを知ったかはわからないが、その場で一つ目はクムボクに財産の半分をよこせと要求したのである。クムボクは、自分の金は純粋にコーヒーを売ってようやく貯めたもので、分けてやる理由などないが、それでも彼女が老婆の娘だという因縁と、これまで一人寂しく蜂を追ってさすらってきた代価として家一軒ぐらいの金は出してやろうと妥協案を出したが、一つ目は妥協案を呑まず、交渉は決裂した。

一つ目が外に出ながら口笛を吹くと、谷から蜂の群れが押し寄せてきてまたもや工場一帯を真っ黒におおった。彼女は工場を見おろせる丘にたてこもって蜂を思いのままに操り、人夫たちはまた仕事をやめて宿舎に逃げてしまった。クムボクと文はいらだったが、一つ目の要求を受け入れる以外に方法はない。人夫の中でも蜂の針に敏感な者や怖がりな者はすでに荷物をまとめて工場を出ていってしまい、さらに収拾がつかなくなっていたからである。ただ、一つ不思議だったのは、蜂の群れがおどろおどろしくブンブン唸っている間もチュニは庭でのんびりと煉瓦を作っており、一度も蜂に刺されなかったという事実だ。チュニの特殊な力にみな驚いたが、だからといって問題が解決するわけでもない。翌日になってもまだ蜂が消えないと見ると、クムボクは何か方法を探さなくちゃと言って人夫一人を連れてトラックに乗り、工場を出ていった。

翌日も一つ目はびくともせずに丘に陣取り、蜂は工場から出ていかなかった。その夜、またもや人夫何人かが逃げ出した。クムボクが工場に戻ってきたのは三日後のことである。そして彼女が乗ってきたトラックの後ろには何かがたくさん積んであった。幕をとりのけると現れたのは、数十個の蜜蜂の巣箱である。人夫たちはそれが何なのかも知らなかったから、疑わしく思いつつ指示に従ってそれを庭におろした。するとたちまち驚くべきことが起きた。近くにいた何匹かの蜂が巣箱に入っていったのを皮切りに、空を真っ黒に埋めていた蜂たちがいっせいに巣箱を目指して降りてきたのだ。まるで土砂降りの黒い雨のような、天から降り注ぐ蜂の群れに人夫たちは驚愕して後ずさりした。

このとき、遠く丘に座っていた一つ目もただならぬ雰囲気を感じとったのか、立て続けに口笛を吹きながらあわてて工場めがけて走ってきた。しかし蜂どもは彼女の口笛におかまいなく、どんどん巣箱に入りこんでいく。何十個もの巣箱がまたたくまに蜂でいっぱいになり、入りきらない無数の蜂がその上にびっしりたかると、まるで家ほどもある岩が地面から突き出したようだった。と見るやクムボクは準備しておいた油をその上に浴びせ、マッチをシュバッと擦ったのである。その瞬間、一つ目の顔に死相が現れ、長い悲鳴を上げた。

——だめー！

しかし火のついたマッチはクムボクの手を離れて宙を飛ぶと蜂のかたまりの上に落ち、その瞬間パーンという音とともに巨大な火柱が突き上がった。見る見るうちに黒煙が空をおおい、蜂の体が焼けて破裂する音が爆竹のように鳴り、あたりは騒然となった。一つ目はまるで自分が炎の中に投げこまれたように苦しげに全身をよじり、髪をひきむしった。

ついに蜂が真っ黒な灰だけを残してすべて焼け死ぬと、煙たい、むかつくような匂いが谷をおおい、人々はみな鼻をつまんだ。そして口から泡を吹いてのたうち回っていた一つ目はついに白目をむいて気絶してしまった。それまでに見せた奇怪な霊力にくらべたら、ずいぶんと空しくあっけない惨敗だった。

クムボクは飯炊き女たちに指示して、一つ目を部屋に連れていって寝かせる一方、人夫にはこれまでに注文がたまっていた煉瓦をすぐに生産するようせかした。人々はみな不思議そうに、いったいどんな手を使って蜂を巣箱に追いこんだのかと尋ねたが、彼女はにやりと笑って次のように答えただけだった。

——蜂が巣箱に行かずにどこへ行くのさ?

実は、クムボクが蜂を追い払うことができたのには一つ秘密があった。彼女は町に出向いて、ずっと前から蜂を飼っている老いた蜂飼いに会いに行っていたのだ。彼に伝授された蜂の撃退方法は、まさに女王蜂が蜜蜂を誘うときに分泌するフェロモンだった。彼女がトラックに載せてきた巣箱には、すでに女王蜂のフェロモンがたっぷり塗ってあったのである。だから蜂が巣箱に入っていったのは理の当然で、クムボクが誰も知らない特別な神通力を発揮したわけではなかった。だが、この一件で人夫たちはクムボクには人間離れした能力があると信じるようになり、同時になんとなく彼女を恐れるようになった。

しばらくして目を覚ました一つ目は、もうすっかり戦意を喪失したようにぼんやりした表情で宙を見つめていた。クムボクが横でじっと観察していると、ずっと蜂と一緒に自然の中で生きてきたせいか、彼女の特異な容貌には、鋭さとともに荒ぶる寂しさが色濃くにじみ出ているのだった。一時は自分も乞食の身の上となり、風に吹かれる落ち葉のように世間をさすらっていたクムボクは、彼女を不憫に思った。

彼女は一つ目に、蜂を殺してすまないと謝り、本人が望みさえすれば町に家を一軒整えてやることもできるが、片腕がない上に一つ目の女を町の人たちが嫌がることは明らかなので、可能なら工場で自分たちと一緒に暮らしてはどうかとそれとなく持ちかけた。すると一つ目は月夜の山犬のように悲しげに泣きながら、それまでの自分の来歴——父なし子として生まれ、老婆に虐待されて片方の目まで失ったこと、老婆の情夫であるあばた面の男によって処女を失い、ハチミツ二瓶と引き換えに売られた事情などをすべて打ち明けた。それに続いて彼女がクムボクに語った、片腕を切るに至った理由は次のようなものだった。

ずっと前にピョンデを離れた一つ目は、老婆に嚙まれた腕の傷のせいで長い間強い痛みに悩んでいた。腕に食いこんだ老婆の歯を抜きとると、幸いにも傷は深くはなかったが、老婆の呪いがこもっていたせいか痛みがだんだんひどくなり、しまいには夜も眠れないほどになってしまった。彼女は地べたをのたうち回って死んだ老婆に祈った。

——ごめんよ、母さん。悪かったよ。お願いだから許してちょうだい。

しかし痛みは消えなかった。彼女は泣きもしたし祈りもしたが全然治らず、どっちが勝つか見ていろと老婆にむかって悪態をついてもみた。そうこうしたあげく彼女はついに、真っ青に研ぎ上げた押し切りに腕をのせ、宙にむかって叫んだ。

――目玉も一個持っていったのに、こんどは腕も一本よこせっていうんだね。いいよ、そんなに欲しいなら、喜んで差し上げますよ！

そして一思いにスパッと腕を切断してしまったのである。こうして片腕と引き換えに、彼女は初めて老婆の呪いから逃れることができた。

祈禱師

クムボクは一つ目の出現をきっかけに、天井から見つかったあのとんでもない大金の元々の持ち主は間違いなく死んだ老婆だったと確信するに至った。ひょっとしたら、ジャンボが通り過ぎる時間に合わせて車のそばに現れて象を死なせたのも、やはりあの老婆ではないか。さらにさかのぼれば、工場の敷地から際限なく水が出たのも、人夫がヘビに嚙まれて死んだのも、すべて老婆の恨みと呪いがこもったあの金のせいかもしれないと思うとクムボクは後ろめたさにとらわれた。双子姉妹に悩みを打ち明けると彼女たちは、すぐにでもお祓いをして、老婆の怨念がこれ以上の害をなすことがないようになだめるのが上策だと言うのだった。

そこでついにクムボクは、双子姉妹の助言に従い、近隣でもいちばん霊験あらたかだという祈禱師を呼び、老婆の霊を慰めるお祓いを執り行うことになった。もともと老婆の汁飯屋だった茶房の前でである。このお祓いはピョンデでも初の大規模なものだというので、町の住民はもちろんのこと、噂を聞いて集まってきた周辺の流れ者や乞食たちだけでも数十人に上り、お膳には牛の頭と豚の頭はもちろん、餅、果物などありとあらゆる食べものが子どもの背丈ほどにも高く積み上げられてそれこそお膳の脚が曲がるほどになり、鈴、扇、旗、竿をはじめ、見るだに恐ろしくて足が震えて歩けなくなりそうな大きな三枝槍[*9]、神刀[*10]、偃月刀《えんげつとう》[*11]、押し切り[*12]など、巫具《ふぐ》の数々だけでも見ものだった上、お祓いに欠かせない三つの楽器である杖鼓《チャンゴ》、ピリ[*13]、横笛の他にも弦楽器、打楽器、管楽器のありったけが総動員され、見物人たちは彼らが吹きまくり、弾きまくり、打ちまくるすべての楽器の音にすこぶる興奮し、お祓いが始まる前からそわそわと腰でリズムをとっていた。

一つ不思議だったのは、このお祓いをとりしきる祈禱師が守護神と崇めている将軍神である。

＊9【三枝槍】　三つ又に分かれた槍。
＊10【神刀】　祈禱師が厄・悪鬼を祓う際に使う小ぶりの刀。
＊11【偃月刀】　半月形または弓張り月の形の刃を備えた大刀の一種。
＊12【押し切り】　農具だが、お祓いの際にはこれを分解した二枚の刃の上に祈禱師が乗って踊る。
＊13【ピリ】　ひちりきに似た伝統楽器。

巫神図《ムシンド》[14]に描かれたその姿は鎧兜に身を固めた常の将軍神とは違い、異様に大きな鼻にサングラスをかけ、戦車の上に陣取って傲慢に下を見おろしていた。ちょっと変わった神様なので親しみを持ちにくかったが、祈禱師の助手たちによれば、その将軍は南の軍隊を助けるために遠く海のむこうから船に乗ってやってきたもので、実に大した神通力を持ち、軍靴が地面に触れるより先に北の軍隊をすべて追い払ったというのだった。とくに、その神様が持っている大砲はチェ・ヨン将軍[15]やナム・イ将軍[16]はおろか関羽さえ恐れをなして逃げ出すほどで、その霊験あらたかなことは途方もないと、助手たちは息をきらせてそう自慢するのである。

　しかしこの日のお祓いは、そんなにも優れた神通力さえ形なしといえるほど、いかがわしさでいっぱいだった。祈禱師は舞いを舞ううちに、いつのまにか自分が左向きに回っていることに気づいて不吉に思った。いつもは右方向にしか回らないからである。さらに面妖なことが起きたのは、霊を呼び出す請拝が始まってからのことだ。風ひとつなく晴れた日だったにもかかわらず、竿に下げた旗がちぎれんほどにはためき、鈴はひとりでに狂ったように鳴りまくり、ついにサングラスをかけたあの将軍神が降臨されるらしいと見物人たちがささやき合っていたそのとき、銅《どう》鈸《ばつ》[17]を打っていた女性祈禱師のようすが急におかしくなり、自分の頭を楽器でめった打ちにしはじめたのである。と見るや、隣で銅鑼を打っていたもう一人の女性祈禱師がけらけら笑うとチマをべろんとめくり、惜しげもなく下半身を丸出しにして見物人に見せつけたものだから、見物人の立場としては文句があるはずもなかったが、お祓いを主催する側にしてみれば文句のないはずがない。

さらにとんでもないことが起きたのは、男性の祈禱師たちが駆けつけて気のふれた女性たちを引きずり出し、ようやく事態を収拾した後だった。請拝を朗誦していた祈禱師の口からだしぬけに、聞いたこともないような声が漏れてきたのだ。見物人はもちろん、祈禱師自身も初めて聞く声である。見物人の誰かが、その声はサングラスをかけた将軍神の国で使う言葉だと言ったが、その日祈禱師の口から出てきた言葉を聞こえた通りにざっと書いておくと、「ガッデム」「ファッキュー」「サノバビッチ」「マザーファッカー！」「コックサッカ」「オウ、シット！」などなどである。後日、祈禱師の口から出た言葉がすべて、口にするのもはばかられるお下劣な罵倒語であることが明らかになったが、その場にはそれを見抜く人が誰もいなかった。

お祓いはこのときから徐々に、目もあてられないものになっていった。楽器の演奏はしっちゃかめっちゃかで、音楽なのか何なのか判然とせぬやかましさ、祈禱師たちの踊りも乱れに乱れて白分のチマの裾をふんづけて破くほど、祈禱師の一人がお膳の上に倒れたために食べものがすべて床に落ち、そんなこんなを何とか収め、悪霊を追い出そうとしてあわてた祈禱師が押し切りの二枚の刃に乗ったとたん、真っ青に研ぎ上げた刃で足をばっさりと切り落としてしまったのである

＊14【巫神図】　歴史上の名将や伝説上の人物、道教の神などが描かれた図。
＊15【チェ・ヨン将軍】　高麗末期の名将。
＊16【ナム・イ将軍】　朝鮮時代初期の名将。
＊17【銅鈸】　シンバルに似た伝統楽器。

る。足から血が吹き出し、彼女は悲鳴を上げるとその場で気絶してしまった。他の祈禱師たちが驚いてまごついていると突然風が吹きはじめ、晴れた空から雨がぱらつきだし、見物人たちも恐れをなしてじりじりと後ずさりした。

このとき、気絶していた祈禱師が突然ぜんまいじかけのように飛び起きて押し切りの上に乗って座った。こんどはその刃でけがをすることはなかったが、いつのまにか彼女の人相は別人のごとく一変していた。げっそりと落ちくぼんだネズミのような目、団子鼻——まさに今、お祓いによって慰めようとしている霊魂の持ち主、あの老婆の顔である。見物人の中で老婆の顔を憶えていた人たちは恐怖のあまり悲鳴を上げた。彼女は髪を振り乱してうなだれたまま、痰がからんだようなかすれた声で浮かばれない霊の声を発した。背筋も凍るようなぞっとする泣き声である。見物人の中には驚きのあまり気を失う者も大勢いた。祈禱師、いや老婆は突然泣きやむと顔を上げ、見物人たちをにらんだ。そして彼女の口からついにお告げが流れ出た。

大きな魚が山中に落ちて火柱が立ち上り天に届き
南から来た男が酒に酔えば汝らの子孫は落ち葉のごとく亡びるであろう

ぞっとするような老婆の声に、人々は何のことかとざわめいたが、彼女が言ったのはただそれだけだった。続いて彼女が歪んだ口に奇怪な笑いを浮かべながら見物人たちを見おろすと、彼らは恐ろしさに縮み上がってさらに後ずさりした。このとき事態を収拾したのはやはり我らの女丈夫、クムボクである。彼女は老婆の前にサッと歩み出て鋭く叫んだ。

――あなたの霊を鎮めて極楽へ行かせてやろうとこんなにがんばって、高いお金もかけてお祓いをしているのに、あなたという幽霊はいったいなんて邪魔をしてくれるの！　おとなしくお供物でも食べて引き下がるか、あれもこれも嫌なら今すぐに消えちまいなさい！

クムボクの度胸が通じたのか、いつのまにか雨が止み、風が静まり、そして鈴の音が止まり、祈禱師の顔ももとに戻った。見物人はみなクムボクの度胸に驚き、やはりあれくらい胆が据わっていなくちゃ、女だてらにあんな大きな事業はできないと舌を巻いた。

その日の事態はクムボクが、霊に捧げるために家の内外に食べものをばらまいて締めくくりとなったが、人々の好奇心はすぐに、祈禱師の口から出た大きな魚とはいったい何か、そして災いをもたらす男とははたして誰かという点に集中した。これについてはありとあらゆる推測、見解、当て推量、解釈、主張、説が飛びかった。いわゆる「お告げ論争」として有名になった論争の始まりである。その論争には当時ピョンデで我こそはと思う学者がこぞって参入し、学界に分裂をもたらし、噛みついたり食いついたり引っかき合ったりして、たいがいの論争がそうであるように結局双方に深い傷だけを残したのだが、これをざっと見ておくこともまったく意味のないことではあるまい。

彼らは学者らしく、お告げの秘められた意味はいったん置いておいて、まずはそれが二つの異なる文章から構成されているという形式的側面に注目した。すなわち「大きな魚が山中に落ちて火柱が立ち上り天に届き」と「南から来た男が酒に酔えば汝らの子孫は落ち葉のごとく亡びるであろう」の二つである。これについて、二つの文章はいずれもそれぞれ別の事件の原因と結果を仮定法で叙述しているようだが、実は一つの事件を違ったように表現している――すなわち単一の事件に関する予言であるという説と、二つの文章なのだから当然独立した二つの事件と見るべきだという見解が伯仲した。これに則り、一つの事件と見る一事学派と、二つの独立した事件と見る二事学派に分かれてしばらく熾烈な論争が展開された。

彼らはまた、「山中」がピョンデを指しているという見解については同意見だったが、そこに落ちる「大きな魚」の解釈をめぐっては意見が食い違った。一事学派は、火柱が立ち上り天に届くというのは考えるまでもなく男性の勃起した性器を指すのであり、ここから推して大きな魚は女性の性器を意味するという解釈を発表した。従って老婆のお告げは呪いではなく、生前に老婆を魅了したデクノボーの巨大な性器を称賛するとともに、男女のまじわりを隠喩的に表現したものだという主張である。すると二事学派は、それは火柱へのあまりに紋切り型の解釈であり、それを何もかもに無理やり機械的に当てはめて全体的な誤読に導いていると批判するとともに、大きな魚について新解釈を披露した。それは、先の戦争において登場した新兵器すなわちミサイルを指すというものである。ミサイルはまるで魚のような流線形をなしているうえ、後に出てくる火柱という言葉とも正確に呼応しているというのが理由だった。

ただちにミサイル論への反論が続いた。戦争を経験しなかった老婆がなぜミサイルを知っているのかというのである。幽霊だから何でも知ってるんだという釈明に対し、冥途の寝言みたいなこと言ってんじゃんねーよという反論がなされ、続いて、何ゆえ先輩の前でそんなたわけたことが言えるのかという抗議声明が発表されると、おまえいったい大学はどこだという質疑が投じられ、このクソ野郎どの大学だろうが関係あるかという答弁がなされ、あいつが礼儀知らずなのは学生時代からだという人物評や、あいつを学界から完全に葬り去ってしまえという埋葬論が後に続き、先輩をばかにすると死ぬほど殴られて血便たれるようになるからなという脅迫や、誰々は花札で学位をとったじゃねーかというゴーストップ[*18]学位論、このカス野郎ミサイルじゃなかったら何なんだ、何だとは何だこのヤロー、テメーの親父のチンポかよ式の反駁《はんばく》が相次ぎ、論争はしだいに泥沼化し、以後も火柱論争、南方論争、落葉論争などと徐々に範囲を拡大し、お告げ論争はその年の暮れまではてしない退屈さとともに続いた。

呆れたことに、彼らがくり広げた論争の火の粉はいっとき魚屋にまで飛び火し、そのために彼はひどい侮辱を受けなければならなかったが、それは二事学派が劣勢を挽回するために「南から来た男」とは他ならぬクムボクの会社で運転をしている魚屋であるという、「魚商論」なるものを持ち出したためである。ただでさえ町の人たちは、彼の体があまりにも魚臭いのを不審に思っていたから、この主張はかなり説得力を持っていた。クムボクは冷や冷やしながら、魚屋を追い出せと言って詰めかける人々から彼を保護したが、実のところ魚屋が南から来た男だということ

*18【ゴーストップ】　韓国で最も人気のある花札のゲーム。

を二事学派にリークしたのは、何と双子姉妹だった。そのときもまだ彼女たちには、魚屋が事故でジャンボを殺したことへのわだかまりが残っていたのだ。いずれにせよその日のお祓いは学界の分裂と憎悪だけを残して、長いこと人々の口の端に上り、多々の話題を提供した。

ここでまた後日談を一つ。足を切断してしまった祈禱師は、老婆の呪いがただの呪いに終わらないだろうということを予感していた。人々の耳からは消えたけれども、彼女の耳元ではしばらくの間、肉体を離れた老婆の声がぐるぐると回っていた。それはパンドラの箱の中身同様、一度出したら二度としまうことができないものだった。

その日から祈禱師は、死んだ老婆の幽霊はサングラスの将軍神よりもはるかに神通力が強いと考え、改めて老婆に神がかりしてもらい守り神としてお仕えしたいと請い願い、ついに彼女の体には老婆が乗り移った。しかし彼女はすぐに、老婆の神霊が憤怒と邪悪さに満ちた復讐神であることに気づいた。この神霊はときに霊力を見せてくれることもあったが、彼女にお祓いをしてもらった人が、罰が当たって死んだり幽霊にとりつかれて狂ってしまうケースが増えてきたのである。そしてついに彼女は邪悪な黒祈禱師の烙印を押され、巫術をやめるしかなくなってしまった。彼女は自分に取り憑いた老婆の神霊を追い払うためにあらゆる方法で努力した末、ある雨の降る夜、家の前の井戸に忽然と身を投げて命を絶った。自らの身を投げうつ辛さに耐えてでも老婆の悪霊を追い払い、これ以上人々に害を及ぼすことができないようにするためである。ここに及んで世の人々は、たとえ押し切りの上で足をぶった切りはしたものの、彼女がどこにでもいるいいかげんな祈禱師ではなく、本物の立派な祈禱師だったことを理解したのであった。

白内障

ある日チュニは、文の瞳がいつもと違ってぼんやりと灰白色に濁っていることに気づいた。チュニが不思議そうに彼の瞳をのぞきこむと、文は苦笑して言った。

——びっくりすることはないよ、チュニや。わしの父さんは四十歳になる前にもう完全に目が見えなくなっていた。これでも運がいいのだよ、今まで両目ともちゃんと使えたのだから。いよいよ、あのたちの悪い病気がわしにもやってきたんだな。

白内障。

それは文の家系に伝わる病だった。彼の親戚の中で白内障によって視力を失った者は、知る限りでも全部で十人を超えていた。それは遺伝の法則である。彼は、自分に不運が訪れるであろうことをあらかじめ知っていた。心配そうに見つめるチュニの肩に手をのせて、文は言った。

——心配することはないんだよ。明日すぐに目が見えなくなってしまうわけではないからね。とっても少しずつ見えなくなっていくから、それまでにわしはたくさんのものを見ることができるし、それを頭の中にきちんきちんとしまっていく時間がまだある。そうすれば後で何も見えなくなったとき、それを一個ずつ取り出して見ることができるだろ。だから決して、そんなに悲しいことばかりではないんだよ。

文はまるでチュニが自分の言うことをすべて聞き分けているように一人言を言った。このころ彼はさらに口数が減っていき、一言ものを言わない日が増えていたが、チュニに対してだけは例外だった。チュニは文が言うことを正確に理解はしなかったが、彼の悲しみを感じて心は重かった。


その年の秋、ピョンデの茶房では小さな慶事が一つあった。双子姉妹の妹が結婚したのである。新郎となる男は、ピョンデに初めて電気を引くために電信柱を立てにやってきた若い技術者で、双子姉妹よりゆうに二十歳は年下だった。彼は電信柱の敷設作業の合間に偶然茶房にやってきて、自分が探していた運命の恋人をそこに見出し、餌を見つけたネズミのように茶房に入り浸った。当時の彼女はもう、そっと触っただけでも粉々になってしまうほど干からび、潤いを失いつつある年齢だったのだが、チマチョゴリを着て窓辺に座ったその品の良い姿に技術者は心を奪われてしまったのだ。彼にしてみれば母親といっていい年齢だが、まさにそれこそ心惹かれた理由だったのである。

それはずっと昔、年取った一人の寡婦が酔っ払って、思春期に入ったばかりの彼の前で大っぴらに着替えをし、彼の布団にもぐりこんだときから始まった。闇の中で熱い吐息が頬や鼻をくすぐり、ひどい酒臭さとむせるような肌の匂いにめまいを起こし、彼女がふざけて、坊やのとんがらし[*19]がどれだけ大きくなったか見てやろうかとくすくす笑いながら彼のズボンの前に手を差し入れた瞬間頭の中が真っ白になり、息が詰まって死にそうで、くすぐったさともどかしさに下腹がむずむずぞくぞくして泣きたいほどの快感に体が震え、無我夢中で母の温かい胸をぐっと抱きしめ、自分が何をしているのかも正確にわからないままただただ腰をぴったりくっつけて、肌が破れるほどあそこをこすりつけて以来、すさまじく大きな恐怖と、あの瞬間を永遠に反芻していたいという切実な欲望との間で苦しみ、自分が、または母が、またはこの世のすべてが宇宙の塵になって冷たく広大な空間を永遠にさまようことができたならと夢見るようになって以来、それこそが彼の望みのすべてだったのだ。

そのため、クムボクのおかげで礼拝堂を建てることができたお礼として、あの牧師がピョンデ初の教会結婚式を執り行い、「ともに祈りましょう」と目をつぶるように言い、やむをえず目を閉じた祝い客たちが、悔い改めるべきことも思いつかない上にむずむずしてじっとしていられず、頭は痛いし、下腹がぐるぐるしておならが出そうにはなるし、それをこらえて尻をもじもじさせながら無理やり目をつぶっていると勝手にまぶたが震えて困っていたとき、新郎は細目を開け、白いドレスを着て目の前に立つ新婦の体をなめるように見ており、一時も早く彼女の胸に抱かれて、うずく下半身をむちゃくちゃにこすりつけたいという焦りからずっと空咳をしていたが、ついにむせてしまい、カーッカーッと咳払いしたものだから、結婚式の厳粛さはどこへやら、祝賀

＊19【とんがらし】男児の性器のたとえ。

客はみな、礼拝堂ってほんとにばかみたいな、居心地の悪い場所だと思うようになってしまった。

——あの人、夜のお勤めができないのよ。

翌日、新婚初夜をすませてちょっとだけ茶房に寄った妹は、クムボクと姉さんのいるところでそう言った。

——弱っちい子犬の発情した軟骨みたいなもんを一晩じゅうこすりつけられてさ、内ももがただれちゃったわよ。

妹の言葉にみな、手を叩いて笑った。その後技術者は、男の扱いに熟練した妹の助けによってしだいに男性としての能力を回復し、結婚生活を営む上でとくに問題ないまでになった。一つ胸の痛むことには、彼が、ずっと前に工事を終えて他の工事現場へ移っていった同僚技術者の後を追ってピョンデを離れると決めたため、双子姉妹もやむなく別れることになったのだった。彼女たちは生まれてこの方一度も別々に暮らしたことがなかったので、別れの辛さは腕を一本切断するより深い痛みであった。電気技術者と妹が出発する日、クムボクは荷物を載せる車を一台手配してやり、隣の都市まで送ってやった。二人は涙ながらに別れを告げ、電気技術者が工事をすべて終えたらまた戻ってきて一緒に暮らそうと約束したが、不幸にもその約束はとうとう守られずじまいとなった。

一方、結婚式に出席するためクムボクより遅れてピョンデにやってきたチュニは、ジャンボと一緒に日に二回ずつ回っていた道をぶらぶらと歩いてみた。するとやがて茶房の前に着き、はく製になって立っている象を見つけた。ジャンボは以前と変わらぬ巨大な体を誇るように鼻を高々と掲げて立っている。これまでに暑い陽射しと風にさらされたジャンボは色あせ、雨露に濡れては乾くことをくり返したために弾力を失い、皮もしわくちゃになっていた。チュニは蕙と皮だけになったジャンボの姿を見て、彼と一緒に過ごした思い出がよみがえり、物悲しい気持ちで胸が詰まった。このときどこからか急に、彼女に信号が伝わった。

おちびさん、こんちわ。

ジャンボだった。チュニは驚きと嬉しさでぐっと涙がこみあげそうになったが、懸命にこらえて前と同じようにあいさつを返した。

こんちわ、ジャンボ。元気だった？

うん。あんたもずいぶん大きくなったね、もうちょっとしたら女になりそうだね。

だけどあんた、今までどこにいたの？

あちこち、回っていたんだよ。ちょっと前までは、私が生まれたアフリカにも行ってきたんだ。

アフリカってどこ？

とっても遠くだよ。そこには広い広い砂漠があって、ライオンやハイエナみたいな怖い獣もいるんだ。

そう。いつかあんたに聞いたことがあるみたい。

それに、実はあんたがいる煉瓦工場にも行ったんだよ。

どうしてあたしんとこへ来てくれなかったの？

そのときはみんな疲れてぐっすり眠っている夜中だったからね、あんたを起こすことはできなかったんだよ。あそこで暮らすのはどうだい、おちびさん？

けっこう楽しいよ。文のおじさんから、煉瓦の作り方を教わってるのよ。

そうかい。あの人は優しいかい？

うん。でも、おじさんは目が見えなくなっていってるの。もう間もなく、目の前も見えなくなるんだって。

悲しい話だね。

ジャンボは憂鬱そうな声で言った。

でも、あんたはどうして消えないの？　いつか言ったよねえ、死ぬというのはずーっと消えてしまうことだって。

チュニが尋ねた。

おりこうだね、おちびさん。そんなことを憶えているなんて。

そうだったね。でも、あんたの母さんがこんなふうにはく製にしてくれたから、私は消えたくても消えることができないんだ。だからあんたがちょっと助けてくれないかい。

あたしが、どうやって？

私はもう、休みたいんだ。昼も夜もこうやって立っているのはすごくたいへんなんでね。それに、人にじろじろ見られて恥ずかしいんだ。だからあんたが、私をなくしてくれないかな。どうやってなくしたらいいの？　だってあんたはこんなにおっきいのに。

おちびさん、できないなんて思わずに、ちょっと考えてみてごらん。この中には藁がいっぱい詰まってて、少しも水気がなくてぱさぱさに乾いているんだよ。それに、今はちょうどいい風も吹いているしね。

そこまで言われて、チュニはジャンボがどうしてほしいのかわかった。

その日クムボクと双子姉妹は前日の結婚式についておしゃべりしていて、チュニが茶房に入りこみ、こっそりマッチを持ち出したことに気づかなかった。しばらくして、外で人々が火事だ火事だと叫ぶ大声を聞いて窓辺に駆け寄り、はく製になったジャンボの体に火がついて黒煙を上げているのを見てびっくり仰天して駆けおりたそのとき、熱された空気によって風船のようにふくらんでいたジャンボの皮がバーンという音とともにはじけ、あっというまに火柱が立ち上り、その火柱が茶房の建物にも移って建物の半分以上が焼けてしまうまで、彼女らはなすすべもなく地団駄を踏みながら見ているしかなかった。しばらく前に新しくできた消防署からやってきた大きな消防車がピーポーピーポーとけたたましい音をたてて駆けつけ、消防車を初めて見た人々がみな感嘆して見守る中、かっこいい消防服を着て帽子をかぶった消防士たちが車から降り、ホースで滝のように激しい放水を浴びせて見る見る火を消し止め、消防車のパワーを遺憾なく発揮、見物人から拍手喝采を浴び、消防士が消防車の上でかっこよく微笑を浮かべ、全員帽子をとってあいさつする段になって初めて、消防車の横にチュニが水をびっしょりかぶって立っているのが発見された。

クムボクはチュニが火をつけたことを人々から聞いて知ったが、このときは彼女を叱らなかった。チュニに老婆の幽霊が乗り移ったのだと思ったからである。クムボクは人々に、火事が出たのは他でもない老婆の呪いによるもので、老婆が言った火柱とは茶房の火事を意味していたのであり、これで老婆の呪いはすべて終わりを告げたと宣言した。

焼けた茶房を補修するにはかなりの金がかかったが、クムボクはこの程度の被害で老婆の呪いから逃れることができるなら幸運と思い、少しも出し惜しみしなかった。


クムボクは焼けた茶房の補修をするとともに、劇場建設計画を推進するためにピョンデに残り、チュニだけが一人工場に戻っていった。煉瓦工場は相変わらず忙しく、活気に満ちていた。文はしだいに目が見えなくなり、このころにはやっと三、四歩先のものしか識別できないほどだった。その代わり彼の目の前には、はるかな昔、故郷の村で見た雲をかぶった山の景色や、陽射しにきらめく川の水、いつか父親に連れられて山に薪取りに行ったときに洞穴の中で見つけた山犬の子、また、ずっと前に別れた家族や故郷の親しい人々の顔がはっきりと浮かぶようになった。文はさらに言葉を失っていき、一日じゅう人々の間で働きながらも、たったの一言ももの を言わない日が多くなった。そのようにして彼は現在から過去へ、現実から夢へ、存在するものから消え去ったものへ、人々との対話と交流から一人きりの孤独な沈黙の中へと没入していった。

チュニもまた相変わらず、自分だけの世界にとどまっていた。このころ彼女が新たに興味を持った遊びは、死んだ昆虫や動物を、工場の敷地のすみに積み上げた煉瓦の山の下の方に集めておくことだった。それはジャンボの死をきっかけに新たに知った未知の世界への、彼女なりの好奇心によるものだった。彼女は死んだイタチや日光でからからに乾いて木の枝のように固くなったカエルの死体などを煉瓦の山の下に隠しておき、暇さえあればそこへ行って観察していた。彼女は、活発に動いていた昆虫や動物たちがなぜ急に動かなくなり、腐って消えていくのかが気になった。彼女はその謎について知りたくて、昆虫や動物を探して一日じゅう野原をさまよった。

そのようにして静かに死の世界を探検していたチュニはある日、人々の注目を一身に集める小事件に遭遇したのだが、それはまさに彼女の驚くべき腕力のためだった。人夫たちはときどき休み時間の暇つぶしに、庭の片すみで腕相撲をすることがあった。主に、血の気をもてあましている若者たちがやるのである。その日対決した二人の男は工場でも一、二を争う太い腕と厚い肩を誇っていたから、かなり見ごたえのある勝負となり、年寄りや飯炊き女たちまで総出で見物していた。陽に焼け、長年の労働で鍛えられた彼らの腕はクヌギの木のように頑丈で、強靭に見えた。二人が手を握って力をこめると、薄い皮膚の下にぱんぱんにふくらんだ筋肉がうごめく。その日の勝利者は船員として働いた経験を持つ男であった。勝利者が決まったとき、一人の茶目っ気のある男がそばで見ていたチュニにこう言った。

——おまえはトンピョなんだってなあ？　なら、わしと一勝負してみるか？　おまえは女の子だしまだ子どもだから、おじさんはおまえの手首をつかむことにするよ。どうだ、それなら公平だろう?

男の言葉にみな笑い出したが、笑いはすぐに驚きと賛嘆に変わった。チュニが男たちを軒並み負かし、ついにその日の勝利者である船員出身の男と対決することになったからである。彼は他の男たちよりは少し長く持ちこたえたが、とうとう勝利を守ることができなかった。人々はみな、まだ幼い女の子にすぎないチュニの力に感嘆を禁じえず、やはりトンピョの威力はすごいものだと舌を巻いた。

だがいくらもしないうちに、工場にはこれ以上相手がいなかったチュニにもついに好敵手が現れた。それは煉瓦を運ぶトラック運転手の息子だった。チュニが腕相撲で工場の男たちを全員負かしたと聞いた運転手は、にんまりと笑って言った。

――それなら、ちょうどおあつらえ向きの相手がいるぞ。

人々は彼自身がチュニと対決するのだと思ったが、彼は後ろに隠れていた自分の息子を前に出ていかせた。チュニと同じぐらいの年ごろに見えるその少年は、はにかむように父親の脚にくっついていたが、彼もまたトンピョであることが知られていた。

ほどなく二人は庭の真ん中で向き合った。チュニの手を握った瞬間、少年は得体の知れない強烈な感覚にとらわれた。それは、目の前のこの少女がいつか自分の運命にかかわってくるだろうという、雄としての本能的な予感であった。腕相撲が始まると、なるほどトラック運転手が豪語した通り、彼の息子もまた並々ならぬ力持ちであることがはっきりした。二人の幼いトンピョは全力を尽くして相手を倒そうとしたが、小一時間過ぎても勝負はつかない。手をがっちりつかんで対戦するうちに、互いの手の甲には爪が食いこんで血が流れ、中天にかかっていた太陽はいつのまにか西の空に沈んでいた。しかしみな感嘆と驚きで身じろぎもせず、その場から立ち去らなかった。ついに床几《しょうぎ》の脚がぽきんと折れて、その日の試合は引き分けに終わった。

チュニと少年は激しい息をしながら互いの顔を見合った。そのときようやくチュニも何かを感じたのか、少年の視線を避けて煙突の後ろへ走り去った。

その後も二人の試合はトラック運転手が工場へ寄るたびに再開され、毎回引き分けに終わった。何度も対戦するうちになじみになった二人は、試合が終わると一緒に遊ぶようになった。チュニは少年に煉瓦の山の下に隠した昆虫や動物の死骸を全部見せてやり、新しく見つけたタヌキの穴にも連れていった。素直な性格だった少年は文句も言わず、チュニと連れだって工場の周辺を歩き回り、一緒に遊んだ。彼はチュニの幼年時代を通してたった一人の友だちとなり、その友情は翌年、彼の父親が遠く南方の海辺で原木を運ぶ仕事につくためピョンデを離れるまで続いた。二人は後日再会し、もう一度特別な因縁を結ぶことになるのだが、それはずっと長い時間が過ぎた後のことである。

その年の冬、クムボクは劇場を建てるために一人の建築家に会った。彼はすでに大都市で多くの劇場やホテルを作ったことのある経験豊かな建築家だった。ハンチングをかぶり、耳に鉛筆をはさんだ彼は、助手と一緒に茶房でクムボクと対面した。彼がクムボクをそれとなく見下すような傲慢な態度で、今までに設計した大きな建築物の名前や専門用語を並べ立てると、クムボクはそれをさえぎって、こう言った。

——いいわ。そんな実力がおありなら、劇場を一つ建てるぐらい朝飯前でしょう。その代わり、私の希望通りの形に建ててくださいね。私が建築主なんだから、当然そうする権利があるのでしょ?

すると建築家は肩をすくめて答えた。

——それはもう、お好きなように。

クムボクはにっこり笑って答えた。

——ありがとう。それなら、前から考えていたことがあるの。

彼女は自分で書いたものだと言って一枚の白い紙を取り出した。建築家が広げてみると、そこには次のような絵が描かれていた。

娼婦

少女は夢うつつに、湿ってカビ臭い霧の匂いを嗅いだ。彼女はそっと寝床から抜け出して、外へ出た。煌々たる月光に照らされて、世の万物が静かに眠っている。燃えるような真昼の熱気は

すっかり冷えきっており、彼女は工場の庭を抜け、やぶの方へとゆっくり歩いていった。誰かに呼ばれでもしたかのように、その足取りは少しのためらいもなく自然だった。少女はやぶを這い回る昆虫たちのサササッという足音を聞いた。そして、生きとし生けるもののすべてが放つひそやかな音と香りに存分に浸った。彼女は服を全部脱ぎ捨て、両手を思いきり横に広げた。少しでもたくさんの香り、音、重たげに流れていく霧に浸りきるためだった。月光のもと、少女の裸体があらわになった。普通の若い男ほどもある大きな体である。彼女は草原を歩き回り、植物がひそかに育ちつつある夜の空気の匂いを嗅いだ。彼女はぐっすりと眠っているタヌキの寝息やノネズミを追って木を這い上がる青大将の冷たい匂い、せっせと穴を掘っているオケラの足さばき、そして自分の体内で起きている静かな変化を感じとっていた。ついに彼女にも思

春期が始まったのである。彼女の体のどこかで分泌されはじめた強力なホルモンは、今や彼女を女に変えつつあった。それは生命の祝福であり、自然の法則だった。

何日かすると、チュニに生理が始まった。朝起きて布団と下着についた血を見て驚いたチュニは、文の手を引いて血のついた布団を見せた。文はすぐ、ピョンデにいるクムボクに、チュニに月経が始まったことを知らせた。

——つまり、あの子もやっぱり女だってことが証明されたわけね。

クムボクはあまり関心がなさそうに投げやりに答え、その日煉瓦を運び出しに行くトラックに、ナプキンを車一台分積んでやりながら言った。

——これだけあれば、生理が上がるまでもつでしょうよ。

近代化の波は女たちの日常生活にも大きな変化をもたらし、このころには木綿の布を使う生理帯から、使い捨てのナプキンの時代に変わっていた。その後チュニは、自分の体の中で起きている変化を何よりも敏感に感じたが、誰もナプキンの使い方を教えてくれなかったので、月経のたびにチマに赤い血のしみをつけたまま歩き回っていた。それで、チュニの部屋にどっさり積まれたナプキンは、工場で働く女たちが一つ、二つとこっそり盗んでいき、わずか二か月もしないうちに全部なくなってしまった。

遠い昔、港町で見た大王鯨の巨大なイメージにすっかり魅了されていたクムボクは、二十年余りが流れた後もあの恍惚とするような魅力を忘れられなかった。クムボクの主張によって鯨を象って設計された劇場は、当時の建築技術が総動員された最先端の建物だった。工事が本格的に始まると、ナムバランで作られた煉瓦はそっくり劇場の建設現場に運ばれ、また大勢の人夫が動員された。ピョンデ駅前に敷地を定めた現場は、ありとあらゆる建築資材を運ぶトラックで混み合い、たいへんな騒ぎとなった。クムボクはまた、トレードマークのもんぺをはいて工事現場を忙しそうに行き来し、現場を離れなかった。

このころのクムボクには一つ大きな変化があったのだが、それは他でもない、どこでもチマをまくり上げ、業者だろうが牧師だろうが工場の人夫だろうがおかまいなく布団の中へ引っ張りこみ、町の人たちの口さがない噂の種になっていたあの浮気癖が消えたことである。彼女自身もいつからか男への欲情が嘘のように消えたことに気づいていぶかしく思ったが、すぐに、劇場の仕事であまりにも気を遣うからだろうと軽く考えて気にしないことにした。だがそれは、彼女の体内で分泌されていたホルモンの変化によるものだった。この不思議な変化は遠くない将来、彼女の人生を完全に変えてしまうのだが、そのきっかけは、駅近くの売春街で体を売っていた一人の若い娼婦の登場だった。

ある朝、早めに工事現場に出た人夫の一人が、露よけのために材木の上にかけてあるおおいの下で何かががさがさいう音を聞いた。野良猫だろうと思った彼はおおいを持ち上げてみて、乱れ髪で顔にかさぶたのできた若い女がうずくまって震えているのを見つけた。人夫が走っていってそのことを知らせると、クムボクはすぐに、それは昨夜逃げた娼婦だなと思い当たった。昨晩、ある娼婦が客を相手に失策をやらかし、抱え主にぶちのめされて、彼が席をはずしたすきにこっそり逃げ出したため、売春宿で娼婦たちの世話を任されているチンピラどもが夜通し町を探していたのを双子の姉から聞いて知っていたからである。クムボクが、娼婦のことなら自分ではなく抱え主のところへ行って訊けと人夫に言うと、双子の姉は、家に飛んできたキジは捕まえてはいけないともいうし、犬だって出口があるのを確かめてから追い出すものだというのに、なんでそう冷たく人を追い出すのだと言い、連れてきて事情を聞いてみようと彼女らしい人情を発揮した。

ややあって、人夫は人目をしのんで娼婦を家に連れてきた。殴られた上に一晩寝ていないため、身なりは乱れ顔は痣だらけだったが、クムボクはこの娼婦がこのあたりにはめったにいない美人であることを一目で見抜いた。クムボクは人夫に金をいくらか与え、女を見たことを絶対に口外しないように言って立ち去らせた後、腹ごしらえをするようにと娼婦に小さなお膳を整えてやった。少女っぽさがようやく抜けたばかりの娼婦は箸もとらずにただ泣くばかりで、クムボクはずっと昔、港町に初めて着いたときの心細さを思い出し、彼女を不憫に思った。

ひとしきり泣いた女はしばらくするとようやく口を開き、事情を打ち明けたが、貧しい家の娘として生まれ、無能な父親がかけごと好きでたいへんな借金をしたために仕方なく酒場に売られ、国のいたるところを渡り歩き、ついにピョンデにまで流れついて体を売っていたが、昨夜、客としてやってきた一人の飴売りが、自分の体についている通常の穴には関心がなく、とんでもない穴にばかり好奇心を示すのですっかり腹を立て、彼の性器に噛みついてしまい、それが問題となって抱え主に袋叩きにされ、耐えられずに逃げ出したという、そのような事情であった。双子の姉は、よその土地へ行く路線にこっそり乗せて逃がしてやろうと意見したが、クムボクは何を思ったか、娼婦を彼女に預けて家を出た。

彼女が訪ねていったのは、駅のすぐ前にある売春街だった。突発的に頭をもたげる男どもの悩ましい欲望を引き受けている、辛い身の上ということでは男どもとおっつかっつの娼婦たちが、けばけばしい化粧に肌もあらわな派手な衣装でガムをくちゃくちゃ噛みながら通りへ出て、「おじさん、休んでらっしゃいよ」「お兄さん遊んでいきなよ、よくしてやるから」または「学生さんは三十パーセント割引よ」または「縁起でもないわね、どこ触ってんのよ？　金もないくせに」などと吐き散らしては男たちの服の裾を引っ張っていた。クムボクはピンク色の照明が光る室内で、抱え主と向かい合って座った。

——どうなさったのですかな、カン社長のような方がこんな卑しいところへいらっしゃるとは。

ヤギのようにあごひげを伸ばした抱え主は、ヘビのように冷たくタヌキのように狡猾な人間だった。

——あなたとは一度も取り引きをしたことはなかったわね、たぶん？

——私のような小商いで、社長みたいな大きな事業主さんと取り引きがあるはずもないでしょう？

——では、今日は私と取り引きを始めてみます？

クムボクがパイプにタバコを詰めながら言うと、抱え主は何のことかというようにいぶかしげな表情で見つめた。クムボクはタバコの煙を長く吐き出しながら、さりげなく尋ねた。

——昨日の夜、ここから逃げた女の子が一人いるって聞いたけど本当ですか？

ここへきて初めて何の話か悟った抱え主は、下品な顔つきで口を尖らせて言った。

——社長があの子に関心をお持ちとは思わなんだ。私はあの子を捕まえたら、二度と逃げられないように足首を切っちまおうと思ってるんですよ。どうせ、あれをするのに別に足首は必要ないですからな。

——なるほど。それじゃあの子があなたにいくら借りがあるのか教えてちょうだい。

——あの子にいくら借金があるのかは問題じゃありませんでね。重要なのは、あの子がこの先私にいくら稼がせてくれるかってことでして。

抱え主がふてぶてしく答えた。彼もまたクムボクに負けない商売人なので手ごわい。しかしクムボクはやはりまばたき一つせずに訊いた。

——私がここの駅前に劇場を建てていることはご存じね？

——それを知らなきゃ、ピョンデの人間じゃないでしょう。

——この前、国政を執っている方が見えてね、ずいぶん心配していらしたんですよ。ここに劇場が建つというのに、その真ん前に私娼街があっては、よそから来る人たちに見てくれも悪いし、子どもの教育環境にも問題があるんじゃないかってね。それで私も申し上げたのよ、あれをしないですませる人がどこにおりますかって。日なたがあれば日陰があるのと同じように、嫌な仕事を進んで引き受けてくれる人がいるから、誰かがご清潔なふりをしていばったり、格好つけたりしていられるんじゃありませんかって。

クムボクは笑いながら話していたが、ほとんど露骨な脅迫である。ここへきて抱え主の顔もこわばった。しばらく沈黙を守っていた彼が口を開いた。

――それでは、社長はあの子の値段をいくらと見積もっておられますかな？

クムボクはにっこり笑って言った。

――ようやく話が通じそうね。

この日クムボクと抱え主は顔を突き合わせ、逃げた娼婦の価格をめぐって駆け引きを展開したのだが、その際基準としたのが生命保険業界で人命被害の賠償額算定に用いるホフマン方式だったので、計算が非常に面倒だった。それは、逃げた娼婦が今後稼ぐものと予想される金額を一度に支払うにあたり中間利息を控除するという方法で、はたして娼婦は何歳までお客をとれるのかという定年論争から、彼女らがやたらと食べるトッポッキなどのおやつ代や生理ナプキン代を生活費に含めるかどうかという問題――結局、おやつ代は含めずナプキン代は含めることになった――また彼女らを正規雇用と見るか非正規雇用と見るかという論点、及びそれに伴い一か月の勤務日数を何日とするかという攻防、さらに雇用側と被雇用側の利益取り分比率をどのような基準で適用するかという問題を集中討論するためにほぼ半日を費やし、すったもんだしたあげく、ほぼ家一軒分に相当する金額をクムボクが払うことでようやく、逃げた娼婦を放棄するという念書を受け取ることができた。このため双子の姉はしばらくの間、逃げてきた彼女を本来の名「睡蓮」ではなく、ひどく高くついた女だからというので「高子」と呼んでからかったりした。

その日クムボクは抱え主の前で「国政を執っている方」云々と言ったが、これはあながち脅し文句ばかりとはいえなかった。クムボクはすでにピョンデでは最も有力な財産家として名高く、取り引きを希望する地方名士や、見るからに汚い下心がありそうな政治家、寄付目当ての慈善団体や福祉団体、噂を聞いて故郷から訪ねてきた遠縁の者、何でもいいからうまいことやってがっぽりつかみたい詐欺師、クムボクが誰にでも気前がいいというので一度金をせびってみようかという遊び人、何ももらえなければそれまでよ、でもとにかくどんな女か見てみたいという好奇心の強いごろつき、てめえ宗教差別すんのか、礼拝堂には援助したのになんで寺は建ててくれないんだとなじりに来た生臭坊主など、彼女に会うためにやってきた面々で行列ができるほどだった。

あるとき、一人の政治家が訪ねてきたことがあった。彼はピョンデから共産主義者を完全に追い出さねばならないと言って口角泡を飛ばした。クムボクはタバコをくわえ、椅子に斜めにもたれて聞いていたが、急に思いついたように尋ねた。

――ところで、共産主義っていうのは何に使う品物なんです?

すると政治家は答えた。

――それはモノじゃなくて、考え方の名前ですよ。

――考え方にも名前があるんですの?

――もちろんです。世の中に名前のないものはありませんよ。社会主義、資本主義、民主主義、

実用主義、古典主義、新古典主義、浪漫主義、実存主義、表現主義、物神主義、個人主義、現実主義、超現実主義、拝金主義、物質万能主義、一発主義……

するとクムボクが退屈そうに、長いあくびをしながら言った。

——もうけっこうよ。そんなお念仏みたいなこと唱えていないで、共産主義ってのがどういう考え方なのか教えてくださいよ。

——それはあなたのようなお金持ちの財産を全部取りあげて、平等に分け合おうという考え方ですよ。

——泥棒みたいな考え方ね。そういう人たちの頭の中には何が入ってんのかしら。そんなろくでもないことを考えるなんて？

——ですからそんな奴らは一掃しなくてはならんのです。

クムボクはしばらく考えて言った。

——私の考えじゃね、そんな連中はみんな捕まえて、腰に石をくくりつけて海に放りこめばいいのよ。どう、こういう考え方にも名前がつけられる？

——それにはもう名前がついていますよ。

——どういう名前です？

——それこそ滅共主義ですよ。アカは根絶やしにしてしまえという考え方ですな。

アカとはもちろん共産主義者のことだ。イデオロギーに対するクムボクの理解はとても単純で、ほとんどの人と同じようにたいへんはっきりしていた。それは原理主義の法則である。

彼女は後に自分の選択について次のように弁明した。

——私は右側にしたの。だって右が正しいに決まっているでしょ。[20]

またあるとき、他の政治家が訪ねてきたことがある。彼もまた共産主義者を一掃しなくてはならないと口角泡を飛ばしたが、彼の主張はさらに過激だった。

——アカは必ずや殺さなくてはなりません。

——そこまでしなきゃいけないの？

——絶対です。なぜならアカ一人を生かしておいたら、そのアカが十人を殺しますからね。だからアカを一人殺せば九人を助けるのと同じです。

——なんで十人じゃなくて九人なの？

——まあ、そのアカ一人は殺すわけなんで。


というようなものである。政治家たちは一様に、口さえ開けば共産主義者を一掃すべしと主張したが、実のところピョンデは外界から完全に孤立していたおかげで戦争の惨禍を免れた上に、イデオロギーの台風にも見舞われていなかったため、人々は共産主義とは何のことかろくに知らないのだった。

ともかくその政治家が来た後クムボクは滅共主義者になり、ピョンデ反共連盟女性分科会委員長という役職を一つ拝命したのだが、そのようにしてあれやこれやの政治団体、経済団体、環境団体、宗教団体、学術団体、体育団体、地域団体から押しつけられた肩書きは、ざっと拾ってもロータリークラブピョンデ支部副会長、ライオンズクラブピョンデ支部幹事、不正防止対策委員会理事、正しく生きる国民運動本部常任委員、セマウル運動本部[21]ピョンデ支部長、ピョンデ4Hクラブ[22]女性会長、全国茶房連合会ピョンデ支部長、全国煉瓦協会顧問、ピョンデ経済発展委員会幹事、全国運輸協会ピョンデ支部長、メンソン体操[23]普及センター室長、イチイ生息地を保護する市民の会代表、野生タヌキ保護協会理事、ピョンデ堅炭《かたずみ》[24]組合理事長、ピョンデ経済研究所所長、全国干物協会ピョンデ支部会会長など、数十余りに及んだ。

クムボクが大金を払って請け出してやった若い娼婦について、双子の姉は、おいおい茶房にでも出して働かせるのだろうと思っていた。しかしクムボクは何を思ったか、睡蓮を家に置いて洗濯、掃除などの家事をさせていた。家にいる間に彼女は年相応の明るい表情を取り戻し、傷も癒えはじめ、すると美貌がさらに輝いた。

ある日夜遅く帰宅したクムボクは、台所から物音がするので戸を開けてみて、睡蓮が沐浴して

＊20【右が正しいに決まっているでしょ】　韓国語では「右の」と「正しい」は同音異義語である。
＊21【セマウル運動】　一九七〇年代に始まった農村地域振興運動。「セマウル」とは「新しい村」の意味。
＊22【4Hクラブ】　アメリカに発祥した農村青少年組織。農業技術向上や生活改善を目指す。
＊23【メンソン体操】　特別な道具や設備がなくても手ぶら《メンソン》で行える体操。
＊24【堅炭】　カシ、ナラなどの木で作った固くて火力の強い木炭。練炭などと区別して「本物の炭」という意味で用いることもある。

いるところを見つけた。白い湯気がたちこめる中に裸で立った睡蓮の姿は、まるでたった今空から天女がおりてきたようなまばゆさだった。お湯に濡れていっそう黒々とした髪が鹿のようにしなやかな細腰までゆらゆらと流れ落ち、その下には大きくも小さくもない丸い尻が、まるで珠を削って作ったような優しい曲線を描き、男といわず女といわず見る者すべての息が止まるほどである。クムボクが入ってきたのを見てさっと振り向き笑う口元には少しのぎこちなさもなく自然で、まるで紅の露がおりたようにぽってりとした唇は今にもこぼれ落ちそうな風情で誘いかけ、絶世の美女とはまさに彼女のためにある言葉と思われた。

クムボクが背中をこすってやると言うと、睡蓮ははにかむように後ろを向いたが、彼女のあでやかな姿態のどこにも男たちが手をつけた痕跡を認めることはできなかった。その腰に触れるとまるで肌が手に吸いつくようにやわらかく、クムボクは思わず手が震えた。背中をこすってやる間クムボクは、自分が失ったものが何であったかをついに悟って胸がつぶれる思いだった。際限なく失っていくことが人生だというならば、彼女はすでに多くのものを失ってきた。幼年時代を失い、故郷を失い、初恋を失い、そして何より今や若さを失い、自分に残されたものはただの抜け殻だということを、みずみずしい睡蓮の肉体の前で痛いほど認めなくてはならなかった。彼女の背中をこすってやっていたクムボクは突然、長いため息をついて言った。

——世の中にあんたのような子がいるなんて信じられないねえ。

睡蓮が恥ずかしそうに振り向いて訊いた。

——私、そんなにきれいでしょうか？

——もちろんだよ、きれいどころでないよ。若いころ私もずいぶん男に追っかけられたもんだけど、私がどんなに若くてもあんたの足元にも及ばないわ。

そして彼女の背中にお湯をかけてやりながら続けた。

——あんたみたいなすごい美人はめったにいないもんだ。たぶんあんたをこしらえるときに、神様は特別に念入りに作ったんだろうね。

このところ牧師の影響を受けたためかどうか、クムボクが神様の名を持ち出すと、睡蓮がいたずらっぽく言った。

——じゃあ、他の人たちを作るときはどうなさったんでしょ？

——そりゃあ適当に作ったんだろうさ、粘土で煉瓦を作るみたいにね。

クムボクのそんな言葉を聞いたら間違いなくかっとして怒っただろう文は、ある朝寝床で起きて、目の前を広い川が流れていくのを見てけげんに思った。川岸にはポプラの大木が立ち並び、遠く人々が集まっている渡し場には、小さな帆掛け船が何艘か浮かんでいる。波は静かできらめく陽射しが目にまぶしく、その上ではねている鯉はみな大きく、丸々と肉づきがよかった。それは文が幼いときに見た故郷の村の風景だった。文はついに、自分の目が完全に見えなくなり、今目の前に広がっているのは記憶の中に残っていた風景に違いないことを悟った。

その日から完全に目が見えなくなった代わりに、彼の目の前には記憶の中にしまってあった風景がどんなときも、順序もなく不規則にパノラマのように広がった。目前に広がったパノラマは、思い出せる限りの遠い昔から目が見えなくなる直前までの長きにわたる人生をくまなく記録したアルバムにも似ていた。その中には美しく平和だった幼年期の風景や、戦争で目撃したあらゆるおぞましい場面、中国の煉瓦工場で働いていたときに見た珍しい異国の風景、そして思い浮かべるたびにいつも胸が締めつけられる家族の顔、また柳の木の下でのクムボクとの情事、一人ナムバランに残って煉瓦を焼いていた、またとなく寂しかったあの冬の風景など、全生涯にわたる喜怒哀楽のすべてが入っていた。誰かがそれらをフィルムに収めることができたなら、一人の平凡な人間の生涯にこんなに多くの事件が起きたことに、または一人の記憶の中にこんなに多くのイメージが貯蔵されているという事実にみな驚き、人類学、社会学、歴史学、心理学などさまざまな人文科学分野においてこの上なく貴重な資料になっただろうが、不幸にもそれは最初から不可能なことであり、それらのすべての場面は何年か後に、彼が柳の木の下の小川で死を迎えたとき、煙のように消えた。

いつからかクムボクの頭の中で男たちへの欲情はすっかり消え、代わりに睡蓮の若く美しい肉体がいっぱいに占拠するようになった。クムボクは彼女のために高価な服や化粧品を買いこんだ。睡蓮は家にこもって自分を飾りたてること以外には何もしなかった。どことなく未熟で不安定だった少女っぽさがすっかり消えてからというもの、その美しさはいっそう成熟していった。彼女はクムボクを実の姉のように慕い、寝るときも同じ部屋で仲良くひそひそ話をしながら眠りにつくのだった。

そうこうしている間、クムボクの体には変化が起こりはじめた。タバコをたくさん吸ったせいか声が太くなり、もともと濃かった体毛がさらに濃くなり、口のまわりの産毛も少しずつ太くなっていった。そして得体の知れない妙な活力がみなぎり、態度もさらに堂々としてきた。それは、女なら誰しも年をとれば分泌が盛んになるテストステロンという男性ホルモンが起こす自然現象だったのだが、クムボクの場合はその変化がちょっと激しすぎた。

その夏、夜遅く建築業者たちと酒を飲んで帰ってきたクムボクは、睡蓮が蚊帳の中で一人で寝ているのを見た。暑かったからか、下着一枚羽織っただけのはっとするような姿で、蚊帳の間からほのかに見える彼女の肌はこの上なく蠱惑《こわく》的で、夜気に乗ってかすかに漂う体臭には、十里離れたところで寝ている男もたちまち飛び起きるような、雄を誘惑する強力な物質が混入していた。それはあるとき周囲の男の多くをやきもきさせ、もうずっと前にクムボクから消えた、あの匂いだった。

クムボクは服を全部脱いで裸になり、睡蓮の眠っている蚊帳の中にもぐりこんだ。そして我知らず、彼女の腰のくびれの上に震える手をそっとのせた。汗に濡れた肌はこの上なくやわらかく、まるでお湯の中に手をつけたようだった。かつてシンパイの腹の上に手をのせたときと同じように胸が高鳴り、ときめく一瞬である。このとき睡蓮が目を開けた。彼女は恥ずかしそうにふっと笑い、枕に顔を埋めた。もうがまんできなくなったクムボクは、息遣いも荒々しく、悩ましく魅力的な彼女の胸をぐっと抱きよせた。

鯨

ついに劇場が開館した日、見物人たちはまた弁当を携えてピョンデに集まってきた。この日までにピョンデの人口は急速に増加しており、象のジャンボが来たときの何倍もの群衆が詰めかけ、劇場前の広場は朝から足の踏み場もなかった。入場券はすでに前日に売りきれており、その日映画を見ることができる人はごく一部だったにもかかわらず、彼らはただ劇場を見られるという期待だけで、遠路はるばる労を惜しまずやってきたのだ。国会議員をはじめとする政治家はもちろん、警察や消防、郵便局、保健所など各官公庁の長たちや、ありったけの虚勢を張ったいわゆる地方名士もみな招待され、大理石の階段の上にある席に座った。映画が始まる前に開会式が行われるためである。

来賓がテープカットを終えて綱を引くと幕が取り払われ、ベールに包まれていた劇場の全貌がついに現れた。巨大な鯨がたった今水から躍り出たように思いきり尾を持ち上げているという、みなの想像を上回るその形に群衆は驚き、いっせいに席から立ち上がって歓呼の声を上げた。鯨の尾の部分には映写室があり、頭の方にはスクリーンがあって、観客は鯨の腹にあたる中間の部分に座って映画を見るという構造である。また、劇場の前に作られた、曲がりくねった大理石の階段はまるで波打っているかに見え、鯨が海上に浮かんだような効果を出しており、階段から劇場のロビーまではレッドカーペットが敷かれて建物の威容をひときわ強調して見せていた。

遠くからも一目で見える巨大な劇場の看板には映画の一場面が描かれていた。その日開館記念に初上映された作品はやはり、粋なガンマンたちが活躍する西部劇だった。しかしこの映画の主人公はジョン・ウェインではなく、マントを羽織って葉巻をくちゃくちゃ噛んでいる、強盗のような雰囲気のガンマンだった。見物人たちは正面から彼らを見おろしているガンマンの無造作に伸ばしたひげ、憂愁と野性を色濃くたたえたまなざしに魅了され、すぐにでも劇場に飛びこみたい気持ちで待ちこがれていた。

この日、群衆の目を引いたのはそれだけではなかった。彼らは華やかな洋装に身を包んで貴賓席に座っている一人の美女から目を離せなかった。彼女こそ誰あろう、娼家で身を売っていた睡蓮だったのだが、それを見抜いた者はいなかった。日焼けを恐れて扇子で顔をおおっていたが、彼女は数十人の来賓の中でも当然きわだっており、群衆はいったい誰の女だろうと思っていたが、その疑問はすぐに解けた。

しばらく後、国会議員などの来賓たちが大理石の階段の上に作られた演壇に上り、順に祝辞を述べた。みな言いたいことの多い人たちだから例によって祝辞には時間がかかり、群衆が退屈してきたころ、いよいよ劇場主が最後のあいさつのために壇上に上がった。そして群衆はみな、壇上のクムボクをいぶかしげな表情で見つめた。というのも彼らが聞いた噂ではこの劇場を建てたのは女だということだったのに、いざ壇上に上がったのが背広を着た男だったからである。

そうだ！　その日クムボクは、中折れ帽に蝶ネクタイを締めた背広姿で登場し、自分が男になったことを堂々と世に宣言したのだった。その日彼女は三十分を超える長い演説によって、今後、地域の発展と芸術文化の復興のために残された力のすべてを注ぐ決意を述べたが、演説の言葉があまりにも華麗で感動的であったため、壇上でそれを聞いていた来賓たちは、さっき自分がしたつまらない演説が恥ずかしくて早く席を立ちたくなったほどである。

実はその演説の原稿を書いたのは彼女の故郷の友、薬売りだった。クムボクはずっと劇場の運営を任せられる人間を探していたが、双子姉妹と自分を笑わせ泣かせた薬売りのずば抜けた弁舌の才を思い出し、つてをたどって調べたあげく遠い都市で薬屋を営んでいた彼を訪ねていき、劇場支配人のポストにつけたのだった。しかし群衆は、なぜクムボクが急に男装したのか、はたして噂通りクムボクは男女両方の生殖器を持った半陰陽なのか、また、駅前の売春街で働いていた娼婦と同性愛の仲なのかどうかが気になってざわめき続け、彼女の華麗な演説は耳に入らなかった。演説が終わった瞬間、屋上から突然水が降り注ぎ、下にいた群衆はみなびっしょり濡れてしまったが、これは屋上に設置された噴水から噴き出したもので、鯨が潮を噴くようすを表すためにクムボクが最後に追加したアイディアだった。このため劇場は初めから、ピョンデ劇場という正式名称ではなく鯨劇場という名で知られることになった。

その日、開館式が行われた場所には魚屋も来ていた。昨日飲んだ酒のせいで、行事がほとんど終わるころにようやく劇場に着いたのである。劇場前広場には雲霞《うんか》のごとく群衆が集まっており、演壇ではクムボクが熱弁をふるっていた。彼は目の前の劇場をまだ酔いの醒めない目でぼんやりと眺め、ふと一人言のようにつぶやいた。

——あんなでっかい魚は生まれて初めて見るな。

少女の母親は出産のさなかだった。難産だった。大人たちは焦ったようすでしきりに部屋を出入りしており、その夜、少女は土間にうずくまって一晩じゅう、部屋から漏れ聞こえる母の苦しげな悲鳴を聞いていた。彼女は今か今かと気が気でならず、一時でも早く母のおなかから妹だか弟だかが出てきてこの苦しみが終わることを祈る一方、誰かが早くあたたかい部屋に呼び入れてくれることを願っていた。しかし母の呻き声はだんだん大きくなっていく一方だった。彼女は目をぎゅっとつぶり、両手で耳をふさいだ。そして、幸せで楽しかったときのことを思い出そうと必死になった。だが頭の中では恐ろしい幽霊の姿がちらつくばかり、森から聞こえてくる風の音はあたかも彼らのむせび泣きのようである。彼女は恐怖にとらわれ、顔に吹きつける寒風を冷たいとも感じなかった。少女は膝に顔を埋めて泣き、いつのまにか眠りこけてしまった。

どれほど寝たのだろう。誰かが彼女の肩を叩いた。少女は目を開けた。目の前には母が立っていた。真っ青な顔は汗に濡れており、すっかり力尽きたような疲れた表情である。彼女の腕には血まみれの赤ん坊が抱かれていたが、どうしたことかその手足はだらりと垂れていた。

かあちゃん……

少女はべそをかきながら母を呼んだ。すると母の口からは、たまらないほど悲しい声が流れ出てきた。

クムボクや、母さんと赤ちゃんは、死んだんだよ。

彼女は母に抱きつこうとして駆け寄ったが、母は突然目の前から消えてしまった。その瞬間、驚きのけぞって目を覚ました少女は部屋に飛びこんだ。薄暗いランプの下に大人たちが鉛のように固い表情で座っており、母の顔には布団がかけられていた。

その日以来、少女を支配したのは死への恐怖だった。そして人生の絶対的な目標はすなわち死から逃げることだった。狭い山里から出ていったのも、港町を離れて落ち葉のように全国を流浪したのも、そしてついに鯨に似た巨大な劇場を建てたのも、すべてがあのとき体験した母の死と無縁ではなかった。彼女が鯨に魅了されたのは決してその大きさのためだけではない。いつか海辺で潮を噴き上げる青い鯨と出会ったとき、彼女は死に打ち勝った永遠の生命のイメージを見たのである。このときから、怖がりだった山里の少女は巨大なものに限りなく魅了され、大きなものを借りて小さなものに勝とうとし、光り輝くものによって汚いものを克服しようとし、広大な海に飛びこむことによって狭苦しい山里を忘れようとしてきた。そしてついに彼女はその究極の望み、つまり自ら男になることによって女を超えようとしていたのだった。

クムボクがある日突然、性の境界をひょいと飛び越えて男になった理由のすべてを知ることはできない。ただ、彼女が男としての役割に忠実であり、どんな男より男らしかったことは間違いない事実である。このころ彼女は多くの事業を経営して目も回るほどの忙しさだったが、そんな中でも睡蓮との愛は深まっていき、仕事が終わるや否や家へ駆けつけていた。クムボクは彼女のために良い服や高価な化粧品を惜しまず買いこみ、彼女の家族のために故郷に土地を買ってやった。睡蓮の立場としては不満のあろうはずもなかった。

しかしここで、どうしても気になってしまう扇情的な好奇心の的は、二人の夜の生活はどうだったかという点だ。いったい二人はどうやって愛し合っていたのか？　そして睡蓮はクムボクとのベッドに満足していたのか？　答えは、イエスだ。自分が娼家で相手にしていた荒っぽくて性悪な男たちにくらべたら、クムボクの愛撫はこの上なく優しく繊細で、睡蓮は自分でもついぞ知らなかった快楽のありかを正確に探り当てるクムボクの魔法のような指使いに感服する一方、女であるクムボクがどうやってこんなにも甘い快楽を自分にくれるのか、知りたくてたまらなかった。その秘密はやがて暴かれた。

ある嵐の夜、クムボクが入浴をすませて部屋に入ってきたちょうどそのとき稲妻が閃き、部屋の中は昼間のように明るくなった。このとき睡蓮はクムボクの股に何かついているのを見てわが目を疑った。陰毛の間にはっきりと突き出ているのは、驚いたことに男性の生殖器だったのだ。大きさは小指ほどにすぎないが、形だけは間違いなく陰茎である。彼女は初めて、クムボクが自分にもたらした快楽の秘密を知った。いつのまにかクムボクは、服装だけではなく肉体までも本当の男になっていたのである。

クムボクが男になったという噂はあっというまに広がり、文の耳にも入った。普通の人なら腰を抜かすところだが、彼は意外にも淡々とした反応を見せた。

――おまえの母さんはとうとう男になったそうだ。

彼はチュニに言った。

――不思議はないさ。あの人はもっと前からそうなるべきだったのだ。

彼は完全に目が見えなくなり、ナムバランの外には一歩も出ず、一年というものずっと工場の中だけに閉じこもって過ごしていた。彼の目の前には相変わらず、頭の中に貯蔵されたイメージが不規則に浮かび上がったが、それらはだんだんにかすかになり、やがてそれすら完全に消えてしまうだろうと彼にはわかっていた。だが彼はまだ、煉瓦に触ったり叩いてみるだけでその出来のよしあしを見分けることができ、工場責任者の役割を忠実に勤めていた。そのため人夫たちの間では、幽霊はだませても文はだませないと言われていた。


チュニはこの時期、人々から完全に忘れられていた。遅れてやってきた第二次性徴によって体が少し成熟したほかに、彼女にはさしたる変化もなかった。いつのまにか誰よりも腕のいい煉瓦工になっていたが、初めからいるかいないかわからないようなおとなしい子だった彼女に気をとめる者は誰もいない。だが彼女自身は工場暮らしに何の不満もなかった。彼女は気が向くままに煉瓦を作り、飽きたら一人で谷や野原を歩き回り、あらゆるものごととその変化を観察して一日を過ごしていた。

人々から忘れられていたのはチュニだけではなかった。クムボクは一つ目のために工場の隣に家を整えてやったが、ずっと野外で暮らしてきた彼女は、単調な工場生活にしだいに嫌気がさしてきた。彼女は工場で女たちと一緒に働いていたが、仲間と言葉をかわすことはなかったし、また、ぞっとするような雰囲気の彼女には誰も言葉をかけなかった。彼女はいつも、萩の花咲く谷とその中で飛んでいた蜜蜂のブンブンという羽音を恋しがっていた。彼女はもう、人々とともに暮らすことができない女になっていたのである。

ある日一つ目は、足の赴くまま工場の近くをぶらぶらしていて、ナムバランの奥の渓谷まで入っていった。かつていつも聞いていた谷の水音やすがすがしいツリフネソウの香りが彼女を喜ばせた。するとどこからか、何匹かの蜂が彼女をめがけて集まってきたと思うと、たちまち何十匹もの群となって彼女のまわりを飛び回った。あの日、クムボクによって蜂たちがみな焼き殺されたときにも生き残った蜂たちである。しばらく後、渓谷を訪ねた彼女は、巨大な岩の下に蜂の巣を発見した。ずっしりと蜜がたまった蜂の巣を掘り出すと、その中には白いローヤルゼリーとともに女王蜂が一匹いた。翌日から彼女は人知れず工場を出て、一日じゅう渓谷を駆けずり回るようになった。女王蜂一匹をともなって養蜂を始めたのだった。彼女は谷間の中に小屋を建ててしまい、そこで起き伏しするようになり、工場にはときどき現れて食料をもらっていくだけになったが、しばらくするとそれさえも稀になった。そしてついにその年の秋、彼女は世の中から完全に姿をくらましてしまった。

一方、薬売りはクムボクの期待通りに支配人の役割をうまくこなしていた。彼は達者な話術で看板描き、券売り、映写技師などすでに十余名にも増えた従業員を巧みに扱い、劇場をスムーズに経営していた。

生まれて初めて映画を見た客たちは、港町の劇場で初めて映画に接したクムボクと同じように、そのファンタジーの世界にいっぺんで惹きつけられた。彼らは新しい映画が入ってくるたび、我先に券売所に詰めかけて列をなし、何日かに一度ずつ映画を見ないことには、物足りなくてとても耐えられなかった。彼らはいつのまにか、暗闇の中に座って他人の世界を盗み見るというあの陰湿な快楽に、すっかりのめりこんでしまったのだ。

彼らは映画を通して人生を理解し、映画は不条理な実存に秩序を与えてくれた。彼らは人生が美しい冒険や甘いロマンスでいっぱいに満ちていることを知って幸せになり、不可解だと思っていた世の中が厳格な因果応報の秩序によって動いていることを知って安心した。当時彼らが見ていた映画の大部分は米国という国からやってきたものだったが、観客たちは映画に出ている人々と彼らの人生があまりにすてきなので、いつのまにか彼らの真似をしはじめ、ついにはいっそのこと彼らの国に行ってしまう人も現れた。そしてこのときから人々の頭の中を、唯一の命題が占領するに至った。それはあまりにも強烈で魅惑的で、すべてを飛び越え、すべてを断絶させ、すべてに優先し、すべてを包摂し、すべてに勝るものだった。以後、人々の生き方のすべてを決定したのは、次のような考え方だった。

すべての米国的なものは美しい。

彼、または彼女

いつであったか、ある経済雑誌がクムボクにインタビューをしたことがある。「建築家が選ぶ今年の建築」に鯨劇場が選ばれたためである。このときクムボクに会った若い女性記者が、実業家としての哲学は何かと訊くと、クムボクはおしゃれな銀のタバコ入れからタバコを取り出しながらこのように答えた。

——そうだね、私のモットーはいつも同じだよ。

——何でしょう？

——小さいこと、みすぼらしいことは、恥である。

この言葉には、いつか文に言った「腐ったイシモチでもひびの入った煉瓦でも、売りものになるならそれでいい」というモットーとともに、実業家としてのクムボクの姿勢のすべてが表れている。クムボクはタバコの煙を長く吐き出しながら、話を続けた。

——みんな金が諸悪の根源だって言うが、とんでもない話ですよ。諸悪の根源は貧しさです。

幸い、クムボクのこのような考え方には、将軍と一致する部分があった。そのため彼女は後に将軍に直接会うことになるが、それ以前から彼に好意を持っていた。インタビューがすべて終わると若い記者はオフレコで、これからはクムボクを「彼」と呼ぶことにしようと言った。そうだ、戸籍の性別の書き換えだって可能なこのご時世、人の世を騒がせる物語を伝えるこの立場でできないことなどあるまいから、これからは我々もクムボクを「彼」と呼ぼう。さて、若い記者が、男になってみたご感想はいかがですか？　と質問するとクムボクはこう答えた。

——とても楽だよ。月に一度おしめをしなくてもいいし、毎朝顔に粉をはたきつけなくてもいいしね。何より、もうしつこくつきまとう男がいないのが、いいね。

クムボクはコーヒーとタバコのヤニで真っ黄色になった歯を見せて笑った。もちろん、まさかそんな理由で男になったわけではあるまいが、クムボクは男になったことに非常に満足していた。彼は普通の男と同じように女性のいる店に出入りしタバコを吸い、ときには普通の男と同じように荒っぽいこともやった。

あるとき酒場で小競り合いになったことがある。相手は近隣の都市からピョンデに賭博の借金を取り立てに来たやくざだった。彼は、色白のきれいな顔に小ざっぱりと洋服を着こなした紳士がこの都市いちばんの大富豪であることを知らなかった。バーテンダーの前に一人で座って酒を飲んでいたクムボクの肩に手をかけ、彼は自分の武勇伝をずらずらと並べ立てたが、それはとうてい聞くにしのびないほど誇張され、前後のつじつまも合わない話ばかりだった。クムボクも聞いていられないと思ったのか、杯をおろすとこう言った。

——なあ、どこでそんなつまらん映画を見たんだね？　その手の嘘っぱちは、他の町では通じるかしれんが、ここでは通用しないよ。だからとっとと消えちまいな。

やくざはクムボクをにらみつけると立ち上がり、一発くらわせてやろうと拳をサッと振り上げた。だが彼はそれを打ちおろすことができなかった。いつのまにか自分の首に、鋭く光るジャックナイフの刃が当てられていたからである。クムボクは彼の耳に触れるとささやいた。

——よう兄弟、狭い店では何だからな、外へ出て男らしく勝負をつけるかい？

するとやくざは真っ青になっておとなしく酒場を出ていった、という話が伝えられているのだが、どうやらこの話は信憑性《しんぴょう》が薄いようである。当時ピョンデにはバーテンダーのいるような酒場などなかった上、西部劇にありがちなシーンに似すぎていて、映画を見てでっちあげたんではないかという疑いを抱かせる。この話はおそらく、人々がクムボクを立派な男として認めたという事実を裏づけるためのエピソードと見るべきだろう。

ここで男性たちが必ずや知っておくべき重要な事実を一つ。はたして女が男になることは可能なのか？　もちろん不可能である。であれば、クムボクはどうやって男の生殖器を持つにいたったのか。ここには、睡蓮も知らないホルモンの秘密が隠されていた。実はあの日睡蓮がクムボクの股に見たのは男性の生殖器ではなく、他でもない彼女の陰核だった。そこが女性のオーガズムの源泉だということを初めて明らかにしたのは、アメリカの平凡な医師夫妻[*25]である。彼らは『人間の性反応』という本で女性のオーガズムを紹介し、陰核を再解釈することによってとてつもない論争を巻き起こしたが、その本の内容を一行に要約すると、こうなる。

必ずしもあれが必要なわけでは、ない。

これは、女性は膣によってオーガズムに到達する、従って性器の挿入によってのみ快楽を得るものだという既成概念を完全にくつがえすものであり、性器中心のセックス、挿入中心のセックス、男性中心のセックスを否定することによってベッドにおける男性の役割を矮小化する結果を生んだ。それは性の歴史において最も重要な事件だった。一方、医師夫妻が陰核を指すクリトリスという言葉を流行させる前には、人々は代わりに「男性の器官」という言葉を用いていたが、その理由は陰核がちょうど男性の生殖器を縮小したように形が似ていたせいである。従って男性ホルモンの影響で肥大したクムボクの陰核を見た睡蓮がそれを男性の陰茎だと思ったのも、まったく無理もないことだった。

ところで、やっと子どもの指ほどのそれで何ができたかと？　男性読者諸氏よ、医師夫妻が我々に教えてくれた教訓を肝に銘じてほしい。

必ずしもあれが大きくないといけないわけでは、ない。

その昔刀傷がそうしていたように、クムボクは映画を見に行くたびに睡蓮を隣に座らせ、手を握ってやった。だが睡蓮は、映画が好きではなかった。みんな、あんなわけのわからない話がどうして好きなのか理解できないというのだった。彼女は映画を見るより、近くの都市に出て宝石や服を買うことの方を好んだ。そのためクムボクはいつだったか双子の姉に、睡蓮についてこんなことを言った。

——あの子はきれいで魅力的だけど、おあしがかかる。

クムボクは、睡蓮が必要だと言えばいつも快く金を出してやった。睡蓮の部屋はたちまち貴重な宝石やアクセサリー、高価な化粧品やありとあらゆるデザインの服でいっぱいになり、デパートが引っ越してきたようだった。一度も着ていない服や、一度も使わないまま捨てた化粧品も多かった。あるとき、睡蓮が犬を買ったことがある。頭がよく、羊の群れを守るのに利用されたというその愛玩犬は遠い外国から輸入した純血種で、家系図まで備えており、人間でいえば貴族の中の貴族にあたる名犬だった。クムボクは犬の代金を受け取りに睡蓮についてきたその持ち主に少しのためらいもなく金を渡したが、それは牛二頭にもあたる金額であった。

睡蓮はしばらくその犬をかわいがり、部屋にまで連れていって餌を食べさせたり、寝るときも離さず抱いてやったりしてクムボクを嫉妬させていたが、わずか三、四か月も過ぎないうちに飽きてしまったのか、犬には全然目もくれなくなり、餌やりすら忘れることがたびたびだったので、

＊25【アメリカの平凡な医師夫妻】W・H・マスターズとV・E・ジョンソン夫妻。臨床調査に基づき、性行為の生理的・心理的反応を科学的に立証した。

気の毒な牧羊犬はしょっちゅう腹をすかせていた。仕方なくクムボクが犬を劇場の前に連れていき従業員に世話をさせたが、家系図まで備えた名犬が哀れにも券売所の前につながれて、行き来する人が暇つぶしに蹴飛ばしていくような邪魔者に落ちぶれてしまったのである。しかしクムボクの目には、睡蓮のやることなすこと愛嬌いっぱいで、才覚に満ち、魅力にあふれて見えた。それは恋の法則である。

ある日劇場の職員が入ってきてクムボクに、盲人が一人訪ねてきたと伝えた。クムボクは睡蓮と部屋でくつろいでいるところだったが、しばらく後、杖をついて入ってきたのは他でもない文であった。このときチュニも同行していたのだが、彼女は男の服を着た母親をめんくらった顔で見つめていた。二人は一日じゅう工場で働いて顔が真っ黒にすすけており、服も粗末だったので、彼らを初めて見た睡蓮はなんで乞食が訪ねてきたのかとしかめっつらをした。クムボクは睡蓮をちょっとの間隣の部屋に行かせて二人と会った。このところ、薬売りをさしむけてときどきようすを聞く程度で、煉瓦工場のことは気にもしていなかったクムボクは、彼らに会っても喜ぶ気配もなく、きょとんとして二人を見ていたが、図体の大きなチュニを指さして尋ねた。

——あの太った青年は誰?

チュニはそのころ急激に体重が増えており、クムボクは自分の娘を見分けられなかったのだ。文は答えた。

——あれは、あんたのおなかから出てきた子だよ。

クムボクは呆れたようににやりと笑って言った。

——目が見えなくなって、こんどは頭も変になったんですか。あんなに太った子が私の腹から出てきたなんて。それにしても、今日は何の用？

文はふところから一枚の煉瓦を取り出して、クムボクの前に置いた。

——これは何？

クムボクの答えに文が問い返した。

——何だと思うかね？

——煉瓦でしょう。

——これは煉瓦じゃないのだ。

——これが煉瓦じゃないなら、いったい何？

——これは、詐欺だよ。それも、わしが見た中でも最も悪辣な。

そこでクムボクは煉瓦を取り上げてよく調べてみた。それはセメントでできた煉瓦だった。

——セメント煉瓦[*26]でしょう。これがどうして詐欺なんです？

——家を建てられる煉瓦ではないから詐欺なんだよ。でもみんな、安いからという理由でそれで家を建てている。

＊26【セメント煉瓦】　コンクリートブロック。

——みんなこれでちゃんと家を建てているのに、なぜあなただけそれを問題だと？

——人が煉瓦で家を建てようが木で建てようが関係ないが、問題はこの煉瓦のせいで、わしらの作る煉瓦が売れんのだよ。

——それなら、私たちもこれからセメント煉瓦を作ればいい。

クムボクは簡単に結論を下した。すると文はかっとなって声を張り上げた。

——じゃあ、わしに詐欺師になれと？

——煉瓦を作るだけのことです。誰が詐欺師になれと言った？

——その煉瓦で作った家は一年ももたずに崩れてしまうだろう。だからわしに、そんなことは絶対に言わんでおくれ。そして煉瓦工場がつぶれる前に、早く対策を考えてください。

話を終えると文はチュニと一緒に戸をバタンと閉めて出ていき、そのままナムバランに帰ってしまった。しばらくすると睡蓮が入ってきてすぐにクムボクの膝に乗り、さっき出ていった女の子は誰なのかと訊いた。するとクムボクは答えた。

——工場で働いている子だよ。戦争で両親をなくして行き場をなくしていたのを私が連れてきて、育てたんだ。今は工場で煉瓦を作っているけど、仕事の腕はかなりいい。女の子としては力もすごく強いしな。つまり、自分の食い扶持は自分で稼いでいるというわけさ。

クムボクはなぜそんなにも徹底してチュニを遠ざけたのだろう？　単に彼女がシンパイの子種のように思えたからか、またはチュニが普通の女の子のようにかわいくなかったから？　それでもないなら、自分を縛りつける過去から逃げ出したくて？　さらにつけ加えるなら、男になって以来、間違いとも矛盾とも思うほかなかった、女として生きてきた人生の唯一の痕跡を消し去りたかったから？　ここに羅列した理由は全部間違いともいえるし、全部当たっているともいえる。ただ惜しむらくはクムボクが、それが女だったころの恋人である文と、唯一の血縁であるチュニとの最後の邂逅《かいこう》になるとは夢にも思っていなかったことだ。音もなく、たそがれがおりてくるように、呪われた時はゆっくりと近づきつつあった。

双子の妹が技術者とともに行ってしまってから、姉妹は手紙をやりとりして会いたさをなだめていた。姉は、劇場が開館したことやクムボクが男になったことから、茶房で起きたこまごましたことまでことごとく手紙にしたためて妹に送っていた。そのころ電気技術者は電信柱を立てるためにあちこちへ移り住んでいたため、妹は毎回違う住所から返事をくれた。ある年の春には東海岸の辺鄙な漁村から、翌年の冬には名も知れぬ深い山奥の村から、そして少し後ではピョンデの数十倍も大きな大都市から手紙をよこすこともあった。

妹が出ていってから二年経った秋のある夜、姉はまるではらわたがすべて抜け出してしまったような喪失感と、耐えがたい大きな悲しみに襲われて眠りから覚めた。彼女はひとりでに流れ落ちる涙を拭きながら、わけもわからず座りこんでいたが、突然、この悲しみは遠く離れた妹に関係があると思い当たった。真夜中の時ならぬ慟哭に驚いたクムボクがわけを尋ねると、姉は床に突っ伏して泣きながら、妹が死んだと答えた。クムボクはこの姉妹の並はずれた絆の強さと霊感を信じていたが、それでもまだ何ともわからないのだから、連絡を待ってみようと彼女をなだめた。だが、はたしてその日の午後、妹が死んだという知らせが入った。電信柱を設置していた電気技術者が誤って電線に触れて感電したのをちょうど弁当を運んできた妹が発見し、彼を電線から引き離そうとして一緒に感電し、ともに帰らぬ人となってしまったのである。姉は何度も気絶しながら嘆き悲しみ、夕飯どきになってようやく正気を取り戻した。そして、自分が行って直接葬儀を執り行うと言って起き出し、荷作りを始めた。するとそばで見ていた魚屋が即座に自分がついていくと言い出したため、クムボクは自分が使っている車と葬儀代を出してやった。

双子の姉と魚屋が葬式のためにピョンデを離れていたある日、クムボクは仕事を終えて夜遅く帰ってきた。すると庭の方から誰かが仲良くひそひそ話をしている声が聞こえてきた。もしかしたら葬式に行っていた面々が帰ってきたのかと思い中へ入ってみると、そうではなかった。睡蓮が薬売りと一緒に板の間に座り、楽しそうに何か話していたのだ。睡蓮は薬売りの巧みな話術に聞き惚れてずっと笑い続けており、彼の肩を軽く叩いたりもする。二人の睦まじい姿を見た瞬間クムボクは嫉妬に燃え上がった。門の後ろに隠れてしばらく見守っていると、二人はやはりすでにただの仲ではないと見え、顔から火の出そうな恥ずかしい話まで平気でやりとりしている。ずっと前に妻がホットック売りと恋に落ちて逃げて以来、十何年も男やもめだった薬売りが、ずば抜けた美貌の持ち主である睡蓮に心惹かれたのは無理もないこと。しかしクムボクも、よもや自分の女が相手とあっては許せなかった。

しばらく後、クムボクが咳払いをしながら庭に入ると、二人はまるでくだらないいたずらがばれた子どものように、ありありと狼狽《ろうばい》の色を見せた。薬売りはあわててあいさつをして帰っていき、睡蓮もクムボクのようすに勘づいたらしく、いつもより愛想よく腕にしなだれかかって愛嬌を振りまく。クムボクは睡蓮の手に負えない浮気性を知り、薬売りに警戒心を抱くようになった。

双子の姉と魚屋が葬式をすませてピョンデに帰ってきたのは十五日後だった。それ以来姉は常に、体の片側が抜け落ちてしまったような喪失感のために三度の食事も忘れ、一日じゅう部屋に閉じこもって過ごし、見守る人たちをはらはらさせていた。

ところがしばらく後、明け方に便所から出てきたクムボクは偶然、姉の部屋からこっそり出てくる魚屋を目撃したのである。葬式を挙げに行って戻ってくる間に縁ができたのであろうと彼女は推測した。姉はそれまで魚屋を死ぬほど憎んでいたが、妹が死んで悲しみに浸っていた矢先に、傍につきそって葬式を手伝い、慰めてくれた彼に遅ればせながら心を許したのかもしれない。クムボクは、悪い噂を流して魚屋を町から追い出そうとしていた姉がよりによって本人とできてしまった皮肉さを思うと失笑せずにいられなかったが、こうなったらもう正式に婚礼を挙げて所帯を持ったらどうかと思い、それとなく姉に尋ねてみた。ところが彼女は、ジャンボを殺した魚屋を許す気持ちはいささかもなく、ましてや一時クムボクの男だった彼と婚礼を挙げるなどとはとうていありえないと言って火がついたように怒るのである。クムボクは仕方なく、魚屋が彼女の部屋から出てくるところを見たと打ち明け、二人とも人生の峠を過ぎた今、人目をはばかる必要などあろうかと説得したが、姉はいきなりパッと飛び上がり、何を見てそんなめっそうもないことを言うのか、もしもそれが事実なら自分はただちに刀をくわえて突っ伏して死んでもかまわないと言い、魚屋との関係をまっこうから否定した。

しかし何日かしてクムボクはまた、姉の部屋から妙な声が漏れてくるのを聞いた。男女が体を重ねているときの喘ぎ声に間違いない。しばらくすると案の定魚屋が外に出てきて、以後も何度か似たようなことがくり返された。クムボクは、家族同然の自分にまで必死でしらをきる姉を困ったもんだと思ったが、ほどなく魚屋からことのしだいを聞くに至った。

魚屋と双子の姉が葬式を挙げに出かけている間にできてしまったのは事実だったが、本当の問題は葬式を終えてピョンデに戻ってきてから起きたのだった。いつからか、姉は妹を失った大きな喪失感にとらわれるうちに、自分自身が妹になったり、また姉に戻ったりという異様な症状を呈しはじめたのだという。つまり、クムボクが会ったときの彼女は妹で、魚屋が夜に訪ねていったときはまた姉に戻っていたというのである。そのため魚屋は、彼女に会うときにはまず、かつて自分を恨んでいた妹の状態なのか、それとも軟化した今の姉の状態なのかを慎重に確認しなくてはならず、しばらく後にはそれすら思うにまかせなくなった。というのはやがて、一つの体の中に二人がいて互いに会話したり、さらに喧嘩までするなど、二人が同時に存在するような行動を見せはじめたからである。

結局魚屋は姉との関係をそれ以上深めることもできず、一人で気をもむしかなかった。だが双子姉妹の秘められた謎はそれだけではなかった。姉が一人でしゃべっている会話によって明らかになったところによると、電気技術者についていって死んだのは妹ではなく、他でもない姉だというのが事実なのであった。すなわち、妹は腰を傷めて一生女の役目ができなくなった姉に、若い男を譲ってやったというのだ。となると、技術者は自分が愛したのとは全然違う人と結婚したことになるが、少し経つとそれすらまたひっくり返された。というのは、材木商の妾になったのも妹ではなく姉だったが、実際に彼と寝床をともにしていたのは姉ではなく妹なんだというふうに、彼女らは小さいときからそのときどきの都合によって役割を変えてきており、そうなってみると本人たちさえ本当はどっちが上でどっちが下なのか忘れてしまい、結局、技術者についていって死んだのが姉なのか、生き残ったのが姉なのかは、永遠の謎になってしまったのである。

幽霊

――将軍は見た目が悪いね。背も低いし顔も黒くて、大きなことをやる人にはとても見えなかった。あの人が大きいことをやるなら間違いなく、何か下心があるのだろうね。

翌年の春、クムボクが将軍に会った後で下した人物評である。将軍はピョンデから半日ほどかかる距離の地域を視察に来て、その地方の実業家をすべて招いてパーティーを開いた。そこにはピョンデの政治家たちと地主を含む実業家もみな参席していた。クムボクは将軍と握手をし、一緒に写真も撮った。彼は将軍にさほどよい評価は下さなかったが、将軍を真ん中にしてその地方の大勢の実業家とともに撮った写真は事務室の壁にかけておいた。将軍は軍服姿でサングラスをかけ、クムボクは背が低いため将軍と一緒に最前列に立っていたのですぐに目についた。写真に収まったクムボクの顔には、金持ちにありがちな排他的な我執や傲慢さと、自分の中の女性性をまだ完全に消してしまうことができず、とまどっているような混沌とした感じや、退廃的な雰囲気がはっきりと表れていた。それは彼がこの世に残した最後の姿であった。

翌年の春、煉瓦工場の人夫たちがストライキを起こした。人々が安いセメント煉瓦で家を建てるようになって粘土の煉瓦の需要が減少したことから、クムボクが窯を閉鎖し、セメント煉瓦を生産しようとしたためである。セメント煉瓦の製造には特別な技術や複雑な工程は必要なく、ただ砂とセメントを混ぜて型に入れ、突き出して日に干しさえすればよい。これに伴いクムボクは若い人夫たちを新しく採用し、年取った技術者を全員解雇したあと、賃金を大幅に削減した。それは経営の法則である。

工場創立当時から黙々と働いてきた人夫たちは、クムボクに裏切られたような気持ちになった。彼らは全員で劇場の前に集まって広場を占拠し、籠城に入った。ストライキを主導したのは他でもない、盲人になった文である。劇場の客足はぷっつり途絶え、クムボクは薬売りを送って交渉を試みた。だが人夫たちは薬売りを十字架に縛りつけて広場の真ん中に立てたので、すっかり脅えた薬売りは助けてくれと泣いて哀願した。クムボクは劇場の門を固く閉ざしたまま、二階にある事務所から人夫たちを見おろし、窓を開けて叫んだ。

——みんな帰りなさい！　さもなければ工場を閉鎖する！

人夫たちはクムボクの脅しに屈服しなかった。彼らはさらに大声でスローガンを叫んだ。

——労働生存権を抹殺する悪徳企業家は引っこめ！　引っこめ！　引っこめ！

彼らは要塞戦を戦う兵士のように、トラックに煉瓦を積んできてクムボクがいる二階と同じ高さに段を積み上げた。そして、その上に上ってクムボクに正面から対峙した。クムボクは知己の政治家や政府機関に助けを要請し、工場に不純勢力が潜入してストライキを主導したと主張した。彼の言う不純勢力とはもちろんアカ、すなわち共産主義者を意味するものである。

ただちに戦闘警察が投入された。彼らは人夫たちを包囲し、籠城をやめて工場に戻れと警告したが、煉瓦工たちは段の上から煉瓦を投げて激しく抵抗した。そしてついに、催涙弾が飛びかう無慈悲な鎮圧が始まった。人夫たちはきちんと組織されているとはいえない烏合の衆だったから、蜘蛛の子を散らすようにバラバラになってしまった。煉瓦で作った段は崩れて大勢が負傷し、警察の棍棒で頭をかち割られた者も数知れなかった。

捕まった人夫たちはみな警察に連行されて取り調べを受けた。警察はこのうちの誰がアカなのか明らかにするため、捜査の過程でむごい拷問を加えた。拷問の末、障害者になった者も多数に上る。人夫たちは残酷きわまりない拷問を受けた後、何十枚にも及ぶ供述調書の末尾に、自分がアカであることを認める署名をしなければならなかった。

人夫たちに混じっていて誤って捕まった薬売りも取り調べを受けた。彼は、自分はストライキを中断させるために会社側代表として交渉を持ちかけに行ったところを不純分子らに抑留され、誤って連行されたものであり、すぐに釈放してくれさえすれば警察の誤認連行を問題にしたり、損害賠償などを請求する考えは一切なく、もしも後に自分の証言が必要になればいつでも出頭して、現場に最も近いところにいた目撃者としてアカの違法ストライキ行為について証言することも可能であると、持ち前の話術で長々と弁明したのであった。ところがどういうわけか、彼の優れた話術はそこではまったく通用しなかったばかりか、むしろ不利に働いた。その理由は次のような、語尾さえ省いた端的でぞっとする警句を見ればわかる。

よくしゃべる奴は共産党。

あわてた薬売りは、この人に訊けばすぐに自分がアカではないことがはっきりするからと、クムボクを呼んでくれるよう哀願した。ところがこのとき意外にもクムボクは彼を訪ねてきた警察官の前で、首をかしげてこう言った。

――さあてねえ、私はその人間がなぜ不純分子と一緒にいたのかわかりません。以前はかなりまじめな人間だと思っていたんですが、深海の底のことはわかっても人の心は読めないという昔の言葉は間違いではないようですな。

こうしてクムボクは薬売りをはねつけた。ずっと前に薬売りと睡蓮が仲睦まじく並んだ姿を見て以来、心中に残っていた感情のわだかまりのためである。以前のクムボクなら笑い飛ばしただろうが、すでに彼は昔のクムボクではなかった。このころのクムボクには以前の堂々として人情の篤い女丈夫のおもかげはなく、エゴイズムと幼稚な復讐心でいっぱいの心の狭い男の姿だけがあった。

いずれにせよこのために薬売りはしばらくむごい拷問を受けなければならなかったが、幸いにも良心的な煉瓦工たちが、彼がストライキに参加していなかったことを証言してくれたおかげでようやく釈放された。彼が傷ついた体を引きずってようやく劇場に帰ってきたとき、クムボクは彼を冷淡に見やるとこう言った。

——アカのせいで劇場が大騒ぎだったのに、いったいどこに隠れていたんだね？

薬売りはまもなく支配人の地位に戻りはしたが、この一件でクムボクへの深い恨みを抱くに至った。

事態がすべて収拾されたとき、工場はほとんど新しい人間たちで占められていた。ストライキの主導者たちはみなアカと目されて、死刑に処されたり刑務所に送られたりした。文も容赦ない拷問を受けて脚を負傷したが、幸い、老人でもあり目も見えないという理由ですぐに釈放され、工場に帰ってきた。だが、そこに彼の仕事はもうなかった。すでに窯は閉鎖され、工場ではセメント煉瓦を生産していたからである。彼は日がな一日窯のそばに座りこみ、ときおり行き過ぎる汽車の音を聞いていた。若い人夫たちは誰も、この目の見えない老人に関心を持たなかった。このころの文は、目の前に浮かんでいたイメージさえほとんど消え、心は寂しくうつろであった。

せめても彼に関心を寄せてくれたのはチュニだけであった。チュニは彼に食べものを持ってきてやり、彼と手をつないで工場の外へ出かけることもあった。だが彼は脚をけがしていたので長く歩けない。するとチュニは文を背におぶった。彼女は文をおぶっても少しも息切れせず、軽々と野原を歩き回った。彼女は文を背負ったまま線路の近くまで歩いていくこともあったし、ときには反対側にある渓谷まで行ってくることもあった。文は男のように広いチュニの背中で、ずっと昔、クムボクと初めてナムバランを訪ねたときのことを思い出した。あのときは文がクムボクをおぶったが、今は逆に自分がクムボクの娘であるチュニの背におぶわれているという現実に、彼は苦笑をもらした。彼は自分の背中に触れていたクムボクの熟しきったやわらかい乳房の感触や、自分をくらくらさせたあの体臭を思い出そうと努めてみたが、あの暑い日の思い出ははるかに遠いばかりだった。世の中は変わった、と彼は思った。

双子の姉または妹が大梁で首を吊ったのは、ストライキがあった年の秋、朝の一番鶏が鳴くころだった。葬式は劇場前で行われた。参列した人々はみな、妹または姉が死んだ悲しみについに耐えきれなかった姉または妹が、妹または姉の後を追ったのだろうと、二人の並々ならぬ愛情に涙を流した。だがクムボクは泣かなかった。彼は泣かない理由を次のように弁明した。

——男は生まれてから三度泣く。[*27]でも、今はその時ではない。

人々は死んだ姉または妹の遺体を、先に死んだ妹または姉の墓の隣に並べて埋葬し、彼女らの特別な姉妹愛を讃えた。

まさに死と別れの季節であった。双子姉妹が死んでいくらも経たないうちに、線路わきの柳の木の下の小川で文の遺体が発見された。水の色も暗くなり柳の葉もすっかり落ちた晩秋のことである。人が溺れ死ぬような深さではなかったが、一寸先も見えなかった彼には深い貯水池と同じくらい致命的な場所だったのだ。そこは彼がクムボクと初めて情事を持った場所だった。彼の死が単純な事故だったのか、自殺だったのかはついにはっきりしない。そして、脚の悪い彼がなぜ遠い小川まで出かけていって死んだのか、その理由もわからぬままだ。

葬式は煉瓦工場で小ぢんまりと行われた。最初に工場を建てたときから一緒に働いてきて、ストライキにもともに参加した何人かの人夫だけが黙って涙を拭いた。参列者の中にはチュニも混じっていた。だが彼女は泣かなかった。彼女は、一つ目が消えたときのように、文もどこかに消えたものと思っていた。クムボクは葬式に来なかった。ちょうど新しい映画の封切り日だったためである。文の葬式を行った日、彼は人々の前で文について一言人物評を述べた。

——あの人はほんとに、気難しい人だった。

文の遺体は窯で火葬にされ、骨はナムバランの渓谷にまかれた。クムボクを助けて工場を建て、煉瓦作りにすべてを捧げた彼の死出の道はいやが上にも寂しかった。

＊27【男は生まれてから三度泣く】　生まれたときと親が死んだときと国が滅びたとき。

一方、生前クムボクの前でセメント煉瓦で建てた家は一年ともたずに壊れてしまうだろうという彼の予言は当たらなかった。彼は将来、世の中がセメント煉瓦の建物だらけになるとは夢にも思わなかっただろう。もし彼が高いところからビルで埋めつくされた都市を見おろしたら、間違いなくこう言うだろう。

――これはわしが見た中でもいちばん巨大で、悪辣な詐欺だ。

大きな魚はすでに山中に落ちた。終末は近づきつつあり、呪いの実現は目前に迫っていた。だが、それに気づいた者は誰もいなかった。その前兆は、南から来た男――すなわちクムボクその人に真っ先に訪れた。クムボクは二人の死をこともなげに考えているようだったが、やがてそれが彼にどんな影響を与えたかが明らかになった。

その年の冬、夜遅く家に帰ったクムボクは突然、縁側に腰かけている一人の男を発見した。足に水草がからみつき、全身ずぶ濡れで、ぶるぶる震えている。それはまさにはるかな昔、貯水池に落ちて死んだ自分の父親だった。彼は寒そうで唇が真っ青になっており、動くたびに濡れた髪から氷のかけらが割れて落ちた。彼は切なげな目でクムボクをしばらく眺めていたが、立ち上がると闇の中へ消えた。

翌日、クムボクは薬売りを故郷に送って父が溺れ死んだ貯水池を埋め立てさせた。大金のかかる仕事であったが、父がまだ現世をさまよっているのは貯水池のせいだと彼は考えたのだ。だが、それは始まりにすぎなかった。何日か後、最後の上映を終えて夜遅くクムボクが劇場を出たときのことである。劇場の階段の上に、雪のように白い背広を着た一人の男が立っていた。彼は初めてクムボクに会ったときと同じように前に立ちはだかって、言った。

――ナオコ、劇場見物をさせてやろうか？

彼を見つけたクムボクは心臓が止まるほど驚いたが、努めて平気なふりをして首を横に振った。彼こそ、稀代の詐欺師であり、悪名高い密輸業者であり、あの港町で並ぶ者のないドス使いの名手であり、音に聞こえた遊び人で、港町の娼婦たち全員のダンナであり、またやり手のブローカーでもあった刀傷だった。彼は相変わらず全身が濡れており、地面に水がぽたぽた落ちていたが、なぜか腹の傷は消えて見当たらなかった。彼は四本しか残っていない指でタバコに火をつけようとして、ずっとマッチを擦っていた。しかし濡れたマッチにはなかなか火がつかない。クムボクはポケットから銀のライターを出して彼に渡してやった。ようやくライターで火をつけた彼は満足げな顔で、肺の底から煙を吐き出した。彼は火をつけた後も、銀のライターを欲しそうにずっといじっていた。

――欲しかったら持っていけばいい。そんなものなら私はいくらでも持ってるから。

クムボクが言うと刀傷は素早くライターをポケットに入れた。そしてクムボクにウインクすると言った。

――映画を見たくなったらいつでもおいで。俺はいつもここにいるから。

クムボクが逃げるように劇場を出ていくときに振り返ると、刀傷は昔、港町の劇場前に立っていたときと同じようにタバコをくわえて、階段の上をぶらぶら歩いていた。限りなく孤独で寂しげな姿だった。

その日からクムボクの周囲には常に死者たちがうろつくようになった。寝て目が覚めるとシンパイが隣に座って悲しげな目で見おろしていることもあったし、映画を見ていて急に振り返ると白い背広を着た刀傷が銀のライターをいじりながら後ろの席に座っていることもあった。ときには彼女が幼いときに死んだ母親が、だらりと力が抜けた赤ん坊を抱いて庭に立っていることもあった。はてしなく逃げようとしてきた過去は、再びそのままの姿で彼に立ち返ってきた。しかしこんどはクムボクも逃げなかった。代わりに酒を飲みはじめた。酒に酔うと彼は死者たちに向かって叫んだ。

——みんな消えろ！　私はもうあんた方が知ってる昔の私じゃないのだから。

祈禱師が死んで何年も過ぎ、人々はみな老婆の呪いをすっかり忘れていたが、肉体を離れた声は依然としてピョンデの虚空を旋回していた。魚屋は、酒に酔って家に帰ってくる道で突然呪いの声を聞いた。お祓いのときに聞いたのと同じような陰惨な声を、はっきりと。翌日、彼はピョンデを発った。彼はクムボクに、愛していた双子姉妹も死んだ今、これ以上ピョンデにとどまっていたくないと言った。運輸会社はすでに若い運転手たちでいっぱいだった。クムボクは彼を引き止めなかった。見送りに出る人もいなかった。別れを惜しむ人もいなかった。魚屋はピョンデに初めて着いたときに乗っていた古い四輪車——もとは三輪車だったそれに乗って峠を越え、ピョンデをあとにした。

　何日かして、クムボクは見知らぬ者たちの訪問を受けた。サングラスをかけて黒い洋服を着た彼らは、とある政府の特務機関で働く要員たちだった。クムボクは目隠しをされて彼らに連行された。拉致も同然だったが、抵抗する手段は一切なかった。窓がすべて目隠しされた地下室で彼は取り調べを受けた。機関員たちはすでにクムボクについて彼自身より多くのことを知っていた。港町で起きたことも詳しく知っており、刀傷やシンパイの名もまた登場した。彼が経営する事業所のすべての帳簿はすでに押収されており、彼は解剖室のカエルのように手足をいっぱいに広げ、恥部のすべてをさらけ出さなければならなかった。彼らは上からすべてを見守る神さながらにクムボクのことをすみずみまで知っていたにもかかわらず、同じ質問を何度となくくり返し、クムボクは彼らが満足するまでまったく同じ答えをくり返さねばならなかった。それは屈辱的なことであった。一切があまりにも殺伐としていたためだろう、常にクムボクのまわりをうろついていた幽霊たちも、そこには現れなかった。彼らは眠らせず、食べものも与えなかった。クムボクが最も耐えがたかったのは、タバコを吸えないことだった。

　何日か経って、クムボクは自分が取り調べを受けることになった理由を初めて知った。将軍に会った後、ある酒の席で言い捨てた将軍の人物評のせいだった。そのとき彼は、将軍が大きな仕事をする人のようには見えず、万一そうだとすれば間違いなく何か下心があるはずだと言ったのだが、同席していた誰かがそれを機関に密告したのである。機関員たちは、「下心」とはどういう意味なのか執拗に問い詰めた。取り調べがすべて終わり、家に帰ってきたとき、クムボクは完全に力尽きていた。彼は彼らの望む通りすべてを認め、数千ページに及ぶ供述調書に署名しなければならなかった。知り合いの政治家たちが積極的に助命嘆願をしてくれたおかげで解放されたが、この事件は彼の自尊心に癒しがたい深い傷を残した。

それからというもの、クムボクは常に酒に酔って過ごした。目を覚ますとまず酒を探し、酒に酔うことなしには眠れなかった。彼は死者たちの寂しさが自分にむかって押し寄せてくるのを、酒の力に頼って食い止めていた。だから事業の面倒を見ることはすべて、薬売りに任せるしかなかった。

薬売りは自分にチャンスがめぐってきたことを悟った。それはクムボクへの恨みを晴らすと同時に、自分の運命を変える絶好のチャンスだった。彼はすでにクムボクの故郷の貯水池埋め立て用に受け取った金をこっそり他へ移し、自分の名義でひそかに土地を買っており、帳簿を操作して従業員を買収する一方、会社の金を常習的に着服するなど人の道にはずれたことばかりしていた。彼は自分に与えられた状況を精一杯利用した。

彼はまた、心の奥深く秘めていたひそかな恋心を表沙汰にした。クムボクが席をはずすたびに睡蓮に近づき、得意の話術で彼女の心をつかんだ。ずば抜けた美貌に比して思慮の浅かった睡蓮は、ついに薬売りのしつこい誘いになびいてしまったのである。薬売りの尖端が体の中に深く貫通した瞬間、それは彼女が長い間忘れていた、男に教えられた快楽を再び呼び覚ました。それは決してクムボクでは代わりにならないものだった。

すでに少なくない金を着服していた上、クムボクの女まで手に入れると、薬売りはさらに傍若無人になった。彼は従業員の前で公然とクムボクの欠点を口にし、彼を非難し、真っ昼間でも平気で睡蓮を横に従えて旅館に出入りした。従業員たちが何気なく事務室のドアを開けると、真っ裸の睡蓮が薬売りの膝の上にいたり、薬売りが睡蓮のスカートを持ち上げて股に顔を埋めているなど、こちらが恥ずかしくなるような場面を見せることもあった。彼らはみな薬売りの勝手放題な態度に気まずい思いをしていたが、すでに彼から何がしかの不正な金を受け取ってしまっていたため、口をつぐむしかなかったのである。以前のクムボクなら、何かよからぬことが起きていればすぐにそうと気づいたであろうが、彼はいつも酒浸りで周囲でどんな陰謀が進行しているのかわかっていなかった。それはアルコールの法則である。

クムボクの肉体と精神はしだいに衰弱していった。小さな音にもギョッとしてなかなか眠れず、日の下にはいつも黒いくまができていた。彼は酩酊したまま睡蓮の美しい肉体を探したが、彼女はいつも家にいなかった。クムボクの人生はもう穴だらけで、そこから水がざぶざぶと漏れており、運命は急ぎ足で終末を目指して疾走していた。

前夜

翌年の春のこと。睡蓮と薬売りが消えた。三日後にようやくクムボクは、二人が一緒に逃げたことに気づいた。奸智《かんち》にたけた薬売りはすでにあらゆることに手をつけた後だった。クムボクの財産は彼に可能な範囲ですべて動かされており、財政状態はめちゃくちゃだった。賃金の支払いは遅れ、決済は引き延ばされ、資産は大部分が担保に入っていた。

顔も見たことのない債権者たちが集まってきて列をなし、すべての会社は破産寸前だった。いったいどこからどう手を回したらいいのかわからなかった。クムボクは睡蓮が出ていった悲しみに耐えきれず、毎晩涙を流していた。男になってから一度も見せたことのない涙である。彼は初めて自分の周囲に誰もいないことに気づいた。死者たちはさらにしつこくクムボクのまわりをうろついた。しばらく前に死んだ文と双子姉妹も、いつも現れた。双子姉妹はジャンボの背中に乗って、彼にむかって笑いながら手を振ってみせるのだった。

そしてある日、魚屋が頭から血を垂らしながら現れ、クムボクは初めて彼もすでにこの世の人でないことを知った。古い四輪車——実は三輪車に乗って逃げるようにピョンデを去った彼は、隣町への境界をついに越えられなかった。峠を降りていくときにブレーキが破裂してしまったのである。彼は死んでもまだ魚臭かった。クムボクは魚屋に言った。

——あなたは、死んでも臭いね。

——だな。この匂いは自分でもどうしようもない。多分これが俺の本性なんだろうな。

魚屋が笑いながら答えた。魚屋は頭から流れ落ちる血を片手で押さえて暗闇の中に消えていった。クムボクは自分の人生がどこから間違ったのか考えてみようとしたが、まるで答えが思いつかなかった。ひょっとしてそれは、満月が煌々と輝いていた夜、魚屋の車に乗せてもらって故郷を離れたあの瞬間から始まっていたのかもしれない。彼は二度と戻れない過ぎ去った時間が限りなく懐かしかった。そしてついに、呪いの日が近づいていた。

火柱

その日、チュニはどうして工場を出て一人でピョンデまでやってきたのだろう？　悲劇を察知する特別な予感が彼女の足を劇場へと呼び寄せたのか？　または長い間会えなかった母親に会いたかったのか？　その日は週末で、ちょうど新しい映画が封切りの日とあって、劇場前では大勢の人々が広場を埋めていた。劇場にはすでに執行官が貼った差し押さえの貼り紙があちこちに見られたが、観客たちは、映画が上映されさえすれば劇場の持ち主が変わろうが変わるまいが何の関心もなかった。チュニが劇場前に来たのはもう映画が上映真っ盛りの時間だった。ちょうど切符切りが席をはずしていたので、誰も彼女を止めなかった。観客はみな中におり、廊下には誰もいない。彼女は廊下をうろうろした。中からは映画の進行につれて観客の感嘆と歓呼、ため息と悲鳴が代わる代わる聞こえてきた。それは悪しき商業主義に迎合したプロットの法則である。

劇場の中ではまさに映画が上映中だった。座席は観客ですべて埋まり、それでも足りず左右の通路までぎっしり人が入っていた。それこそ劇場が破裂しそうな勢いである。劇場の中は観客の熱気でかっかと火照り、どこかに火花一つ落ちたらすぐにでも爆発しそうな危うさであった。その中にクムボクもいた。このごろ彼は、苦しさを忘れるためにいつも劇場で過ごしていた。映画を見ることだけが唯一の楽しみだった。朝から飲んだ酒で顔がもうほんのりと赤く、体はけだるく、眠気が押し寄せてくる。彼は眠気覚ましのためにタバコを取り出してくわえた。だがポケットにライターがない。そのとき、誰かが白い銀のライターを差し出した。振り向いてみると、刀傷だった。暗闇の中でも彼の頬の刀傷ははっきりと見えた。クムボクはかすかに笑って言った。

——やっぱり、あなただったね。

すると刀傷が言った。

——あんたはもう男になったんだな、ナオコ。

——そうだよ、私はあなたと同じ、男だよ。

刀傷は沈んだ表情で言った。

——俺はシンパイを殺《や》ってない。彼は自分で命を絶ったんだ。

するとクムボクもうなずいて、彼に謝った。

——知っているよ。私はあなたにひどいことをしたね。ごめんなさい。だからもう、あなたも帰って休んでください。

同じ時刻、廊下をうろうろしていたチュニは、むこうの端から歩いてくる一人の老婆を見つけた。腰が少し曲がった彼女は廊下を歩きながら、非常口を一つずつ順に外から閉めていた。チュニは何となく知っているような気のする彼女の姿を見守った。老婆はとうとう、チュニの前にあった非常口に最後の鍵をかけた。そのときチュニと目が合った。世の中に二人といない醜い顔。まさにあの汁飯屋を営んでいた老婆である。老婆はチュニにむかって、真っ黒に腐った虫歯をむき出しにしてひひひと笑ってみせた。ぞっとするような陰惨な笑いであった。チュニが鍵のかかった非常口の方を見てまた向き直ると、老婆はすでにどこかへ消えていた。

映画が始まる前、クムボクの周囲にいた人々はどこかからかすかに石油の匂いがするような気がした。それは前日の夜、劇場で寝泊まりしていた映写技師が、映写室で使うストーブのために石油缶を持って通り、椅子につまずいて転んだ際にこぼしたものだった。だが観客たちはたいしたことではないと考え、電気が消えて映画が始まるとすぐに石油の匂いのことなどすっかり忘れてしまった。

クムボクは刀傷がくれたライターを点火してあたりを見回した。刀傷の姿はもう見当たらない。そしてタバコに火をつけようとした瞬間、彼は手からライターを取り落としてしまった。酒に酔って手に力が入らなかったためである。ライターは前の席に落ち、石油が染みこんでいた椅子に火がついた。まわりにいた何人かが見つけ、服をかぶせて消し止めようとしたが、火はすぐに隣の椅子にも燃え移った。

「火事だ！」と誰かが叫ぶまで、観客はみな映画にすっかり夢中で、火が出たことに気づかなかった。炎がだんだん大きくなり、いがらっぽい煙が劇場内に広がり出してやっと観客は火事に気づいた。人々は悲鳴を上げて非常口にむかって押し寄せた。ところが何たることか、ドアは外から固く閉められていたのである。火の手はだんだん大きくなり、致命的な煙が劇場をいっぱいに満たした。劇場内はやがて阿鼻叫喚の巷と化し、観客は窒息しそうな苦痛に泣き叫びながら非常口を探して右往左往し、こっちで押されあっちに倒れ、互いの名を呼ぶ声と助けてという悲鳴が入り乱れた。体に火がついて狂ったように床を転がり回る者たち、それをよけて逃げる者たちがもつれ合い、それこそ八つの地獄を全部集めたような、二つとない残酷な光景が演出された。

クムボクはゆらめく火花の中で、酔った目でスクリーンを見つめていた。炎が立ち上る中でも映写機は止まらず、スクリーンの上では映画が上映され続けていたのである。死の恐怖から生涯逃げ続けてきたクムボクはついに自分にも死が訪れたことを悟った。死者たちの姿がスクリーンに重なり、すばやく過ぎ去っていく。そして本能のように娘のチュニの顔が思い浮かんだ。チュニはまだ工場で煉瓦を作っているのだろうか。一度もまともに抱いてやらなかった娘への、抑えがたい後悔が押し寄せてきた。しかしすぐに、すべては手遅れだと悟った。彼の目からはいつのまにか涙が流れ落ちていた。

ついにスクリーンにも炎が燃え移った。かつて取るに足りない山里の少女だった彼は、自らの手で築き上げた巨大な栄華のすべてが目の前で消えていくのを見守っていた。体がだんだん熱くなってくる。彼の目の前には、遠い昔に故郷の丘で見た寂しい夕焼けが広がっていた。赤く染まった落日の中で村はこよなく平和そうだった。丘には一筋の風も吹いておらず、世界は異常なほど静かだった。真実美しい光景であった。

無謀な情熱と情念、愚かな眩惑と無知、信じがたい幸運と誤解、おぞましい殺人と流浪、卑しい欲望と憎悪、奇異な変身と矛盾、息詰まるような曲がりくねった栄光と屈辱は、スクリーンが焼け落ちる瞬間、説明のつかない複雑な皮肉にまみれた彼または彼女の巨大な人生とともに、しゃぼん玉のごとく、一瞬にして消えてしまった。

第三部　工場

放火犯

息が詰まる。目が沁みる。熱い炎が大きくうねる。むせるような煙が鼻を突く。身の毛もよだつ悲鳴が聞こえる。黒煙が目の前をさえぎる。柱が倒れる。火の粉が舞い上がる。前が見えない。火柱がそそり立つ。天井が崩れ落ちる。火の手が襲いかかる。――目を開ける。全身が冷たく冷えている。固い網のような鉄格子の影が壁に映っている。暗闇の中で誰かが息を殺して泣いている。遠くから看守の靴音が聞こえる。誰かが泣く者を頭ごなしに叱りとばしている声もする。固く身をすくめる。泣き声が薄れていく。目を閉じる。靴音が遠ざかる。墓地のような静寂が訪れる。しばらく後、チュニはまたうとうとと眠りこむ。

火事の魔の手が残した爪痕は、実に凄惨だった。その日映画を見ていて火災にあい、死んだ人は、全部で八百人余りに上った。劇場で発生した火事は市場の建物にまで燃え移り、その被害総額だけでも天文学的な数字に達した。ピョンデの半分が灰燼に帰したといっても過言ではなかった。戦後最大の惨事であった。

火災が起きてから何日か後、政府派遣の調査団が到着した。都市全体が焼失しており、彼らは戦争終結直後のむごたらしい光景を想起せずにはいられなかった。一時は繁栄を誇ったピョンデは死の都市と化した。廃墟となった建物からはそのときもまだ煙が上がっており、全壊を免れたとはいえ真っ黒焦げになった劇場の外観は、あの日の火災がどんなにすさまじいものであったかを語っていた。いがらっぽい煙の匂いが町をおおい、死体から漂う腐臭が通りに染みついている。家々からは慟哭が聞こえ、あちこちに焼死体が転がり、ハエがたかっていた。生まれて初めて見るおぞましい惨状に調査員たちは目をおおい、耳をふさがねばならなかった。

チュニがナムバランに戻ってきたとき、工場はすでにがらんと空いていた。何か月も賃金をもらえなかった上に火事のニュースまで聞いた人夫たちは、みな出ていったのである。彼女は誰もいない工場に一人で残された。谷間の夜は寂しかった。たとえ自分の世界に閉じこもって生きていたとはいえ、常に人々でごった返す環境に慣れていたチュニは、生まれて初めて経験する一人ぼっちが耐えがたかった。そして空腹だった。米のかめには一粒の米も残っていない。いつもと同様、彼女は自分のまわりで起きたことがよく理解できなかった。彼女は消えた人々を一人ずつ思い浮かべた。クムボクと文、ジャンボと双子姉妹、魚屋と一つ目。そして工場で働いていた人夫たち……

チュニは初めて自分一人が取り残されたことに気づいた。ふいに、遠くをガタンゴトンと走っていく汽車の警笛が聞こえた。最初に彼女をピョンデに連れてきてくれたのは汽車だった。そのときになって彼女は、ピョンデの外に別の世界が存在するという事実を思い出したのである。自分が生まれたうまやや、双子姉妹の酒場があった場所。もしかしたらそこでは、消えた双子姉妹がまだ酒場をやっているかもしれない。彼女は汽車がまた自分をどこかへ連れていってくれるだろうと考えた。

警察は火災事件の容疑者としてチュニに目星をつけていた。チュニは大火災から生き延びた唯一の生存者である。その日彼女がそそり立つ火炎の中から逃げ出してくるのを見た目撃者は大勢いた。動機は充分だった。辺鄙な工場に放置され母に見捨てられた彼女が、復讐心から放火に走ったというのが警察の推測である。彼らはチュニを逮捕するため煉瓦工場へ急きょ警官を派遣した。だが工場にチュニはいなかった。煉瓦工場はすでに閉鎖され、作りかけの煉瓦だけがあちこちに散乱していた。

その時刻、チュニは駅に来ていた。だがポケットには一文もなかったし、たとえ金があったところで、切符の買い方も知らなかった。彼女がためらっている間に汽車は到着し、乗客が改札口に押し寄せる。チュニも彼らに続いて入っていった。彼女を見つけた駅員が制止し、うろたえたチュニが立ちすくんでいるうちに汽車は警笛を鳴らして発車しようとした。彼女は前をさえぎる駅員を押しのけ、汽車を目指して走った。改札口を通過したとき、汽車はすでに少し先まで進んでいた。彼女は走った。しかしすぐに石につまずいて転んでしまった。汽車はもう谷間を回って姿を消しており、彼女が立ち上がったとき、周囲にはすでに十人余りの警官が銃をかまえて彼女を包囲していた。

警官たちはチュニが劇場の主人であるクムボクの娘だという事実に驚き、その娘が母親とは違ってすさまじく太って醜いことに驚き、最後にこの放火犯が言葉をしゃべれないばかりか、ものごとの道理もわからない一種のデクノボーであることに困りはてた。容疑者がしゃべれないということは捜査を困難にする。尋問の過程で警官がいくら責めたてようと脅そうと、この有力な容疑者はいつもぼんやり宙を見つめているだけで、何の反応も見せなかった。

彼らは一時、チュニに言葉を教えることも検討した。だが当時は、何であれ時間を長くかけることは無条件にばかばかしいとされていたため、その試みはすぐに放棄された。だが、しゃべらないからといって最有力容疑者を解放するわけにはいかない。彼らはあきらめずにチュニを留置場に閉じこめ、執拗に尋問を続けていた。あのすさまじい大惨事の罪は、どうあっても誰かが負わねばならなかったのである。そんなさなかに、何年か前チュニが茶房に火をつけたという新事実が明らかになった。彼女が放火犯だという確証はさらに高まり、ついに警察はチュニを起訴した。

尋問がすべて終わったとき、警察は数百枚の調書を作成してチュニに署名を求めた。しかし彼女は鉛筆の持ち方すら知らなかったので、警官たちはひとしきり手を焼いたあげく、ようやく手に鉛筆を持たせて署名欄を指さし、何でもいいからそこに好きなように書いてみろと言った。彼らが最大限の忍耐力を発揮して待っている間、チュニは鉛筆と書類を交互に見ると、やがて紙の

上に何か書きはじめた。彼女は警官が見守る中、たいそう几帳面に心をこめて、何事かを一生けんめい書いていた。そしてしばらく後、警官の目の前に調書を差し出したが、そこには上のような絵が描かれていた。

絵を受け取った警官はしばらくまじめにそれを見ていたが、首をかしげて言った。

――ほんとに不思議だな。こんな凶悪殺人犯がこんなきれいな絵を描くなんて。

すると隣にいた警官が絵をのぞきこんで言った。

――ご存じないんですか？　殺人犯の心根っていうのはもともときれいなものと決まっているんですよ。

――ところで、これ、何の花だ？

――さあね、ヒマワリじゃないですか？

――ヒマワリにしちゃ小さすぎるんじゃないか？

――まあ、そうですけどね。

それはヒマワリではなかった。その日チュニが心をこめて紙に描いたのは他ならぬ、工場のまわりにいくらでも咲いているヒメジョオンだった。チュニが署名欄になぜヒメジョオンを描きこんだのかはわからないが、汽車に乗って初めてピョンデに着いたときから彼女はこの花に一目で惹かれ、以後、ヒメジョオンは常に、いちばん親しみのある花としてチュニの心に焼きついていたので、それは少しも変なことではなかったのである。警察もまた、署名の形がどうであれ、被疑者の直筆の署名をさせたことには非常に満足し、長かった尋問はついにすべて終了した。

警察はチュニを汽車に乗せて大都市へ移送した。そこにある裁判所で裁きを受けるためである。チュニは車窓の外を眺めながらその昔、母クムボクと一緒に汽車に乗り、ピョンデへ来たときのことを思い出していた。当時汽車の中から見た広い空と黄土色の畑の畝、そして線路わきに咲いていたヒメジョオンはそのままだった。彼女はあのときの風景を一つ残らずはっきりと憶えていた。チュニはクムボクと手をつないで到着して以来一度も離れたことのなかったピョンデを、こうして、太縄に縛られて離れた。

チュニは自分の人生を取り巻いていた悲劇を、どれほど正確に認識していたのだろうか？　彼女の肉体は永遠に脱ぎ捨てることのできない天罰の衣のように、ひたすら苦痛の源にすぎなかったのか？　その巨大な肉体の中に匿われていた彼女の魂はどんなものだったのだろう？　人々が彼女に見せた不公平さや無関心、敵対心、嫌悪感を彼女はどれほど理解していたのだろう？　もしもこのようなことが気になる読者がいるならば、そうした方々はみな語り部になれる資格が充分にある。なぜなら物語とはまさに、不条理な人生を探究することであるからだ。従ってそれを説明することはたやすくない。何らかの不純な意図を持った者だけが世界を簡単に説明しようとする。彼らは、一行または二行で世の中を定義しようとする。例えば次のような命題がその一例だ。

法の前に万人は平等である。

チュニは平等に扱われなかった。初の女性司法官のうちの一人だった担当判事はチュニを見るなり一言で結論を下した。

——世の中にあんな格好をした女はいない。あれは人間ではなく怪物よ。

チュニを初めて見た瞬間、彼女は同じ人間としての羞恥心にも似た、女性としての侮蔑感、そして得体のしれない強い反感を抱いた。彼女は結局、チュニがいかなる罪状で起訴されたのかも知らないまま、自分は怪物を裁くことはできないと言って席を蹴って立ち、法廷を出てしまった。

かつて大富豪の娘として生まれ、日本に留学した後司法官になり、多くの女性たちの羨望の的となった彼女だが、自分自身は一生、夫の浮気を気に病んで暮らし、その憤怒と復讐心は、ときに法廷に立つ者に向けてとんでもなく見当違いな表出をすることがあった。大火災事件の裁判がまさにそのケースだった。聡明ではあったが、川岸の石ころなみに性的魅力に欠けていた彼女は、いかめしい司法官のガウンの中に誰も知らない秘密を一つ隠していた。それは、若く官能的な夫の愛人たちへの狂おしいほどの嫉妬心から、老いてゆく自分の体を夜通し刃物で傷つけたむごたらしい傷跡である。その傷は、彼女が夫とその愛人たちに下した審判であり、彼らの罪をあがなった痕跡だった。その代償として、容疑者への彼女の判決はこの上なく苛烈であった。とくに容疑者が若い女性であればあるほど、その苛酷さは激しかった。デパートでマフラー一枚盗んだ若い女に無期懲役を宣告したこともあれば、姦通罪を犯した女には例外なく死刑を宣告した。

なぜそんな不合理な判決が可能だったのかと？　チュニが裁判も受けないまま十年余り未決監房に収容されていたことからもわかるように、当時そのような判決はさほど珍しいことでもなかった。法廷は単に被告の運試しの舞台にすぎず、最初から正義とは何の関係もなかった。将軍の時代とはおおむねそんなものだった。

刑務所

そこは別世界だった。赤い塀と鋭い鉄条網、負の遺伝子の集合場所、筋肉鍛練法やナイフ使用法の教室、犯罪の学校、臆病な少年を野獣に育て上げ、はつらつとした青年を羊のように従順な老人に変えて送り出すところ、タバコ一本で殺人が起き、ペンキ缶に大便をし、男色を覚えるところ、時間が止まった死角の地、それがまさに刑務所であった。チュニが他の囚人たちと一緒に護送車から降りたとき、刑務所の正面には次のような文句が書かれていた。

我は汝を罰する者ではなく
汝を善に導かんとする者である。

初めのうち彼女は、自分は別の煉瓦工場に来たのだと思っていた。四方を取り巻く煉瓦に親しみを感じたためである。もちろん彼女は刑務所が何なのかまったく知らなかった。そのため、煉瓦を焼く窯が見当たらないのを不思議に思ったが、おかしなことはほかにもあった。煉瓦工場にはいつも荒くれ男たちがひしめいていたのに、ここはどういうわけか女ばかりでいっぱいなのだから。チュニは八人の女囚のいる監房に収監されて初めて、ここが煉瓦工場とは違うことを知った。囚人たちは、男か女かもわからないチュニの大きな図体や険悪な人相を見てたちまち恐れをなし、こそこそと席をあけてやった。しかし売春宿のおかみ出身である監房長は違った。駅前の娼婦として出発し、後におかみになり、娼婦たちを抱えて営業してきたが、酒に酔った客と争い、誤ってその人を突き飛ばし、壁に頭をぶつけて死なせた罪で収監されていた彼女は、ひたすら意地一つで生き延びてきたおかみらしく、チュニを見るや否や機先を制しようと怒声を上げた。

——このアマ、まずは新参者から先にあいさつするもんだよ。何を突っ立ってんのさ？

当然、チュニからは何の返事もない。おかみはちょっとたじろいだ。今までの経験からも常に、口数の多い者より寡黙な者の方が怖かったからである。だが他の囚人たちが見守る前で、ただ引き下がるわけにはいかなかった。

――あんた、耳の穴にチンポでも詰まってんのかよ。人の話が聞こえないのか？

彼女は男のやくざ同然のドスの利いた罵声とともに、勢いよくチュニの横っ面を張り倒した。しかしチュニの体重の半分にも及ばない彼女に殴られたところでどうかなるわけでもない。チュニはいったい相手がなぜ自分を殴るのかさっぱりわからないので、ただとまどった顔で相手を見つめるだけだった。しかしチュニ自身はとまどっているだけでも、他人から見たらギラギラした目でにらみつけているわけだから、おかみは足が震えてしまった。普通の女なら頬を押さえて泣き出すところなのに、チュニは何事もなかったような顔でこちらを凝視するばかり。並大抵のあばずれでないことは間違いない。おかみは先にしっぽを巻いた。

――まあいいわ。今日は初日だからこれでかんべんしてやるよ。その代わり、こんど逆らったら容赦しないからな。

そして他の囚人たちに向かって言った。

――今日からこの子がナンバー2だからね、覚えときな。

他の囚人たちがすばやく動いておかみの隣に席を作ってやると、チュニはとまどいながら立っていたが、そこが自分の席だとわかるとおかみの隣にどっかりと座りこんだ。こうしてチュニは、いきなり監房のナンバー2になった。

チュニが収監された監房には、心変わりした恋人の頸動脈を手術用のメスで切って殺した看護師や、トイレで赤ん坊を出産して便器に流した未婚の母、二人の娘と夫の食べものに青酸カリを入れて毒殺した主婦、二つの所帯を二十年間行ったり来たりして情夫の子を八人も産んだ恥知らずの姦通女、寂しい独居老人ばかりを狙って金をむしりとっていた花蛇[*1]など、ありとあらゆる種類の犯罪者が集まっていた。従って、わずか三、四坪の狭い空間にもかかわらず、房には静かな日がなかった。未婚の母は、頭までふとんをひきかぶってすすり泣いてはみんなの眠りを妨げて嫌われており、そのたびに看護師が、こんどうるさく泣いたらみんなが寝ている間に首根っこをひねってやるから、と脅していた。

――あたしはね、何も道具がなくても人を殺せる方法を何十通りも知ってんだよ。看護師やってたときに医学の専門知識をしこたま身につけたんだからね。

このため若い未婚の母は、看護師にいつ殺されるかと脅えていた。人間はとても軟弱で、医学的見地から見れば大きな風船に血をいっぱいに満たしたようなものだというのが看護師の言いぐさであった。彼女は未婚の母の柔らかいのどに触りながらささやいた。

――つまり、風船を割るには爪をちょっと長く伸ばしておくだけでも充分だってわけよ。何のことだかわかるよね？　この泣き虫女。

そのたびに未婚の母をかばうのが、意地一つでおかみをやってきた監房長であった。彼女は暇を見つけては、ムショを出たあとに働かせる娼婦のリクルートもしていたが、未婚の母もその中の一人であったのだ。彼女は、娼婦という職業は金にもなるし、人生を思いきり楽しむこともできるいい仕事だと言って女囚たちを抱きこみ、人生の行き止まりにぶち当たった哀れな女たちをその気にさせていた。

——どのみち、女ってもんは娼婦なんだよ。男に股を開いてやって、その見返りで食ってるんだから。娼婦が他の女と違うのは、穴を開いてやる相手が大勢だってことだけだ。その代わり娼婦になれば、一人に縛られずに人生を自由に楽しめるのさ。

彼女は、考え方さえ変えればいつでも自由を手に入れることができると主張していた。だが実のところ彼女自身は、大勢の男を相手にしたために性病にかかって陰部にカビがはえており、いつもひどい匂いがしていた。彼女の秘密の手帖には、出所したら娼婦になることを約束した女たちの名前がぎっしりと書きこまれていたが、その人数は実にこの刑務所の女囚全体の半数にも及んでいた。もし彼女が出所して本当に売春宿を開いていたら間違いなく大成功しただろうが、人生はそう思い通りになるものではない。その年の秋、彼女は秘密手帖を活用することもできないまま絞首台に吊るされてしまった。最期に言い残すことはないかと執行人に問われた彼女は、次のようにつぶやいた。

——この犬畜生ども。おまえらみたいな奴のための穴なんぞ、どこにもないよ。

一方、青酸カリはいつも監房の中を絶えず掃いたり拭いたりしていた。そして口癖のように

＊1【花蛇】　金目当てに男を利用する女。

「生きるのは、積もる埃を拭き続けるのと似たようなもん」という哲学的なせりふを吐いて、単純な囚人たちの頭を混乱させていた。彼女は、なぜ二人の娘と夫を毒殺したのかについては一言も口を開かなかった。そして死の何日か前、突然一人言のようにつぶやいた。

——あれはあの三人にとって、悪いことじゃなかったさ。

花蛇と姦通女は、どっちの罪が重いかについて言い争い、何かにつけては殺してやると言って髪の毛をつかみ合ったが、二人とも男を利用していたことでは同じである。だが花蛇は、自分は子どもまでは生まなかったと言って姦通女を非難し、姦通女は、子どもを生んだのは相手を心から愛していたからで、おまえみたいに金目当てじゃなかったと反論した。二人がとって食わんばかりの大立ち回りを演じるたびに出ていって事態を収めるのは、やはり監房長であるおかみの役目だったが、彼女の結論は「二人とも悪女には違いない」というものであった。そんな中で囚人たちはやがて、チュニがデクノボーの唖者であることを知り、結局チュニはほどなく、いちばん端っこの席に追いやられた。それは監房の法則である。

——うちらの中で真っ先に首をくくってやるべき奴がいるとしたら、間違いなくこの唖の女だよ。だって、ほんとにぞっとするような殺人鬼なんだからね。

ある日看護師はチュニを指さして女囚たちにそう言った。どこで聞いてきたものか彼女は、チュニが殺した人数はゆうに千人にも達すると言った。彼女がそれを知るに至ったのは、遠い親戚がピョンデの劇場で焼け死んだためである。そうこうするうちチュニは、座ろうとして看護師の飯を尻に敷いてつぶすというへまをしてしまった。チュニは申し訳なさそうに、床にへばりついた飯をこそげとろうとして骨を折ったが、看護師は指を振って言った。

——フン、そんなことしたって手遅れだよ。あんたはもう私の手にかかって死んだも同然。

このときから看護師の異常な敵対心は、未婚の母からチュニに移った。彼女は仲間の前で、いつかきっと自分の手でチュニを殺してやると宣言した。そして、そのときには自分が知っている何十種類もの方法の中でもいちばんひどい方法を使うんだと言っていたが、それがどんなものかはついに明らかにしなかった。ただ、いつも他の囚人たちに、もし朝起きてチュニが死んでひっくり返っていても驚くなと警告していたものだ。

だが、たとえ監房のいちばんすみっこに押しやられてはいても、チュニにとって刑務所暮らしはさほど悪いものではなかった。一定の時間に起床し、決まった時間に食事をし、一日も欠かさず肉体労働をする規則正しい生活になじむと、彼女はすぐに誰よりも模範的な囚人になった。初めのうちしばらくは、大きな図体のせいで他の囚人の興味を惹いたこともあったが、やがて関心外に追いやられた。しゃべれないので面白い話をすることができない上、人並はずれて太っていること以外には別に特徴もなかったためである。そんな彼女がまた人々の注目を集めるようになったのは、他でもないその驚くべき怪力のためだった。

何日か後、チュニは他の囚人たちとともにトラックに乗って、刑務所の外へ仕事に出た。本来ならチュニのような未決囚は労役を免除されるのだが、「働かざる者食うべからず」という刑務所長の命令により、彼らは全員道路拡張の仕事に投入された。女囚がやるには過酷な重労働であったが、やはり刑務所長の「男と女は身体的にも平等だ」という信念に則っていたのである。彼らは現場におろされ、スコップとつるはしを支給されて仕事を始めた。それまでスコップなど握ったこともない女囚たちは、焼けつくような真夏の陽射しのもとで雨のように汗を流していた。彼女らが働く現場のまわりを男性の看守たちが銃を担いで取り囲み、監視していた。彼らは汗に濡れてあらわになった女囚の体を鑑賞しながら、暇そうに冗談を言い合っていた。

そんな中、工事が難関に逢着した。道路の真ん中に大きな石が突き出していたので、除去しようとまわりを掘りはじめたのだが、それがとんでもなく巨大な岩だということがわかったのである。囚人が十五人ぐらいとりついて岩を道の脇に押し出そうとしたが、岩はまるで地中に固定されたようにびくともしなかった。道を迂回させることもできず、何の装備もないので岩に発破をかけることもできず、みな困り果ててしまった。

このときそばでじっと見守っていたチュニが、何を思ったか岩の下に肩を差し入れた。何をしようとしているのかもわからず、みな案じ顔で見つめていたが、チュニが肩に一度グンと力をこめると、びくともしなかった岩がぐらっと動いたのである。囚人たちの間から感嘆の声が漏れた。チュニはさらに足に力をこめて岩を押した。すると信じがたいことに、岩は道のわきに転がり落ちた。みなチュニの怪力に驚いて口をあんぐり開けてしまったが、彼女の活躍はそれでは終わらなかった。

囚人たちがチュニを取り囲んで拍手喝采していたとき、坂の上に停めてあったトラックのサイドブレーキが解除されて転がり落ちてきたのだ。トラックはチュニと囚人たちが立っているところをめがけて狂ったように突進してきた。囚人たちはいっせいに悲鳴を上げて道のわきに散った。だがチュニは何を思ったか、その昔シンパイが転がり落ちてくる材木の前に立ちはだかったのと同じように、足にぐっと力をこめてその場に踏みとどまったのである。トラックが恐ろしい轟音をたててチュニの目の前に迫ってきたとき、女たちはむごたらしい光景を想像して悲鳴を上げ、顔をそむけた。しかし信じられないような光景がくり広げられた。トラックがチュニにぶつかった瞬間、どーんという音とともにその場に止まったのだ。彼女はけが一つせずしゃんとしており、頭の中でむごたらしい光景を思い浮かべていた囚人たちは、彼女の怪力に再びこぞって歓声を上げた。この事件でチュニは一躍、女子房の英雄として浮上した。しかしそれによって彼女の刑務所暮らしが地獄と化してしまうとは、誰も想像だにしなかった。

刑務所長は非常に入り組んだ人格を持つ人物だった。行刑学の先駆者であり、矯正医学の権威であり、数多くの矯正プログラムの草案者である一方、すぐれた形質人類学者であり、危険な変態性欲者でもあり、篤実なプロテスタントの長老[*2]でもあった彼は、まずもって優生学の信奉者だった。彼の固い信念の一つは、犯罪者は必ず犯罪を誘発する特別な形質の遺伝子を持っている

＊2【長老】信徒を代表する役職。

ということだった。従って、囚人が犯罪を犯すのは彼らの置かれた環境のせいではなく、生まれたときからすでに犯罪の種を宿していたためだと信じていた。刑務所長はこのような、犯罪の種を宿して生まれてきた人々を「ゴミ」と呼んだ。彼にとって犯罪者を捕まえることは、汚いゴミを「掃除」あるいは「分離」することであり、彼らを社会から除去して集めておく刑務所は、まさに「ゴミため」であった。将軍のもとで長年軍隊生活を送った彼は、社会から排出されたゴミの担当者になったことを、神と将軍に与えられた特別な使命と考えていた。

死刑執行の際はいつも、死刑台の下のカーテンが引かれた秘密の場所に彼が座り、ゴミが「焼却」される過程、すなわち執行の過程をじかに見ていた。その瞬間は、彼にとっては痺れるような快楽の一瞬でもあった。死刑囚の首に縄がかけられると彼は抑えようのない興奮に包まれ、今にもズボンを突き破りそうなぐらい性器がかちかちになった。死刑囚が死刑台に上るときから彼はズボンをおろし、性器をいじってマスターベーションを始めており、踏み台が落とされ、死刑囚が縄にぶら下がってじたばたもがいている間、絶頂にむかって上り詰めていく。苦痛にゆがんだ死刑囚の顔がよく見えるよう、顔に白い袋をかけるなと彼は執行人に命じていた。性器を握った手の動きがいっそう速くなり、ついに死刑囚の息が絶える瞬間、全身が震え、喜悦とともに射精に至るのである。刑務所長が、ゴミが焼却されて灰になる過程を見守りながら変態的な危い快楽にふけっていることを知る者は、執行人を除いて刑務所内には誰もいなかった。

一方彼は、神が与えたもうた特別な使命を実践して人類の遺伝的素質を向上させるべく、自分への命令書に記された権限以上の業務を行っていた。それは収監者に断種手術を施すことである。彼は男性の囚人には精管の切断、女性の囚人には卵管の結束を強制的に行って生殖能力を除去し、彼らがこれ以上世の中に犯罪の種をまき散らさないよう処置していた。この処置を彼は「埋め立て」と呼んでいた。もちろん、このような人種改良的な優生手術は、囚人の人権を無視した違法行為であったが、刑務所内ではすでに公然の秘密となっていた。手術は毎月最終週の礼拝が終わった後、その月に新たに入ってきた囚人を対象に行われる。未決囚も例外ではなかった。後に行われたある人権団体の調査では、施術対象者の中に未成年者も多数いたことが報告されている。だが刑務所長は、むしろ若いうちに犯罪の芽を摘んでしまうべきだという確固たる使命感を持っていたため、何の罪の意識も感じていなかった。それは信念の法則である。

チュニが刑務所へ来てから一か月後、断種手術が行われた。運動場の真ん中で礼拝が終わった後、その月に収監された囚人だけが残されて手術室に使われていた倉庫へ移動した。断種手術のことをあらかじめ知っていた囚人が行かないと言ってがんばり、騒動になることもあったが、彼らを待っていたのは棍棒の洗礼だけである。チュニはわけもわからないまま、看守の引率に従って倉庫の中へ入っていった。手術台がある倉庫の中は非常に汚く、非衛生的であったため、手術を受けた者のほとんどが炎症に苦しみ、ときには命を落とす者もいた。チュニは他の女囚たちとともに服を脱ぎ、廊下に立って順番を待った。中からは、麻酔も使わずに手術を受ける苦しそうな悲鳴が聞こえてきて、外で待っている囚人たちの心臓を凍りつかせていた。

やがてチュニの番になった。巨体の彼女が裸で入っていくと、手術を担当していた看守たちはみな驚きの声を上げた。彼らはチュニを手術台の上に寝かせた。彼女はそれが何を意味するのか理解できなかったが、本能的な恐怖と拒否感だけは感じた。手術を担当する看守が、他の女囚の血がついた不潔なメスを持ってチュニの腹部を切開しようとしたその瞬間、ちょうど所長が視察のため倉庫に入ってきた。そして手術台に寝ているチュニを見つけた彼は、なぜか手術を中断させたのである。彼はチュニを立たせると、裸で立った彼女の巨大な骨格を興味深そうにためつすがめつした。

——実に不思議なこともあるものだ。この娘には、何百年にもわたる進化の痕跡がまったくない。このあごを見てみろ。こんなに大きなあご骨を備えた形質は、すでに三百年前に消えてしまったものだ。しかもこの頭蓋骨の形質ときたら、ミイラに見られるものだよ。

彼は何かひどく珍しいものを発見したというように、心惹かれるままに言いつのった。

——この娘をまるごとアルコール漬けにして保管しておけたらほんとにいいんだがなあ。こんな標本はめったにあるもんじゃないよ。いってみりゃこの娘は、ものすごく高価な骨董品みたいなものだ。

所長はチュニの巨大な裸体をまじまじと見ながら、話を続けた。

——そのためにはでっかいガラス瓶が必要だなあ。それも、普通のでっかさじゃないものが。

チュニは刑務所長の鋭い形質人類学的な鑑識眼のおかげで断種手術を免れた。骨董品に傷をつけるわけにはいかないという刑務所長の考えにより、手術が保留になったのだ。しかしそれがチュニにとってどういう意味があったのかはわからない。後日チュニは、ついにこの世に自分の骨董品的遺伝形質を残すことができないまま生涯を終えることになる。刑務所長は出ていく前に、最後にチュニを見てもう一言つけ加えた。

――にしても、この娘はまるでバークシャー種みたいだな。

それは英国のある地方の地名であり、そこに起源を持つ豚の品種名でもあった。このときからチュニは刑務所内でバークシャーと呼ばれるようになった。何年か後、ある人権団体の暴露によって刑務所長のいきすぎた人権侵害の事例が世に知れわたり、その事実が将軍にも報告されたことがあった。このとき将軍はからからと笑い、次のような言葉で彼を擁護した。

――あれは何でも熱心にやりすぎるのが問題だ。だが、それで悪いこともないだろう。今は何であれ、やりすぎるくらいでちょうどいい。

刑務所長は定年退職するまで根気強く焼却と埋め立てを続け、八十二歳でこの世を去るまで国家から年金が支給された。

バークシャー

女囚たちが収容されている監房は、男子房とは塀一つで区切られていた。女子房の看守たちは女の裸を嫌というほど見ることができ、また必要があればいつでも気に入った女囚を選んで適当に楽しむこともできたのにくらべ、荒っぽい男どもが集まる男子房の雰囲気は殺伐たることこの上ない。そんな男子房でも看守たちは、彼らだけの特別な楽しみを一つ持っていた。それは他でもない、土曜の夜に開かれる格闘技の試合だった。

夕食が終わると看守たちは、運動場の隣の倉庫の中に特別に準備されたリングに集まった。試合に出るのはもちろん囚人たちだが、中でも特別に猛々しく強い者たちが選ばれていた。「選手」と呼ばれる彼らにはそれぞれ主人がついていた。最初に彼らを選んで訓練した看守がその主人となるのだが、一度主人の目にとまって選手に抜擢されると、彼らにはただちに特別待遇が与えられた。すべての労役が免除されるのはもちろん、食事も他の囚人よりはるかに質の良いものが与えられる。彼らの体力を増強し闘志を盛り上げるために高価な強壮剤を飲ませたり、豚を発情させるのに使う薬剤を与える主人もいた。

彼らがそんなにも選手に心血を注いだのは、この試合に莫大な金が賭けられていたからである。格闘技の試合には男子房の看守のみならず女子房の看守もみな参加し、試合に賭けられた賭け金は実にとんでもない金額だった。従って選手一人をうまく育てさえすれば何年分かの俸給にあたるほどの大金をつかむこともできるので、使える男が新しく入ってくると、看守は先を争ってその囚人をわがものにしようと争うのであった。

試合の唯一のルールは、ノールールということだけ。そして競技時間は無制限だった。武器さえ使わなければ相手ののど元を嚙み切ろうが、指で目玉をえぐり出そうが、または腕をへし折ってしまおうが、最初から首を締め上げて息の根を止めてしまおうがおかまいない。むしろ試合が激烈で残酷であるほど観衆は熱狂したのである。実際、試合のたびに血が飛び骨が折れ、肉がちぎれた。命を失ったり障害を負った者も大勢いる。だが、男囚の多くは選手に選ばれることを望んだ。勝ちさえすれば他の囚人が夢にも見ることができないようなほうびが与えられるのだから。食べものの差し入れはもちろん、次の試合が開かれるまでは長々と体を伸ばして昼寝をし、タバコを吸うこともできる。何よりも彼らが望んでいたのは、若く美しい女囚だった。

試合の前、看守は自分の選手を女子房と区切られている塀のところへ連れていき、運動場を散歩している女囚を見せてやった。何年もの間、女といってはその影にすら触ったこともない囚人たちは、遠くから風に乗ってくる雌の匂いにすっかり興奮し、鼻息を荒くした。看守が欲しい女を一人選べと言ってけしかけると、ほとんどの選手は一度だけでも若い女を抱くために命も投げ出し、危険な闘志を燃やす……と、そういうわけだった。

それは違法であり、きわめて非人間的なゲームであったが、土曜の夜の痺れるような賭けごとを止められる者は誰もいない。刑務所長も、このような試合が行われていることを知ってはいたが、看守たちの士気のために見て見ぬふりをしてやっていた。こうして、特別なことがない限り毎土曜日、死と狂気の試合が続いていった。

その日、チュニが岩を道のわきに押し出してトラックを止めたとき、工事現場にはテントウ虫というあだ名を持つ看守がいた。テントウ虫と呼ばれていたのは、顔に大きなほくろがたくさんあり、体が小さかったためである。醜い上に、薄汚い悪印象を与える彼の少年期は暗い影におおわれ、憎悪と混乱に満ちた思春期を経て、彼はドライアイスのように冷たくぎすぎすした男に変わっていった。彼は保護色を身にまとったテントウ虫のような、あまり人目につかない消極的な性格だった。このため看守たちの間ではとくに注目されることもなかったが、その内面には権力への荒々しく強烈な欲望と、相手の苦痛を自分の喜びとする残忍な習性が隠れていた。

書生風のおとなしい男に見えていた彼だが、ある日、食堂で騒ぎを起こしたスリ出身の女囚に苛酷なリンチを加えて以来、囚人たちはみな彼の隠された残忍さを知るところとなった。彼に殴られた女囚は二本だけ残して歯がすべて折れてしまい、鼻がつぶれ、あごが砕け、損傷した神経が頭の中をほじくり返すようなむごたらしい苦痛に苦しんだあげく、殴られて四日目に鉄格子にぶら下がって自殺してしまった。刑務所内で殴打事件が起こったときの常として、その事件も何の調査も行われなければ懲戒処分も下されず、葬り去られた。テントウ虫は近しい同僚にこのように言っていた。

——俺は人に怖がられるのが好きなんだ。なんだか、自分が重要な人間になったような気分にさせてくれるからな。

その日テントウ虫は、チュニの驚くべき怪力を見守りながらあるアイディアを思いついた。それはまさに、チュニをあの危険な格闘技に出場させることである。男子房の看守たちは、女子房の看守が享受している特別な楽しみを羨ましがりながらも、暗に見下すような態度をとっていた。つまり、あいつらは娼婦どもの下の穴を拭いてやる、男女《おとこおんな》みたいな連中だというわけである。テントウ虫はそんな男子房の看守たちに一泡吹かせてやりたかった。彼が看守たちとの昼食の席で女囚を格闘技に出すと宣言すると、男子房の看守たちは呆れたように彼を見つめていっせいに吹き出した。そして、女のあそこの匂いを長く嗅ぎすぎて頭がいかれたんだろうとからかった。だが彼は平気だった。

——いいとも、好きなだけ笑え！　でも、俺が狂ったことを証明したいんなら、おまえらも絶対に金を賭けろよ。

チュニが格闘技に出るという噂はあっというまに看守の口から口へと伝わり、刑務所じゅうに広がった。噂を聞いたおかみ出身の監房長は、面白いことになったと言いたげに拳をグッと握って言った。

——いいさ、出場して男どもの股を食いちぎってやんな。この機会に本性を見せてやるんだよ。

しかしチュニを殺してやると言っていた看護師の反応は違った。

——いっそ試合でぶち殺された方がましだよ。生きて帰ってきてもあんたはどうせ私に殺されるんだからね。そうなったら、試合で殴り殺されるよりずうっと苦しいはずだよ。

チュニは、自分が危険な格闘技の試合に参加することも理解せぬまま土曜日を迎えた。その朝テントウ虫はチュニをそっとトイレに連れていき、言った。

——俺は、今までおまえらの下の穴まで世話してやって貯めた金を全部賭けたんだ。もしもおまえが負けたら俺は全財産をすっちまうし、おまえは俺の手でおだぶつになるんだぞ。そんなことは二人とも望んじゃいないだろう？　だからおまえは、どんな手を使ってでも勝たにゃならん。何のことかわかるか？

もちろんチュニにわかるわけはない。チュニの知能が劣っていることが不安だったテントウ虫は、彼女に一つだけ技を教えてやった。

——よく聞け、バークシャー。おまえは頭も悪いし象みたいにのろまだが、その代わり力だけは誰よりも強い。相手を取り押さえることさえできれば、おまえはそいつを殴り倒せる。だからチャンスをつかんだら、必ずその場で相手をのしちまえ。

そして彼はチュニに、小柄な彼自身が大男を相手に磨いてきた残酷な技を伝授した。

——さあよく見ろ。相手を捕まえたら、そいつの頭を横に向けてこめかみにゲンコツをお見舞いするんだ。そうすればどんな強い男でもしばらく意識を失っちまう。そうしたら、意識を取り戻す前にそいつの頭をつかんで容赦なく顔に嚙みつくんだ。なんでかっていえば、人間は顔がいちばん大事だと思ってるからだよ。意識が戻って鼻がなくなったことに気づいたら、ほとんどの奴はショックを受けて戦意を喪失しちまって、格闘どころじゃなくなるからな。どういうことかわかるか、バークシャー？

テントウ虫は真剣に手本を示しながら技を教えてやった。このときなぜかチュニは、万事わかったというようにうなずき、にやりと笑ったのである。そこでテントウ虫は満足げな表情でチュニの肩を叩いてやった。

——いいぞ、バークシャー。おまえは間違いなく俺のためにたっぷり稼いでくれるだろう。もしそうしてくれたら、下の口が溶けちまうくらい男とお楽しみをさせてやるよ。

興行は大成功だった。格闘技が始まって以来、初の男女対決が開かれるという噂を聞いた看守たちはいち早く倉庫に集まってきた。その日の試合にはすでに何百人もの看守が参加しており、賭け金は実にとんでもない額になっていた。チュニがトラックを止めた現場を見ていた何人かの看守を除けばみな男の選手に金を賭け、万一運良くチュニが勝てばテントウ虫は間違いなく大儲けするはずだった。看守のほとんどが男女対決はあっさり終わるだろうと思っていたが、競技が始まる前から倉庫の中は熱気を帯びていた。なぜならチュニの相手が、身の毛もよだつ恐ろしい殺人鬼、「左官」だったからである。

かつて連続殺人犯として世間を恐怖に陥れた彼が「左官」という別名をもらったのは、殺害した相手を押し入れに入れてコンクリートで塗り固めるという猟奇的なしわざのためである。逮捕されたとき警察が彼の家の壁をはがして発見した死体は、小さな子どもや女性を含めて全部で二十五体に上った。常に血に飢えていたこの殺人鬼は、がっちりとした巨体とクマのように恐ろしい力を持っていたため、近くの町を通過させるにも口に防声具をかぶせ、太い鎖で両腕を縛るなどさまざまな刑具で全身を拘束しなくてはならなかった。左官が銃を持った警備隊とともに競技場に姿を現すと観衆は歓呼の声を上げた。彼はすでにその残酷さを何度も競技で発揮し、一度も観衆を失望させたことがなかった。そうなると相手を務める選手が一人もいなくなり、彼は何か月か試合に出られなかったのだが、テントウ虫が度胸を発揮して、チュニの相手として左官を選んだのだ。観衆は当然、左官の一方的な勝利に終わるだろうと予想し、彼が女囚をどんなふうに蹂躙《じゅうりん》するのかと、加虐的な期待ですっかり興奮していた。彼らの頭の中には、ありったけのサディスティックなシーンやエロティックな映像が次々に広がっていた。

ついにテントウ虫とともにチュニが競技場に姿を現した。格闘技の競技場に入った初の女囚である。観衆は、チュニの姿が彼らの期待する女囚像とはあまりにもかけ離れていたためすっかり失望したが、その並はずれた体格を見てどよめきの声を上げ、これはひょっとすると面白い試合になるかもしれないと期待した。二人の選手はリングの左右に用意された椅子に腰かけて相手を見た。

そのときになって初めて左官は、自分の相手が女だということを知ったのである。彼は呆れたように自分の主人にむかってぶっきらぼうに言った。

——畜生、俺にあのアマと対戦しろっていうのか、でなきゃ、アレをしろってのか?

観衆の間からいっせいに笑い声が起きた。笑っていないのはチュニとテントウ虫の二人だけである。テントウ虫はチュニの耳元にささやいた。

——あいつの鼻をよく見ておけ、バークシャー。あそこに噛みつくんだぞ。

やがて競技開始を告げる合図が出されると、左官はサケを見つけたヒグマのようにチュニにむかって荒々しく突進してきた。

——まあいい。まずはあのアマを殺してやる。アレはその後だ。

突然目の前に出現した大勢の男たちのせいでとまどったチュニは、そのときもまだぼんやりした顔で突っ立っているだけだった。左官が獣のような声を上げながら走り寄り、チュニに襲いかかる。チュニは左官に押されて後ろに倒れてしまった。左官がチュニの上に馬乗りになり、その顔めがけて岩のように固い拳を力いっぱい振りおろす。一発でもゆうに頭蓋骨を割って死に至らしめるほどの恐るべき力であった。チュニがそれをかろうじてよけると左官の拳はコンクリートの床にぶち当たったが、床のその部分が割れて凹んだほどである。彼女は左官がなぜ自分を攻撃するのかわからず、混乱するばかりだった。そして左官の殺意みなぎる目が怖かった。左官はかっとなってまた拳を振り上げた。チュニはとっさに彼の腕をつかんだ。左官は腕を引き離そうとしたが、どうしたことかびくともしない。チュニは彼の腕をつかんだまま立ち上がった。チュニの怪力に、観衆の間からは信じられないというような嘆声が上がった。

しかし、問題はその後だった。チュニは左官を取り押さえはしたものの、一度たりとも他者と争ったことのない彼女は、この後どう行動したらいいのかわからなかったのだ。左官の顔には真っ赤に血が上り、腕を引き離そうとして必死にあがき、そうすればするほどチュニはますます脅えた。彼女は、彼が腕を動かせないようにいっそう力をこめて腕をつかんだ。それだけが彼女にできるすべてだったからである。かたわらで見守っていたテントウ虫が早く嚙みつけと大声で叫び、観衆たちも盛んに声を上げて戦いをあおりたてた。だが、すっかり脅えてしまったチュニの耳には何も聞こえない。彼女は左官の腕をがっちりとつかんだまま、心の中で叫んだ。

お願い、やめて！　怖くて死にそうなのに！

その瞬間、チュニがつかんでいた左官の腕が、木の枝が折れるようなぽきんという音を立てて折れてしまった。折れた骨が肉を引き裂き、血がほとばしり、すさまじい苦痛に左官が叫び声を上げる。観衆はチュニの怪力に驚愕して歓声を送ったが、血を見たチュニは恐怖のあまり左官の腕を離し、後ろを向くと倉庫の外へまっすぐに飛び出した。何人かの刑務官が入り口を固めていたが、チュニは彼らを押しのけて突き進んだ。テントウ虫が大声でバークシャーを呼んだ。彼女は止まらなかった。

闇の中を彼女は走った。息が完全に上がった。男どもの喊声が後ろから追いかけてくる。彼女の心中は恐怖と混乱でいっぱいだった。彼女は男たちの荒々しい声が怖かった。左官の鬼のような形相も怖かった。だからいっそう必死に走った。ここは自分が思っていたような煉瓦工場ではない。いったい自分がなぜこんな見知らぬおぞましい場所にいるのか、理解できない。だから遠くへ走り去ってしまいたかった。そして石につまずいて転び、立ち上がったとき、彼女のすぐ目の前を高い塀がさえぎった。赤煉瓦でできた巨大な塀が左右に際限なく続いていた。彼女はそのとき初めて、自分が閉じこめられているという事実を悟ったのである。彼女は塀に向かってゆっくりと歩いていった。そして赤煉瓦に手を触れてみた。

煉瓦に触った瞬間、彼女の鋭い感覚は、それがただの煉瓦ではなく、まさに彼女が工場にいたとき文と一緒に作ったものであることを見抜いた。たとえ長い歳月雨風にさらされて、わずかな痕跡しか残っていなくても、それは確かにナムバランの工場で作られた煉瓦だった。彼女は文の顔とナムバランの工場の風景を思い浮かべた。クムボクとジャンボ、双子姉妹の顔も思い浮かべた。煉瓦に触っているうちに、彼女はそれらのすべてが消え去り、永遠に戻ってこないことを悟った。とめどない喪失感と切なさに胸が詰まった。彼女の目から涙が流れ落ちた。刑務所に入って以来、初めて流す涙であった。

そして突然、チュニは塀の下に咲いているヒメジョオンを発見した。それは煉瓦工場のまわりに無数に咲いていただけでなく、彼女が初めてクムボクと手をつないでピョンデにやってきたとき、線路沿いに並んで咲いていた花だ。彼女は嬉しくなり、花に触れてみようと手を伸ばした。そのときである。あたりが真昼のように明るくなった。遠い監視塔から、サーチライトが彼女めがけて降り注いでいた。

鉄仮面

チュニは敗北者となった。いくら左官の腕を折ったとはいえ、リングから逃げてしまえば勝利は当然左官のものである。テントウ虫はあり金のすべてをふいにしてしまった。試合があったその日の夜、チュニは看守室に引き立てられた。テントウ虫は今にも泣きだしそうな表情だった。

――よく聞け、バークシャー。世の中でいちばん悪いのは、他人の夢を奪うことだ。それは命を奪うより悪いことだ。バークシャー、おまえは俺の希望のすべてを水の泡にしてくれた。おまえは多分初めっから、俺の人生をだいなしにしてやろうともくろんでいたに違いない。だからな、おまえみたいな悪いアマは、死ななきゃいかん。

彼はついに怒りを抑えられず、すっくと立ち上がると土足でチュニの体じゅうを蹴りはじめた。

――雌豚！　ここにいる間に悪いアマはたんと見たが、おまえくらい悪質なのは初めてだ。人の面をかぶってこんなしわざをするとはな！　死ね、死んでしまえ！

容赦なく浴びせられる蹴りの洗礼を、チュニは体を丸めてこらえた。するとテントウ虫は棍棒を取り出し、頭といわず尻といわず、手加減せずに棍棒を振るいはじめた。そばでポーカーをやっていた看守たちは、面白い見物の種ができたとばかりふざけながらチュニが殴られるのを見守っていた。苛酷なリンチは一時間以上も続いた。指が折れ、頭が割れ、血がしたたるうちに、チュニの心中に徐々に憤怒が育ちはじめた。鼻が砕け、歯が折れる。頭から流れ落ちた血が彼女の口の中に流れこむ。そして塩辛い血の味を舌先に感じた瞬間、ついに彼女の純粋な憤怒は爆発した。

彼女は彼が振るっている棍棒を手でつかんだ。血が上って真っ赤になったテントウ虫の顔を見ていると、彼女の脳裡にある場面が浮かび上がった。彼女は彼のこめかみに拳を振りおろした。そしてテントウ虫がよろめき後ろに倒れた瞬間、チュニは彼に飛びかかって頭を取り押さえると、ためらうことなく獣のように顔に食いついたのである。チュニの鋼鉄のような歯が鼻を嚙みちぎると血がほとばしった。それは試合の前にテントウ虫に教わった、致命傷を与える技であった。テントウ虫の悲鳴に他の看守たちが駆け寄ってチュニを引き離そうとしたが、刑務所で最高の力持ちであるチュニを取り押さえるのはたやすいことではない。看守たちに棍棒でめった打ちにされても、チュニはやめなかった。たちまちテントウ虫の顔は血まみれになり、耳もかじりとられてしまった。そしてやわらかい頰肉が嚙みちぎられた瞬間、彼はその場で気絶してしまった。

チュニの顔もすでに血だらけになっていた。彼女は制止しようとする看守たちを振り払い、獣のような大声で咆哮《ほうこう》した。残忍で野蛮な復讐の夜だった。

チュニは刑務官たちによって瀕死の状態になるほど苛酷なリンチを受け、刑具で全身を拘束されたまま懲罰房に閉じこめられた。一筋の光も射さない真っ暗な房である。彼女は怖かった。体を動かそうとしてみたが、手をわずかに動かすことさえできない。暗闇の中、床を這い回る虫たちの足音だけが聞こえる。彼女の目の前にはずっと昔、劇場が火事になったときの光景が浮かんできた。炎が突き上がり、人々の悲鳴が聞こえる。煙が目の前をさえぎり、あたり一面が暗くなる。

そしてまた場面が変わり、その昔、見知らぬ男たちが彼女の母親クムボクを強姦した雨の降る日のことが思い浮かんだ。ピカッと稲妻が光った瞬間、クムボクの白い腿が現れた。場面がまた急変して、次は肉が裂け骨が飛び出た左官の腕が鼻先にぬっと出現した。全身の力が抜けていく。チュニはすべての毛穴から血が吹き出すような幻想に苦しんだ。しかしそれは汗だった。息が詰まった。彼女は恐怖に声を上げたかったが、かろうじてのどから出てきたのは、痰がからんだぜいぜいという音だけだった。このときがちゃんという音とともに光が射しこみ、チュニはやっとのことで目を開けた。型で抜いた飯が一つ、床に投げこまれていた。そしてドアは閉まり、四方はまた真っ暗な闇の中に沈んだ。

テントウ虫は死ななかった。彼は病院へ連れていかれ、十時間を超す長い手術の末にようやく一命をとりとめた。だが彼の顔はめちゃめちゃに破壊されていた。嚙みちぎられた肉片が雑巾のように垂れ下がり、鋭い歯が食いこんだ箇所は開いて骨が見えており、ぞっとするほどだった。鼻と耳はとれてしまい、頰の肉はざっくり削がれて奥歯がはっきり見えている。医師たちは割れたふくべを継ぎ合わせるように、彼の壊れた顔を針金で複雑に綴り合わせるべく夜を徹した。

一か月後、彼は顔に巻かれた包帯をほどいた。そして鏡に映った自分の顔を見た。そこにはおぞましい怪物の姿があった。片頰の肉が削ぎとられて奥歯が露出しており、鼻梁はなく、鼻孔だけが目のすぐ下に正面を向いて開いている。ようやく傷は癒えたものの、めちゃめちゃに縫った跡がありありと残っており、とても人間のものとは信じられないむごたらしい姿であった。彼は拳で鏡を叩いて泣き叫んだ。一切飲まず食わず、布団にもぐって何日かを過ごした。熱い憤怒が炎のように燃え盛り、心はすさみ放題にすさんでいった。

しばらく後、医師たちはおぞましい顔を隠すために彼にアルミニウムの仮面を作ってやった。彼はまた鏡を見た。そして仮面をつけた自分の顔を見た瞬間、異様なほどに心が安らかになった。幼いころから常に後ろに隠しておきたかった羞恥心と恐怖が、仮面によってすっかりふたをされたことに彼は気づいた。テントウ虫というあだ名のきっかけとなった黒いほくろも、固く冷たい仮面におおわれてもう見えない。彼は仮面をかぶって満足げに鏡を見、うなずいた。

——うん、これも悪くない。

ゆっくりとうなずく彼の目の前に、ある人物の顔が浮かんだ。それこそはあのバークシャー、チュニの顔だった。

テントウ虫が退院して再び刑務所に帰ってきたとき、チュニと同じ房の仲間たちはみな同じことを考えた。それは「もうあの唖の女もおしまいだ」ということだった。

その日チュニは夢を見ていた。そこは煉瓦工場に近い、背の低い木が生えている野原だった。煌々たる月光が世界を包んでいる。彼女は裸で、ゆっくりと野原を歩き回っていた。あたたかい夏の夜気が肌に触れる。さわやかな夏の香気に酔って彼女は目を閉じた。

ところが急に、月光が真昼のように明るくなった。そのとき全世界が真っ白に漂白され、白熱した光で目が射られるように痛んだ。ぎゅっと目をつぶったが鋭い光はまぶたを穿って入ってきて、刃のように彼女の網膜を突く。彼女は手で目をおおい、悲鳴を上げた。目をおおって床を転げ回っているうちに、苦痛は徐々に消えていった。ようやく目から手を離す。依然として鋭い光は射していたが、それでも最初よりは耐えられる。ゆっくり目を開けると明るい光の中に、夢とも現実ともつかぬまま、一人の男がぬっと立っていた。彼女は目を細く開けて男を見上げた。男は、銀色に輝く仮面をつけていた。仮面にさえぎられて表情は見えない。目のあたりに開いた穴の奥で二つの瞳が鋭く光っている。彼は仮面に隠された顔をチュニにぴったりと突きつけた。そして暗い洞窟の中から響いてくるような陰湿な声が、仮面の後ろから漏れ出てきた。

――まだ生きていたんだな、バークシャー。

チュニはその声の持ち主が誰か気づいた。他ならぬテントウ虫その人である。彼は感激でもしているかのように彼女を力いっぱい抱きしめると、震える声で言った。

——病院で寝ている間、おまえが死んだりしていないかと思ってどんなに心配したか。だが、こんどは俺を失望させなかったな、バークシャー。ほんとに幸運だった。そうだ、ほんとによかった。おまえがあっさり死んではいかんよ。そんなことはあっちゃいけない。

テントウ虫はチュニの前でアルミニウムの仮面を取った。仮面の後ろに隠されていた顔がたちどころに現れる。それはこの世に二つとないおぞましい怪物の姿であった。

——よく見ておけ、バークシャー。これは他でもない、おまえが作り出した顔だからな。これじゃ人間の顔とはいえんだろう。

チュニは身の毛もよだつその顔に脅え、目をそむけた。テントウ虫は再び仮面をかぶると、言った。

——心配するな、バークシャー。俺はおまえを殺しはしないよ。そして、他の誰にも殺させない。だってそれはおまえにとっちゃ幸せすぎることだからな。

混乱と無秩序のかたまりだった鉄仮面の人生が、一つの明確な目標によってきっぱりと整理された。復讐である。すべてを失った彼にとって、復讐だけが唯一の生きる理由となった。仇であるチュニだけが、彼の人生において意味のある存在だった。

退院後、彼はテントウ虫の代わりに鉄仮面というあだ名をもらった。鉄仮面の執拗な復讐が始まった。以後、彼がチュニに対してやったことは、同じ人間としておよそありえないほどすさまじいものだった。最初チュニは、完全な丸裸で狭い懲罰房に移された。またもや光一筋入ってこない真っ暗闇の部屋である。彼女は一坪にも満たないその狭い空間で排泄し、糞をしたその場で飯を食べ、その上で寝なければならなかった。看守はときどきドアを開けては、彼女が死んだかどうか確かめるために棒切れで体をグッと突いた。彼らはチュニの体が放つひどい匂いに終始顔をしかめ、ハンカチで鼻を押さえていた。彼女は完全に動物のように扱われ、その肥えた肉体は白分がした糞と一体化していった。

いつのまにか、光一筋射さない狭い懲罰房の中にうじがわきはじめた。天井も壁もおかまいなく、天地四方いたるところがうじでおおわれ、寝て起きると顔にうじが真っ黒にたかり、唇やまぶたの上を這っていた。

だが、それは始まりにすぎなかった。鉄仮面はやがて本格的な拷問を加えはじめたが、読者のみなさん、それはチュニが女として経験するにはあまりにもむごくすさまじく、とうてい文章にできるものではなかったという点を理解していただきたい。ただ、鉄仮面が、チュニが耐えがたい苦痛に悲鳴を上げるたびにこうささやいたことは記しておこう。

——バークシャー、おまえはまだ本当の苦しみがどんなものか知らない。本物の苦しみはまだ、始まってもいない。だから俺をがっかりさせるなよ、この痛がり屋め。

彼はチュニに自分の計画を聞かせて喜ぶこともあった。

——俺の計画を一つ教えてやろうか？　いつか俺はおまえの皮を全部はいでやるんだ。だが絶対に殺しはしない。おまえは両目をしっかり開けて、皮がはがれた自分の体を見おろすんだ。どうだバークシャー、面白そうだろう?

彼は解剖学者のように冷静沈着に、チュニのいちばん敏感な神経を探り当てて刺激したので、懲罰房ではチュニのすさまじい悲鳴が絶えることはなかった。以前チュニがいた房で遠くから聞こえるそれを聞いた看護師は、窓の格子をつかんで一人つぶやいた。

——犬畜生め、これじゃ私より先にあいつを殺しちまうよ。

だが、チュニが死ぬことはなかった。鉄仮面はチュニが気を失わないように覚せい剤を飲ませていたし、万一彼女が突然死に瀕した場合に備え、ありとあらゆる救急薬を準備していた。健康維持のため、栄養剤が入った注射も打った。チュニは、臨床実験に使う貴重な動物のように徹底管理されていた。そして、動物が感じうるあらゆる種類の苦痛が加えられた。

拷問は一日も欠かさず続いた。鉄仮面は苦痛に免疫ができてしまわないよう、常に、生きている新しい神経を探し出した。すさまじい苦痛の中でチュニは、自分の肉体がだんだん消えていくように感じた。その代わり、人並はずれて鋭い感覚だけが生き残って暗闇の中を手探りするのだった。時間が完全に停止し、狭い懲罰房の中で闇がどんどん拡張し、宇宙にむかって無限に広がっていく。そしてついには、全世界が暗闇でいっぱいに満たされた。そして闇の中に突然新しい光と新しいイメージが現れるようになった。チュニにとって初めての経験だった。彼女はさらに多くの幻影を見るようになった。過去のできごとがいつでも取り出せる図書館の本のようにすぐ前に並んでいる。それらの本は彼女を過去へと案内してくれるタイムマシンだった。

その昔、目が見えなかった文と同じように、彼女は自由に過去を行き来することができた。そしてすでに彼女のそばから消えたものたちと再会した。クムボクと文、双子姉妹と魚屋……そして遠く暗闇の中から、象のジャンボが彼女の方へ向かって歩いてきた。ジャンボは前よりもずっと体が大きく、山のように巨大で、神秘的な光に包まれていた。チュニはジャンボから降り注ぐ光がまぶしくて、手で目をおおった。

あんた、今どこにいるの？

チュニはジャンボに訊いた。

私はどこにもいないよ。もうずいぶん前に消えたから。

ジャンボは明るい表情で答えた。

じゃあ、今見えているのは何？

ふふふ、おちびさん、それはあんたの思い出の中にあるものだよ。

なんでそんなことができるの？　あんたはもう消えちゃったのに……

それだから、思い出って本当に不思議なものなんだね。

でも、どうしてあたしは消えないの？

当然だよ。あんたはまだ死んでないのだから。

あたしも早く消えたいのに。ここはあんまり辛くて、寂しいんだもの……

おちびさん、そんなに苦しまないで。生きているというのは、それでも幸運なことなんだよ。

他の人もあたしのように苦しいの？

さあ、それはわからないけど、私にも辛いころがあったよ。でも、死ぬことよりもひどい生はないんだよ。

チュニとジャンボの問答には終わりがなかった。そして広々とした闇の中で一筋の光が見つかった。彼女は記憶の中へ旅に出ることで、むごたらしい苦しみと恐怖から逃れることができ、漆黒の闇に包まれた狭い懲罰房の中で、ついに自由を見出したのだった。

王族

鉄仮面の復讐は彼の突然の死によって終わりを告げた。監房を巡回しているときに突然廊下で倒れ、のどを押さえてゲエゲエと苦しみ、全身から血を吹き出したと見るや息絶えてしまったのである。思いもよらない事件であった。チュニに噛みつかれて顔は台無しになっても健康には何の異常もなかったので、看守たちは彼の死を怪しんだ。刑務所長の指示によって内部調査が行われたが、他殺であるという証拠はどうやっても出てこなかった。結局、調査担当者は鉄仮面の死を単に「怪死」として処理するしかなかった。

バークシャー・チュニは再び仲間のいる監房へ戻ってきた。その間におかみと青酸カリはすでに死刑を執行され、残りもみな移監されたり出所したりして、房は、看護師一人を除いては新しい囚人で埋まっていた。その中に目立って美しい一人の女がいた。青い囚人服を着て化粧っ気一つなかったが、そのまぶしいほどの容色は太い鉄格子の後ろでも隠せるものではなかった。いつも悲しそうな目で窓格子のむこうの青空を見つめている彼女の姿態はこの上なく蠱惑的であり、見る者をして崇高な感動に浸らせるほどだった。クムボクがあるとき、神が特別に念入りに作ったと評した美しさ。彼女こそ、他でもない睡蓮その人だったのである。

睡蓮はチュニを一目見て、かつて恋人だったクムボクの娘であることに気づいた。顔は一度しか合わせたことがなかったが、彼女はチュニの人並はずれた容貌を忘れることはなかったのだ。しかしチュニは長い拷問と独房生活に心身ともに疲れはてており、とうてい睡蓮に気づくどころではなかった。

ところで、薬売りとともに逃げ出した睡蓮がなぜ、チュニのいる監房にやってくることになったのか？　そこには、過去をすべて消して身分を変えようとして失敗した一人の高利貸しの物語が隠されていた。

睡蓮と一緒に逃げた薬売りは、ピョンデから遠く離れた都市へ行って正式に結婚した。そこにはすでにクムボクから奪った金で家を用意してあったばかりか、景気の良いところに賃貸用の土地建物を買い入れるなどして移住の準備を整えてあったのだ。薬売りはその都市に定着するとすぐに、建物を貸して貯めた金で、近隣の商人を相手に用心深く高利貸しを始めた。金が金を生み、すぐに近隣の商人たちの間では彼から金を借りていない人がいないほどになり、財産は急速に増えた。だが、それはあまりきれいな商売ではなかった。あちこちに高利で貸していると踏み倒されることもあったし、利子を期限までに払わない者もたくさんいる。そうなると、力で解決するための男どもも必要になるし、会計に明るい者も必要になるしで、いつのまにやら彼は下で働く者を何人も従えるようになった。彼らは踏み倒された金と利子を取り立てるべく、あらゆる手を使って家や所帯道具を差し押さえ、競売にかけたりもした。こうして儲けた金でまた建物を買いこみ、そこで発生する賃料でまた高利貸をやるという方式で、財産はアメーバのごとく自ら増殖を重ね、彼はやがてその都市で知る人ぞ知る財産家として噂になった。それは資本の法則である。

だが薬売りは、冷たい機械のように金を貯めこむばかりの愚か者ではなかった。何不自由ないほど金を貯め、世にも稀な絶世の美女を妻にしていても、彼は一介の薬売りと娼婦にすぎない自分たちの過去を恥じていた。クムボクは後に大儲けした後でも、自分が一時は港町で雑役婦として働いたり、ひどいときは乞食暮らしさえしたという事実を隠さなかった。恥じるどころかむしろ、自慢の種のように言いふらすことさえあった。だが、同じ山里に育った薬売りはそうではなかった。それがクムボクと薬売りの違いである。彼がピョンデから遠く離れた都市に身をひそめたのも、まさに自分たちの出自を隠すためだった。

彼は、単に恥ずべき経歴を隠すだけでなく、徐々に新しい過去を作り始めた。最初に手をつけたのは、にせの家系図作りである。それはきわめて内密に実行され、家系図作りにかかわった人々に口止めするため、本来の報酬よりもはるかに高額の費用が必要だった。その家系図によれば彼の父は全財産をはたいて外国に渡り、独立運動に身を捧げた人で、祖父は三丞相[*3]をすべて歴仕した当代最高の文章家であり、その上の代は王の親戚で、何代もさかのぼれば親等数を調べるまでもなくご先祖様自身が王様なのだから、薬売りも王族だということになるのであった。その家系図があまりに緻密でよくできていたためだろう、誰も疑う者はいなかった。

家系図を作ってしまうと彼は次に、消された過去を新しいストーリーで埋めはじめた。その台本によれば、彼は王族ではあるが明確な意志を持った共和主義者であり、時代の流れに合わせていち早く西洋に留学し、新文明をあまねく渉猟したが、軍人がすべてを決定する世の中では自分にできることはないと判断し、時宜を待ちつつ静かに隠遁生活を送っているというのである。むろん政府は、彼に重要な外交業務を任せようとして何度も訪ねてきたのだが、共和国代表とは名ばかりで実は専制君主と変わらない将軍が政権を掌握している限り、決して一緒に働くことはできないとして断固拒絶した、という話もおまけについていた。彼の優れた話術が偽装に一役買ったことはいうまでもない。時代を間違えて生まれたために俗世に埋もれて暮らす不運な王族。それが、背後から貧しい商人たちの血を吸う高利貸しの扮装だった。

そして薬売りは過去を脚色するだけでなく、それを裏づけるために中心街のカフェにしょっちゅう出かけ、地域の芸術家たちとじかにつきあうこともやった。話術だけは巧みでも、実際に

＊3【三丞相】　朝鮮時代の最高位に属する三つの官職。

はまともな教育を受けたことがなかった彼が、排他的で傲慢な芸術家たちとつきあうのはたやすいことではなかった。しかし、市場の荒波をくぐり、人の心を読みまくって生きてきたおかげで、薬売りは彼らとつきあうためのコツを一つ会得していた。それは可能な限り口数を減らすことである。この方法は無知を隠すためだけではなく、優れた知識と鋭い芸術的センス、そして人格の高さを表現するために最も効果的であり、相手の言葉を充分に理解しているかのような表情、適切なタイミングで浮かべる礼儀正しい微笑、そして相手の意見に対する短く印象的なコメントさえあれば——もちろん、絶対必要な場合に限ってのことだ——充分に可能だった。それに熟達することは難しくなくもなかったが、薬売りは独特の言語感覚と優れた模倣能力で、やがて彼らとスムーズに会話できるようになった。

彼はたくさんのカフェを転々としてさまざまな芸術家たちと交流した。カフェごとにそれぞれ集まるジャンルが違っており、例えば主に文学者が集まるカフェと音楽家や評論家が集まるカフェはそれぞれ違う。その理由は、彼らが互いに顔を合わせたがらないからである。薬売りはあるカフェで聞きかじったことを他のカフェで活用するという方法で会話に割りこんだが、その効果は驚くほど高かった。例えば、次のようなコメントがまさにその一例だ。

——形式主義は模倣論への強力な挑戦でしょう。

——ボルヘスはフランス映画について、退屈さへの熱狂と言ったことがありますね。それならハリウッド映画は何への熱狂なのでしょうね？

——最近の小説はだんだんミニマムになっていく傾向がありますね。それは世の中がどんどん複雑化している証拠じゃないでしょうか？

こういった短いコメントさえはさめば、人々はたいてい彼の洞察力に驚き、疑いなく自分たちと同種の部族だと認めてくれるのだった。もしも誰かが彼の言及にもう少し踏みこんだ話をしようとすると、彼は慎重で優しい微笑を浮かべて次のように言い、身を引いた。

——いえ、あれはただ、私個人の考えを言っただけなので。

そしてコーヒーを一口飲み、次のように話題をそらす。

——ところで今回の文学賞ですが、審査委員が保守的すぎるんじゃないでしょうかね？　もちろんあの作家のすばらしさは私も認めますが。

その程度でいつも充分だった。彼が一言投げかければ残りは他の人たちがいいように騒いでくれるので、あとは適当に微笑を浮かべて座って聞いていればいい。それは討論の法則である。知識人という種類の人間はたいてい陰険な下心を持っており、なかなか本音を見せないものだが、それは一方では自分の弱点がばれることを恐れているからで、また一方では誰とも敵になりたくないからである。となると、会話は常にすいかの皮をなめるような中味のないものになりがちだが、薬売りはそのことを誰よりも正確に看破していたのであった。

しかし問題は睡蓮だった。彼女もまた、先祖代々官位についていた名家の出身で、ちゃんとした教育を受けた良家の奥様ということで通していたが、娼婦出身の卑しさまで隠すことはできなかった。その上、男たちが一度見たら永遠に忘れられないような美貌を備えていたのだから、薬売りが不安になるのも当然である。

そこへ案の定、薬売りが心配していた通りのことが起きてしまった。ある日睡蓮が市場へ出かけて買いものをしていると、一人の男が彼女に気づいたのだ。それは全国の市場を渡り歩いている飴売りだった。彼は何年か前、ピョンデの駅前の売春宿で出会った睡蓮の際立った美貌を忘れていなかった。あたりがパッと明るくなるような美しい睡蓮の姿は、誰にとってもそうそう忘れられるものではなかったが、彼が睡蓮を格別によく憶えていたのは、ずっと前に彼女が抱え主に袋叩きにされて逃げ出し、クムボクに救出されたあの夜、彼女ともめごとを起こした客がまさに彼だったからである。長い時間が過ぎたが睡蓮の清楚な美しさは少しも色あせておらず、むしろいっそう成熟した姿態で多くの男たちの視線を惹いていた。彼は睡蓮に近づくと、彼女の腰をぐいと抱き寄せた。

――このアマ、見かけないからどこへ行ったかと思っていたら、こんな遠くにまで流れてきているとはな。わしら、あの日のことは全部忘れてしっぽり話でもしようじゃねえか、お得意様なんだから、ぼったくりはなしだぞ。

睡蓮は彼の顔を見て仰天した。

――まあ! 人違いにもほどがありますわ! この私にむかって何てことを!

彼女はわけもわからずぽかんとして立っている飴売りにわざと怒号を浴びせてその場を去ったが、足が震えてすぐにでもその場に座りこんでしまいそうだった。睡蓮が家に帰り、飴売りに会った話をすると、薬売りは不吉な予感がして飯がのどを通らなかった。案の定何日かすると、人の男がひそかに薬売りを訪ねてきた。もちろんあの飴売りである。彼はしばらく人に聞き回って、睡蓮と薬売りがまんまと身分を偽ってその都市で世渡りしていることを調べ上げていた。飴売りはタバコをふかしながら薬売りに言った。

――生きていりゃ誰でも、望んでもいないことをやらなきゃならんときがありますよね。私も市場で飴なんぞ売っている身の上ですが、成り行きによっちゃ薬を売っていたかもしれません。それに、本当に困っていたら体を売ることもあるだろうしね……そうでしょ？　もちろん私は職業に貴賤なしという考えですがね、世間の人の大部分は、そうは思っていないらしくてね。

遠回しに話す飴売りをにらんでいた薬売りは言った。

――何が言いたいんだね？

――そうだねえ、言いたいことがあるというよりは、ちょっと思いついたことがあってね。俺はある事実を知っているんだが、それが誰かにとっては相当に困る話なんだな、まあそういうことですよ。

薬売りは単刀直入に尋ねた。

――いくら欲しい？

――まあ、それは社長がどのくらい秘密を守りたいかによって、変わってくるな。

――はぐらかさないで、いくら欲しいか言いなさい。

――じゃあ言おう。一生、田舎の市場ばかり渡り歩いてきて、もうのども痛いし、膝もだめになっちまいましてね。そろそろどこか静かな田舎で飴問屋でもやりながら暮らしたいんだが、貯金もなくてなかなかね。

薬売りは飴売りに、問屋を開けるだけの金を渡した。かなりの大金だったが、やむをえない。その代わり、問屋はできるだけ遠くで開き、彼らの住む都市には二度と、ちらりとでも姿を見せるなというのが条件であった。思いがけない儲けを手にした飴売りは、その通りにすると何度も何度も、口が裂けるほど誓って金を受け取り、その都市を出ていった。だが満ち足りることを知らないのが人の心というもの、わずか数か月も経たぬうちに飴売りはまたもや薬売りを訪ねてきた。

——何ともまあ奇妙なことでね。私だって、できるならあのことは忘れてしまおうと思ってがんばったんだ。でも、がんばればがんばるほど思い出すんだね。あの秘密を隠し通すのがあまりにもしんどくてね、いっそあの金はお返しして、全部言っちまってすっきりした方がましなんじゃないかって気もするんですよ。

薬売りはまた金を出してやるしかなく、飴売りはその次にはさらに多額の金を要求した。

——これじゃあ息が詰まって、寿命をまっとうできそうにないんですよ。

しかし薬売りは、飴売りのたくらみにただ引きずり回されているような弱い男ではなかった。彼は、飴売りが彼の全財産を使い果たすまで絶対にあきらめない人間だと知っていた。彼には一つしか選択肢がなかった。いうまでもない、飴売りの口を永遠に封じることである。この都市ですでに地位を確立したのにあえて危険を冒したくはなかったが、彼の口をふさいでおく方法がない以上やむをえない。その夜、寝床で薬売りが睡蓮にひそかに自分の計画を打ち明けると、ただでさえ飴売りのことで悩んでいた睡蓮は一も二もなく同意した。

何日か後、飴売りがまた家を訪ねてきたとき、家では睡蓮一人が縁側に座って刺繡をしていた。彼女は飴売りに、薬売りは急用があってしばらく外出していると告げ、戻ってくるまでのどを湿していてくださいと、酒膳を整えた。飴売りは酒をついでくれる睡蓮の蠱惑的な姿態にうっとりして、勧められるのにまかせて知らず知らずぐびぐびと際限なく飲んだ。そしてやがて、大の字になってのびてしまった。このとき屛風の後ろに隠れていた薬売りが現れた。彼は睡蓮と一緒に飴売りをぎゅうぎゅうに縛り上げ、裏庭の垣根の内側に引っ張っていき、あらかじめ掘っておいた穴に生き埋めにした。今やすべての秘密は土の中に埋められ、永遠に消えたように見えた。そのようにして二年が過ぎた。

だが問題はまたしても睡蓮だった。彼女はしばらくの間、薬売りと仲睦まじく暮らしてきたが、年もとっており別に魅力的でもない薬売りにだんだん飽きてきたのだ。そしてほどなく、他の男と恋に落ちてしまった。それは倦怠の法則である。彼女の新しい恋人は、薬売りがカフェで会って交流していたある詩人だった。中央の文壇で名を上げてはいなかったが、その都市の郷土文士たちからは、品格のある詩を書くという評価を得ていた。憂愁に満ちた深みのあるまなざしとやわらかい長髪、そして甘い声を持つ男である。二人は薬売りの目を盗んで夜となく昼となく愛を交わしていた。そんなある日、詩人を信じすぎた睡蓮は、自分の秘密をすべて打ち明けてしまったのだ。それは恋の法則である。詩人は自分の愛した女が実は過去に娼婦だったこと、そればかりか夫と共謀して殺人までやった恐ろしい女であることに強いショックを受けた。そんな恐ろしい秘密を一人で守るには、彼の神経はあまりに細すぎた。

このころ薬売りにも困ったことが起きた。ある評論家グループとカフェで会話していたときに、大失敗をしたのである。いろいろと面倒なことがあって気もそぞろだった彼は、しばらく前にそのカフェで小耳にはさんだことを他のカフェで聞いたことと錯覚して、オウムのようにくり返してしまったのだ。相手が自分たちの同族かそうでないかを他のどんなジャンルの人よりも敏感に感じ取る評論家たちは、折から薬売りの言動を怪しみ、注視していたところであった。誰かが薬売りにその事実を指摘した。

——先生、それは先週崔《チェ》先生が言ったことじゃないですか?

薬売りは初めて自分の失敗に気づいた。彼はあわててしどろもどろになった。

——ははは、そうですね。つまり崔先生の考えが私の考えで、私の考えがまさに崔先生の考えってことですから、要は私ら二人は考えが一緒だということですねえ、ところで例の演奏会はあんまり新鮮さが感じられないみたいですが、どうですか?

彼は今回も必死で話題をずらそうとしたが、誰も応じてくれる人はいなかった。彼らは冷たい視線で薬売りを見ていた。ぎこちなく重い沈黙が流れた。誰も物理的な暴力は用いなかったが、彼らはまるで狼の群れにまぎれこんだ山犬を追い出すように冷淡で残忍だった。それは知識人の法則である。薬売りは、一巻の終わりだということ、ここを立ち去るべきときが来たことを悟った。彼は力なく肩を落として立ち上がった。そしてカフェを出る前に席を見回すと、最後に一言言った。

――みなさん、もうジャッジを下すのはおしまいにして、一度くらいリングに上がってはどうですか？

薬売りが家に戻ってきたとき、すでに刑事が彼を待っていた。彼は遅ればせながら、この世には秘密を分け合える者など誰もおらず、一人で守ってこそ初めて秘密なのだということを悟ったのである。彼はおとなしくすべてを自供した。警察は彼の家の裏庭からすでに激しく腐乱した飴売りの死体を探し出した。睡蓮も、薬売りとともに犯罪を共謀した咎《とが》で逮捕された。これが、彼女がチュニのいる監房に来ることになった事件の顛末である。

一時は王族として通っていた薬売りは、しばらく後に死刑台に吊るされてしまった。しかし睡蓮は飛び抜けた美貌によって刑務所長の目に止まり、死刑が延期された。刑務所長は自分の事務室の隣にある特別監房に睡蓮を囲っておき、好きなときに出入りして性欲を処理していた。そこは彼にとって正確に、便所と同等の場所だった。だが退職するにあたって彼は自分の汚らわしい過去が暴かれることを恐れ、長い間便器のような役割を果たしてきた睡蓮を急いで死刑台に送ってしまった。そのようにして、薬売りと娼婦だった二人の波乱多き人生はともども刑場で終わりを告げた。

出獄

――まだ生きていられて運が良かったと思うのは大きな誤算だよ。外へ出たって私はいくらでもあんたを殺すことはできるんだからね。他の囚人に殺させることもできるし、あんたが食う飯にこっそり毒薬を入れることもできるしね。

看護師は出監命令を受けて荷物をまとめているところだった。チュニが収監されてから五年目だった。彼女はきょとんと見つめ返すチュニを見ていたが、ふいにため息をつくとこう言った。

――正直あたしゃ、殺すほどの価値があんたにあるのかどうか、まだわかんないんだよね。殺す価値のない者を殺しても意味がないしねえ。でも、だからって安心するんじゃないよ。いつだって考えが変わることはあるんだから。

そして出ていく前に、チュニに最後の一言をささやいた。

――あんたはものが言えないから、私が一つ秘密を教えてやるよ。鉄仮面ね、あの野郎を殺したのは、私だ。だから私はあんたの命の恩人ってわけさ。だけどお礼は要らないよ。あいつが私の代わりにあんたを殺すのが嫌だっただけだから。

刑務所史上最大のミステリーだった鉄仮面の死の秘密が暴かれた瞬間である。だが看護師は、どんな方法で鉄仮面を殺したのかはついに明らかにしなかった。仮面にこっそりヒ素をまいてお知る秘密である。

いたのだという噂もあったし、食べものに毒を盛ったという噂もあったが、すべては彼女一人が知る秘密である。

看護師は刑務所から出るとすぐに売春宿を開いた。それは先に処刑されたおかみが残した秘密の手帖を偶然に拾ったため可能になったのである。手帖には、娼婦になると約束した女たちの名前がぎっしりと記されており、彼女はそれをもとに、金を稼いでくれる女たちをやすやすと確保できた。商売は繁盛し、彼女は寂しさを慰めようと訪れる男たちにこう言ったものだ。

——お願いだからお手やわらかにね。この子たちは、水風船みたいに割れやすいんだから。

看護師が出獄してまた何年かが過ぎた。その間にチュニも年をとり、もう若さの盛りを過ぎていた。刑務所で若さを完全に使い果たしたわけである。その間には囚人たちも入れ替わり、看守も入れ替わり、刑務所は新しい人間でいっぱいだった。鉄仮面と左官、看護師とおかみの話はもう忘れられて久しく、チュニの怪力や、彼女が鉄仮面の顔を噛みちぎった事件も忘れられていた。監房の中は新しい囚人の新しい物語で満ちていた。それは監房の法則である。バークシャーは監房の最古参になったが、誰も彼女に気をとめなかった。かつて形質人類学的次元から彼女に深い関心を寄せた刑務所長も、もうすっかり彼女を忘れていた。女囚一人にかかずらっているにはあまりにも忙しかったからである。

その間、チュニの獄中生活は沈黙と忘却の時間で満たされていた。彼女は人々が怖かった。そのためいつも人々を避け、すみっこの席を探し回った。新芽のようにか細く無垢な彼女の感受性はそれまでにも深い傷を負っていた。しかしチュニは、それを歪んだ憎悪や練り上げられた復讐心に変えるすべを持たなかった。苦痛はただ苦痛であるのみで、他のどんなものとも置き換わることがなかった。傷は消えず、彼女の胸の真ん中に、苦痛の化石のようにゆるぎなく厳然と残っていた。それがチュニの法則だった。

チュニは寝床に横たわるたび、他の人たちのように消えていく夢を見た。だが目を開けるたび、そこはいつも四方がさえぎられた刑務所だった。そこで彼女は、過去の記憶の中へと旅に出た。それはかつて鉄仮面からむごい拷問を受けたときに身につけた方法である。彼女はその旅の中で、楽しかった過去の時間をくり返し生きた。象のジャンボとも会い、双子姉妹とも会った。彼らはいつも一様に晴れ晴れと輝くような顔をしていた。ヒメジョオンが生い茂る煉瓦工場も、彼女が旅の途上でよく立ち寄る場所であった。だが彼女がいちばん好きだったのは、母のふところにいるときだった。それは彼女にとって最も望んで得られぬものだった。こうして彼女が幻想の中にとどまっている間に刑務所の時間はゆっくりと流れ、新しい局面を準備していた。

将軍は政治的危機を迎えていた。選挙が近づいていたが、彼は再選される確信を持てずにいた。政敵はいっそう激しく彼を追いつめており、民心が彼を見限って久しい。彼は最後の勝負に出た。自分が死ぬまで永遠に執権するという内容を含む新しい法律を公布したのだ。それは独裁の法則である。反対派は激烈に抵抗したが、法律によれば、その法律に反対することさえも違法であった。その代わり彼は民心をなだめるためにさまざまな措置を断行したが、その一つが囚人対象の恩赦だった。それは国家独立以来最大規模の恩赦であり、そこには未決囚も多数含まれていた。そして恩赦対象者名簿には、バークシャー・チュニの名も入っていた。彼女が刑務所に入れられてから満十年が経った夏のことだった。

チュニは他の囚人たちとともに朝早く刑務所の門を出た。他の囚人たちは、収監されたときに預けておいたり家族が持ってきてくれた私服に着替えたが、チュニには服がなかったので、青い囚人服を着たまま外へ出た。刑務所の出口には、赦免された囚人たちを迎えに来た大勢の家族たちがぎっしりと詰めかけていた。歓呼の声を上げる者もおり、中には泣く者もいた。木の容器を頭に載せた女たちが歩き回っては、出所祝いに囚人に食べさせる豆腐[*4]を売っていた。政治犯として拘束され、解放された者たちは集まってスローガンを叫んでいた。出所した者たちはみな、のどを詰まらせながら、家族が差し出す豆腐にかぶりついていた。

チュニを迎えに来た者は誰もいなかった。チュニは急に四方が開けた広い空間になじむことができず、めまいを覚えた。人々のやかましい声が消え、出所者が一人、二人と去っていくときになっても彼女はそのままぼんやりと立っていた。頭が割れそうに痛かったが、何の考えも浮かば

＊4【出所祝いに囚人に食べさせる豆腐】韓国では出所祝いに豆腐を食べる習慣がある。豆腐のように白い＝潔白な人生を歩むようにという意味がこめられているとも、昔は刑務所の食事が劣悪だったため、高たんぱく質の豆腐を食べさせたともいわれる。

ない。とうとう人々がみな去った広い空き地には、チュニだけが一人残された。その間にも太陽はしだいに高く上り、焼けつく陽射しが彼女の頭上に注ぎはじめた。彼女は日光を避け、刑務所の塀の下に行ってうずくまった。

このとき巨大な木の容器を頭に載せた一人の老婆が彼女の方へ歩いてきた。刑務所の前で豆腐を売っていた老婆である。彼女は売れ残りの豆腐一丁をチュニの前にいきなり差し出した。チュニは彼女を見上げた。真っ黒な虫食い歯、げっそりと落ちくぼんだネズミのような目！　祈禱師の口を借りて身の毛もよだつ口寄せをした呪いの神霊！　何百人もの命を火事の魔の手に追いやった復讐の化身！　まさにあの汁飯屋の老婆だった。見覚えのある顔だと思って見ていたチュニは、ふいに昔、鯨劇場で非常口を閉めて回っていた老婆の姿を思い出した。あの身の毛のよだつような笑いも思い出した。しかし老婆はあのときのような恐ろしい顔ではなかった。どこか疲れたような、寂しげな表情だった。

老婆はおじけづいてこちらを凝視しているチュニを見ると、黒い歯をむき出しにしてかすかに笑ってみせた。そして、早く豆腐を受け取れというように目くばせをした。チュニは注意深く豆腐を受け取った。そしてゆっくりと食べた。ちょっと青臭いような大豆の匂いは悪くなかった。老婆はまるで重荷をおろして楽になったような表情で、隣でチュニが食べるようすを見守っていたが、いつのまにか容器を頭に載せてどこかへ消えてしまった。それが、かつて他人の台所仕事を転々としたあげく娘に愛人を奪われ、虫のように地べたを這いずり回ってとてつもない大金を貯めこんだがついに一文も使うことなく、結局その金のために命までも失い、恨み多い人生を終えたものの、大勢の人を焼死させて自ら復讐を完成させた老婆の最後の姿だった。老婆が消えた後もチュニはそこに座って、豆腐一丁を残らずぎゅうぎゅうのどに押しこんだ。

　しばらくしてチュニは立ち上がり、塀にもたれてあたりを見回した。目に入ってくる風景は限りなくよそよそしいばかりであった。何ごとかためらうようにぐずぐずしていたチュニはついに、南へむかってゆっくりと歩みはじめた。

帰還

　火山灰に埋もれた古代都市のように、ピョンデは世間から完全にあとかたもなく消えていた。あの日の大火災で家族を失った人々は、悲しみを忘れるために呪われた地を急いで離れ、人々が去って商売あがったりになった露天商たちは敷き物を巻いて立ち去り、雇ってくれる工事現場がなくなった底辺労働者たちは新たな希望を求めて去り、彼らを相手にしていた女たちも荷物をまとめ、女たちがいなくなると服屋や化粧品屋が閉店し、そうなるとやることがなくなった不動産屋のじい様も看板屋までも看板をおろし、こうして流れ者がみんないなくなると、あえて去るべき理由のない土着の人々まで後を追って潮が引くように出ていき、これ以上やる仕事もない役所も遅ればせながら撤収し、伝道する相手がいなくなってしまった牧師が最後に教会を閉めると、ピョンデはまるで伝染病に襲われた都市さながら、真昼でも人影を見ることができなくなった。

チュニは駅前を歩いていた。煉瓦工場に戻ってから十日後のことだ。工場の外に出るのは怖かったが、ついに空腹に耐えかね、食べものを探しに出かけたのである。かつては混雑していた駅も火災の翌年にすでに閉鎖され、汽車はもうピョンデに停まらなかった。人々がいなくなったピョンデには焼け残った建物の残骸だけが残り、まるで幽霊の都市のように寂しくわびしく見えた。しばらくの間、主人をなくした犬たちだけが餌を求めて通りのゴミ箱をあさっていたが、やがてそれもみな野原の方へと散ってしまった。

チュニは通り沿いにゆっくり歩いていた。その昔、自分が金床を盗んだ鍛冶屋と、双子姉妹がチュニを連れてよく寄っていた化粧品屋は焼け落ちて骨組みだけが残っていた。また、牧師がクムボクの性欲を処理してやった代価の煉瓦で建てた教会も燃えてしまい、半分くらい残った十字架だけが建物のてっぺんにぶら下がって風に揺れていた。窓のすきまから漏れ聞こえていた切実な祈りの声も途絶え、讃美歌の声も消え、教会には不思議な寂寥《せきりょう》が漂うばかりであった。

しばらく後、チュニは場所を変え、茶房の建物の前に立っていた。一時、死んだジャンボのはく製が立っていた場所である。茶房の建物は幸運にもガラス窓も割れずにそのまま残っており、窓に書かれた店名も比較的鮮明だった。チュニの耳にはその昔、蓄音機から流れてきた物悲しい歌声が聞こえてくるようだった。双子姉妹とジャンボを思い出すと胸に何かがこみあげ、のどが詰まる。彼女は一日に二回ずつジャンボの背中に乗って通り過ぎた大通りを見おろした。道の真ん中には人々が作り上げた文明の痕跡をあざ笑いでもするように、人の背丈より高いチカラシバが堂々と茂っていた。自然はそのようにして、そそくさと人間の痕跡を消していった。

彼女は焼けた建物の間を歩いていき、急に目の前をさえぎっている巨大な劇場に行き当たった。そこはチュニが自分の母であるクムボクと最後にいあわせた場所だった。すべての悲劇の始点であり終点であった鯨劇場はとくに目障りな忌まわしい証拠として残り、過ぎた日のはかない栄華を語っているようだった。切符を買うために集まってきた観客たちでごった返していた券売所の前では、そのときまでけなげに生き残っていた犬が一匹柱につながれ、寂しさとひもじさに疲れたような表情で伏せていた。長い間まともに食べることもできず、げっそりとやせ衰えた犬は、まるでぼろ雑巾のかたまりのように汚らしく見えた。その犬はまさに、ずっと前クムボクが睡蓮に買ってやったものの、彼女が飽きたので劇場の前につないでおかれたあの牧羊犬だった。火事の中をどうやって生き延びたのか、また、なぜ柱につながれたままでこんなに長い歳月そこにいたのか、わかるはずもない。哀れな牧羊犬は人を見ても吠える力すらないのか、目やにの垂れる目で無心にチュニの動きを追うだけだった。

劇場の焼け跡を一回りしたチュニはふいに、倒れた建物の間で陽射しを受けて光っている物体を見つけた。彼女は煉瓦をかき分けてその光るものを拾い上げた。ライターである。クムボクがいつも持ち歩き、ついに多くの人々の命を奪った白い銀のライターは、十年が過ぎたそのときも少しも錆びておらず、まるで工場から今出荷されたばかりのようにきらきら輝いていた。チュニはふたを開け、注意深くライターを擦ってみた。すると驚いたことに、芯に火がついた。もう揮発成分が残っているはずもなく、誰かが新しいオイルを入れたはずもないのに、ライターは十年前と同じように優雅な火を灯してみせたのである。不思議なことだった。それが自分の生存に必要な品だということを本能的に悟ったチュニは、ライターを囚人服の胸ポケットに入れた。

その日チュニは一日じゅう町を探し回ったが、生活に必要な道具をいくつか手に入れただけで、とうとう食べものを見つけることはできずに工場に戻ってきた。こうしてチュニは最後にピョンデを訪れた人間になり、わずか何年か後、廃墟となったピョンデは地図の上からも名が消され、その存在は永遠に消えてしまった。

チュニが工場へ帰還して以来のことで知られていることはさほど多くない。なぜなら彼女は一人ぼっちのまま、死ぬまで工場を離れなかったので、彼女の話を伝える者が存在しないからである。にもかかわらずこうして彼女の物語を続けることができるのは、まさにこの気高い生命が残してくれた熾烈な生存の痕跡のおかげである。何十年もが流れた後、工場を訪れた建築家が、工場のまわりに散らばった大量の獣の骨と獣を捕えるのに使った狩猟道具、そして空の蜜蜂の巣箱をいくつか見つけた。チュニ自身もまた自分が作った煉瓦に絵を描くことによって、かすかながら彼女のその後の人生がどのようなものであったかを世に伝えた。従って、以下の話はすべて、それらの痕跡に基づいて構成したものであることをあらかじめ明らかにしておく。物語は続く。

工場に帰ってきたチュニは、死ぬまでたったの一度も世の中へ出てこなかった。彼女にとって世の中は、理解できない無秩序と不条理に満ちたなじみがたい世界であり、すさまじい憎悪と凶暴さが渦巻く野蛮な世界だった。はたして人間が世の中から完全に孤立して生きることは可能なのだろうか？　チュニの残りの人生は、その一例を我々に示してくれる。工場に帰ってきて最初に直面したのは、まず空腹の問題だった。それは最も厳然たる熾烈な生存の問題であり、その苦痛はかつてエデンを追われたアダムとイブに下された刑罰と同様、死を迎えるときまで彼女を追いかけてきた。

最初の何年かの間、彼女はただ生存するためにのみ生きる一匹の獣と変わらなかった。彼女は谷をあさってザリガニやカワウソを獲って食べ、山中に罠をしかけてノロジカやキバノロ、タヌキ、アナグマなどを手当たりしだいに捕えて食べた。カエルやサンショウウオなどの両棲類はもちろん、セミやバッタなどの昆虫もよい獲物だった。

そうこうするうち、彼女の肉体は狩猟をするのにふさわしく進化をとげた。特有の五感はさらに鋭くなり、動きは驚くほどすばしこくなり、彼女はやがて優れた猟師になった。刑務所で左官の腕を一気にへし折った怪力と、どんな昆虫よりも優れた五感が彼女を一気に立派な猟師に仕立て上げたのである。彼女はオオカミのように鋭く匂いを嗅ぎ分け、クマのように強い腕で獲物を引ったくった。ほどなく彼女は野生動物だけでなく、谷沿いに実って白い果肉を見せているアケビや、雨が降った後、誰かが山全体に種をまいたようにそこらじゅうに出てくるキノコを集めて食べるなど、しだいに採集にも目覚めていった。

自然の中で食料を手に入れることには危険もあった。イバラのやぶやアザミは彼女の肌を引き裂き、ヘビは彼女のかかとを嚙んだ。山猫や山犬と同様、自分より大きな獣を捕まえるためには全身に傷を負う危険を冒さねばならなかったし、誤って毒キノコを食べ、何日か高熱で苦しんだこともある。ある秋のこと、冬眠のためにいっそう太っていたツキノワグマと出くわしたときは命がけだった。クマの危険さをまるで知らなかった彼女はぶざまに走り寄り、その前脚でやすやすと胸を蹴られてしまった。乳房が裂け、肋骨が白く露出するほど深い傷を負ったが、彼女は引き下がらなかった。クマの首にかじりつき、拳を頭に振りおろした。結局、二時間を超える死闘のすえに彼女は、当分の間腹を満たすことができる肉と、冬に着る毛皮を手に入れることができたが、胸に負った傷のために何日か死の淵をさまよわねばならなかった。

自然から得られる食料はほとんどがそのままでは食べられず、量はすこぶる足りないものと決まっていた。その上冬ともなれば食べものを手に入れるのはさらに困難で、彼女はすきっ腹をかかえて何日も雪原をさまようことも多かった。

だが、彼女は幸せだった。もうバークシャーと呼ぶ看守もおらず、太い鉄格子も高い塀もなかったからである。棍棒で殴る者もいないし、殺してやると大声で叫ぶ者もいない。漆黒の闇の中で、狭い懲罰房に閉じこめられることもない。あれに比べたら、寒さとひもじさ、寂しさと退屈さはまだ耐えられた。彼女はしだいに敏捷になり、やがてナムバランの谷の中でどんな捕食動物よりも脅威的な存在となった。

一年、または二年が流れた。もしかしたらもっと長い時間が過ぎたのかもしれない。彼女は誰よりも鋭く季節の移り変わりを感じとったが、日づけを数えることを学ばなかったので、何年が過ぎたのかはわからなかった。刑務所を出るときに着ていた囚人服はもうすっかり破れて、衣服の機能を果たしていなかった。荒野と谷をさすらううちにすり切れるだけすり切れ、獰猛な獣の爪に引き裂かれ、雑巾のようにぼろぼろになり、葉脈だけが残った冬の枯葉さながらで、もう羞恥心のために肌を隠すことも寒さを防ぐこともできない。そこでチュニは冬には、遠い祖先たちと同様、自分で捕まえた動物の毛皮をまとった。皮なめしの方法を知らなかったので、クヌギの皮のように固い革が肌にこすれ、皮膚がただれた。工場の庭の一方には食べ終えた獣の骨が山をなしていき、彼女の生活はだんだん原始の野蛮な状態に戻っていった。

ある春の日の午後、彼女は煉瓦の窯にもたれてぼんやりと陽の光を浴びていた。すこぶる寒く雪が多かった冬を過ごす間、あたたかい陽射しはまたとなく恋しいものだった。その日の朝には運よくイノシシの子が一匹罠にかかっており、久々の猟をした後だった。皮をはぎ、肉をきれいに下ごしらえしたので、当分食べものの心配をしなくてもいい。ついに長く容赦ない冬が終わり、彼女の心はひときわ安らかだった。ひそかに眠気がしのびよってくる。実際冬さえなければ、さまざまな野生動物に加えてヤマブドウ、サルナシ、アケビ、野性の桃などの果実やキノコも豊富なナムバランの谷は、一つの生命を抱きとめる懐として何の不足もなかった。

チュニは人夫たちと一緒に煉瓦を型から出していた。粘土を型に入れて踏み固め、縄で表面をかきとった後、型からはずすと五枚の煉瓦が並んで出てくる。はじめチュニは煉瓦が突き出されてくるのが不思議で、遊び半分で手を出したのだったが、幼な心にもその行為には遊び以上の意味があるということがだんだんわかってきた。文はいつも言っていたものだ。

チュニや、丸いものが全部せいろではないし、四角いものが全部煉瓦ではないんだよ。

彼女にはその意味はわからなかったが、焼けた煉瓦を触ってみる文の反応を見て、どんな煉瓦がまともな煉瓦なのかわかるようになった。工場の庭のそこここには、粘土を型から出したり火を焚いたりと大勢の人夫がぎっしりたてこみ、一定のリズムに合わせて作業をしながら、仕事の辛さもものともせず、みな晴れやかな微笑を浮かべていた。粘土を踏み固める者たちは足を踏み鳴らし、鼻歌で陽気な労働歌を歌っている。文は忙しく彼らの間をかき分けて歩き、あれやこれやと口を出し、工場は男たちが吐き出す賑やかな熱気と純粋な労働の喜びに包まれて、盆暮れの市場のように賑わっていた。チュニもひとりでに楽しくなり、一生けんめい煉瓦を型から出した。だがある瞬間、チュニは突然、文と人夫たちがみないなくなってしまったことに気づいた。がらんとした庭は限りなく広く見え、あたりは不気味なほど静かだった。チュニは突然の喪失感で胸がつぶれそうになった。

夢だった。短い昼寝から覚めたチュニの目の前には崩れた窯と煙突の下の部分だけが残り、さびれた風景がわびしく広がっている。チュニはしばらく虚脱感に浸ってぼんやり座っていた。そのときふと、庭に転がっている一枚の煉瓦が目に飛びこんできた。チュニは煉瓦を拾い上げた。煉瓦は欠けたところもなく完全だった。陽射しを浴びてあたたまった煉瓦をいじっている間に、彼女の脳裡にはある考えが霧のようにかすかに立ち上ってきた。チュニはそのぼんやりした考えをしっかりとつかもうとするかのように目を細めた。とりとめのなかったその思いは、時が過ぎるにつれてしだいに鮮明になっていき、ついに一つの思いが彼女の頭の中に火花のようにほとばしった。

谷間

彼女は壊れた窯を手入れし、煙突を立て直した。そして粘土をこねはじめた。粘土にまた触れた瞬間、チュニは初めてそれに触ったときに感じた運命的な一体感を一気に取り戻した。いがらっぽいような土の匂いと、手にくっつくその触感は、今も彼女の心を静かに落ち着かせてくれ、その昔、自分が生まれた瞬間のうまやの風景を思い出させてくれた。粘土をこね、型に入れて踏み固め、型から出し、薪を伐ってくべ、窯に煉瓦を入れるところまで、すべての工程を彼女は独力でやりとげた。それは専門的な技術者と大勢の元気な働き手が専念してもたやすくない仕事である。たとえ文のそばで煉瓦の作り方を習得したとはいっても、チュニが複雑な工程のすべてを理解していたわけではない。しかし彼女はついに煉瓦を作り、窯にいっぱいに入れ、ライターを取り出して点火した。よく乾いた薪が燃え上がり、窯の中に炎が吸いこまれていく。それは一つの寂しい魂の祈りがこめられた炎であった。

しばらく前に夢から醒めて煉瓦を触っているとき、チュニの脳裡には一つの考えが浮かんだ。それは、自分が煉瓦を作っていればいつかみんなが帰ってくるというものだった。たとえ人々を避けて工場にこもっていても、彼女は去っていった人々が懐かしく、かつての平和な日々が戻ってくることを心から望んでいた。彼女は、みんなが工場を出ていったのは、窯が壊れ、煙突が折れたからだと思っていた。そこで、自分が煙突を再建して煉瓦を焼けば人夫たちが帰ってくるだろうと信じたのだ。そうなれば文も帰ってくるはずだし、母クムボクも見慣れない男の姿ではなく、昔のままの優しく生き生きとした女丈夫の姿で帰ってくるだろう。ひょっとしたら双子姉妹や魚屋、それにジャンボもまた戻ってきて、工場は夢の中と同じように賑やかな熱気で湧き返るだろうと考えた。

彼女は何度も失敗をくり返した。煉瓦は思い通りには焼けなかった。それは手の中で弱々しく崩れた。だが彼女はたやすく絶望はしなかった。また粘土をこね、煉瓦を型から突き出しては焼く工程をくり返した。失敗を重ねるうちに彼女は以前の感覚を少しずつ取り戻していった。彼女の鋭い感覚は、煉瓦を一度触ってみるだけでもその粘土の粘り気や水分量の見当がつくほどだった。顔に触れる熱気によって炎を調節することができた。チュニは生きるのに必要なだけの食べものを集め、残った時間はすべて煉瓦作りにつぎこんだ。

暑い夏が過ぎていく間、技術は日増しに巧みになり、煉瓦はどんどん固くなっていった。そしてついにその年の秋、チュニは文と一緒にいたときのような優れた品質の煉瓦を焼くことができるようになった。チュニは煉瓦を手に持ち、文がほめてくれることを期待してあたりを見回した。しかしそこには誰もいなかった。彼女は、遠くからでも人々に見えるように、工場の一方にきちんときちんと煉瓦を積みはじめた。すべてを一人でやってみると作業はのろのろとしか進まず、一日あたりに焼ける煉瓦の数はわずか数十枚にすぎない。しかしチュニは少しずつ、休まずに煉瓦を積み上げていった。土と火と水で作り出される煉瓦は、空間を仕切り雨風をさえぎってくれるだけでなく、温気を保存し、空気を浄化してくれるすばらしい建築資材だったが、そうした実用的な用途はチュニには何の意味も持っていなかった。彼女にとって煉瓦は去ってしまった人たちにむけて送る永遠の信号であり、失われた過去を呼び戻すための、霊験あらたかな呪術だったのである。

過酷で孤独な野性の生活の間、チュニは何度も死に直面しなくてはならなかった。巨大なクマと鉢合わせしたり、誤って毒キノコを食べたときもそうだったが、最も致命的だったのは獰猛なクマやヒョウではなく、糸のように細い一匹の小さな虫だった。

条虫。

それは、前にチュニがヘビとカエルを生で食べた際に感染した寄生虫の一種だった。スパルガヌムとも呼ばれるその虫は皮下組織に寄生して、まるで悪性腫瘍のように体のあちこちに丸い腫瘤を作る。チュニの鋭敏な感覚は、自分の体内に命を脅かす得体の知れぬ生命体が闖入《ちんにゅう》したことに気づいたが、人跡まれな深い渓谷では治療の手立てなどない。チュニは耐えきれないかゆみに全身をかきむしったが、その間にも条虫は彼女の体を宿主としてすさまじく繁殖していった。もしもチュニが人並はずれて頑強な体を持っていなかったなら、その肉体はもう破壊されて死を迎えていたかもしれない。だがチュニは粘り強く煉瓦を焼きながら耐え抜いた。条虫はチュニの体内に棲みついて卵を生みつけ、彼女の体のいたるところで増殖した。あげくのはてに目や脳にまで食い入った。チュニは徐々に視力を失い、高熱と頭痛に苦しんだ。そして悪夢を見た。左官の恐ろしい顔も出てきたし、鉄仮面をかぶったテントウ虫も現れた。彼らはチュニを威嚇し、大声を上げた。そのたびにチュニは恐怖に脅え、全身がすくんだ。

そんなある日、チュニは食べものを手に入れるために渓谷に入っていった。その日に限って彼女は知らず知らずのうちに、いつも通っている慣れた道ではなく、見知らぬ谷間に入りこんだ。巨大な丈高い木々が天をおおい、暗くじめじめしたその谷は、チュニにとっては初めての場所である。しばらくは怖かったが、彼女は誰かに導かれてでもいるようにゆっくりと谷に沿って上っていった。歩みは限りなく重かった。山裾に張り出した角にさしかかるころ、どこからか蜜蜂が現れ、頭上をブンブンと飛び回った。そして天を衝くような高い木々の下に、チュニはずっと昔に工場を出ていった一つ目の女を見つけたのである。とぐろのように結った長い白髪にもまつ毛にも緑の苔が生え、服には白いキノコが生えていた。まるで何千年も森の奥で暮らしてきた精霊のようなその雰囲気は、この上ない妖しさをたたえていた。あたりには木で作ったたくさんの巣箱が置かれ、何万匹もの蜜蜂がブンブンと唸り、彼女を取り巻いている。一つ目は一個だけの目をぱっと見開いてチュニをにらみつけた。長い間一人ぼっちで生きてきた二人の間に、張り詰めた緊張感が流れた。二人とも実に久々に、人間という存在と顔を合わせたのである。チュニをゆっくりと見ていた一つ目は、やがて口を開いた。

——あんたがこの谷に入ってきたときから、私は気がついていたよ。その雑巾みたいな服を見ると、もうすっかり獣になったようだね。

微動だにせず唇だけを動かす一つ目の声は、渓谷を流れる水音のように陰々としていたが、どこかしら、かすかに嬉しそうな気配もあった。一つ目はゆっくりとその場に立ち上がった。まわりに群がっていた蜂たちがいっせいに散り、木の上に飛んでいく。彼女はチュニに一歩近づき、彼女の体をじっと見てにやりと笑った。

——最初は追い出そうかと思ったけれど、あんたの人生も私と似たりよったりのしんどいものらしいから、放っといてやったんだ。だけど、その体には良くない虫がついているようだね。

そして彼女はチュニの腕をむんずとつかんだ。チュニは怖くて体を引きはがそうとしたが、その力には抗いきれないような何かがあり、体が動かない。一つ目は、自分の胸にくっついている蜂を一匹捕えると尻をつまみ、チュニの腕にその針を刺した。火に触ったようなちくっとする痛みに驚いたチュニが後ずさりすると、一つ目が怒声を上げた。

——ばか！　殺しもしまいし、今からそんなに怖がるんじゃない。

一つ目はチュニの全身のすみずみまで順に蜂の針を刺していった。チュニはそれが治療行為だということを本能的に悟って痛みをこらえた。一つ目はやがて針を刺し終えると、チュニの腕を離してくれた。

――これで私はあんたの命の恩人だ。だから、もうこの谷に寄りつくんじゃないよ。一度でもここを騒がせたら、私の蜂どもがただでおかないだろうよ。

その日家に帰ってきたチュニは、ここしばらくなかった深い眠りに落ちた。そして翌朝には驚いたことに、腫瘤がすべて消えているのを発見した。痛みもあとかたもなく消えている。一つ目の蜂がどんな作用を及ぼしたのかはわからないが、チュニには自分の体の中にいた虫がすべて死んだことがわかった。そして何日か後の朝、目覚めたチュニは、工場の庭の一方に木でできた巣箱が二個置いてあるのを見つけた。いうまでもなく森の一つ目が置いていったのである。中を見ると何千匹もの蜜蜂とハチミツがいっぱい入っていた。チュニはあたふたとハチミツを手ですくって食べた。以後も蜜蜂はずっと山からミツを運んできてくれ、おかげでチュニは甘いハチミツを食べ続けることができた。病気がすっかり癒えた後、チュニは一つ目にもう一度会おうとして何度も渓谷に行ってみたが、どういうわけか、彼女に会った谷間を見つけることはついぞできなかった。

ここで久々に余談を一つ。後日、ある大学の建築学科、史学科、人類学科などの学生を中心とする調査隊が編成されたことがあった。調査隊の名は「女王を探して」。彼らの目的は、多くの秘密と謎に包まれたチュニの人生を追跡することだった。彼らは夏休みじゅうずっとかかって、チュニが生まれた双子姉妹のうまやから、消えた都市ピョンデ、そして彼女が残酷な時間を過ごした刑務所までくまなく調査して回った。しかしチュニを知る人々の大部分はこの世を去っており、さほど大きな成果はなかった。

ただその途上で彼らは運良く、チュニが収監されていた当時の刑務所長に会うことができた。だが彼はもうあまりにも老い、認知症にもなっていたため、何も答えることができなかった。彼の嫁は、いつもズボンの中に大便をしてしまう彼にビニールで包んだおむつをさせており、刑務所長は大便をするたびに、陰茎を全部出したまま嫁に手のひらで尻を叩かれねばならなかった。彼女が舅の世話をしていたのは純粋に、今後きちんきちんと支払われる年金をせしめるためである。調査隊員たちが部屋に入ったとき刑務所長は、その年齢では珍しいことに壁を向いて自慰行為に熱中していた。このとき壁には自分の大便で絵が描かれており、それはまさに死刑台に吊されて死んでいく囚人の姿であった。

調査隊はまた、チュニと同じ刑務所にいた看護師にも会うことができた。歯のない老婆となった彼女はそのときもまだ行き場のない老いた娼婦二人を従えて売春宿をやっていた。娼婦の一人は他でもない、チュニが収監されていたとき同じ房にいた未婚の母だった。看護師は、訪ねてきた調査隊員を見て、大喜びして言った。

——団体さんなら二十パーセント割引だよ。でも絶対手荒にしないでね、この子たちは水風船みたいに割れやすいんだから。

調査隊員たちが彼女にチュニについて尋ねると、彼女は意外にも、はるか昔に監房の仲間だったチュニのことをしっかり記憶していた。

——ああ、あの唖の女だね。あいつはあのとき殺しておくべきだったんだ……もしあいつに会ったら、私の言うことをしっかり伝えておくれ。私はまだ忘れていないから、安心するなと。

調査隊は続いて、失われた都市ピョンデを経てナムバランの工場まで行き、壊れた窯の間で問題の銀のライターを発見して凱歌を上げた。隊員たちはすっかり興奮してお祝いムードに包まれたが、ライターはもう錆びて火はつかなかった。そのため、ライターが本物かにせものかをめぐって学界ではまた論争に火がついた。

調査隊は工場に一日とどまった後、一つ目が棲んでいたと推定される渓谷を探したが、ついに彼女を見つけることはできなかった。ただ、やたらと蜂の多いある谷で、巣箱作りに使われたと見られる腐った木の切り株と、杖と思われる棒を発見した。だが蜂アレルギーのある一人の隊員が蜂に刺されて死んだため、探査はそこで中断せざるをえなかった。帰ってくるとき誰かが森の中へ用を足しに行き、木のすきまからちらっと髪が真っ白になった老婆を見たという噂もあったが、それはあらかじめ脅えていた隊員の幻覚ではなかったかと思われる。

トラック

何年もが過ぎた。五年、あるいは六年目のその年、意地悪な運命は、人の世から完全に消えていたチュニの人生を変えてしまう新しい人物を準備していた。工場の庭にはすでにチュニが焼いた煉瓦がぎっしり並び、すきまもないほどだったが、チュニはやめなかった。彼女は労働の遺伝子だけを持って生まれた働きアリのように、休まず煉瓦を作っていた。

チュニの年齢はいつのまにか三十代の中盤にさしかかっていた。それまでに野生の勘は鈍り、若さはすっかり過ぎ去り、乳房は垂れ、傷だらけの皮膚にはしわができていた。それもまた重力の法則である。また、長い労働によって全身が黒く焼け、手足には木の皮のような固いたこができていた。当時チュニの姿は、とても雌とはいえないほど粗野で無骨だったが、彼女の心は相変わらず深い孤独と、消えていった人たちへの恋しさでいっぱいだった。彼女は毎晩ホタルの光が飛びかう工場の庭に立ち、遠くを行き過ぎる汽車の明かりを眺めた。そして、いつかみんながその汽車に乗ってまた谷へ戻ってくることを信じていた。

ある初夏の午後だった。チュニは庭で粘土をこねていた。このころチュニは新しいアイディアを一つ思いついたが、それはもう服としての機能をすっかり失った囚人服に粘土を塗ることだった。こうすれば焼けるような陽射しから皮膚を守り、暑さも防いでくれるばかりか、蚊やブヨなどの害虫も寄せつけないので、たいへん実用的なのである。チュニは野外で暮らすうちに、誰にも教わらずに一人で象の習性を会得したのだった。

粘土をこねていたチュニが疲れた腰を伸ばすために頭を上げたとき、彼女は遠く線路の下で白っぽい埃が上がっているのを発見した。チュニが最後に通過して以来何年もの間、誰も工場に入る進入路を通ったことはない。恐怖と驚き、そしてときめきでチュニの心臓は高鳴った。やがて埃は角を曲がり、進入路に入ってきた。それは一台のトラックだった。

チュニは喜びのあまり胸がはじけそうだった。誰かが遠くで、自分の作った煉瓦を見つけたのだ！　そしてついにみんなが戻ってきたのだ！　にわかに涙がほとばしり出そうになった。トラックは工場目指してだんだん近づいてくる。彼女は一っ走りで工場の入り口へ飛び出した。トラックはチュニの前で停車した。だが、その荷台には、当然乗っているべき人夫たちがいなかった。すぐに運転席のドアが開き、一人の男がトラックから降りてきた。知らない男である。彼はチュニを見て驚いたように目を丸くした。赤い粘土だらけの女が、破れた服の穴からおっぱい丸出しで立っていたのだから、それもそのはずである。

チュニは、自分が思っていたのとは何か違うと気づいた。刑務所を出て以来初めて会う男であった。そのときになって彼女は恐怖と驚きを覚え、ばたばたと窯の後ろに逃げ、遠く離れて男のやることを見守った。

がっちりした体格のその男は、煉瓦でびっしりと埋まった工場の庭を見わたした。そして煉瓦を一つ手に取り、よく調べてみて、一人うなずいた。それから、窯の後ろに隠れているチュニにむかって近くへ来いというように手招きをする。脅えたチュニはもっと遠くへ逃げ、こんどはもう草むらの中に隠れてしまった。そして、まさかのときにはこの男の首をひねり、嚙みちぎってやろうと、全身の筋肉をぴんと緊張させていた。男はポンプから水を汲み上げて顔を洗った。そしてポプラの木の根元にもたれて座り、チュニが現れるのを待っていた。しかしどこへ隠れたのかチュニは見えず、セミの声がやかましく聞こえるばかり。彼は長いあくびをすると木陰にすっかり寝そべり、ほどなくいびきをかいて眠りはじめた。チュニは草むらに隠れたまま、見知らぬ闖入者をにらんでいた。

どれくらい寝たのか、やがて男は大きく伸びをすると起き上がった。そしてまたチュニを探すようにあたりをきょろきょろ見回したが、やはり彼女の姿は見えない。しばらく待っていた彼は、仕方ないというように煉瓦を持ち上げ、トラックに積みはじめた。隠れて見守っていたチュニは、ようやくそのとき気づいた——この男が自分の敵であるということに。煉瓦を全部持っていかれたら、みんなが帰ってこられなくなってしまう。その瞬間、彼女の野性は炎のようによみがえった。

彼女は男の背後にこっそり忍び寄った。男は煉瓦を積むのに忙しく、彼女にまったく気づかない。彼女は男の首を狙った。そして猛獣のように素早く駆け寄ると、片腕で男の首を締め上げた。年はとっても相変わらずの怪力である。普通の動物ならもう首が折れてもおかしくなかった。だが男の首は、腕で締め上げるには手ごわいほど太かった。突然の攻撃に男は驚いたが、すぐにあっさりチュニの腕を振りほどいた。そして二人が腕をつかみ合ったまま互いの顔を見つめたとき、チュニはこの男が誰なのか気づいた。他でもない、幼いころ工場の庭で腕相撲をしたあの少年ではないか。チュニは腕を離した。まったく予想外の人物と出くわしたチュニはとまどった顔で男を見つめた。男も、チュニが自分を思い出したことがわかってにっこり笑った。そしてよく響く声で、こう言った。

——やっと俺がわかったんだな。だけど、ここで粘土を引っかぶって何をしてるんだ？

男は嬉しそうに笑いながら尋ねたが、チュニはまだ警戒心が解けず、彼をにらみつけている。

――それにしてもみんなどこへ行っちまったんだ、おまえ一人残して？　いったい何を食って生きてる？　煉瓦を作って売ってんのか？　でも、車が入ってきた跡がないのを見ると、煉瓦を買いに来る人はいないんだろ。だったら何のために作ってんだ？　いったい工場に何があった？　それにあの山になった骨は何なんだよ？　まさか人の骨じゃないだろうな？　このヒラタケはうまいもんだが、なんで食わないで放ってあるんだ？　タバコも吸わないのにそんなライター持って、ずいぶん高そうだが、盗んだもんじゃないだろうな？　それに、体に粘土なんか塗って気味悪いじゃないか？　泥パックってやつなのかい？

男は気になることだらけだったのだろう、立て続けに尋ねたが、チュニは一言も答えられなかった。すると彼は照れくさそうに笑いながら言った。

――ああ、そうだった。おまえがしゃべらないこと、忘れてた。

男はかつてトラック運転手だった父親に連れられて全国を転々とした。彼もチュニと同じくトンピョだったため小さいころから力が強く、父の仕事の代わりを務めるのに不足はなかった。彼に車の運転を教えてくれた父は、彼が十六歳のときに仕事を引退した。関節炎を患って運転を続けられなくなったためである。そのときから彼はトラック運転手になり、一人で車を駆ってきた。全国どこへでも荷のあるところへトラックを走らせ、白菜でも砂利でも原木でも煉瓦でも引っ越し荷物でも魚でも人間でもおかまいなく載せて運んできた。

そのようにして若い日々をことごとく道路の上で使い果たした末、三十歳を過ぎたトラック運転手は、ある鉱山会社で経理係をしている女と出会って遅い結婚をした。彼女の結婚の条件は、彼が運転手をやめ、どこでもいいから一か所に定着して暮らすことだった。彼はそれまでに貯めた金で鉱山の近くによろず屋を開いた。店はそれなりに儲けがあり、経理係には子どもも一人生まれた。彼女は幸福だったが、運転手はそうではなかった。子どもを見た瞬間、彼はその子に足首を縛りつけられ、牛か豚のように一生檻に閉じこめられて暮らすのだという恐怖にとらわれたのである。ある日のたそがれ、彼は一日じゅう村の入り口のむこうの舗装道路を眺めていたが、突然よろず屋の前に停めてあったトラックに乗りこむと鉱山を離れ、二度と家に戻らなかった。

その後も彼は三、四回女と出会って所帯を持ったことがあったが、そのつどたがわず、忘れていた放浪癖がよみがえるのだった。一生、全国を自由にさまよってきた放浪癖は、いつのまにか彼の運命になってしまっていた。

そんなトラック運転手にも忘れられない女が一人いた。小さいとき力比べをした、もの言わぬ少女である。男の子のように体格が良く、少しもきれいではなかったが、トラックに乗って見知らぬ都市を通りすぎるたび、ライトだけを頼りに狭いくねくねした山道を際限もなく越えていくたび、カビくさい旅館の部屋に疲れた体を横たえるたび、彼の脳裡には突然、自分と力比べをした、ものを言わないあの子の顔が思い浮かぶのだった。

十年以上前、彼は実際、あの子に会うために煉瓦工場を訪ねたことがあった。だが工場はもうすっかり人が去った後で、がらんとしていた。その後、女に会って所帯を持ってはそこを飛び出すことをくり返している間、彼はあの子のことを完全に忘れていた。だが突然また彼女を思い出したのは、二日前にピョンデの近くのある都市を通ったときである。彼はあの女の子の、純白といっていいほどに無心な目を見たかった。もしや彼女が工場に戻ってきているかもしれないという思いがだしぬけに浮かんだ。そして彼は何の期待もなくあてもなく、ナムバランへとハンドルを切ったのだった。

二人は顔を見合わせて立っていた。この男は自分に悪いことはしないだろうと思ったが、チュニはやはり緊張を解いていなかった。

――わかった。これまで何があったか知らんけど、おまえの口からは聞けないんだしな。だが、この煉瓦はここに置いといちゃいけないな。煉瓦は家を建てるのに使うもんだ、積んでおくもんじゃねえ。見たとこ、おまえもちょうど金が要り用みたいだから、俺が知ってる建築業者にこの煉瓦を持ってって売ってみよう。もちろんただじゃないぜ、俺にも儲けがなきゃあな。その代わり、おまえは幼なじみだから運賃は特別安くしてやるよ。まあ、ガソリン代と飯代ぐらいにはなるだろうさ。

トラック運転手はまた煉瓦を車に積みはじめた。するとこんどもチュニが断固たる表情で前をさえぎった。

――おい、黙りん坊。俺はおまえを助けてやるって言ってんだぜ。この煉瓦ならけっこう良い値で売れるからな。

トラック運転手が理解できないというように見つめたが、チュニは煉瓦の前から動かなかった。

――えい畜生、お客の相手がなってねえなあ。

運転手は負けたというように両手をさっと上げると、言った。

――わかった。今日は日が悪かったようだから、これでよしにしよう。だけど次もこうだったら困るぜ。そのうちわかるだろうが、俺はあんまり女に未練を持つ方じゃないからな。それと一つ頼みがあるんだが、次に来るときはもうちっと服をちゃんと着てくれよな。正直、そんな刺激的なのは困っちまうからよ。いくら山ん中だからって、山犬の子じゃないんだからなあ、男の前で乳を丸出しにしてちゃ、礼儀に反するだろ。

トラック運転手がへらず口を叩いても、チュニは相変わらず微動だにせず、煉瓦を隠したまま立っていた。

――わかったよ、黙りん坊。話がないなら、俺はもう行くよ。元気でいろよ。

トラック運転手は未練もなく運転席に上り、エンジンをかけた。そして車をターンさせながら、言った。

――とにかく、生きててくれて嬉しかったよ。ときどき遊びに来てもいいだろ？　だが、いつ来るかって約束はできないんだ。俺が世の中でいちばん嫌いなのが、約束することだからな。

運転手はにやりと笑うと車をターンさせ、進入路を通って工場を出ていった。そのときもチュニはまだ煉瓦の山を両手でさえぎりながら立っていた。だが、トラックが白っぽい埃を巻き上げて線路の下をくぐった瞬間、チュニははっと、ずっと昔のある場面を思い出した。煉瓦をいっぱいに積んだトラックが列をなしてどこかへ出ていく光景である。だが、男の車には何も積まれていない。そうだ！ これじゃだめなのだ。煉瓦を作ったら積んでおくのではなく、トラックや汽車に載せてどこか遠くへ売りに出さなければならないのだ。それでこそみんなが煉瓦を見て、戻ってくるのに。

チュニはあわてふためき、遠ざかっていくトラックを追って気がふれたように進入路を走った。トラックを呼びとめようと、のどの深いところから怒鳴るように声を振り絞ろうとしたが、残念ながらそれは口の外まで出ることはなく、のどの中で消えてしまう。彼女は雑草をかき分けてトラックを追いかけた。そして一瞬、カヤに足をとられて地面に転んでしまった。頭を上げたときトラックはいつのまにか線路のむこうに姿を消していた。はてしない後悔と絶望感に、チュニは倒れたまま起き上がることができなかった。胸に穴が開き、わっと泣き出さんばかりだった。彼女は地面に伏せて、何度も何度も自分を責めた。やがて無意識に心の中で、刑務所にいたとき鉄仮面が自分を土足で蹴りながら罵ったときの言葉を自分に向かってくり返していた。

バカ女！ バークシャー！ 気のふれた唖！ 人の面をかぶってこんなしわざをするとはな。おまえみたいな悪いアマは死ななきゃいかん。死ね！ 死ね！

トラックは去り、二度と戻ってこないだろう。人々も永久に帰ってこないだろう。チュニは、誰かが自分を土足で足蹴にでもしたかのように体をすっぽり丸め、地面に突っ伏して泣いた。

トラック運転手が去った後、チュニは苦しみ疲れ、仕事もせず、狩りにも出かけなかった。全身の力が抜け、手を動かすこともできない日々が続いた。そんなある日彼女の目の前に、夢のように、幻想のように、ジャンボが現れた。彼の姿からは相変わらず光が出ていたが、それが少し薄くなっていた。

ねえ、おちびさん。どうしたんだい？

ジャンボは晴れやかな表情で尋ねた。チュニは力なく答えた。

あたしもう、おちびでないよ。この体を見てよ。もう年をとって、くたびれた。

ふふふ、私にはあんたはいつもおちびさんだよ。私らは、死ぬ前に見たようすだけ憶えているからね。

だけど、あんた、どうしたの？　そんなにぼやけてしまって。

当然だよ。私があんたの記憶の中からだんだん消えていってるからさ。

ジャンボの答えに、チュニはぶすっとして黙りこんだ。するとジャンボは言った。

ねえ、おちびさん。しっかりおし。あの人はまた来るよ。

その言葉にチュニは驚いて体を起こした。

どうしてわかるの？

どうしてかって？　ばかだな！　ちょっと考えてごらん。あの人は何のためにこんな、誰もいないところにやってきたと思う？

それどういうこと？

どういうことかまだわからないかい？　あの人はあんたを愛しているってことだよ、純情なお嬢さん。

チュニは理解できないというようにめんくらった顔でジャンボを見つめていた。

私や双子姉妹と同じようにあんたを大切に思っているのさ。もうわかったろう？

うん、そんなに悪い人のようには見えなかったけど……あの人、ほんとにまた来るかな？

見ててごらん。間違いなく、また戻ってくるから。


ジャンボがトラック運転手はまた帰ってくると慰めてくれても、チュニの心はまだ暗く、重かった。消えた人々が帰ってくることはそうそうなかったのだから。何日か経って彼女はようやく体を起こし、谷にしかけておいた罠を確認しに行った。不運にも、罠には何もかかっていない。彼女は渓谷でようやくザリガニを何匹か捕まえて工場へ戻ってきた。工場が見える丘に登ったとき、その庭には驚いたことにトラックが止まっていた。彼女は嬉しくて一目散に丘を駆けおりた。井戸の横に立ってタバコを吸っていてチュニを見つけた運転手は、ふてぶてしい笑いを浮かべて言った。

――どっか行っちまったかと思ったけど、まだいたんだな。もうちっと待っても来なかったら、俺も帰ろうと思ってたんだが……

チュニは嬉しさをどう表したらいいかわからず、中腰で立っていたが、手に持っていたザリガニを男にぬっと差し出した。

――お、こりゃあ！　焼いて食ったらうまそうだ。

彼はザリガニを受け取ってにっこり笑った。

――よし、プレゼントをもらったから、俺もお返しをしなきゃな。

そして車から包みを取り出して、チュニの前に投げた。

――さ、心配しないで開けてみな。

チュニが用心深く包みを開けると、中から黄色いワンピースが一枚出てきた。トラック運転手はおもはゆげに言った。

――その服も悪かないんだが、それを着てると俺が目のやり場がないからな。でも、サイズが合うかどうかわからんよ。とにかく、いちばんでかいのをくれとは言ったんだが……

続いて運転手は、荷台から米を一かますと豚半頭をおろした。彼は、目を丸くしているチュニにむかって肩をすくめてみせると、こう言った。

――恩を着せてるわけじゃないから受け取ってくれ。俺はただ、おまえを助けてやりたいだけなんだよ。ほんとに、それだけだ。

彼はまだ中腰で立ったままのチュニを残してまた運転席に上った。

――じゃあな、黙りん坊。もう話がないなら行くよ。元気でな。

彼がエンジンをかけて出ようとするとチュニはようやくはっとして、あわててトラックの前に立ちはだかった。そして庭いっぱいに積まれた煉瓦とトラックの荷台を代わる代わる指さした。だが運転手はいぶかしげにこちらを見ている。トラックが出てしまうかもしれないと心配になったチュニは、自分で煉瓦を荷台に積みはじめた。ようやく理解した運転手は初めて車から降り、にっこり笑った。

——やっと、俺が前に言ったことの意味がわかったみたいだな。

彼は腕まくりをして歩み寄り、言った。

——これは俺に任せておけ。かよわい女にこんな仕事させるわけにいかんだろ。

トラック運転手はチュニを脇へやって、一人で煉瓦を運んだが、なんと力の強いことか、まるでおもちゃのブロックを扱うように一度に煉瓦を何十枚も運ぶのだった。そしてついにトラックに煉瓦がぎっしり積まれると、それが落ちないようにロープで固く縛りながら言った。

——な、黙りん坊。この煉瓦を全部売ってくるまで待ってろよ。だが、いつ来るかって約束はできないんだ。俺が世の中でいちばん嫌いなのが、約束することだからな。

トラック運転手は煉瓦をいっぱいに積んだトラックを走らせて出ていった。チュニは満たされた気持ちで工場の入り口に立ち、トラックが出ていくのを見送った。彼女は煉瓦が遠くまで売られていって、みんなを呼び戻してくれるという希望にあふれていた。すでに煉瓦は、優しくて強い男を呼んできたではないか！

トラック運転手が空のトラックに乗ってまた現れたのは、一週間ほど過ぎたある午後のことである。それまでチュニはまた以前のように希望にあふれて浮き浮きと、煉瓦を焼いていた。運転手は車から降りるや否や顔いっぱいに微笑を浮かべ、上着から誇らしげに一束の札を取り出した。

——ほら見ろ、俺が言っただろ？　この煉瓦なら良い値段で売れるって。

だがチュニは、みんなが帰ってこないのですっかり失望した表情だった。トラック運転手がしゃべりながらチュニに札束を差し出す。

——さ、取っとけ。そのうちすぐにおまえは大金持ちになるだろうさ。金持ちになっても俺を忘れるなよ、わかったか？

しかしチュニは、金は受け取らないというように首を横に振った。

——おい、黙りん坊。おまえ、人を見損なってるようだけどなあ、俺は世間のこともろくに知らん純真な女を相手に詐欺を働くような野郎じゃねえんだ。そんなふうに悪者扱いしないでくれよ。

トラック運転手はまたチュニに金を差し出したが、彼女は必死で首を横に振った。彼はしょうがないというように札束を元に戻して言った。

——わかった。じゃあ、いったんは俺が預かっておくことにしよう。俺は金にルーズな人間じゃないから心配するな。俺の財布は銀行より確かだぜ。

トラック運転手は、チュニがまだぼろぼろの囚人服を着ているのを見て尋ねた。

——ところで、なんで俺が買ってやった服を着ないんだ？　色が気に入らなかったか？　もちろん高い服じゃないけどな、市場でいいかげんに見つくろったんじゃないんだぜ。おまえな、プライドが高いのもいいけどな、プレゼントした方の誠意ぐらい考えてくれてもいいんじゃないのか？

チュニはそれまでトラック運転手が買ってくれた服を家の中に置いたまま、一度も着ていなかった。小さな変化でも怖かった彼女には、十年以上着てきた囚人服を脱いで新しい服を着ることなどとても考えられなかったのである。

――うーん。してみると、もったいなくて着てないようだけど、そんな必要はないんだよ。その服は大事にお供えするために買ってやったんじゃない、着るために買ってやったんだからな。だめになったらまた買ってくるから、心配せずに着な。

その日トラック運転手はまた煉瓦をトラックいっぱいに積んで出ていった。このようにして二人の取り引きは始まった。運転手は煉瓦を積んでいく代わりに米や肉などの食べものや、鍋、毛布など生活に必要な家財道具を買ってきてくれた。彼はいつもいきなり現れ、米のかますなどをおろして煉瓦を積んでいくだけで、チュニとの距離をそれ以上縮めることはしなかった。彼はたいへん粗野な男であり、チュニの繊細な感情を理解することはできなかったが、彼女が他の普通の女と違うことにはある程度気づいていた。

チュニは前よりもいっそう熱心に煉瓦を作った。煉瓦を作りながら彼女はふと、工場に入ってくる進入路の方をのぞき見た。そしていつしか彼女は、自分が待っているのは工場を去った人夫たちではなく、まさにあのトラック運転手だということに気づいたのである。世間に対してずっと固く門を閉ざしていたチュニとしては、自分でも理解できないことだった。それは双子姉妹や門文を恋しく思うのとはまったく違う感情だったからである。しっかりとかんぬきをかけていた門に一度すきまがあくと、抑えがたい感情が巨大な波濤のように押し寄せてきた。

初めのうちは粘土をこねながら、または一人で飯を食べながら、または部屋に横になって割れた天井のすきまから丸い月を眺めているときにふいに思い出された彼の顔が、いつのまにかチュニの頭をいっぱいに占領してしまった。彼女は生まれて初めて感じる不思議な感情に心が乱れた。そして、男が来るたびに混乱はさらに深まった。チュニはしだいに眠れなくなった。床に横になると頭の中でさまざまな思いがごちゃごちゃにもつれ、うじのようにうごめき、夜通し転々として、明け方には寝返りを打つこともできないほど疲れていた。だが日が昇るころになると、いつそんなことがあったかというようにさっと起き出して、彼がやってくるかもしれないという期待から外へ駆け出すのだった。それもまた、恋の法則である。

ある日チュニは、文が溺れ死んだ小川に出かけて洗濯をしながら、ふと、澄んだ水に映る自分の姿を見た。伸びるだけ伸びて雑草のように四方に広がった髪の毛、雑巾のようにぼろぼろの囚人服、そして巨大な体に残ったぞっとするような傷跡……チュニの脳裡に、ずっと昔に母クムボクが愛した一人の女の姿が浮かんできた。象牙のように白い首、触れれば手に吸いつくようなやわらかな頬、細くすらりとした腰……チュニは母がなぜ彼女を好きになったのか、おぼろげながらわかるような気がした。その日家に帰るとチュニはついにぼろぼろになった囚人服を脱ぎ、男が買ってくれた黄色いワンピースを着てみた。幸い、あつらえたようにぴったりと体に合った。何日か後、黄色いワンピースを着ているチュニを見た運転手は、不思議そうににこにこ笑いながら言った。

——やっぱり、それにして良かったよ。それを着てるとなんていうか……かわいいひよこみたいだな。

以後も彼はいろいろな服を買ってきてくれたが、チュニはずっと黄色いワンピースにこだわり、それしか着なかった。男がにっこり笑うところを見たかったからである。そしてとうとう、チュニの人生で最も劇的で驚くべき事件が起きたのは、トラック運転手が初めて工場へ来てから三、四か月経った、その年の秋だった。

その日チュニは井戸のそばで水浴びをしていて、ふと自分の体にできた傷跡を見た。前は何とも思わなかったのに、その日はこの傷がひどく醜く感じられた。とくに、クマと戦ったときに負った胸の傷はとても大きく、気味が悪かった。彼女は傷を消したかった。だが、どんなに強くこすっても傷は消えない。彼女は切なかった。刑務所で会ったあの女のように、自分も白い肌になりたかった。できることならあの女の体を自分のものにしたかった。

そして突然、男がそばに立っているのに気づいた。いつ来たのかトラックが横に停めてあり、男が自分の裸体を見ていた。だが男の顔から明るい微笑は消え、そのまなざしは奇妙な熱気で光っていた。いつもと違う見慣れぬ表情である。自分が裸だということも忘れて、チュニはいぶかしげに男を見つめた。そういえば、このなじみのない眼光はどこかで見たような気がする。それはずっと前の雷が落ちた夜、丸裸にされた母を組み敷いていた男たちの目に似ていた。何か良くないことが起きる兆しだった。

男はチュニに近づいてきた。彼女は警戒心にかられてためらい、後ずさりし、木の枝にかかとを引っかけて後ろへ倒れた。股の赤さが陽射しのもとに現れる。男の目が炎のように燃え上がると、倒れた彼女の体の上にいきなりおおいかぶさった。男の体は震えていた。彼女は突然の恐怖心で体が凍りついた。男はズボンを引きおろした。そして何か熱いものを彼女の股に当ててこすりつけた。熱い吐息が顔に触れ、厚い胸板が彼女を押さえつける。胸が苦しく、息が詰まる。彼女は男を押しのけようとした、しかし彼の肩をぐっと押しやったとき、何か熱いものが脚の間をかき分けて入ってきた。鋭い痛みが脳天を貫き、全身の力が抜けた。そこはずっと前に刑務所にいたとき、鉄仮面が棍棒で容赦なく突き回した場所だった。棍棒で突きまくられて血が流れると、鉄仮面は言った。

――ふん、それでも一応は処女だったってわけか。もっとも、どんなに頭の変な奴でもおまえみたいな怪物とはやりたくないだろうからな。おまえみたいな悪いアマは、犬か馬とやるのがお似合いだよ。な？

彼女は運転手が、鉄仮面のように自分を苦しめようとしているのだと思った。やっぱりこの男も悪い人間だったのだ。彼女は男を引き離そうとしてもがいたが、もがけばもがくほど男は必死に腰を押しつける。彼女の力もかなりのものだったが、男の力をしのぐことはできなかった。そうこうしているうちに男の全身ががちがちにこわばったと見ると、やがて彼は丸太が転がるように彼女の体から落ちた。彼女の心には憤怒がこみあげた。男は横に寝て激しく息をしていた。ついさっきまでの別人のような激しさはどこへやら、いつもの彼と同じ優しい表情に戻っている。

彼の顔にはすまなさと恥ずかしさが入り乱れていた。彼女は混乱した。男の鼻に噛みついてやるべきなのかどうかがわからない。しばらくして男は息を整えると、言った。

——ごめんな、ひよこ。俺も最初っからこんなふうにはしたくないと思ってたんだ。ただ、がまんできなくてな。

それ以来、男が来るたび似たことがくり返された。そのたびに体が固くなり、苦痛がよみがえったが、まさか彼の顔に噛みつくことはできなかった。何ともなかった男がなぜ急に悪い人のようになってしまうのか、理解できない。チュニは、自分の体に虫が入ってきて病気になったように、彼が何か悪い病気にかかったのではないかと思った。そしてその病気は、男の股についているあの奇怪なもののせいだと考えた。彼女は一つ目が自分を治してくれたように、男を治してやりたかった。ある日彼女は包丁をとり、眠っている男のいちもつを切りとってやろうとした。包丁をそこへ当てた瞬間、男はビクッとして飛び起き、彼女の手から包丁を奪って遠くへ投げ捨てた。彼は、とんでもないことをすると言いたげに彼女を見つめて、言った。

——どうかしちまったのか、ひよこ？ 俺を宦官《かんがん》にする気か？ そうなりゃ、結局損するのはおまえ自身なんだぞ。わかんないか？ このばかもん。

不幸なことにチュニはついに死ぬまで性の喜びを知ることはできなかった。彼女はやがて、トラック運転手の行動は鉄仮面のように自分を苦しめるためではなく、どの動物でもやっている自然な生殖行為であることを悟ったが、その行為にはいつまでもなじめず、怖いままだった。また、脳天をつらぬくような痛みが消えた後もやはり、彼の目が変な熱気を帯びて光りはじめると、もう体じゅうが固まってしまうのだった。彼女は男が自分の腹の上で喘ぐたびに、早く終わって彼がふだんの優しい顔に戻ってくれることだけを願った。そして、自分を抱いて寝て、よく響く声で、世間を渡り歩いて経験したことを話してきかせてくれることを願った。たとえその話を理解することはできなくとも、彼の体から漂ういい匂いとよく響く声は、彼女の心を限りなく安らかにしてくれた。そしていつしか、深い眠りの中へ入りこませてくれるのだった。

チュニはいつからか、男が来ると飯を作ってやるようになった。彼女はずっと前に工場で女たちが釜で飯を炊いていたのを思い出し、飯を炊き、おかずをこしらえた。飯は生煮えで、おかずは味加減がよくなかったが、男はいつも全部平らげた。彼は飯を一杯食べると、遠慮なく器をまた差し出したものだ。

——飯をもうちょっとおくれ、ひよこ。今日はものすごく腹が減ったんだ。それに、料理がこんなにうまいんじゃ、食べすぎて腹をこわしても仕方ないぐらいだよ。

普通の夫と妻のように二人は縁側に並んで座り、飯を食べ、一緒に寝床に入った。ひときわ紅葉が美しかったその年、限りなく寂しかったナムバランの秋はそのようにして、一人の思いがけぬ男の出現によって豊かに深まっていった。

チュニの人生は新しい局面にさしかかっていた。十年の残酷な刑務所生活を終えて数年間、世の中から孤立して生きてきた彼女にとって、トラック運転手と暮らした何か月かはすばらしい祝福の時間といって良いものだった。そうやって二人がともに一つの人生を歩めていたなら、彼女が味わった苦痛もすべて報われて余りあるものだったかもしれない。しかし女王の人生はそう簡単には終わらなかった。苛酷な運命はまだ彼女の前に、さらにむごく、容赦ない試練を残していた。

初霜がおりてから何日か経った後、トラック運転手がまた工場を訪ねてきた。彼は迫りくる冬に備えてチュニが着る厚いジャンパーを買ってきた。彼はいつものようにチュニを見るなりすぐにスカートをまくりあげてことを始めた。だがそのとき、彼はチュニの腹がいつもよりふくらんでいることに気づいたのである。もともと他の女より太ってはいたが、妊娠したためだということを彼はすぐに悟った。急に表情が暗くなった。彼はチュニの腹からおりて静かにスカートをおろしてやった。チュニは男の表情が普通ではないことに気づいた。男は努めて明るい顔をしようとしていたが、その目つきはもう固くこわばっていた。その日彼は飯一杯もまともに食べることができず、寝床に入ってもなかなか寝つけなかった。そしてときどき横で眠っているチュニの髪を撫でながら、深いため息をつくのだった。

翌朝、チュニが目を覚ましたとき、トラック運転手はもういなかった。庭に停めてあったトラックも見えなかった。彼女は男がいつものような、おしゃべり混じりの別れのあいさつもせずに出ていったのを不思議に思った。こんなふうにいなくなることは、今まで一度もなかった。彼女は一日じゅう不吉な予感にとらわれ、仕事をしながらもしきりに、いつもトラックがやってくる進入路の方をちらちら見ていた。

その時刻、トラック運転手は工場から遠く離れた狭い山道を越えているところだった。新しい生命を作り出すことは、普通の恋人たちにとっては当然祝福すべきことだろうが、彼にはそうではなかった。ずっと前、鉱山会社の経理の女のもとを去ったときと同じく、彼は子どもに自分の足首をつかんで縛りつけられ、牛や豚のように一生檻に閉じこめられて生きなければならないのかと怖かった。うねうねと曲がりくねる道を走って峠を越えながら彼は、チュニと別れるのは胸が痛むが、放浪が自分の運命である以上やむをえないと思った。そして、次の峠を越えるころには軽やかな気分にさえなっていた。考えてみれば、チュニがさほど魅力的な女だったわけではない。さらに次の峠を越えるとき、彼は思った。道はどこにでも通じており、沿道にはいつも女たちがいる。彼にとって女とはただ、自分が世の中から受け取るべきものの一つにすぎなかった。そして最後の峠を越えるときには、見知らぬ都市に行って新しい女に出会い、楽しく暮らすという希望に胸をふくらませていた。とうとうトラックが明るく開けた道に入ると、彼はアクセルを力いっぱい踏んだ。こうしてトラック運転手は工場を離れたが、それは彼の最後の道だった。

初雪が降るころになってもトラック運転手は帰ってこなかった。チュニの腹はだんだんふくらんでいった。交尾が終われば腹がふくれ、子どもが生まれるということは、野生動物を見て彼女もすでに知っていた。彼女はいつも進入路の方を見ては、トラック運転手が入ってくるのを待っていた。チュニの耳には、男が去っていくたびに言った別れのあいさつがこだましていた。

――じゃあな、ひよこ。また会おうな。でも、いつ来るかって約束はできないんだ。俺が世界でいちばん嫌いなのが、約束することだからな。

トラック運転手はその言葉の通り約束もせずに去っていき、工場にはまた寂しさが訪れた。彼は冬が深まっても帰ってこなかった。腹の中の子が足蹴りをするのが感じられた。チュニは、自分の体内で育っている大事な生命に対して、怖さと同時に胸がいっぱいに満たされるような気持ちを感じた。かごの中で卵を抱いているめんどりのように、彼女は暗い部屋で一人静かに冬を過ごした。

翌年の春になるとチュニは臨月を迎え、立ち上がることさえ困難になっていた。腹は際限なくふくらみ、肌がはちきれ、血管が張り詰めた。チュニは腹が割れるのではないかと恐ろしくなった。そしてこのころあいにくなことに、食べものが底をついてしまった。チュニはほぼ一年ぶりに、食料を手に入れるために再び自然の中へ出ていかなければならなかった。だが、時あたかも早春で、野にも谷にも食べられるものが残っていない。以後、彼女が子どもを生むまでに経験した厳しい飢えは、とても文章にすることができないほど凄絶で涙ぐましいものだった。彼女は、自分の飢えが子どもまで苦しめるということを本能的に理解しており、そのためにいっそう焦った。男を待つ気持ちもいっそう切実になったが、子どもを生むときになってもトラック運転手は帰ってこなかった。

その年の晩春、チュニは一人で女の子を出産した。子どもは小さく弱く、泣く力さえなかった。

その昔、自分が双子姉妹のうまやで生まれたときのようなひどい状況だった。チュニはへその緒を歯で噛み切り、胎盤をゆでて食べた。それは一人の母親となった人間の峻厳な本能がさせたことである。彼女は子どもに乳を含ませた。ようやく薄い乳が出て、子どもはやっとのことで息が通った。自分が作り出した一個の生命が乳を飲む姿を見たチュニは胸がいっぱいになった。誰からも教わったことのない、母親の喜びであった。

しかし喜びもつかのま、チュニは翌日からまた食べものを求めて野を、谷をさすらわねばならなかった。赤ん坊に食わせなくてはならないという本能が、哀れな母親を不毛な自然の中へ追いやった。彼女は気がふれたように谷をさまよったが、木々に葉の一枚もなく、花だけが咲く邪な春は、新生児とその母にとっては残酷な飢えの季節にすぎない。乳は不足し、子どもは空の乳房をくわえて弱々しく泣いていた。母親が食べていないのだから乳が出るはずがないのである。チュニは新芽を摘んで食べ、木の根を掘ってかじり、ノネズミを捕えて食べた。彼女は弱った子どもの生命を守るために必死で自然に立ち向かい、戦った。何よりも単純で、何よりも残忍な戦いだった。

季節が夏に変わると谷は幸いにも、充分とはいえないものの、乳が出るくらいの食べものを提供してくれた。その代わりチュニはいっそう忙しくなった。食べものを求めて歩き回り、子どもの世話をする一方で、以前のように煉瓦も作りはじめたからである。男が行ってしまったのは、自分が煉瓦作りを怠けていたからだと考えたのだ。彼女は男に会いたかった。彼のよく響く声やあの体臭、そしてあんなに嫌だった彼との性交までが懐かしかった。彼女は彼に、子どもが生まれたことを教えてやりたかった。二人が一緒に何を作り上げたかを見せてやりたかった。この切実な願いは、秋が過ぎ、残忍な冬が再びやってくるまで続いた。

豪雪

その冬は、政府が気象観測を始めて以来最大の降雪量を記録した年だった。当時を記憶する老人たちは雪が降るたび、記録的な豪雪を見たあの冬のことを思い出し、次のように言うのだった。——こんなのはあのときに比べたら何でもない。あの年はほんとにすさまじい大雪が降ったもんだ。氷河期がまた来るのかと思ったからな。

チュニは子どもを抱いて吹雪の中をさまよっていた。そこは、かつて彼女が一つ目に出会った渓谷の近くだった。子どもの体は火のように熱かった。ひゅうひゅうと耳元をかすめる冷たい突風の中で、子どもの泣き声がかすかに聞こえる。彼女は一つ目を探していた。自分の病気を治してくれたように、子どもを助けてくれるだろうと思ったのだ。それが苦しむわが子のために彼女がしてやれる唯一のことだった。

子どもが泣いているのを発見したのは、その日の朝、山の中にしかけておいた罠を見に行って家に戻ってきたときのことである。幸い、罠には小さなノウサギが一匹かかっていた。ウサギを煮ておかゆを作ろうと思いながら急いで家に帰ってみると、子どもの体が粟のような発疹で真っ赤になっているのを見つけたのだ。あわてて乳を含ませ、あやしてみたが、泣きやまない。息が止まりそうなほど苦しげに咳をする子どもを見て、彼女はなすすべもなくあわて、ようやく気を取り直し、ウサギをつぶして肉汁を口移しで飲ませてやったが、子どもはすぐに吐いてしまった。

午後になると熱はさらに上がった。子どもはすっかり衰弱して、泣き声すらまともに出せなくなった。彼女は子どもを抱いて雪原をかき分け、渓谷を目指して走った。しかし数十か所にも分かれて広がっている谷はみな同じような形で、一つ目に会った場所がどこなのか見当もつかない。雪はいっそう激しく降りしきり、膝まで埋まってしまった。いつのまにか子どもの泣き声さえ絶えかけている。彼女は決死の思いで吹雪をかき分けて進んだが、すぐに道を見失った。急に怖くなった。暗くなる前に家に戻った方がいいのではないか。彼女はきびすを返したが、豪雪で道がなくなってしまった上、吹雪で目の前も見えない。幽霊の泣き声のような恐ろしい風の音が耳を打ち、どこがどこだか見分けもつかず、あたりはどんどん暗くなり、山道の宵闇はあっというまに天地をおおってしまった。雪は降りやまなかった。行けども行けども雪ばかりだった。彼女はしだいに疲れてきた。だんだん歩みものろくなっていった。四方は闇に浸っている。そして次の瞬間、彼女は子どもを抱いたまま、太ももまで埋まる深い吹きだまりに倒れてしまった。雪の中は思ったよりあたたかかった。耳元を叩いていた風の音が遠ざかってゆく。早く立ち上がらなければと思ったが、体が動かない。子どもの容態が気がかりだったが、頭をもたげることさえできなかった。死が彼女の頭をよぎった。そしてどこからかかすかに、生まれたときに嗅いだうまやの匂いがするような気がした。その間にもきれいな粉雪が、母子の疲れた体を徐々におおっていった。

チュニが子どもを抱いて雪原をさまよっていたそのとき、トラック運転手は山道を越えていた。彼は煉瓦工場に向かっているところだった。午後から降り出した吹雪は夜がふけるまでやまなかった。いや、ますます激しくなっていった。彼は疲れていた。留置場から出てきたばかりだった。

チュニと別れた後、彼には良くないことばかり起きた。仕事は遠くの果樹園から都市へ果物を運ぶことで、稼ぎは悪くなかった。女もできた。青果市場で果物屋をやっている女である。彼女の体からはいつも、かぐわしいブドウの香りがした。初めの何か月かは二人とも恋の甘さに溺れていた。二人は部屋を借りて所帯を持った。だが果物屋は、満足を知らない女だった。彼女は際限なく男をなじり、怠け者だと難癖をつけ、金を無駄遣いすると小言を言い、どうして他の人たちと同じようにできないのかとバカにした。つきあった女の中でも最悪だった。だから彼は女のもとを去った。

女と別れて隣の都市に行く途中、彼は酒を飲んで運転し、小さな事故を起こした。誰もけがをしたわけではなかったが、相手と言い合いになり、腹を立てて殴ってしまったのだ。彼は警察に連行され、留置場で何日か過ごした。警察にいるとき、ふっと黙りん坊の顔が思い浮かんだのである。子どもは生まれたのだろうか。彼は自分が老いつつあることを悟った。力も以前のようではないし、しょっちゅう疲れるようになった。長かった放浪の歳月もとうとう終わりにすべきときが来たのだという気もした。自分も人々のように子どもを育てながら安定した暮らしをしたいという欲望が強烈に湧き起こってきた。

その朝、彼は留置場を出たその足で市場に寄り、米と肉を買った。黄色い毛糸のセーターも買った。黙りん坊へのプレゼントである。彼は一刻も早く黙りん坊の顔が見たかった。彼女と自分がこしらえた赤ん坊の顔も見たかった。ピョンデが近づいてくると吹雪がだんだんひどくなってきた。あと峠一つ越せば遠くに工場が見えるはずである。彼はチュニがまだ黄色いワンピースを着ているだろうかと思った。チュニに会ったら言う言葉はもう用意してあった。

——ごめんよ、ひよこ。おまえに嫌気がさしたんじゃないんだ。俺はただ自由でいたかっただけなんだ。だけどもうそんなのもおしまいだ。俺は今まで誰にも約束をしたことがなかったけど、初めておまえに一つ約束するよ。これからはどんなことがあっても、おまえのそばを離れないって。

吹雪はさらに降りつのった。前が見えず、フロントグラスに顔をぴったりつけたまま運転しなくてはならなかった。彼は子どもがかわいい女の子ならいいがと思った。峠を下っていくとき、赤ん坊にやるものをまったく用意してこなかったことに気づいた彼は、思い至らなかった自分を責めた。

ばかだな俺は！

彼はハンドルを拳でドンと叩いた。その瞬間、ハンドルを切りそこなってトラックは道をそれた。急な下り坂である。彼は驚きあわててハンドルを切ったが車は雪道を滑り、道沿いのガードレールに衝突した。トラックは谷底へ落下しはじめた。坂道を転がり落ちていく間、彼は思った。畜生、いったいどこまで落ちるんだ？　俺は道の上で死にたいのに。

トラックは渓谷の下にある岩にぶつかり、こっぱみじんになった。そしてほどなく、激しく降りしきる吹雪に埋もれてしまった。一生、路上をさすらって生きてきた彼は、雪に閉ざされた渓谷で生涯を終えた。一人の登山客が壊れた車の中から彼の死体を見つけたのは、雪がすべて溶けた翌年の春、五月のことである。その場所は煉瓦工場からわずか一里半しか離れていなかった。

チュニは目を開けた。刺されたように目が痛んだ。天も地も真っ白におおいつくした雪の上に太陽が昇っていた。吹雪などなかったかのようにあたりは静かで、少しの風もない。彼女はゆっくりと体を起こした。千斤もあるかと思うほど、体が重かった。そして彼女は突然自分の腕を見おろした。子どもがいない。彼女は仰天し、無我夢中で雪の中を掘り返した。すぐに雪の中に子どもを見つけ、急いで抱き上げた。子どもの体は氷のかたまりのように冷たかった。顔は真っ青で、手足はすでにだらりと伸びている。子どもが死んだと気づいた瞬間、もう取り返しがつかないという衝撃が彼女を揺るがした。彼女は子どもの冷たい顔に自分の頬をこすりつけた。死には手の施しようがなかった。彼女はそのことをよく知っていた。彼女は銃に撃たれたシカのようによろめき、膝を折った。子どもを雪の上にそっと置いた。子どもはとても小さく、弱々しかった。そして、死んでいた。子どもを見おろしていると突然、津波のように巨大な悲しみが押しよせてきた。それはのどを突き上げていっぺんにこみあげた。チュニは泣いた。絶望的な悲しみに息絶えんばかりに、死なんばかりに泣いた。太陽は徐々に高く上り、チュニはあたかも白銀の雪原に残されたたった一つの点であり、たった一つの点となって、彼女は泣いていた。それまでの長い長い苦しみと辛さのすべてを挙げて泣いた。全身を震わせて、激烈に泣いた。胸が破れるほど強く、のどがちぎれるほど凄絶に……泣いた。

大劇場

そして物語は長い時間の海をひょいと飛び越え、二十年後、一人の建築家のところへと我々を案内する。彼はつい先ほど、誰かとの電話を終えて受話器を置いたところだ。彼はすっかり失望したような表情でため息を漏らした。そして疲れたように顔を手のひらでこすってつぶやいた。

——そうだよな。今も残っているはずがない。やっぱりもう、無理なのかな？

彼は立ち上がり、ウイスキーを一杯グラスに注ぐと都会の明かりがきらめく窓辺に歩み寄った。彼は大きな挫折感にとらわれたように、しばらく窓の外を眺めたままだった。そして一息にウイスキーを飲み干すと、一人つぶやいた。

——それでも一度行ってみよう。自分の目で直接確かめてから工事にかかっても、遅くはあるまい。

しばらく後、彼は急いで旅の荷作りを始めた。

この建築家はたいへん物静かな人物だったが、自分の目標が何であるかを正確に知っていた。彼はかつて海外留学を終えて帰国するや、建築界に一大革命を起こした。彼は建築の概念を新しく打ち立て、建築を単純な工学の次元から芸術の境地へ牽引したという評価を受けていた。自然でなおかつ洗練され、飾りたてない美しさと落ち着いた実用性を持ち、そして調和がとれた、人工的すぎない建築物。それが彼のモットーであった。きわめて厳格な統制力と優れた芸術的霊感が必要な仕事である。彼が建築物を一つ作るたびに人々は熱狂し、多くの仕事が殺到した。だが、彼は慎重に仕事を選んだ。惰性に陥ることを恐れ、自分の才能が富裕層に利用されることを警戒した。

黒いスーツにサングラスをかけた二人の男が内密に彼に会いに来たのは、一年前のことだった。彼らは国家の安全保障に関わる秘密情報を扱う者たちだった。二人は彼に将軍からの指示、いや命令として、ある公文書を渡した。そこには、新たな建築物を建てるにあたって必要な諸般の事項がこまごまと書き連ねてあった。新たな建築物とは、大劇場である。彼はにわかに興奮を覚えた。建築家として一度は挑戦してみたい仕事だ。ただでさえ心身の疲労を抱えていた彼はそのころ、何か新しい突破口を必要としていた。彼は政治的にはいかなる立場に立ってもいなかったので、その場で将軍の提案を引き受けた。よしんば拒絶したとしても結局は彼が設計を引き受けるしかなかっただろうが、地下室に引っ張っていかれるという不祥事を免れたのは幸いなことだった。

設計には長い時間がかかった。劇場建設は一般の建築物とは違い、音響、照明、座席配置などさまざまな配慮が必要な、非常に複雑な仕事である。機関員たちは折にふれて彼に電話してきては督促した。彼らはなぜか非常に焦っている印象だったが、そうなるだけの理由はあった。

将軍は北側との平和条約を推進していた。腹の内は読めないながら、将軍が送った特使は北との間を忙しく行き来して会談を開いた。会談の成果は大いに満足すべきもので、画期的な和平方案を導き出す希望も見えた。ところで、南側の特使は会談のため北に赴いたとき、驚くべき建築物を目にした。巨大にして豪華な大劇場である。北の将軍はそれを非常に誇りにしていた。この事実はすぐに南の将軍の耳に入り、将軍は緊張した。北に遅れをとっているのではないかという不安から、彼はすっかり神経を尖らせた。会談は急進展し、北の特使が南に来て会談を行うことになり、その日程も定められた。将軍はせっぱつまっていた。彼は北の特使が泊まるホテルから見おろせる場所に、先方のに劣らぬ大劇場を建てることを決心した。それは誰にも知られずに隠密に推進されねばならない。北に関連する案件だからである。当時はどんなことであれ、北に関連することは無条件に機密扱いとされた。建築家に仕事を依頼したのが公式の政府機関ではなく秘密機関だった理由も、まさにそこにあった。

建築家は幸い、計画通りの期間内に設計を終えた。だが、問題は施工である。特別な建築物である大劇場の資材を選ぶにあたって彼は非常に慎重だった。コンクリートでは浅薄に見えるし、大理石は威圧的すぎる。木は実用的でない。大劇場はあらゆる人が利用する場所であるから、それを形作る資材は大衆的で、親近感と芸術性を同時に備えたものでなくてはならない。長らく悩んだ末に彼が選んだのが煉瓦だった。土と水と火だけで作られた煉瓦は他の何よりも古い建築資材であり、文明と自然の最も理想的な調和のたまものである。しかし、煉瓦は赤いという理由から、機関員たちとの間にはしばらく紛糾が起きた。赤は共産主義を連想させるというのである。それもまた、イデオロギーの法則である。

結局機関員は、納期に間に合わせるため、やむをえず譲歩するしかなかった。しかしまた問題が起きた。建築家が欲しかったのは大劇場という国家を代表するステイタスにふさわしい特別な煉瓦であり、それを選ぶ基準は非常に厳格で気難しかったため、サンプルを持ってきた煉瓦製造業者たちは軒並み突っ返された。彼はサンプルを突っ返すたび、業者に言ったものである。

——あのですね、丸いものが全部車輪とは限らないように、四角けりゃ全部煉瓦とは限らないんですよ。何のことか、わかるかね?

結局彼は、希望通りの煉瓦を探すために自ら立ち上がった。設計は終わったのに資材選びに時間をかけている彼に、機関からはひっきりなしに督促が入った。彼は全国の煉瓦工場という煉瓦工場をすべて探し回った。だが、望み通りの煉瓦はいっこうに見つからない。優れた品質の煉瓦はときどきあったが、彼の基準は常に、それよりも高かった。

彼は地方のある都市を通過していた。その都市の煉瓦工場を訪ね、すっかり失望して帰ってくる途中であった。こうなっては、今まで見たものの中から比較的ましな煉瓦を選ぶしかない。気分は重かった。彼はため息をつき、何気なく窓の方を振り向いた。このとき彼の目に古い建物が入ってきたのである。その瞬間、目がぱちっと開いたような気がした。彼は運転手に車を停めさせ、車から降りて建物の方へ近づいていった。

ビリヤード場と茶房が入った二階建てのその建物は、建ってからかなり時間が経ち、ひどく古びて、方々にひびが入っていた。だが彼は、その建物に使われている煉瓦が、今まで見た中で最も優れたものであることを一目で見抜いた。いや、ほかの煉瓦とは比較にすらならないほど立派に見えた。彼は自分でも気づかないうちに煉瓦を撫でさすっていた。それは一見しただけでも堂々たる風格がうかがわれ、明るさの度合いが過不足なく、威厳があるけれど人をおじけづかせることのない重みを備えており、秩序立っていながら画一的な感じもしなかった。それはまさしく彼が何か月間か必死で探してきた煉瓦そのもの、いやそれ以上だった。土でできた宝石といってよかった。

彼は煉瓦に手を触れたまま胸がいっぱいになり、その場で身じろぎもせずに立っていた。そしてこの煉瓦を作った人への畏敬の念に頭を垂れた。その人に比べたら自分の能力など、ただの小細工にすぎないという思いも湧いたのである。しばらく深い感動に浸っていた彼は、やがて煉瓦から手を離して一人つぶやいた。

——もしも神がいて煉瓦を作ったとしたら、それはまさにこの煉瓦だ。

するとそのときドアがバタンと開いて、茶房の女の子が頭を突き出した。

——おじさん、そんなとこに立ってないで、入ってコーヒーでも一杯お飲みなさいよ。

ガムをくちゃくちゃ嚙んでいるその女の子はまだ少女っぽさが抜けきらない童顔で、パンツが見えそうなミニスカートをはいていた。建築家は感動に浸ったあまり、彼女の手をぱっとつかむと尋ねた。

——なあ、きみは世の中に神様がいると思うかい？

——さあねえ。でも、もしそんな人がいるなら、あたしに十二の歳からコーヒーの配達なんかさせておくかしら？

彼女は唐突にそう答えた。

——そうだな。私もさっきまではそう思ってたんだ。でもきみにはよくわからないだろうが、きみは今、神様の建てた家で働いているんだよ。すばらしいことじゃないか。

——知ってますよ。

女の子がガムを嚙みながら生意気に答えた。

——知ってるって？

——ええ、ええ、ここは神様の建てた家で、あたしは聖なる処女マリアなんでしょ。それでおじさんはこれから、あたしがまだ処女かどうか検査するんでしょ？　で、処女じゃなかったらパンツおろして、尻をぶったたくんじゃないの。

——き、きみ……私の言ったのはそんな意味じゃなくて……

このとき、女の子は腕をバッと振り払うと彼の前にガムをペッと吐き出し、店の中に入りながら言った。

——このヘンタイ。欲しけりゃ欲しいって言えばいいだろ。わけわかんないこと言いやがって、あたしゃそういう奴がいちばん嫌いなんだよ。

施工は際限なく延期された。機関員は建築家をじりじりと責め立てたが、彼はまばたき一つしなかった。建築家の信念はきわめて断固たるものだったので、頭に銃を突きつけたところで作業を進めることはできそうにない。そこで彼らは建築家を地下室へ引っ張っていく代わりに、頼むから我々を助けると思って早く施工を開始してくれと、泣き落としを始めた。だが彼は、望み通りのものが見つからない限り、煉瓦一枚たりとも積むことはできないと言ってがんばった。仕方なく煉瓦探しのために機関員が派遣され、あらゆる情報網が動員された。

その結果、建築家を感動させたのとまったく同じ煉瓦でできた建物がさらに何か所かで発見された。機関員たちはひそかに、建物の持ち主や建築業者を対象に煉瓦を作った場所を調査した。それでまた長い時間がかかったのである。実は調査を秘密にする必要などなかったのだが、それが彼らの長年の慣習だったため仕方ない。また、建物が建ってからあまりにも長い時間が経っているため、関係者の大部分はすでに死んだか、生きていても憶えていなかった。だが比較的頭のはっきりしている老いた建築業者から、ずっと前にトラックに煉瓦を積んで渡り歩いていたある怪力の男の情報を得ることができた。その男は一度に煉瓦を何十枚も持ち上げられるほどの力持ちだったといい、業者は長い歳月が流れたにもかかわらず、彼の独特の別れのあいさつをかなりはっきりと記憶していた。

——次はもっといっぱい煉瓦を積んできますよ。でも、いつ来るかって約束はできないんだ。俺が世界でいちばん嫌いなのが、約束することなんでね。

それが、怪力の男が煉瓦をおろしていくたびに言う別れのあいさつだった。

機関では、煉瓦が発見された地域を中心に、それを製造した工場をくまなく捜索した。しかし何の成果も挙げられなかった。それはまるで謎に包まれた武林秘笈[*5]さながら、世の中から完全に消えたかに思われた。そんな中、建築家はすでに建物が撤去されたある跡地から、新たに別種の煉瓦を一つ発見した。それは先に自分が見つけたものよりはできが悪かったが、他の煉瓦よりは品質が飛び抜けて良く、製造工法や材料の面においては最初に見つけた煉瓦と一致点が多かった。彼は、この二種類の煉瓦は同じ工場で作られたと確信するに至った。ある大学の研究所に調査を依頼した結果、建物跡から発見されたものは、先に見つけたものより二十年余り前に作られたものだということも明らかになった。その煉瓦が重要な手がかりとなったのは、まさに煉瓦の側面に捺された「坪垈煉瓦」という印章のためである。新たに発見した煉瓦にはどれも、坪垈煉瓦という印章がはっきりと残っていた。

かくして調査は、坪垈煉瓦という工場を探すことに的が絞られた。機関員たちはすぐに、煉瓦が集中的に発見された都市で、ピョンデの情報を多数収集することができた。それはすでに数十年前に消えた都市だった。彼らは古い鉄道年鑑からピョンデという地名をようやく見つけ、おぼろげながらその位置を推測するに至った。また、当時生存していた老人たちから、ずっと昔に近くの都市で大火があり、人々がみな焼け死んだという噂を聞いたという証言も得ることができた。そしてついに彼らは、小さいころピョンデで暮らし、大火災の後にそこを離れたというある老人のかすかな記憶に頼って、悲劇に埋もれた都市ピョンデを探し出したのである。建築家が初めて煉瓦を発見してから、六か月後のことだった。

機関員たちがピョンデに到着したとき、その都市はすでに何十年も樹木と雑草におおわれて、まるで森の精霊が巨大な都市を自らのふところにこっそりと隠してきたように見えた。都市は彼らが考えていたよりはるかに規模が大きく、その隆盛ぶりを想起させる跡地の広さは、驚いても余りあるものだった。また、どの建物にもすべて焼け焦げた跡がはっきりと残っており、往時の火事がいかに残酷だったかを語っていた。彼らは大火災の中心地だった劇場跡も探し出した。鯨の形をした建物はすでに崩れて久しかったが、スカートの裾のように広がった大理石の階段と広大な劇場前広場は原形をとどめており、かつての劇場の豪華さを推測させてくれた。

機関員たちが劇場前を通り過ぎるとき、券売所があったとおぼしき場所に、一匹の老犬が柱につながれたまま、寂しさとひもじさに疲れた表情で伏せていた。まともに食べることができず

＊5【武林秘笈】中国の武侠小説に登場する、武術の秘伝をしたためた貴重な書物のようなもの。

げっそりとやせ衰えた犬は、まるでぼろ雑巾のかたまりのように汚らしく見えた。機関員たちは、人間が去って何十年も過ぎた今も犬が生きているとはとうてい信じられなかった。近隣の村の誰かが最近になってここにつないでいったのではと疑ってみたが、犬の首を締めつけている鉄の鎖は、長い歳月雨風にさらされたように厚い錆でおおわれている。一人の機関員がほどいてやろうとして触れると、鎖は弱々しく砕け散った。だが哀れな名犬は、鎖が解かれた後もその場に伏せたまま、目やにの垂れる目をしばたたかせて券売所の前を離れなかった。

それから四日後、建築家は機関から電話を受けた。その日の午後、ついに機関員が坪垈煉瓦として知られた工場跡を発見したというのだった。工場を探すのに四日もかかったのは、工場があった場所がピョンデから遠い上、一帯にありとあらゆる雑草とイバラが生い茂っているため、進入路を探すのに二日も費やしたからである。苦労して進入路をかき分け、工場の入り口まで入っていくと、工場はもう数十年前に閉鎖され、草ぼうぼうの野原になっていた。機関員たちは建築家に、工場は廃業して久しいという報告とともに、もうこれ以上待てないから早く施工せよという命令を伝えた。もしもまだ我を張るならば、彼抜きで工事を進めるしかないという一言もつけ加えた。

建築家はすっかり失望した。わかったと短く答えて電話を切ったが、彼は自分の目で直接、工場を確認したかった。ずっと前に閉鎖されたことはわかったが、それでも煉瓦を作っていた場所に直接行って見てみたい。これ以上未練を持っても無意味だということを確認したかったのだ。

それでこそ初めて、この何か月間か自分をとらえていた煉瓦への執着から抜け出すことができそうだったから。電話をもらってから三十分後、彼は一人静かに車に乗り、工場へむかって旅立った。

彼が工場の進入路に到着したのは翌日の夕暮れどきだった。彼は線路の下をくぐる道を通り、機関員たちがつけた道に沿って工場を目指して歩いていった。機関員たちはもう前日に撤収した後である。どうしたことか進入路には、人に足を踏み入れさせまいとするかのように、人の背丈を越えるさまざまな毒草とイバラがぎっしりとからまり合っており、ネズミ一匹出入りするのも困難なほどであった。そのため機関員たちは、鎌やのこぎりなどを動員してがちがちにからまり合った草木を刈り取り、苦労して少しずつ前進しなくてはならなかった。おかげで建築家は難なく工場に近づくことはできたが、道は工場の入り口で途切れている。入り口には半ば腐った木の標識が立っており、「坪垈煉瓦」という文字がかすかに読めた。

建築家は標識の前で、自らの挫折を確認した。標識のむこうの工場の庭では、壊れた窯の間にヒメジョオンが茂っており、人の出入りが絶えて久しいことを物語っている。建築家は長いため息をつき、タバコをくわえて吸った。一筋の期待は崩れ、すべては火を見るより明らかだった。なのに、さっさときびすを返すことができなかった。彼はイバラのやぶのむこうにある工場の中に直接入ってみたかった。入って、いったいどんな方法で煉瓦を作ったのか、手がかりだけでも探ってみたかった。

建築家はズボンの裾を靴下の間にはさむと、道をかき分けて前へと進みはじめた。何の装備もなく、毒草とイバラがぎっちりとからまり合った草むらをこぎ分けていくのはたやすいことではなかった。しかも足元の地面は足がずぶずぶと沈む沼地だから、一歩踏み出した足を引き抜くことさえ難しい。彼はあきらめずに少しずつ前進した。イバラはまるで何らかの意志を持ってでもいるかのように、彼を中へ入れまいと頑強に抵抗した。入り口から工場の庭まではわずか三十メートル余りにすぎなかったが、彼は実に一時間以上、イバラのやぶと戦わなければならなかった。そしてある瞬間彼はついに、子が母の子宮からすぽっと抜け出すようにやぶを抜け、工場の庭に入りこんでいた。

庭ではただヒメジョオンだけが白い花畑をなしており、他の雑草は見当たらなかった。不思議なことだった。庭のすみには獣のものらしき骨が散乱し、蜂の巣箱らしい腐った木桶がいくつか転がっていた。住まいとして使われていたらしい建物はもう腐りはてて崩れ、その上にもヒメジョオンが茂っている。建築家は工場をゆっくり見回し、壊れた窯にむかって近づいていった。窯はもう古く、半分くらい壊れていた。彼は解けない謎々の答えを求めようとするように、窯を手で撫でさすってみた。窯に手をのせていると、妙なときめきに胸が高鳴る。やがて彼は窯から手を離し、頭を上げた。

そして……彼は見た！　工場の裏の広大な野原いっぱいに積まれた赤煉瓦を！　彼はわが目が信じられなかった。胸はどきどきと打ち、口からは悲鳴が飛び出しそうだった。長い歳月、雑草に埋もれていた煉瓦がついにその姿を世に現したのだ。足から力が抜け、彼は窯に手をついたまま、眼前に広がる煉瓦を眺めていた。煉瓦は広い野原をすべておおっても足りず、遠く谷の方にまで積まれていた。一目見てもその量はとてつもなく、大劇場を何個も建ててもまだまだ余るほどであった。そのすべてを一人の人間が作ったのだとしたら、真に驚くべき感動的な成果である。前日、機関員たちが入り口まで来ていながら煉瓦を発見できなかったのは、目の前をさえぎっている人の背丈より高い雑草と、工場の庭に長く並んだ窯のせいだった。何十万枚、いや何百万枚もの煉瓦は一つ一つに生命があるように、夕焼けの下で巨大な波濤のように波打っていた。煉瓦を見ていた建築家は、崇高な感動にとらわれてひとりでに目頭が熱くなった。やがてはらはらと涙が流れ落ちた。彼は震える声でつぶやいた。

――これこそ本物の、信じがたい、奇跡だ！

時あたかも、野原のむこうの西の空には夕焼けが広がっていた。赤煉瓦は夕焼けの色にひときわ照り映えて、巨大な燎原《りょうげん》の火のようにめらめらと燃え上がっていた。実に荘厳な眺めであった。

チュニ、または女王

読者のみなさん、押し寄せる眠気を追い払ってもう少しだけお聞きあれ。我々は今やついに、長い長い旅路の果てに到達している。工場一帯を探査した機関員たちが窯のそばで人間のものと思われる遺骨を一体発見したのは、建築家がイバラのやぶをかき分けて工場に入り、煉瓦を発見してから二日後だった。庭にはさまざまな種類の動物の骨が散乱していたので、最初彼らはそれが人間のものとは気づかなかった。研究所に送って検査を依頼した結果、遺骨の主が女性だということが明らかになり、死後十年ほど経っていることも判明した。彼らは、女性としてはきわめて大柄なその骨格に奇妙な点を一つ発見したのだが、それは下肢の骨が二つに分かれておらず一本だということである。検査を担当した研究員は言った。

——他のことはわからないが、この女性は間違いなくたいへんな力持ちだったはずだよ。

さまざまな状況から推して、この大量の煉瓦を作ったのはその遺骨の持ち主だということが明らかになるや、建築家はこのトンピョの主人公に尊敬の念をこめて「赤煉瓦の女王」という称号を贈った。

そしてついに大劇場の工事が始まり、ある新聞が問題の煉瓦を紹介するとただちに、煉瓦をめぐるたくさんの物語がマスコミを賑わせた。当時煉瓦工場に勤めていたという人の証言から、ほんとはあの煉瓦を作った人が他にいるという主張に至るまでありとあらゆる報道が乱舞し、後には何が真実で何が嘘なのかも判断できなくなるほどだった。ほぼ毎日のように新事実が追加され、ほぼ毎日のように訂正報道が後を追い、そんな喧騒のただ中で、一人の女性煉瓦工はその美しい名を後世に伝えた。

春姫《チュニ》。

それが、大劇場建設に用いられた煉瓦を焼いた主人公の名である。

今や物語は再び、我々がしばし忘れていた気の毒なヒロイン、チュニへと戻る。あの朝、凍てついた雪野原で冷えきってしまった子どものなきがらを抱きしめて泣いていたチュニは、谷合いの小さな丘に子どもを埋めて工場へ帰ってきた。墓前には何の目印もなく、それ以上の痛哭もなかった。そして翌年の春まで彼女は暗い部屋に横たわって食を断ち、死を待った。自分に与えられた苛酷な刑罰にもはや耐えられなかったのである。だが、彼女は死ななかった。三か月以上水一口すら摂らなかったが、彼女のすさまじい生命力は、自らに死を許さなかった。

あたたかい春になったとき彼女は死ぬことをあきらめ、再び食べものを探しはじめた。彼女はもう、トラック運転手を待たなかった。彼もまた自分から離れていった者の一人にすぎない。男を恨みもしなかった。いや、彼女は、自分を妊娠させて逃げた男の無責任さとわが身の苦痛を結びつけて考えることができなかった。彼女にとって苦痛とはただ自分の中から起きてくる現象であり、誰のせいでもなかった。

いくらか体力が回復すると、チュニはまた煉瓦を作りはじめた。煉瓦を作っている間、彼女は死んだ子のことを思った。子どものやわらかい頬と、何かの幼虫のようにくにゃくにゃした指、そして自分の乳を力なく吸っていた小さな口のことを思った。思うたび、涙を流した。だからもう思うまいとした。けれどそう決心すればするほどかえって、その顔がしきりと思い浮かぶ。思うたびにもう思うまいと決心し、そう決心するとなおさら思い出されてならず、結局、一日じゅう子どものことばかり考えるようになってしまった。

彼女は煉瓦を型に入れて突き出した後、まだ焼く前のやわらかい粘土の上に木の枝で子どもの顔を描きはじめた。単純でつたない絵だったが、彼女は休まず子の顔を描きつづけた。そしていつからか彼女は、子どもだけでなく、彼女が知っている人、経験したこと、あるときに目の前を通り過ぎていった風景などを絵にしはじめた。絵を描くことは彼女にとって大きな慰めとなった。彼女は煉瓦に絵を描いて焼き上げた後、それをずらりと並べて座り、きりもなく眺めているのが好きだった。絵を見ている間だけは苦痛と孤独を忘れられたのである。彼女はしだいに、さらにたくさんの記憶を煉瓦に描き入れはじめた。ヒメジョオンや蛇、バッタやトンボ、キバノロなどのよく見かける生きものたち、鍛冶屋の金床、煉瓦を積んで走っていたトラックなど、彼女の人生を横切っていったすべてのものたち、茶房の風景や、ピョンデの駅で暴れていたジャンボの姿など、多くの場面がその対象となった。

何年かが流れた。トラック運転手を最後に、工場を訪れた者は誰もいなかった。チュニはまだ煉瓦を作っていた。歳月が流れるにつれて、彼女の記憶は徐々にぼやけていった。死んだ子どもやトラック運転手の顔もほとんどおぼろげになり、彼女の脳裡にはかすかな形が残っているだけだった。初めのうちは工場を離れた人たちが帰ってくるという期待のために、後にはトラック運転手が来るのを待って煉瓦を作ったが、今の彼女はもう運転手を待ってもいなかったし、去った人々が戻ってくるという期待も捨てて久しかった。にもかかわらず彼女はなぜ、煉瓦を作ったのだろう?

ある人は孤独な生活における単なる退屈しのぎだと言い、またある人は人間が本来持っている遊びへの欲求の産物だと言い、またある人は、かつての平和だった工場の日々を恋うあまり、あのころに戻りたいという祈りから行ったことだと言ったが、どんな解釈も充分な説明とはいえないだろう。なぜなら彼女の労働は、退屈しのぎというには懸命すぎたし、遊びというには骨が折れすぎたし、人恋しさのためというにはあまりにも単調なくり返しだったから。チュニの行動を、絶壁に鯨の絵を彫りつけた新石器時代人の宗教的行為と関連づけて説明する人もいたが、我々はナムバランの谷をぎっしりと埋めた六面体の単純さにいかなる宗教的な意味があるのか、説明するすべを持たない。

ならばなぜ彼女は、煉瓦を焼くことにあんなに必死にしがみついたのか？　単調な作業を何度となくくり返しながら、何を考えていたのだろう？　その作業に何らかの宗教的な祈りがこめられていたのであれば、それは何だったのだろう？　感動的で純真で熾烈だったその熱情の根源は、どこに発していたのか？　真実はいつも、手にした瞬間溶けてしまう氷のように消えやすい。であれば、それらすべての説明や解釈を保留にすることだけが真実に近づく道ではないだろうか。彼女を単純な、硬直した語りの中に閉じこめてしまわず、自由に解放してやることだけが、またそれによって、かつてナムバランの渓谷を吹きすぎた風のように軽やかに散るに任せることだけが真実に近づく道ではないだろうか。読者のみなさん、物語は続く。

煉瓦を作る彼女の技術は時が経つにつれて進化し、熟練していった。彼女は粘土をこねる際に一晩寝かせて朝露にあててから焼けば、水分の分布が均一になって質感が増すことに気づき、また乾燥期間の天気が煉瓦の固さに影響を及ぼすことを発見し、焼成時間を調節することによって思い通りの焼き色に仕上げられるようになった。彼女は焼き上げた煉瓦を工場の裏の野原に積んでいった。工場の庭はもう煉瓦でいっぱいだったからである。そのころから彼女の体重はだんだん減りはじめた。辛い労働をしている上に食べるものもたいへん粗末だったから、当然ではあったが、それまでしばしば飢えを経験したにもかかわらず依然として百キロを維持していた彼女にとっては、驚くべき変化だった。そしていつのまにか髪が白くなりはじめた。固かった筋肉は弾力を失い、額には太いしわが刻まれた。一人で煉瓦を焼いている間に彼女はどんどん孤独になっていき、孤独になればなるほどさらにみごとな煉瓦が焼けた。工場の裏の広い野原は、さらにたくさんの煉瓦で埋まっていった。

何年かが過ぎた。彼女は一人で煉瓦を焼いていた。

また何年かが過ぎた。彼女は一人で煉瓦を焼いていた。

何年かが過ぎた。彼女は一人で煉瓦を焼いていた。工場を訪れた者は誰もいなかった。

エピローグ1

以後の話は、我々がみなよく知る通りだ。大劇場の開館と、開館記念として行われた初日の公演、最初から公演よりも劇場が目当てだった大勢の記者や、公演に招待された文化芸術関係者、政治家、芸能人など有名人たちへの短いインタビュー。奇跡の建築術だとか、今世紀最高の建築物だとか、わが国の建築学の水準に世界が驚いたとかいうマスコミの大騒ぎと、功績のすべてを名もなき一人の煉瓦工に帰した建築家の謙遜ぶり。死んで久しいとはいえ、そんなにすごいんなら死後叙勲でもした方がいいんじゃないかという役人たちのお決まりの反応。勲章をやるにしても産業勲章がいいのか文化勲章がいいのかをめぐる部署間の論争。続いてあふれかえった煉瓦をテーマとする学術会議や研究論文の数々。先に触れた「女王を探して」という調査隊の組織と、蜂に刺されて病院に救急搬送されたがついに命を失った一人の調査隊員。彼の母親の号泣。やがて開かれた、大劇場建設のすべての理由であった南北会談。しかしホテルの職員が部屋の割り当てを間違えたため、北の特使は全員、劇場が見えるのとは反対側の部屋に宿泊。当該職員の解雇と式典担当者への問責。堰を切ったように製作されたチュニと煉瓦に関する本やドラマ。本来のヒロインは体重百キロ超えなのに、スター女優を起用したため仕方なく四十キロまで減らさなければならなかった放送作家の懊悩《おうのう》。その女優が煉瓦より陶芸のほうがきれいですよねと言ったため、仕方なくチュニを陶芸家に変更するための大々的な脚色。チュニなんて名前はダサいというので仕方なくヒロインの名がアニーに変更されたため、またもや大々的な修正作業。男性主人公を演じる俳優が職業設定に難色を示し、トラック運転手はメンツにかかわると言い出したため、やむをえず財閥二世にするというのでまたもや大々的な徹夜作業。そうやって決定された、体重四十キロで貧しい陶芸科の女子大生と財閥二世の御曹司との身分の壁を乗り越えた悲しいロマンス。視聴率と大衆性の法則。あらかじめ予定されていたドラマの大ヒットと、大衆の無意味な涙……。

このくらいにしておこう。真実はすべて消え去った。それらすべての大騒ぎは、我々の主人公チュニの人生とは何のかかわりもない。彼女は英雄でもなく犠牲者でもなかった。彼女は明確な目標を持った匠などではなかったし、崇高な芸術家ではさらになかった。我々には彼女が何を考えて生きていたのか、どんな人生を望んだのか、知るすべがない。彼女は我々とは違っており、違うという理由で一生、孤独の中に生きた。チュニをめぐるあまりにも多くの物語は、それ自体が生命を持ったアメーバのように無限に拡張しているが、本来の真実はその昔に消えてしまった武林秘笈と同様、この世のどこにも存在しない。

彼女はただ、この世に煉瓦を残しただけだ。そして煉瓦の中に、永遠に消えない絵を残しただ

けだ。煉瓦に描かれた絵の中には、将来この煉瓦が世の中へ出ていって自分の気持ちを伝えてくれることを願うチュニの切実な思いがそのまま刻まれている。彼女は多くの素材をモチーフとしたが、とくに大劇場のある一角に置かれた煉瓦に描かれたものは、かつての彼女の願いがどんなものだったのか、そしてそれがいかに切実であったかをよく物語っている。それは上のようなものだ。

後日、大劇場を訪れたある詩人が、通りすがりにこの絵を見て深い感銘を受けた。彼は、生涯言葉を持たなかったチュニのために自らの言葉を差し出した。すなわち絵の中にこめられたチュニの切実な思いを一編の詩に残した。それは次のようなものである。

帰り来よ、愛しき者よ
わが愛せし者らよ

日が沈み月が上り
日々が過ぎまた去りゆくとも
愛しき者を待つこと変わりなく
あまたの日が過ぎゆくとも
愛しき者を待つことなお変わりなく
一つがいの鼬《いたち》のごとく
連理の蟷螂《とうろう》のごとく
再びまみえ昔さながらに
心を分かち合いここに生きん
我ここにとどまり御身を待つ
帰り来よ、愛しき者よ、わが愛せし者らよ
我ここに時を持たず御身らを待つ

エピローグ2

あたたかい春の午後だった。チュニは煉瓦の窯にもたれて座っていた。死は今まさに彼女の鼻の先まで近づいていた。彼女はいつのまにか白髪混じりの老婆になっていた。体は無残にやせ細り、天刑の衣さながらに生涯彼女につきまとっていた肉は少しも残っておらず、彼女の目方は三十キロにも満たないほどだった。あたたかい春の陽射しが彼女のやせ衰えた肉体の上に降り注いでいる。彼女は目を閉じたまま、早く立ち上がって煉瓦を作らなくてはと思った。だが体は病み疲れて、指一本動かすこともできない。彼女がやっとのことで目を開けたとき、目の前には夢かうつつか、象のジャンボが立っていた。彼のまわりには相変わらず白い光が漂っており、彼の体は光にさえぎられて、ただ丸い形の光と感じられるだけだった。ジャンボは彼女の前に近寄り、早く乗れというように背中を差し出した。彼女は力なく首を横に振りながら言った。

あたし、もう、立ち上がる力もないよ。

おちびさん、もう全部終わったんだ。少しだけがんばってごらん。

丸い光の中でジャンボはチュニにむかって長い鼻を差し出した。彼女はやっと手を伸ばして象の鼻をつかんだ。ジャンボは彼女の軽い体を持ち上げると、自分の背中の上に楽々と乗せた。その瞬間ジャンボの体はふわりと浮かび上がり、空にむかってまっすぐに飛び上がっていった。チュニは怖そうにジャンボの背中にぎゅっとつかまり、下を見おろした。彼女の眼下には煉瓦工場の窯と、宿舎の屋根が見えていた。そして工場の裏の野原いっぱいに積まれた煉瓦が見えた。その瞬間、固いイバラのやぶと毒草が恐ろしい速度で伸びて進入路をおおった。ジャンボは徐々に、さらに高く飛び上がった。彼女が食べものを求めてさまよった渓谷、子どもを埋めた丘、そして文が溺れ死んだ小川と、長く続く線路が遠くに見えた。

ジャンボがもっと高く飛び上がると、こんどは草むらに埋もれたピョンデの衰落した風景が目に入ってきた。その中でも鯨劇場は、唯一目に飛びこんでくる建物だった。劇場前にはまだ老犬がうずくまっており、丸い光に乗って飛んでいくチュニを限りなく羨ましそうな目つきで追っていた。そしてピョンデに入る峠道の下には、錆びたトラックが一台埋もれていた。チュニはそのとき初めて、トラック運転手がかなり前に事故で死んだことを悟った。けれどもどういうわけか、悲しい気持ちは湧いてこない。いや、悲しさだけではない。あんなにも繊細だった彼女の感覚と感情のすべては消えてしまったのか、どのような感じも湧いてこなかった。ただがらんと空いたような空虚さだけが、彼女のやせ衰えた体をいっぱいに満たしていた。ジャンボはさらに高く飛び上がった。山道をめぐって走っていた道路が消え、とうとう遠くの青い海が目に入ってきた。そこはチュニの母クムボクが若いころに過ごした土地だが、チュニにとっては生まれて初めて見る場所である。彼女ははるかに広がる青い海を見おろしながら、ジャンボの背中にしっかりつかまっていた。

ついにジャンボが大気圏を抜け出すと、丸い地球が一目で見えた。それはまるで巨大な玉のようだった。チュニは不思議そうに目を大きく見開き、青い玉を見つめた。

あたし、世界が丸いって全然知らなかった。

ばかだな、この世のものはみんな丸いんだよ。

煉瓦は四角いのに。

そうだね。でも、それで丸い家を作れば結局は丸いだろ。

四角い家も作れるでしょ。

うん、でも、四角い家が集まったら丸い村になるだろ。

そうだね。それであたしたちは、どこへ行くの?

何もないところ。すごく遠いところだ。

ジャンボが答えた。チュニはただ無心に、どこだかわかったというようにうなずいた。そうしている間にも青い玉はどんどん小さくなり、指の爪ほどになっていた。空には無数の星が浮かんでいる。やがてジャンボは、星と星の間の広大な海に到着した。実際にジャンボが飛んでいる速度は想像もつかないほどのすばらしい速さだったが、星間には何の抵抗もないので、まるで深海の中を泳いでいくように、ただただ静かだった。そしてあるときチュニは突然、自分の体がジャンボと同じように光に包まれていることに気づいた。彼女は光に包まれて、だんだん透明になっていく自分の体を見おろしながら言った。

ここはとっても静かだね。

このとき急にチュニは、自分の口から実際に声が出てくるのを聞いてあっと驚いた。それこそ間違いなく、地上では一言も発したことのない彼女自身の声だった。それはまるで木の葉をそよがせる風のように優しく、かすかだった。ジャンボは彼女が自分の声に驚いたことを知って、にっこりと笑った。

ジャンボは飛び続けた。どれほど速く飛んでいるのかわからなかった。ほどなく彼らはアンドロメダ星雲の近くのどこかを飛んでいた。だが、動いていることがまったく感じられず、まるでその場に止まっているかのようである。ある一瞬、チュニとジャンボの体は透明になり、同時に光が抜け落ちていくようにして、彼らの姿はしだいに消えていった。まるで水の中に砂糖が溶けていくように。チュニは驚いて尋ねた。

あたしたちはどうなるの?

私たちは消えるのだよ、永遠に。でも怖がらないで。あんたが私を憶えていたように、誰かがあんたを記憶している限り、それは存在しているのと同じなんだからね。

チュニはもっと何か尋ねようとしたが、口を開くすきもなく二人の姿は一瞬で消え、広大な星間には、かすかな声だけが残った。

おちびさん、さよなら。

象さん、あんたも、さよなら。

訳者あとがき

「私が書いた小説はすべて、自分が映画にしたかった物語なのです」

チョン・ミョングァンはあるとき、インタビューに応えてそう語ったことがある。このように、彼は映画の世界からやってきた小説家である。一九六四年、京畿道《キョンギド》龍仁《ヨンイン》市生まれ。高校卒業後、さまざまな職業を経験してから映画業界に入り、シナリオ作家として働いた。二〇〇三年に短編「フランクと私」が文学トンネ新人賞に当選して文壇デビュー、翌〇四年には大作『鯨』が文学トンネ小説賞に当選して文壇の話題を独占した。四十歳を目前にして、生まれて初めて書いた短編と生まれて初めて書いた長編によってあっという間に有名作家になったのだから、まさに物語の登場人物のような人である。日本においては、本書が初めての紹介となる。

作家生活十六年を迎えたチョン・ミョングァンだが、その代表作といえば間違いなく『鯨』だし、『鯨』は二〇〇〇年代の韓国文学を代表する小説といって過言ではない。こんなに分厚い文芸作品にもかかわらず、十五万部という異例の売り上げを記録し、現在も読まれ続けている。今回、〈韓国文学のオクリモノ〉シリーズに本書を入れることになったのは、晶文社編集部の斉藤典貴氏が韓国で、書店員や出版関係の人たちに「とにかく、面白い小説を紹介してほしい」と頼んだところ、多くの人が本書を推薦したことも一つの決め手となっている。

　しかしこの作品は発表当時、我々が想像する以上の一大センセーションを巻き起こした。作家や評論家たちの第一印象は「何だ、これは!?」というものだったらしい。文学トンネ小説賞受賞時の審査評や、直後の記事には、熱烈な賛辞とともにこんな言葉が飛びかっている。「得体が知れない」「奇異」「当惑」「しかし強烈で魅惑的」「物語の爆発」「幻想のるつぼ」「小説に関する我々の常識をひょいと飛び越えてしまった」……。一方で、作家自身はこの小説が独特だとは思いもよらず、「これがそんなに変なのか?」と不思議でたまらなかったそうである。

　このような反応は、当時、物語性を前面に押し出した作品が非常に少なかったことと関係あるのだろう。チョン・ミョングァンも、「韓国文学は九〇年代以降、小説が本来持っているエンターテインメントとしての機能を完全に失った」と発言したことがある。少々補うなら、八〇年代までの文学が政治性と切っても切れないものだった反動で、九〇年代の文学が作家の内面への沈潜を重視し、物語性の重要さが二の次にされていたからなのだろう。そしてチョン・ミョングァンは、八〇年代の小説は少なからず読んでいたものの、九〇年代は映画の仕事で多忙だったこともあって同時代の小説を読んでおらず、結果として何も知らずに爆弾を投下してしまったというわけだ。

中でも驚かれたのは、本書の語り手の自由奔放さではないだろうか。過剰で、ロマンティックで、駄洒落を飛ばし、猥談を披露し、長々と脱線し、虚実をこき混ぜ、奇妙な引用をし、ときに読者に語りかけ、絵を見せたりもしながら、多彩な人物の来歴と所業を語り倒す。感想は述べるけれど、不要な自己省察には決して陥らず、軽やかに過去と現在、現実と幻想を行き来する。

韓国にはパンソリ（語り手と鼓手がペアになって演じる、語りと音楽が融合した伝統芸能）など、豊かな語り物の世界が息づいてきた。パンソリは即興性と諧謔《かいぎゃく》に富み、「春香《チュニャン》伝《ジョン》」など人々に愛される物語を、観客との掛け合いを交えて生き生きとエネルギッシュに語るものだ。それは何よりも庶民が守り育てた芸能であった。このことを知る外国人の目から見ると、逆に『鯨』のような小説がなぜそれまでなかったのか不思議なくらいである（一時期の金芝河《キムジハ》にはそのような趣があった）、しかしこんな感想は、日本文学を語る際に必ず俳句が引き合いに出されるような紋切り型の類かもしれないと思っていたところ、ミュージシャンのチャン・ギハ氏が、『鯨』の文体にパンソリの果てしなく流れるような語りの力を感じたと語っているのを見て、ほっとしたものである。

この豊穣な語り口を日本語にするにあたっては、かなり悩んだ。著者自身が「語り手を登場させたのは、遊びやすい舞台を作るためだ。〈刀傷〉はまさに映画から飛び出した人物で、現実の人間としばし一緒に生きて映画のように死ぬ。そしてまた幽霊のように現れる。このように人物を思い切り遊ばせる装置は、語り手の存在によって可能になる」と述べていることから、無声映画時代の活動弁士の語りが最もふさわしいのではないかと思い、試行錯誤を試みたが、力不足であきらめるしかなかった。

『鯨』というタイトルについて、著者は「私は内陸部で育って鯨を実際に見たことがなく、それでいっそう鯨に神秘性を感じるのかもしれない」とした上で、鯨とは「非常に大きく、そのために現代社会においてはいっそう空しい存在となってしまうもの」を象徴すると述べている。ヒロイン・クムボクの野望がついに水泡に帰してしまうことがその一例だ。

本書の重要な特徴は、女性たちの物語だということだ。男たちは彼女らの周りに現れ、うろうろし、彼女らの行動のきっかけを作り、ときには子どもまで作るが、やがて消えていく。ここに徹底して描かれたのは女性の欲望と愛である。身もふたもない言い方をすれば、成金になれなかった女（汁飯屋の老婆）、成金になった女（クムボク）、成金になることなど念頭にもなかった女（チュニ、一つ目）の年代記である。さらに、クムボクとチュニ、汁飯屋の老婆と一つ目という、二組の不幸な母娘関係が全体を貫いている。いちばん年代の古い汁飯屋の老婆は、まるで神話の中の怒りっぽい神のように男たちを殺し、娘の目を焼きつぶす。クムボクもまた男を殺すけれども、老婆とは違ってためらいがある。しかし彼女も娘を愛しはしないし、また自らの欲望を貪欲に追求した結果男になるという、グロテスクな変遷をたどる。

一方、チュニと一つ目についていえば、異形の二人でありながら、老婆やクムボクに比べればその内面を想像することが少しは容易かもしれない。二人は母親の愛を得られなかったけれど、煉瓦工としてまた蜂飼いとして、自然と交わり、黙々と働き続ける。著者はこの不幸な娘たちに安易なハッピーエンドを与えず、孤独の中で死に至らせる。それどころか生まれて間もない生命さえ死んでしまうのだが、悲惨さだけが残る感じがしないのは、チュニや一つ目を語る際にあふれ出る著者の優しさのためだろうか。

チョン・ミョングァンが「この小説に登場する女性たちは、ただジェンダーとして女性であるだけではなく、我々の歴史の裏面に存在してきたマイノリティを代表する存在なのだ」と述べていることは見逃せない。取るに足りない者、体以外に財産のない者、意見を述べる機会のない者、〈皆と違う〉という理由で疎外されてきた者。四人の女性たちはいずれもそんな存在として、強烈なまでに生きている。チョン・ミョングァンは影響を受けた作家として、ヘミングウェイやジョン・アップダイク、ジョン・アーヴィングなど米国の作家の名前を多く挙げているのだが、その中に黒人女性作家トニ・モリスンの名前があるのを見て訳者は深く納得した。

結果だけ見れば、『鯨』に出てくる主要な登場人物は皆、不幸な死をとげる。だがすべてを読み終わったとき残るのは、濃厚な物語をろ過した後の透明な存在感、そこに自分も確実につながっているという手応えのようなものである。

もう一つの大きな特徴は、本書と、現実の韓国の地理・歴史との独特の距離感だ。舞台が韓国であることは自明だが、本書に「韓国」という言葉は一度も出てこない。三〇五ページで、クムボクが関係していた各種団体の名前が列挙されるが、そこからも注意深く「韓国」という言葉は排除されている。著者によれば、「ナムバラン」や「ピョンデ」という地名は、実は自分が育った龍仁市に実在するそうだ。だが、それらは小説に登場する場所とは立地も性格もかけ離れており、単に名前を貸しているにすぎない。また、クムボクが家出してやってくる港町は、「仁川《インチョン》でも群山《クンサン》でも、西海岸の港町を思い浮かべて読んでいただければいい」そうである。

さらにこの物語は一九二〇年代ごろから、小説が発表された二〇〇〇年代までの時代を扱っていると見てよい。したがってここには当時の政治、経済、社会、文化、風俗面でのありとあらゆる事象がちりばめられているが、それらは必ずしも歴史通りの時間軸に沿って動きはしないし、さまざまな整合性を蹴散らして進む。一例を挙げれば、「韓国」という国名が出てこない代わり、「日本」という地名は登場するが、日本による植民地支配も、またそこからの解放も匂いすら漂わせていないのだ。唯一、物語をはっきりと区切るのは「戦争」である。これを境に人々は散り散りになり、故郷を失い、死は意味のないものになったとされている。教科書の年表とはまた違う、地べたで生きる庶民の歴史がここには息づいている。要するにこの物語は、奔放な語り手が司る時間軸と独自の地図に基づく、一種の解放区の中で展開される。

とはいえ、現実の歴史と呼応する事象も非常に多い。例えば、二五四ページに、〈将軍〉が自分の作詞作曲した歌で全国民を一斉に起床させたというエピソードが出てくるが、これは朴正熙《パクチョンヒ》大統領が一九七二年に、自ら作った「セマウルの歌」を全国の各町会のスピーカーから流させたことと呼応する。また、四〇四ページでチュニが釈放される経緯も、朴正熙が一九七二年に改憲を行い、大統領の任期と重任に関する制限を撤廃したことと呼応する。さらに、史実とずれたり、噂の次元にとどまる事例も多々登場する。例えば四五三ページで〈将軍〉が北に負けない劇場の建設を思い立つが、かつて朴正熙が国立劇場を建てた際に、似たような噂が出回ったことがあるそうである。

これらは韓国人読者なら見当がつくことだが、日本の読者にはピンとこないだろう。しかし本書が慎重に守っているリアリズムとの距離のとり方や、原書に注が一つも入っていないことを考慮して、以上の事項を本文中に訳注として記載することは控えた。一方で、庶民の生活風俗を伝えるための訳注は入れたので、韓国の軍事政権時代の重要な政策は放ったらかされ、ヒット歌謡曲や喫茶店での慣習は解説されるというアンバランスが生まれてしまったのだが、ご容赦いただければと思う。現代韓国史の本を読む機会があれば、重なる部分を探してみてほしい。

さて、韓国文学に「物語の復権」を持ち込んだチョン・ミョングァンだが、その後の韓国文壇では、読む楽しさを備えた純文学も徐々に増えてきた。著者自身、『鯨』のようなスケールを備えた物語はその後手がけていないが、持たぬ人々を主人公とし、語り口を大切にした小説を着実に書き続けて、多くのファンを楽しませている。彼は「ひょっとしたらすべての物語は結局、失敗談だといえる」と語っているが、この言葉は一聴に値するだろう。事実、『鯨』を書いたときの著者も失敗者だった。シナリオライターとして『ガンマン』（キム・ウィソク監督、一九九五年）、『北京飯店』（キム・ウィソク監督、一九九九年、日本版ＤＶＤあり）などのシナリオを手がけていたが、本来の夢は監督になることだった。しかしそれがうまくいかず、債務不履行者寸前の状態だったとき、無意識のうちに、『鯨』を構成するさまざまな物語がほとばしるように湧いてきたのだとか。物語作者としての底力の秘密をかいま見るようなエピソードである。

そもそも小説を書き出したきっかけは、映画にならないシナリオばかり書いているのを見かねた弟が「それならいっそ、小説でも書きなよ」と勧めてくれたことだというから面白い。大学卒業者がほとんどを占める現在の文壇で、実家の経済苦のため高卒で働き、ゴルフショップ店員、保険の営業マン（営業成績はとてもよく、イタリア製のスーツを着て颯爽と働いていたそうである）を経て映画業界に入り、さまざまな社会経験を積んだチョン・ミョングァンの経歴は異色といってよい。それもあってか、ややアウトロー的な立場で文壇に物申すこともあり、それがまた信頼を得ているようである。なお、日本でもかなり読者を獲得したパク・ミンギュが「兄貴」と慕う作家でもある。

本書以後の作品としては、短編集『愉快な下女マリサ』『七面鳥と走る肉体労働者』、長編『高齢化家族』（映画化され、『ブーメランファミリー』のタイトルで日本公開、ＤＶＤあり）『僕のおじさんブルース・リー』『これが男の世界だ』などがある。五十代中盤にさしかかった彼の念願は「エルモア・レナード流の韓国風サスペンスを書きながら晩年を過ごしたい」ということだそうだ。その片鱗は、仁川のやくざたちの生態を描き、ジェームス・ブラウンのヒット曲をタイトルにフィーチャーした『これが男の世界だ』にもよく現れており、今後の作品が大いに楽しみだ。

一方で、映画への情熱も消えておらず、現在は監督として、後輩作家キム・オンスの小説を原作としたサスペンス映画『熱い血』を準備中だ。釜山の四十代のやくざを主人公とした映画で、二〇一八年下半期から撮影に入り、一九年下半期に公開予定だそうである。

本書『鯨』をもって、〈韓国文学のオクリモノ〉シリーズ（全六巻）は一区切りとなる。本シリーズは「今」の世代を代表する作家たちの選りすぐりの作品を紹介するというコンセプトでスタートしたが、充分にその役割をまっとうしたと思う。最後に、本シリーズを企画し、熱意を持って牽引された晶文社の斉藤典貴さんと松井智さん、翻訳チェックをしてくださった伊東順子さんと岸川秀実さん、また本シリーズの刊行において終始きめ細やかな対応をしてくださった韓国文学翻訳院の李善行さんに御礼申し上げる。

二〇一八年四月　斎藤真理子

著者について

チョン・ミョングァン

1964年、韓国・京畿道龍仁市生まれ。
保険の営業マンなど様々な仕事を経て映画関係の仕事につき、
シナリオを手がける。2003年に短編「フランクと私」でデビュー。
翌年に発表した本作『鯨』で第10回文学トンネ小説賞を受賞すると、
大ヒットとなり一躍人気作家の仲間入りをした。
10年に発表した『高齢化家族』は映画化され
日本でも『ブーメランファミリー』のタイトルで公開された。
その他、これまでの著作に『愉快な下女マリサ』(07)、
『僕のおじさんブルース・リー』(12)、『七面鳥と走る肉体労働者』(14)、
『これが男の世界だ』(16)がある。

訳者について

斎藤真理子

さいとう・まりこ

翻訳家。訳書にパク・ミンギュ
『カステラ』(ヒョン・ジェフンとの共訳、クレイン)、『ピンポン』(白水社)、
『三美スーパースターズ 最後のファンクラブ』(晶文社)、
ハン・ガン『ギリシャ語の時間』(晶文社)、
チョ・セヒ『こびとが打ち上げた小さなボール』(河出書房新社)、
ファン・ジョンウン『誰でもない』(晶文社)、
『野蛮なアリスさん』(河出書房新社)などがある。
『カステラ』で第一回日本翻訳大賞を受賞した。

韓国文学のオクリモノ
鯨《くじら》

2018年5月25日初版

著者
チョン・ミョングァン

訳者
斎藤真理子

発行者
株式会社晶文社
〒101-0051　東京都千代田区神田神保町1-11
電話(03)3518-4940(代表)・4942(編集)
URL http://www.shobunsha.co.jp
印刷・製本　中央精版印刷株式会社

ISBN 978-4-7949-7000-8　Printed in Japan

韓国文学のオクリモノ

＊ギリシャ語の時間　ハン・ガン　斎藤真理子訳

ある日突然言葉を話せなくなった女は、失われた言葉を取り戻すために古典ギリシャ語を習い始める。ギリシャ語講師の男は次第に視力を失っていく。ふたりの出会いと対話を通じて、人間が失った本質とは何かを問いかけていく。アジア人作家として初めて英国のブッカー国際賞を受賞したハン・ガンの長編小説。

＊三美スーパースターズ　最後のファンクラブ　パク・ミンギュ　斎藤真理子訳

韓国プロ野球の創成期、圧倒的な最下位チームとして人々の記憶に残った三美スーパースターズ。このダメチームのファンクラブ会員だった二人の少年は大人になり、様々な危機を乗り切って、生きていくうえで最も大切なものは何かを知る。韓国で20万部超のロングセラーとなっている〈韓国文学界の異端児〉パク・ミンギュのデビュー作。

＊走れ、オヤジ殿　キム・エラン　古川綾子訳

韓国を代表する若手女性作家キム・エランが2005年に発表した最初の短編集。家族の不在や貧困といった問題をかかえながら生きていく若者たちのリアルな日常をユーモラスに温かく描いている。第1回大山大学文学賞を受賞したデビュー作「ノックしない家」、韓国日報文学賞を歴代最年少で受賞した表題作など9つの作品を収録している。

＊誰でもない　ファン・ジョンウン　斎藤真理子訳

デビュー以来、作品を発表するごとに注目を集め、「現在、最も期待される作家」として挙げられることが多いファン・ジョンウンが、2016年末に発表した最新の短編集。恋人をなくした老婦人や非正規労働で未来に希望を見出せない若者など、今をかろうじて生きる人々の切なく、まがまがしいまでの日常を、圧倒的な筆致で描いた8つの物語。

＊あまりにも真昼の恋愛　キム・グミ　すんみ訳

2016年、韓国で発売と同時にベストセラーとなり、大きな話題をさらった若手女性作家キム・グミの最新作品集。自分の居場所が見つけられず、喪失感を抱えながらも懸命に生きる人たち。そんな現代社会からこぼれおちそうな人たちを温かく描き出す。第7回若い作家賞大賞を受賞した表題作をはじめ、9つの短編を収録。

＊鯨　チョン・ミョングァン　斎藤真理子訳

一代にして財を成し、あまたの男の運命をくるわせた母クムボク。並外れた怪力の持ち主にして、煉瓦づくりに命を賭した娘チュニ。巨大な鯨と煉瓦工場、華やかな劇場をめぐる壮絶な人生ドラマが幕を開ける――。ストーリーテラーとして名高い著者が、破壊的なまでに激しく生々しい人間の欲望を壮大なスケールで描き出した一大叙事詩。